KB114648

BAR
블랙잭

BAR 블랙잭 2

초판 1쇄 찍은 날 | 2016년 4월 21일
초판 1쇄 펴낸 날 | 2016년 4월 29일

지은이 | Ladybuck studio
펴낸이 | 서경석

편 집 책 임 | 조윤희
편   집 | 이은주
           주은영
디 자 인 | 신현아

펴 낸 곳 | 도서출판 청어람
등록번호 | 제387-1999-000006호
등록일자 | 1999. 5. 31
어람번호 | 제5-442호

주소 | 경기도 부천시 원미구 부일로 483번길 40 서경B/D 3F
       (우) 14640
전화 | 032-656-4452 팩스 | 032-656-4453
http://www.chungeoram.com
E—mail | chungeorambook@daum.net

ⓒ Ladybuck studio, 2016

ISBN 979-11-04-90736-4 04810
ISBN 979-11-04-90734-0 (SET)

Chungeoram romance novel

Ladybuck studio 장편소설

2

BAR
블랙잭

도서출판

청어
람

CONTENTS

1. 귀향

    윤서는 비행기의 창문 밖으로 보이는 풍경을 신기한 듯 내려다보고 있었다. 그녀는 태어나서 처음으로 비행기를 타고 일본으로 향하는 중이었다. 꿍음을 내던 비행기는 막 인천공항을 떠나 구름 속을 뚫고 파란 하늘 위로 비상했다.

    "뭘 그렇게 열심히 봐?"

    "너무 신기해서요. 아래쪽에서는 날씨가 나빴는데 구름을 뚫고 올라오니까 이렇게나 하늘이 파랗잖아요."

    비행기에 오르는 순간부터 히가시는 본가의 인간들을 만날 생각에 기분이 가라앉았다. 그러나 윤서 덕분에 간신히 컨디션을 유지하는 중이었다.

    "일본에서 어디 갈지 안 궁금해?"

    "궁금하죠. 그런데 진짜 우리 어디 가요?"

"가보면 알아. 재미있을 거야."

"그런데 귀에 피어싱 다 빼고 오셨네요."

"본가에 가야 되니까. 그쪽 인간들한테 흠 잡히긴 싫거든."

"그 정도로 그쪽 분들이랑 사이가 안 좋으세요?"

"사이가 안 좋은 정도가 아니라……."

그는 미간을 찌푸렸다.

"내 인생에서 다시는 안 보고 싶은 인간들이라고."

히가시는 내뱉듯이 말을 하고 고개를 돌렸다.

한 시간 반 정도의 비행 후 히가시와 윤서는 후쿠오카 공항에 도착했다. 입국 심사를 무사히 마치고 윤서와 공항의 로비로 나가던 히가시는 검은 양복을 입은 무리를 보고 인상을 찌푸렸다.

"망할……. 어떻게 알고 나온 거야."

히가시는 이를 갈듯 말을 내뱉으며 그들을 향해 다가갔다. 남자들을 그를 향해 90도로 허리를 숙여 인사를 했다.

「도련님, 기다리고 있었습니다. 차를 대기시켜 놨는데 가시죠.」

무리 중 나이가 가장 많아 보이는 남자가 히가시에게 정중하게 고개를 숙였다.

「어떻게 알고 나온 거지.」

「말씀 안 드려도 아실 거라고 생각합니다만…….」

「효성이가 연락했나?」

남자가 대답이 없자 히가시는 나직하게 한숨을 쉬었다.

「차 가지고 돌아가.」

「그럴 순 없습니다…….」

「신년회는 1월 1일 아니던가?」

「그렇긴 합니다만…….」

「신년회 때 내 발로 찾아갈 테니까 돌아가. 그 집안엔 그거 말고는 볼일이 없으니까.」

히가시는 그들의 옆을 지나쳐 공항의 출입구로 걸어갔다.

「도련님!」

「왜?」

그는 난처한 얼굴로 고개를 돌린 히가시를 애원하듯 쳐다보았다.

「회장님께서 기다리고 계십니다.」

「그래서 어쩌라고.」

「지금 본가로 가시는 것이 좋을 것 같은데.」

히가시는 차가운 얼굴로 눈을 가늘게 떴다.

「영감이 내가 들어오자마자 나를 데리고 오라고 했나?」

「회장님께서 건강이 안 좋으십니다.」

「그건 내 알 바 아니지.」

그는 냉정하게 고개를 돌렸다.

「알아서 갈 테니까 돌아가. 혹시라도 따라오면 너희들 다 가만 안 둘 줄 알아.」

으르렁거리듯 내뱉는 그의 말에 남자들은 그 자리에 못 박힌 듯 서 있었다. 윤서는 남자들을 한번 쳐다보고 히가시의 뒤를 재빨리 쫓아갔다.

"저분들은 누구예요?"

"본가에서 나온 인간들이야."

"사장님이 오늘 오는 건 어떻게 알고……."

"효성이가 연락했겠지."

"효성 씨라면 가드 분들 책임자요?"

"맞아."

"그분이 본가 분이셨어요?"

히가시는 기분이 좋지 않은 듯 미간을 구겼다.

"효성이는 형 아래에서 일하는 애야. 형이 가게에 손을 안 대는 대신 효성이를 데리고 있으라고 그랬거든."

"그럼 그분이……."

"맞아, 내 일거수일투족을 다 형한테 보고하고 있을 거야."

"전혀 몰랐는데……."

"알 필요 없어. 어차피 내가 안고 가야 하는 문제니까."

히가시는 렌터카의 앞에 도착해 리모컨을 눌렀다.

"윤서야."

"네?"

"너 여기서 나한테 꼭 붙어 있어. 절대로 혼자 돌아다니면 안 돼."

"알았어요."

"그래."

히가시는 다짐을 받듯 윤서를 내려다 보았다.

「그래, 도착했다고?」

사무실에 앉아 노트북에 뜬 사진을 보고 있던 켄지는 먹잇감을 본 야수처럼 눈을 빛냈다.

「여자를 여기까지 데리고 왔단 말이지.」

켄지는 비웃듯 '킥' 하는 웃음소리를 냈다.

「알았어. 혹시라도 새로운 사건이 일어나면 또 연락해.」

전화를 끊은 그는 화면에 뜬 윤서의 사진을 유심히 들여다보았다.

「여자는 거들떠도 안 보더니…… 여기까지 데리고 왔다 이거지.」

사진을 확대한 그는 흥미로운 걸 발견한 듯 화면 가까이 얼굴을 가져갔다.

「제 어미랑 닮았군. 웃기는데…….」

그는 품에서 담배를 꺼내 불을 붙였다.

「잘 이용하면 재미있어지겠어.」

연말의 후쿠오카 거리는 쇼핑을 나온 인파로 인해 흥청거렸다. 담배를 꼬나문 켄지는 거리의 풍경을 내려다보며 담배 연기를 길게 내뿜었다.

"와! 여기가 사장님 아파트예요?"

윤서는 브라운 스톤으로 지어진 고층의 고급 아파트 입구에서 입을 벌리고 서 있었다.

"사장님 진짜 부자네요. 일본에도 집이 있고."

"어차피 쓰지도 않아서 렌트 내준 거야. 지금은 몇 달간 비어 있어서 잠시 머무르려고 온 거고."

히가시는 차의 트렁크에서 짐을 꺼냈다.

"여기 잠시 있어. 차 놔두고 올 테니까."

"그럴게요."

그가 차를 몰고 주차장으로 들어가자 윤서는 거리의 풍경을 둘러보았다. 아파트가 위치한 곳은 시내에서 조금 떨어진 고급 주택가였다. 윤서는 히가시와 자신의 캐리어를 끌고 아파트 입구로 올라갔다. 캐리어를 입구에 세워두고 그녀는 계단에 앉아 지나가는 차들을 구경하고 있었다. 그때 그녀의 앞에 창문까지 검은색으로 선팅된 벤츠가 멈추어 섰다. 그리고 곧이어 뒷좌석의 창문이 내려갔다. 그곳에는 히가시와 꼭 닮은, 안경을 쓴 단정한 헤어스타일의 남자가 고급 슈트 차림으로 앉아 있었다. 남자는 얼음장 같은 차가운 눈으로 윤서를 한참이나 쳐다보았다. 겁이 났지만 잘못한 것도 없었기 때문에 그녀는 그의 시선을 피하지 않고 마주보았다.

「아가씨가 지윤서인가?」

「제 이름을 어떻게 아세요?」

「일본어를 할 줄 아는군.」

「조금요.」

「히가시는 어디 갔지?」

「누구신데 사장님에 대해서 물어보세요?」

맹랑하게 대꾸하는 윤서의 얼굴이 누군가와 꼭 닮았다는 생각에 남자의 입꼬리가 살짝 올라갔다.

「난 히가시의 형이야.」

「아! 안녕하세요.」

그녀는 자리에서 일어나 그를 향해 허리를 숙여 인사했다.

「사장님은 주차장에 내려가셨어요.」

「그래?」

그는 고개를 앞으로 돌렸다.

「잘 도착한 모양이니 가야겠군.」

「사장님 안 보고 가세요?」

「어차피 만나게 될 거야.」

그는 기사에게 짧게 명령했다.

「가지.」

창문이 올라가고, 벤츠는 갑자기 나타났던 것처럼 다시 소리 없이 사라졌다.

"여기까지 왔으면 만나고 갈 것이지."

"뭘 보고 있어?"

윤서는 고개를 돌려 어느새 등 뒤에 서 있는 히가시를 쳐다보았다.

"사장님 형님이라는 분이 왔다가 가셨어요."

"그래?"

짐작했었던 듯 히가시는 차가 사라진 쪽을 잠시 쳐다본 뒤 아파트 입구로 걸어갔다.

"환영 인사들 참 거창하게 하는군."

그는 자신을 불안하게 쳐다보는 윤서의 머리를 걱정하지 말라는 듯 쓰다듬었다.

"일단 들어가서 짐 풀고 밥 먹으러 나가자."

"네."

히가시의 아파트 내부는 서울의 빌라만큼이나 고급스러웠다.

윤서는 아파트를 한 바퀴 돌아본 뒤 방 안에서 짐을 풀고 있는 히가시를 불렀다.

"사장님."

"왜?"

"이런 아파트는 얼마나 해요?"

"그게 왜 궁금해?"

"사장님은 도대체 돈이 얼마나 많은 거예요."

"왜, 돈이 많으니까 더 멋있어 보여?"

"누가 그렇대요?"

윤서는 제 마음을 다 안다는 듯한 얼굴로 웃고 있는 히가시를 살짝 노려보았다.

"저도 사장님처럼 돈을 많이 벌고 싶어요."

"이미 벌고 있어."

"네?"

"너 이번 달 월급 확인해 봤어?"

"아직…… 이요."

"확인해 봐. 그리고 네 월급의 4분의 1은 내가 펀드에 넣어두었어."

"네? 왜요?"

처음 듣는 사실에 그녀는 놀란 눈을 했다.

"우리 가게는 원래 그래. 월급의 4분의 1은 각자의 명의로 내가 투자를 해줘. 너희들에게 돌아가는 건 월급의 4분의 3이고."

"왜 그런 이야기를 미리 해주시지 않았어요?"

"그거야 내 맘이니까."

"사장님은 정말 제멋대로예요."

가방 정리를 끝마친 히가시는 거실로 나왔다.

"그래서 내가 싫어?"

히가시는 윤서의 앞으로 바짝 다가왔다. 스웨터와 청바지를 입은 편한 차림이었지만 윤서는 자기도 모르게 가슴이 설렜다.

"아니…… 그런 건 아니지만……."

"짐 정리는 다 했어?"

"네."

"그럼 나가자. 시장할 텐데."

그는 윤서에게 손을 내밀었다.

시내를 돌아다니던 두 사람은 맛집이라고 소문난 라면집을 찾아가 자리를 잡았다.

두 사람이 주문한 돈코츠 라면과 미소 라면이 나오자 히가시는 윤서 앞으로 그릇을 밀었다.

"먹어봐."

라면 국물을 한 모금 맛본 윤서는 감탄하는 얼굴로 엄지손가락을 내밀었다.

"진짜 맛있어요."

"내 것도 한번 먹어봐."

윤서는 그의 돈코츠 라면 국물도 한 숟갈 떠서 맛보았다.

"와! 국물이 정말 진한데요."

"돼지 뼈를 우려낸 국물이라 그래."

"잘 먹겠습니다!"

맛있게 먹는 윤서를 흐뭇한 얼굴로 보던 히가시도 라면을 먹기 시작했다.

두 사람이 식사를 마치고 가게 밖으로 나오자 날은 어느새 어두워져 있었다. 거리는 연말 분위기에 맞춰 화려하게 장식이 되어 있었다.

"맛있었어?"

"정말 맛있었어요."

윤서는 다정하게 히가시의 팔짱을 꼈다.

"좋아하니 다행이네."

"저는 처음으로 외국 여행을 하는 거예요. 게다가……."

윤서는 고개를 들어 히가시를 올려다보았다.

"남자 친구랑 여행하는 것도 처음이고요."

히가시는 새삼스럽게 윤서가 예쁘다는 생각을 했다.

"넌 말이야……."

"네?"

"넌 다른 여자들이랑은 참 달라."

"뭐가요?"

"감정을 숨기는 법이 없잖아."

"어차피 숨겨도 나중엔 다 드러나잖아요. 그리고 이제 자신을 감추거나 스스로 속이면서 살고 싶진 않아요."

"하긴…… 그래서 네가 다른 사람보다 더 특별해 보였던 건지도 모르겠지만……."

두 사람은 아직도 크리스마스 느낌으로 장식을 해놓은 상점들을 천천히 둘러보며 거리를 걸었다.

"어디로 가고 싶어?"

"여기 야경이 좋은 곳이 어디예요?"

"미러 세일에 가볼래? 거기가 야경으로 유명해."

"네."

두 사람은 서로를 마주보며 행복한 미소를 지었다.

「여보세요.」

거실에 앉아 술을 마시던 켄지는 전화기의 액정에 뜬 이름을 보고 미간을 찌푸렸다.

「나다.」

「알고 있어.」

「히가시가 돌아온 건 알고 있지?」

쿄우의 냉랭한 말투에 켄지는 인상을 더욱 찌푸렸다.

「내가 그 사생아 새끼한테까지 신경을 써야 돼?」

「경고하는데, 이번엔 엉뚱한 짓 할 생각 안 하는 게 좋을 거다.」

「날 뭘로 보고…….」

켄지는 마시던 술잔을 '쾅' 소리가 나게 탁자에 내려놓았다.

「혹시라도 그 애와 관련된 애들에게 손을 대면, 넌 마지막인 줄 알아.」

「왜 이래, 난 형이랑 한 핏줄이잖아.」

「한 핏줄이기 이전에 넌 우리 가문의 수치야.」

켄지는 히스테릭하게 웃기 시작했다.

「이번에 한 번 더 사고 치면 가문에서 영원히 매장될 줄 알아.」

「하하하하. 정말 웃기는군. 지금 친형제인 나보다 그 사생아 새끼가 더 중요하다 이거야?」

「집안에 도움이 되지 않는 자는 친형제고 뭐고 없다는 걸 알 텐데. 집안에서 너에게 준 마지막 기회를 발로 걷어차지 않으려면 알량한 인정에 호소하지 말고 네가 관리하고 있는 구역에서 말썽이나 없게 하는 게 좋을 거다.」

「뭐라고!」

「이만 끊겠다.」

켄지는 분을 이기지 못하고 핸드폰을 바닥에 내동댕이쳤다. 그의 핏발 선 눈이 분노로 이글이글 타올랐다.

「두고 보자. 다들 내 발아래 머리를 조아리게 해주지.」

켄지는 씨근덕거리며 이를 갈았다.

다음 날 아침, 윤서는 희미하게 풍기는 커피 향기에 눈을 떴다. 거실로 나가자 히가시는 벌써 커피를 마시는 중이었다.

"잘 잤어?"

부스스한 얼굴의 윤서에게 히가시는 웃으며 인사를 건넸다.

"왜 이렇게 일찍 일어나셨어요."

윤서는 졸린 눈을 비비며 소파에 앉았다.

"잠이 안 와서. 어차피 일찍 출발해야 되기도 하고."

"우리 어디 가요?"

"좋은 데 가. 그리고 한 4일 뒤에나 돌아올 거야."

"네?"

히가시의 말에 윤서는 잠이 확 달아났다.

"4일 뒤면 12월의 마지막 날이잖아요."

"맞아."

"그럼 내내 밖에서 자는 거예요?"

"응."

윤서는 왠지 모를 불안한 예감에 미간을 살짝 찌푸렸다.

"그럼 혹시……."

"혹시, 뭐?"

"사장님이랑 내내 방을 같이 쓰는 건……."

"같이 쓸 건데?"

윤서는 자기도 모르게 목소리가 커졌다.

"아니, 왜요?"

"왜 돈을 낭비해. 그리고 연말이라 방 잡기도 힘들었다고."

"아무리 그렇지만……."

"난 아무 짓도 안 해. 네가 나를 덮치면 모를까."

"제가 사장님을 왜 덮쳐요."

"그거야 두고 보면 알 일이지."

히가시는 윤서의 항의를 무시하며 다 안다는 표정으로 씩 웃었다.

"아무 짓도 안 하실 거죠? 약속하신 거예요."

"응."

"알았어요."

커피를 마시기 위해 부엌으로 가는 윤서를 향해 히가시는 꿍꿍이를 숨긴 음흉한 눈빛을 보냈다.

톨게이트를 통과한 차는 속력을 높여 한적한 고속도로를 빠른 속도로 달렸다. 고속도로 주변의 나무들은 커다란 성냥개비처럼 손질이 잘 되어 있었다.

"사장님, 우리 어디 가는 거예요?"

"오이타 현의 벳부 쪽으로 갈 거야. 어딘지 알아?"

"아! 거기 온천으로 유명한 데 아니에요?"

"맞아."

"엄청 유명한 관광지라고 들었는데."

"구경할 데가 많지. 나도 어릴 때 가보고 처음 가는 거야."

엄마와 헤어지기 전 히가시는 집에 가끔씩 찾아오는 아버지와 함께 딱 한 번 온천으로 여행을 간 적이 있었다. 그곳이 바로 벳부였다. 지금 와서 돌이켜 보면 아버지가 집에 찾아오는 것 자체가 웃기는 일이었지만 어릴 때의 그는 집으로 가끔 오는 아버지를 몹시 그리워했었다. 그는 옛 생각에 나직하게 한숨을 내쉬었다.

"저는요……."

윤서의 목소리에 히가시는 다시 현실 세계로 돌아왔다.

"엄마가 돌아가시기 전에는 무척 행복했어요. 아빠도 엄마도 저에게 너무너무 다정했었거든요."

그는 그녀의 나직한 목소리에 귀를 기울였다.

"그런데 엄마가 돌아가시고 나서 아빠가 갑자기 변했어요. 정말 정말 행복했었는데……."

"아버지가 왜 변하신 거야?"

"엄마는…… 비 오는 날 저를 마중 나왔다가 뺑소니를 당했어요. 아빠는 그것 때문에 엄마가 죽은 게 내 탓이라고 생각했죠."

"그건 네 잘못이 아니잖아."

"지금 와서 생각해 보면 아빠는 그런 식으로 자신의 슬픔을 표현할 수밖에 없었을지도 몰라요."

윤서의 슬픔이 어린 얼굴을 보며 히가시는 그녀의 손을 꼭 잡았다.

"어쩌면…… 우리는 아직도 어린 건지도 모르겠다. 돌이켜 생각해 봐도 아직도 부모님을 이해하기가 힘들어……."

"그래도 아빠가 저에게 했던 짓은 용서가 안 돼요."

"알아, 네가 무슨 말을 하는지."

그는 윤서의 머리를 천천히 쓰다듬었다.

"그래도 언젠가는…… 용서할 수 있는 날이 오겠지."

"그런 날이 오기는 할까요."

"나도 잘 모르겠어."

히가시는 생각이 많은 얼굴로 윤서를 마주보았다.

동물원과 수족관을 구경하고 나오자 날은 어느새 어두워져 있었다. 히가시는 예약한 온천을 향해 차를 몰았다.

"사장님."

"왜?"

"정말 고맙습니다. 이렇게 즐거운 여행은 처음이에요."

그의 차는 불빛도 보이지 않는 어두운 산길에 접어들었다. 어두운 바깥 풍경을 본 윤서는 불안한 얼굴로 히가시를 쳐다보았다.

"사장님, 지금 온천 가는 거 맞아요?"

"맞아."

"그런데 왜 길도 없어요."

"거기가 좀 산중이거든."

"오늘 밤에 진짜 이상한 짓 안 하실 거죠?"

"넌 날 뭐로 보는 거야. 안 한다니까."

"알았어요. 그럼 사장님을 믿을게요."

산길을 조금 더 올라가자 마침내 멀리서 불빛이 보였다.

"저기네, 다 왔어."

히가시는 온천장 앞에 차를 세우고 트렁크에서 캐리어를 끌어내렸다. 작은 여관의 문을 열고 들어가자 주인으로 보이는 중년의 아주머니가 문 앞까지 마중을 나왔다.

「오늘 예약한 유타카입니다만.」

「아! 유타카상, 어서 오세요. 기다리고 있었어요. 지금 막 저녁식사를 하려던 참인데 짐 풀고 어서 식당으로 오세요.」

히가시와 윤서는 신발을 벗고 조금 높은 마루 위로 올라가 아주머니의 뒤를 따랐다. 아주머니는 복도의 끝까지 걸어가 가장 안쪽의 방문을 열었다. 방 안에는 고타츠(일본의 난방기구)와 이불이 놓여 있었고 앞쪽에는 창호지로 된 미닫이 창문이 달려 있었다.

「창밖으로 정원이 보이는데 잠시 보시겠어요?」

「네.」

미닫이로 된 창문의 바깥쪽은 유리문이 하나 더 달려 있었다. 창밖으로 보이는 잘 손질된 일본식 정원을 윤서는 감탄하며 구경했다. 하늘에 뜬 달은 랜턴처럼 정원을 환하게 밝히고 있었다.

「식사하시고 온천욕을 하세요. 저희는 욕탕이 3개가 있어요. 남탕이랑 여탕이랑 가족탕이 있는데 주의하셔야 될 게 8시 이후로는 남탕하고 여탕이 바뀌니까 잊지 마세요.」

「네, 그러죠.」

윤서는 정원을 내다보느라고 주인아주머니가 하는 말을 듣지 못했다. 히가시는 윤서의 뒤로 다가가 그녀의 어깨에 손을 올렸다.

"밥 먹자. 배 안 고파?"

"먹어야죠."

"그래."

히가시와 윤서는 방문 밖으로 나가 아주머니의 뒤를 따라 식당으로 들어갔다.

식사 중간에 맥주를 한 캔 마신 윤서는 취기가 올라오는 걸 느꼈다. 체력이 좋은 편이었지만 하루 종일 돌아다녔던 까닭에 빨리 씻고 일찍 잠자리에 들고 싶었다.

방으로 돌아온 그들은 온천을 하기 위해 짐을 챙겼다. 히가시는 짐가방을 한참 뒤지고 있는 윤서를 뒤에서 기다렸다.

"안 나가시고 뭐 하세요?"

"가족탕 갈 거 아니야? 같이 가려고 기다리고 있는 중인데."

능청맞은 히가시의 말에 윤서는 얼굴이 확 달아올랐다.

"무슨 가족탕을 가요. 사장님이랑 저랑 가족도 아닌데."

"가족 맞잖아. 아니야?"

"장난 그만 치고 먼저 나가세요. 어휴, 징그러워 죽겠어."

히가시는 낄낄거리며 자리에서 일어났다.

"그럼 나 먼저 간다."

"빨리 가버려욧!"

윤서는 장난스럽게 웃으며 문을 닫는 히가시를 향해 수건을 집어 던졌다.

윤서는 추운 겨울밤의 날씨에 발을 동동거리며 '여탕'이라는 팻말이 걸려 있는 문을 열고 들어갔다. 신장에 신을 넣고 탈의실 문을 연 순간 그녀는 그 자리에 석상처럼 얼어붙고 말았다. 탈의실 안에서는 히가시가 옷을 벗고 있었다. 등을 돌리고 서 있었지만 보기 좋은 잔 근육이 붙은 흉터가 있는 등과 날씬한 허리, 그리고 그 아래 위치한 탄탄하고 작은 엉덩이와 긴 다리가 윤서의 눈 안으로 여과 없이 들어왔다.

탈의실에 들어온 사람이 기척이 없자 히가시는 그제야 고개를 돌리고 뒤쪽을 돌아보았다. 자신을 멍한 얼굴로 쳐다보고 있는 윤서를 보고 당황하기는 그도 마찬가지였다.

"사, 사장님이 왜…… 여기에……."

윤서는 어버버거리며 겨우 입을 뗐다.

"여기 8시 이후로는 남탕하고 여탕이 바뀌는데, 아까 못 들었어?"

"모, 못 들었어요."

"그래?"

히가시는 장난기가 발동해 그녀를 마주보며 음흉하게 웃었다.

"알고 있었는데 일부러 문을 연 게 아니고?"

"그, 그게 무슨 말씀이세요!"

그제야 상황 파악이 된 윤서의 얼굴은 폭발 직전의 활화산처럼 붉게 달아올랐다.

"그런데 왜 안 나가? 앞모습도 보고 싶어?"

"누, 누가 그렇대요?"

"빨리 안 나가면 뒤돌아선다."

"꺄아아아아악~!"

윤서는 빛의 속도로 미닫이문을 닫고 신발을 두 손에 든 채로 허겁지겁 욕탕을 빠져나왔다. 윤서는 탈의실 문밖에서도 들릴 만큼 미친 듯이 웃는 히가시의 웃음소리에 발이 보이지 않을 정도로 빨리 달려갔다.

"아, 젠장젠장젠장⋯⋯."

욕탕 안에 몸을 담근 윤서는 벌렁거리는 심장을 진정시키기 위해 노력 중이었다.

"왜 하필이면 그때 욕탕이 바뀌냐고⋯⋯. 아⋯⋯ 흑흑⋯⋯."

욕탕 안에 얼굴을 처박은 윤서의 머릿속에 히가시의 탄탄한 등과 가는 허리, 그리고 그 아래 자리한 엉덩이의 실루엣이 뭉게뭉게 떠올랐다.

"아아아악!"

윤서는 욕탕에서 얼굴을 들고 소리를 질렀다.

"미쳤어! 미쳤어! 지윤서! 미쳤어! 생각하지 말자. 어휘! 음란 마귀야 물러가라!"

윤서는 욕탕에서 나와 텅 비어 있는 노천탕으로 발길을 옮겼다. 그녀는 한기를 피하기 위해 재빨리 노천탕 안으로 들어가 몸을 담갔다.

"아! 따뜻하니 좋다!"

그때 벽 뒤에서 히가시의 목소리가 들려왔다.

"지윤서! 목욕은 잘하고 있냐?"

"사장님?"

"그래."

윤서는 히가시의 목소리를 듣자마자 조금 전의 상황이 생각나 얼굴이 빨개졌다.

"내 몸매를 감상한 기분이 어때?"

"뭐, 뭘 감상해요. 저…… 전 아무것도 못 봤어요."

"실컷 봐놓고 어디서 오리발이야."

"아…… 안 봤다니까요!"

"뭐 좀 보면 어때, 보라고 있는 몸인데."

히가시의 웃는 소리에 그녀는 온몸이 화끈거렸다.

"너 내 몸 보고 반했냐?"

"그게 무슨 소리예요!"

"너무 감탄해서 입을 벌리고 보고 있더구만."

"그, 그런 거 아니에요!"

"멋있는 걸 보고 감탄하는 건 당연한 거야. 그렇다고 오늘밤 덮치면 안 돼."

"누가…… 덮, 덮쳐요!"

"그거야 두고 보면 알겠지."

히가시는 윤서를 놀리는데 맛이 들린 듯 유쾌하게 웃었다.

"나 먼저 방에 들어간다. 빨리 와!"

"알아서 갈게요!"

윤서는 벌써부터 히가시에게 밤새 놀림을 당할 생각에 암담해져 한숨을 푹 내쉬었다.

"진짜 망했어."

윤서는 절망스러운 표정으로 물 안으로 미끄러져 들어갔다.

윤서가 방으로 돌아가자 히가시는 고타츠 앞에 앉아 차를 마시고 있었다. 일부러 의도한 건지 아닌지 알 수는 없었지만 느슨하게 맨 허리띠 때문에 가운 사이로 그의 탄탄한 가슴이 다 들여다보였다. 윤서는 애써 히가시를 외면하며 코타츠 옆에 펴진 이부자리를 힐끗 쳐다보았다.

옷을 가방에 대충 쑤셔 넣은 그녀는 슬쩍 히가시의 눈치를 봤다. 자신을 뚫어지게 쳐다보고 있던 히가시와 엉겁결에 눈이 마주친 그녀는 '헉' 하는 소리를 내며 재빨리 고개를 돌렸다.

"안, 안 주무세요?"

히가시는 덤덤한 목소리로 그녀를 불렀다.

"이리 좀 와봐."

"왜…… 왜요."

"같이 차 마시자고. 마시면 잠이 잘 올 거야."

윤서는 아랫배가 간질거리는 것 같아 그를 외면하며 자리에 앉았다.

"목욕은 잘 했어?"

"너무 좋았어요. 특히 노천탕이 맘에 들더라고요. 머리 위쪽은 시원하고 몸은 따뜻하고."

"그 맛에 온천을 하는 거지."

"사장님은요?"

히가시는 윤서의 앞에 놓인 찻잔에 차를 따랐다.

"나도 좋았어. 이렇게 쉬어본 것도 오랜만이라."

차를 한 모금 마시자 향긋한 향기가 곤두서 있던 신경을 조금은 진정시켜 주었다. 히가시는 볼이 발그레하게 상기된 윤서를 은근한 목소리로 불렀다.

"윤서야."

"네, 네?"

"우리 오늘 밤에는……."

윤서는 히가시의 얼굴을 보며 침을 꼴깍 삼켰다.

"오늘 밤에는 뭐, 뭐요."

히가시는 윤서를 지그시 쳐다보며 뜸을 들이다가 장난스러운 얼굴로 입꼬리를 올렸다.

"푹 자자. 내일도 많이 돌아다녀야 되니까."

"그, 그래요."

"그래."

히가시는 고타츠를 옆으로 치웠다.

"그럼 이만 자자. 너도 피곤할 텐데."

"네."

윤서는 이상한 생각이 들기 전에 잽싸게 이부자리로 들어가 누웠다. 히가시는 윤서가 자리에 눕는 것을 보고 불을 껐다.

윤서는 눈을 멀뚱하게 뜬 채 천장을 쳐다보고 있었다. 몸은 피곤했지만 머리에는 오만 잡생각이 스쳐 지나갔다.

이미 잠이 든 듯 등을 돌린 히가시의 어깨가 규칙적으로 오르내리는 것을 보자 윤서는 왠지 모르게 몰려오는 실망감에 씁쓸한 기분이 되었다.

윤서는 방 안으로 쏟아져 들어오는 달빛에 길게 드리워진 히가시의 넓은 어깨와 등 그림자를 천천히 쓰다듬었다. 돌이켜 생각해 보면 히가시를 만난 것도, 그와 사랑에 빠지게 된 것도 그녀의 인생에서 일어나게 될 일이라고 결코 예상하지 못했던 것들이었다. 히가시는 고집이 세고 질투심도 많았지만 사람을 배려할 줄 아는 자상한 남자였다.

그때 잠든 줄 알았던 히가시가 윤서 쪽으로 몸을 돌렸다. 그녀를 바라보는 그의 눈빛이 어둠 속에서도 불타오르듯 빛났다. 히가시는 천천히 손을 뻗어 윤서의 가냘픈 손을 부드럽게 잡았다.

"이쪽으로…… 올래?"

히가시의 나직한 목소리에 윤서는 알 수 없는 기대감으로 몸이 흥분되는 것을 느꼈다.

"싫…… 어요."

"왜."

"이상한 짓…… 안 하기로 하셨잖아요."

"그래. 이상한 짓은 안 한다고 했지."

히가시는 윤서의 손을 힘주어 잡았다.

"하지만 너를 사랑하지 않겠다고 말한 적은 없는데……."

윤서는 처음 느껴보는 야릇함에 자기도 모르게 침을 삼켰다.

"아니면 내가 그쪽으로 갈까?"

"사장님……."

히가시는 자리에서 몸을 일으켰다. 달빛을 등지고 자리에 앉은 그의 실루엣이 무척이나 커 보인다고 윤서는 생각했다. 그는 천천히 그녀가 누워 있는 이불 옆으로 다가왔다. 윤서가 겁먹은 눈으로 히가시를 올려다보자 그는 그녀의 몸을 부드럽게 일으켰다. 그녀를 바라보는 그의 눈은 욕망으로 이글이글 불타고 있었다. 그는 그녀를 품에 안고 부드럽게 입을 맞췄다.

"내 생전에…… 이런 순간이 올 거라고는 상상도 못 했어."

"이런 순간이…… 어떤 순간인데요?"

"한 여인을 사랑하고…… 그 여인과 밤을 보내고 싶어서 미치기 직전까지 가는 순간……."

히가시는 윤서의 가운 안으로 손을 집어넣어 부드러운 등을 느리게 쓸어내렸다. 그의 손길에 그녀의 몸이 가늘게 떨려오기 시작했다.

"너를 만나기 전까지는 내가 어떤 여자를 이렇게나 원하게 될 거라고는 생각도 못 했어. 난…… 여자를 혐오했으니까."

"지금은…… 아니에요?"

"지금도…… 너 말고 딴 여자는 싫어."

히가시는 윤서의 얼굴을 부드럽게 쓰다듬었다.

"넌 나에게 너무나 특별해. 너를 만나지 않았다면 난 여자를 절대로 사귀지 않았을 거야."

"저도 마찬가지예요."

"그러니까…… 싫다고 말하지 말아줘. 이 정도 참은 것도 정말 초인적인 힘을 발휘했던 거니까."

히가시는 윤서를 간절한 눈빛으로 쳐다보았다.

"내가 얼마나 이 순간을 기다렸는지…… 너는 모를 거야."

윤서의 가운을 여미고 있는 끈으로 히가시가 손을 뻗자 그녀는 그의 손을 붙잡았다.

"사장님, 전…… 두려워요."

"뭐가……."

"전 남자랑 밤을 보내본 경험이 없어요."

윤서의 말에 히가시는 부드럽게 웃었다.

"그건 나도 마찬가지야. 나라고 두렵지 않을 것 같니?"

히가시는 제 가슴 위에 윤서의 손을 가져다 댔다. 미친 듯이 뛰고 있는 그의 심장 고동이 손바닥을 통해 그녀에게 전해졌다.

"내가 말했었지. 넌 내게 모든 게 처음이자 마지막이 될 여자라고……."

"사장님."

"네가 내 첫 여자라 기뻐. 내가 너의 첫 남자라 기쁘고. 그러니까…… 나를 밀어내지 말아줘."

히가시의 나직한 속삭임에 윤서는 마법에 걸린 것처럼 자기도 모르게 그의 목을 안았다. 그는 떨리는 손으로 그녀가 입고 있던 가운의 허리띠를 풀었다. 그는 가운 안에서 드러난 하얗고 부드러운 몸을 눈으로 음미하듯 천천히 감상했다. 어슴푸레 빛나는 달빛에 드러난 그녀의 고운 얼굴과 열망에 들떠 흐려진 눈빛, 그녀의 부드러운 몸……. 그는 이 순간을 영원히 기억하고 싶었다.

"윤서야, 사랑해."

속삭이듯 말하는 히가시의 목소리에 윤서의 심장이 미친 듯이 뛰었다. 그의 손이 움직일 때마다 터져 나올 것 같은 신음을 그녀는 간신히 참았다.

"좋으면 소리를 내도 돼. 참지 마."

히가시의 손길을 따라 윤서의 목 안에서 가는 신음 소리가 새어 나왔다. 그는 서두르지 않았다. 생애 처음 맛보는 흥분과 쾌감에 몸을 맡긴 윤서는 아무 생각도 할 수가 없었다. 그녀의 눈에는 달빛에 어슴푸레하게 빛나는 천장의 실루엣이 더 이상 보이지 않았다.

"사장님."

"왜."

"이러려고 방을 하나만 잡으신 거예요?"

생뚱맞은 윤서의 질문에 히가시는 웃음이 터졌다.

"아니, 진짜 아무 짓도 안 하려고 했었어."

"그런데 왜 이러셨어요."

"네 얼굴……."

"네?"

"온천욕하고 들어온 네 얼굴이 너무 예뻤거든. 복숭아처럼 뽀얗고 너무나 부드러워 보여서 한입 맛보고 싶다는 생각이 들었어. 안 그랬으면 그냥 잤을 텐데."

히가시는 부드러운 윤서의 몸을 꼭 껴안았다. 그는 그녀의 등의 흉터를 부드럽게 쓸어 내렸다. 그가 흉터에 손을 대자 그녀는 불에 덴 듯 가늘게 몸을 떨었다. 그는 그녀가 짊어져 온 삶의 상처에 가슴이 아팠다.

"이렇게 가냘프고 부드러운 몸에 매질을 했다니……."

"그 이야기는…… 하지 마세요."

"이젠 더 이상 아프지 않을 거야. 내가 있으니까……."

"사장님도요."

윤서는 히가시의 벗은 등을 천천히 쓰다듬었다.

"너랑 나는 둘 다 가족에게 받은 상처를 훈장처럼 달고 평생을 살아가는구나."

히가시의 말에 녹아 있는 아픔이 그대로 느껴져 윤서는 그의 품으로 파고들었다.

"너무 외로웠어. 너무 힘들었고. 그런데 이젠 네가 옆에 있으니까……."

히가시는 윤서를 꼭 안았다.

"내 옆에서 떠나지 말아줘. 네가 없으면…… 난 살 수 없을 거야."

"떠나지 않아요."

"그래."

히가시는 윤서의 머리카락에 입을 맞추었다. 창호지로 스며든 달빛은 위로하듯 두 연인의 머리맡을 지키고 있었다.

2. 각자의 연말 풍경

　창문으로 들어오는 햇빛에 잠이 깬 윤서는 고개를 들고 주위를 둘러보았다. 눈이 부어 잘 떠지지 않는 바람에 보이는 게 별로 없었지만 창호지 문을 통해 들어온 햇살은 아침이라고 하기에는 너무 밝았다.

　윤서는 손을 뻗어 등 뒤에 있는 따뜻한 물체를 더듬거렸다. 히가시는 윤서의 허리에 손을 두르고 다른 손으로는 그녀에게 팔베개를 해준 채로 세상모르고 잠이 들어 있었다. 겨우 눈을 제대로 뜨고 시간을 확인한 그녀는 순식간에 잠이 확 달아났다.

　"사장님! 사장님 일어나요!"

　윤서는 자리에서 벌떡 일어나 히가시의 어깨를 흔들었다.

　"왜…… 왜 그래……."

　히가시가 잠에서 덜 깬 채 웅얼거리자 윤서는 이부자리에서 빠져나와 빛의 속도로 속옷을 입기 시작했다.

"사장님! 지금 10시 50분이에요. 여기 11시까지 퇴실해야 되지 않아요?"

윤서의 말에 히가시는 눈을 번쩍 떴다.

"몇 시라고?"

"10시 50분이요. 우리 세수하고 옷 입고 짐 챙겨서 나가야 된다고요!"

"아아! 망할."

히가시는 이불을 걷어차고 일어나 속옷을 주워 입기 시작했다. 그의 맨몸을 본 윤서는 식겁한 얼굴로 고개를 돌렸다.

"사장님, 아무리 급해도 몸 좀 가리세요!"

"너도 속옷만 입고 있잖아!"

"그러니까 고개 돌리시라고요!"

"알람은 왜 안 울린 거야!"

두 사람은 재빨리 옷을 입고 뻗친 머리를 빗지도 못하고 방을 나갔다. 세수도 못한 두 사람의 얼굴을 본 주인아주머니는 웃으며 히가시가 내민 방 열쇠를 받았다.

「온천욕은 충분히 즐기셨어요?」

「네, 아주 좋았어요.」

「아침을 드시라고 깨우러 갔는데 기척이 없어서 피곤하신가 보다 했어요.」

「아…… 네. 하하하하하.」

히가시는 어색한 얼굴로 소리를 내서 웃었다. 옆에 서 있던 윤서는 부끄러움에 얼굴이 화끈 달아올랐다.

「이제 어디로 가실 건가요?」

「구마모토 쪽으로 가볼까 해요.」

「아소산으로 가시려고요?」

「네.」

「구경 잘하세요. 연말 잘 보내시고요.」

「네, 잘 쉬고 갑니다.」

히가시와 윤서는 주인아주머니의 작별 인사를 뒤로하고 주차장으로 나왔다.

"이게 다 사장님 때문이에요."

"왜 나 때문이야!"

"전 그냥 자려고 했는데 사장님이……."

"34년이나 참았으면 그럴 수도 있지. 너도 좋아했잖아."

히가시는 캐리어를 트렁크에 넣고 길게 기지개를 켰다.

"아! 배고프다. 아점이나 먹으러 가자."

히가시는 환하게 웃으며 윤서를 위해 조수석의 문을 열었다.

아소산 관광을 마친 윤서와 히가시는 그 지역에서 유명한 농장에 들렀다. 그들은 소프트 아이스크림을 하나씩 사 들고 카페의 구석자리에 앉았다.

"아이스크림 정말 맛있어요."

"농장에서 직접 짠 우유로 만든 거래. 그런데 말이지……."

히가시의 진지한 목소리에 윤서는 그를 의아하게 쳐다보았다.

"왜요?"

"우리 뒤로 본가에서 사람이 따라붙었어."

"네?"

"아마 후쿠오카 아파트에서부터 따라온 것 같은데……."

"전 전혀 몰랐어요."

윤서가 고개를 두리번거리자 히가시는 경고하듯 그녀에게 속삭였다.

"두리번거리지 마."

"네."

"그런데 내 생각엔 영감이 보낸 사람들이 아닌 것 같아."

"그럼 누가……."

"나는 큰형 말고 이복형이 하나 더 있어."

"그래요?"

"그런데 그 인간은 나랑 사이가 안 좋아. 아마 그쪽에서 보낸 사람들인 것 같아."

"사장님이랑 저를 따라다녀서 뭘 얻겠다고……."

"그 인간이 뭘 원하는지는 나도 잘 모르겠다."

그는 테이블 아래로 윤서의 손을 꼭 잡았다.

"절대로 내 옆에서 떨어지면 안 돼. 그리고 내가 신년회에 가 있는 동안은 료랑 민호랑 꼭 붙어 다녀. 알았지?"

"네."

히가시는 불안한 표정으로 윤서의 얼굴을 찬찬히 살펴보았다. 그런 그들의 모습을 구석에서 누군가가 몰래 촬영하고 있었다.

운전을 하는 내내 히가시는 룸미러로 뒤따라오는 차를 계속 주시했다. 윤서는 걱정스러운 얼굴로 내내 사이드미러를 쳐다보았다.

"우리 차를 따라오고 있는 걸까요?"

"아마도…… . 지금은 눈에 보이진 않지만…… ."

"사장님 댁 분들은 왜 사장님을 감시하는 거예요?"

집안일을 생각하자 히가시는 마음이 무거웠다.

"아버지와 큰형인 쿄우 형은 내가 다시 집안으로 돌아와서 일하기를 원해. 큰어머니와 둘째 형인 켄지 형은 내가 다시 그 집에 발 들이지 않기를 원하고. 둘 다 나를 감시하고 싶은 이유가 있는 거지."

"사장님이 아주 어릴 때부터 집안 분위기가 이랬던 거예요?"

"응."

"정말 힘드셨겠네요."

"너보단 덜 힘들었을 거야.

히가시는 윤서의 머리를 위로하듯 쓰다듬었다.

"사람에게는 각자의 삶에서 지고 갈 무게라는 게 있어. 내게 부여된 무게는 그만큼이었던 거지."

"사장님이 여자들을 못 만났던 이유를 조금은 알 것 같아요."

"못 만난 게 아니라 안 만난 거야. 착각하지 마. 나 인기 많았어."

"그래요. 안 만났다고 할게요."

히가시는 긴장감이 다소 해소된 듯 윤서를 향해 다정하게 웃었다.

"그래도 너랑 이렇게 여행하니까 좋다."

"사장님도 여행하는 게 오랜만 아니에요?"

"맞아. 진짜 오랜만이지."

땅거미가 내려앉고 있는 도로의 쓸쓸한 풍경은 히가시에게 힘들었던 어린 시절을 생각나게 만들었다. 히가시의 표정이 가라앉은 것을 본 윤서는 조심스럽게 그에게 말을 건넸다.

"무슨 생각 하세요?"

"그냥 어릴 때부터 지금까지의 내 인생……, '블랙잭'이 자리 잡기까지의 과정이랑 이런저런 것들……."

"사장님은 참 대단해요."

"뭐가."

"그렇게 힘들었는데도 잘 살아남으셨잖아요. 성공도 하고."

"그게 대단한 건가?"

"그럼 아니에요?"

"내가 원한 건……."

말을 하다 말고 히가시는 그토록 원했지만 가지지 못했던 것에 대한 욕망이 새삼스럽게 그의 가슴을 짓누르는 것을 느꼈다.

"돈을 많이 버는 것도, 성공하는 것도 아니었어. 그저 남들과 비슷하게 평범하게 사는 거였는데……."

히가시는 구원자의 손을 잡는 병자처럼 간절하게 윤서의 손을 꼭 잡았다.

"그게 그렇게 쉽지가 않네."

"저도 사장님이 무슨 말을 하는지 알아요."

윤서는 히가시의 손 위에 자신의 손을 올렸다.

"그래, 무슨 뜻인지 알았으면 됐어."

히가시는 윤서에게 다정하게 웃어준 뒤 어둠이 짙게 깔린 도로를 향해 다시 시선을 돌렸다.

히가시가 예약한 온천은 산의 중턱에 자리하고 있었다. 어제 묵었던 작은 여관과는 다른, 통나무로 지은 산장을 연상시키는 온천 건물은 제법 규모가 컸다. 고급 호텔처럼 우아한 실내 장식이 되어 있는 로비에 들어서자 히가시는 프런트로 가서 체크인을 했다. 한참을 직원에게 설명을 들은 그는 방 열쇠를 받아서 윤서에게 돌아왔다.

"건물 뒤쪽에 우리가 묵을 방이 있대. 가자."

로비에서 숙소로 이어지는 통로에는 지붕이 있어 비가 오거나 눈이 와도 숙박객들은 옷이 젖을 염려 없이 식당이 있는 본관으로 이동을 할 수 있게 되어 있었다. 캐리어를 끌고 히가시를 따라가던 윤서는 지붕 바깥으로 보이는 하늘을 올려다보았다. 그새 어두워진 겨울 밤하늘에는 장식용 꼬마전구를 수만 개 켜놓은 듯한 별들이 하늘을 뒤덮고 있었다.

"사장님! 하늘 좀 보세요."

히가시는 걸음을 멈추고 밤하늘을 올려다 보았다.

"태어나서 이렇게 별이 많이 떠 있는 광경은 처음 봤어요."

"정말 아름답네! 굉장하다."

"사장님, 별자리 볼 줄 알아요?"

"대충은. 북두칠성이랑 북극성, 카시오페이아 같은 건 알지."

"겨울 하늘의 왕자는 오리온자리잖아요."

캐리어를 숙소로 가는 통로에 놓아두고 윤서는 길 옆의 잔디밭으로 나갔다. 히가시도 그녀를 따라 잔디밭으로 발걸음을 옮겼다.

"이쪽으로 와보세요. 저기 별 세 개가 나란히 붙은 게 보이죠? 저게 삼태성이에요. 저걸 중심으로 위쪽의 오각형이랑 아래쪽의 사다리꼴이랑……."

밤하늘 대신 히가시는 윤서의 얼굴을 쳐다보았다. 그녀는 그를 향해 미간을 살짝 찌푸렸다.

"지금 제가 하는 말 듣고 계신 거죠?"

"다 듣고 있어. 그런데 난 별자리보다……."

히가시는 윤서의 목덜미를 부드럽게 쓰다듬었다.

"네 벗은 몸이 보고 싶은데……."

히가시의 속삭임에 윤서의 얼굴이 화끈 달아올랐다.

"사장님, 진짜 음흉해요."

"왜 이래, 서로 다 본 사이에."

"보긴…… 뭐, 뭘 봐요."

"그럼 어젯밤에 내가 본 건 뭐였지."

히가시의 입가가 슬쩍 말려 올라가자 윤서는 그의 팔을 뿌리치고 잔디밭을 가로질러 통로를 향해 걸어갔다. 그때 무심코 아래를 내려다본 그녀가 비명을 질렀다.

"악! 이게 뭐야!"

히가시는 깜짝 놀라 윤서의 옆으로 달려갔다. 그녀가 지푸라기가 섞인 진흙덩이 같은 것을 발로 차고 어쩔 줄을 몰라 하고 있자 그는 터져 나오는 웃음을 참느라고 입을 막았다.

"사장님! 이거 뭐예요?"

신발을 잔디에 문지르며 윤서가 툴툴거리자 히가시는 결국 참지 못하고 웃음을 터뜨렸다.

"하하하하, 그거 말똥이야."

"뭐라고요?"

히가시의 말에 윤서는 신발을 벗어 손에 들고 본격적으로 신발 밑창을 풀밭에 문지르기 시작했다.

"아니, 여기 말똥이 왜 있어요!"

"이 온천에서는 말을 키우거든. 그런데 넌 그걸 또 발로 걷어찼냐?"

배를 잡고 웃는 히가시를 노려보던 윤서의 입이 앞으로 튀어나왔다.

"사장님 미워요."

신발을 신고 통로로 들어선 윤서는 숙소를 향해 뒤도 돌아보지 않고 걸어갔다. 히가시는 눈물이 맺힌 눈가를 닦고 킥킥거리며 그녀의 뒤를 따라갔다.

히가시와 윤서는 온천을 하기 위해 가운으로 갈아입고 방에서 나갈 준비를 하는 중이었다.

"온천 언제까지 하실 거예요."

"지금 몇 시지?"

"8시인데요."

"그럼 한 시간 뒤에 볼까? 그 정도면 시간 충분하지?"

"네."

"온천하고 맥주 한잔 마시자."

"그래요."

윤서가 방에서 나가려 하자 히가시는 그녀의 손목을 잡았다.

"윤서야."

"네?"

"여기…… 혼탕 있는데…… 거기 갈래?"

윤서는 지금 이 남자가 무슨 말을 하나 싶어 눈만 깜박거렸다. 이내 그의 말의 의미를 깨달은 윤서는 황당한 얼굴로 히가시를 쳐다보았다.

"시…… 싫어요."

"왜? 난 너랑…… 목욕하고 싶은데……."

윤서는 히가시에게 잡힌 팔을 빼고 잽싸게 문고리를 돌렸다.

"저 먼저 온천으로 갈게요."

히가시가 또 딴소리를 할까 봐 발에 모터가 달린 것처럼 윤서가 방을 재빨리 나가자 그는 헛웃음을 지었다.

"아직은 그렇겠지?"

히가시는 멋쩍은 얼굴로 온천으로 발걸음을 옮겼다.

윤서는 온천 앞에 펼쳐진 야경을 경이로운 표정으로 감상했다. 밤이라 멀리 있는 산들은 보이지 않았지만 크리스털을 뿌려놓은 듯한 수많은 별들은 장관을 이루고 있었다. 온천으로 들어가 목만 내놓은 윤서는 욕조의 모서리에 팔을 올려놓았다. 그녀와 같이 탕에 들어와 있던 중년의 아주머니는 물 위에 띄워놓은 쟁반 위에서 정종을 따라 마시는 중이었다. 그녀는 무료했던 듯 윤서의 옆으로 다가왔다.

「참 아름답죠?」

「네.」

「온천은 밤에 하는 게 제맛이죠.」

「진짜 너무 환상적이에요.」

「내일 아침에 온천 하러 와서 보면 놀랄 거예요.」

「왜요?」

「여긴 말을 방목해서 말이 욕탕 바로 근처까지 오거든요.」

「그래요?」

아주머니는 기분이 좋은 듯 빈 잔을 다시 채웠다.

「이곳은 참 아름다운 곳이에요. 살기도 좋고.」

「전 오늘 처음 와봤는데 정말 좋더라고요.」

「난 여기가 고향이에요. 지금은 연말이라 집에 잠시 와서 머물고 있는 거예요.」

「아, 그러시구나.」

「아가씨는 누구랑 여기 왔어요?」

아주머니의 물음에 윤서는 뭐라고 대답을 해야 할지 망설였다.

「남자…… 친구랑요.」

「어머, 좋겠네. 부럽네요.」

따뜻한 온천과 맛 좋은 정종을 즐기고 있는 그녀는 세상에 부러울 것이 없는 표정이었다.

「이 지역의 별명이 뭔지 알아요?」

「뭔데요?」

「'불의 나라'예요.」

「아, 아소산 때문인가요?」

「맞아요. 그래서 이곳 출신 여자들은 '불의 나라'의 여자들이라고 불리죠.」

「무슨 뜻이 있나요?」

「이 지역 여자들이 그만큼 화끈하고 생활력이 강하거든요.」

「멋진데요.」

「충분히 즐기고 많이 돌아보고 가요. 내 고향이라서가 아니라 이 지역은 진짜 볼 게 많아요.」

「그럴게요.」

윤서는 밤하늘의 환상적인 별들을 눈 안에 가득 담았다.

윤서가 방으로 돌아가자 히가시는 이미 맥주를 고타츠 위에 차려놓고 그녀를 기다리는 중이었다. 그의 얼굴도 온천을 잘 즐기고 나온 듯 빨갛게 상기되어 있었다. 코타츠 위의 맥주 캔에는 매화 꽃 그림과 함께 '冬物語(겨울 이야기)'라는 한자가 쓰여 있었다.

"이건 어제 마신 거랑 다르네요."

"응, 맥주 회사마다 각 계절 특선 맥주를 내놓으니까. 아까 자판기에 보니까 이 맥주가 있더라고. 나 이거 좋아하거든."

"온천은 잘 하셨어요?"

"좋았어. 밤하늘이 참 멋있더라."

"아침에 온천을 하러 가면 말을 볼 수 있대요."

"그래?"

히가시는 맥주를 한 모금 마셨다.

"넌 어땠어?"

"저도 좋았어요. 그런데 사장님……."

"왜?"

윤서는 쑥스러운 얼굴로 겨우 입을 열었다.

"저…… 오늘 밤은…… 그냥 자면…… 안 돼요?"

"싫은데."

"왜요?"

"넌 내가 도 닦는 스님인 줄 아냐. 여자 친구랑 여행 와서 그냥 잠만 자면 그게 수도승이지 남자냐?"

"그렇지만……."

"왜? 싫어? 어젯밤에 만족을 못 했어?"

히가시가 윤서에게 몸을 기울이자 그녀는 얼떨결에 뒤로 몸을 뺐다. 어젯밤을 떠올린 그녀의 얼굴은 주체할 수 없을 정도로 달아올랐다.

"그, 그런 게 아니에요."

"그럼?"

"그게…… 좀…… 아, 아팠어요."

기어들어가는 윤서의 말을 들은 히가시는 미간에 주름을 잡았다.

"많이…… 아팠어?"

"네, 조금……."

"미안하네. 내가 생각을 좀 잘했어야 되는데……."

"그런데 그건 뭐 딱히 사장님 잘못이라고 하기엔……."

윤서는 우물쭈물하며 자신의 손을 내려다보았다. 히가시는 너무 자기 생각만 한 것 같아 그녀에게 미안해졌다.

"너무 내 생각만 한 것 같아서 미안한데."

"아니, 그런 건 아니에요……. 저도 좋았어요."

"네가 싫어하면 안 할게. 둘 다 즐거워야지 나만 좋으면 무슨 소용이 있어."

"감······ 감사합니다."

"그 대신······."

히가시의 말에 윤서는 고개를 들었다.

"가슴은 만져도 되지?"

"사장님!"

"그 정도까지는 네가 양보를 해야지."

정색을 한 히가시를 마주보며 윤서는 한숨을 내쉬었다.

"알았어요."

윤서의 어깨가 축 처지자 히가시는 발끝으로 그녀의 다리를 살짝 건드렸다.

"농담도 못 하겠네. 장난이야. 아무 짓도 안 할게."

"아니, 가슴 정도는······ 괜찮······."

윤서의 대꾸에 히가시는 마시던 맥주를 뱉을 뻔했다.

"너 그 말 진심이야?"

"네······."

윤서의 목소리가 또다시 기어들어가자 히가시는 맥주를 고타츠 위에 내려놓았다.

"오늘은 그냥 자자."

"왜요?"

"아직 이틀 밤이나 더 있는데 뭐. 네가 괜찮다는 생각이 들면 이야기해. 난 강제로 하고 싶은 생각은 없어."

"그래도······ 돼요?"

"물론이지. 네 몸은 소중한 거야. 그리고 난 네 의사를 존중하고 싶어."

히가시는 다정하게 미소를 지으며 윤서의 머리를 쓰다듬었다.

불을 끈 방 안은 어두웠다. 싱글 침대 위에서 벽을 향해 몸을 돌리고 누워 있던 윤서는 히가시의 침대에서 들리는 소리에 귀를 기울이고 있었다. 한참을 몸을 뒤척이던 그는 잠이 들었는지 이내 부스럭거리던 소리가 잠잠해졌다.

아무 짓도 하지 말라고 했던 건 그녀였지만, 막상 불을 끄고 침대에 눕자 왠지 모르게 후회가 밀려와 마음속에서 갈등이 일어났다.

'그냥 잘까? 아님……. 지금 일어나서 사장님 침대로 가면 너무 욕정에 불타는 걸로 보일까? 가서 확 덮칠까?'

머릿속으로 오만 가지 잡생각을 하고 있던 윤서는 이런 자신의 모습이 한심스러워 땅이 꺼지게 한숨을 쉬었다. 그때 히가시가 그녀에게 말을 건넸다.

"잠이 안 와?"

"아…… 아니요."

"그런데 웬 한숨이야."

"그냥 좀 피곤해서요."

"잠이 안 오면 내가 무서운 이야기 해줄까?"

히가시의 말에 윤서는 그가 있는 쪽으로 고개를 돌렸다. 고타츠 너머의 그는 팔로 자신의 머리를 괴고 천장을 보고 누워 있었다.

"무서운 이야기 뭐요?"

"어떤 소년이 어릴 적에 숲 속의 요괴를 만났던 이야기."

．．．

길도 없는 수풀 속을 헤치며 켄지의 뒤를 따라가던 어린 히가시는 숨을 헉헉거리며 저만큼 앞서서 걸어가고 있는 그를 불렀다.

「형! 형! 같이 가자.」

중학생인 켄지는 히가시가 부르는 소리에 몸을 돌려 음산한 눈으로 그를 쳐다보았다.

「빨리 와.」

「진짜 이쪽으로 가면 숲 속의 요괴가 있는 거지?」

「물론이지.」

켄지가 서 있는 곳에 히가시가 간신히 도달하자 그는 몸을 돌려 앞쪽의 어두운 수풀을 손가락으로 가리켰다.

「바로 저기야. 저기가 숲 속의 요괴가 사는 곳이야.」

히가시는 켄지가 손가락으로 가리키는 곳을 눈을 빛내며 쳐다보았다.

「저기?」

「응. 네가 앞서서 갈래?」

「응.」

히가시가 앞서서 걸어가자 켄지는 입꼬리를 비틀어 올리며 비릿한 웃음을 지었다.

질투심과 욕심이 많은 켄지는 자신보다 잘난 형의 뒤를 따라가는 것도 힘에 부쳤다. 유타카 집안에서 개인의 능력이란 곧 집

안에서의 생존을 의미했다. 능력이 떨어지는 자는 집안에서 철저히 도태되었다. 어릴 때부터 이런 집안의 분위기를 보고 자라온 켄지는 형인 쿄우를 이기기 위해서 기를 쓰고 발버둥을 쳤다. 그러나 발버둥을 치면 칠수록 쿄우는 항상 저만큼이나 자신을 앞서가고 있었다.

그런 그의 앞에 어느 날 아버지를 꼭 빼닮은 히가시라는 녀석이 나타났다. 나이는 어렸지만 히가시는 매우 영민하고 운동신경도 좋았다. 날이 갈수록 학교에서나 집안에서 두각을 나타내는 히가시를 보며 켄지는 자신의 안에서 자라나는 불안감을 감출 수가 없었다.

'불안한 싹은 미리 잘라두는 게 낫지.'

어두운 수풀을 향해 다가가는 히가시의 뒷모습을 보는 켄지의 눈은 먹이를 노리는 뱀처럼 빛나고 있었다. 마침내 수풀의 앞에 도착한 히가시는 켄지를 돌아보았다.

「형, 어디야?」

「바로 이 수풀 너머.」

「어디?」

「수풀을 헤치고 내려다 봐.」

히가시가 수풀을 헤치고 아래쪽을 내려다보자 켄지는 어린 동생의 등을 노리고 발을 힘껏 날렸다.

「아악! 형아!」

수풀 뒤의 절벽으로 히가시가 굴러 떨어지는 소리가 들렸다. 이내 '쿵' 소리가 들리자 켄지는 수풀을 헤치고 피투성이가 되어 절벽 아래에 떨어져 있는 히가시를 내려다보았다. 웃고 있는 그의 얼굴은 잔인함과 살의로 덮여 있었다.

「거기서 그러고 있으면 숲 속의 요괴를 만날 거다.」

켄지는 의식을 잃은 히가시를 버려두고 왔던 길을 되돌아갔다. 이 정도 깊이의 숲이면 히가시의 시체가 발견될 확률은 거의 없었다. 켄지는 떨리는 마음을 애써 누르며 태연하게 집을 향해 걸어갔다.

· · ·

히가시의 이야기를 듣고 있던 윤서는 안색이 창백해져 침대에서 몸을 일으켰다. 그녀는 침대에 걸터앉아 그를 뚫어지게 쳐다보았다.

"사장님……. 그거 사장님 이야기죠?"

윤서의 목소리가 떨렸다. 히가시가 어떤 소년의 이야기라고 했지만 그녀는 직감적으로 그것이 그의 어릴적 이야기임을 알았다.

히가시는 팔을 괸 채로 윤서를 빤히 쳐다보았다.

"어떻게 알았어."

"혹시…… 등의 흉터가 그때 생긴 거예요?"

"응."

"어…… 어떻게 그런…….

"우리 집안은 원래 그래."

"그렇지만…….

윤서의 울음기가 밴 목소리를 들은 히가시는 자리에서 일어났다.

"울지 마. 그냥 옛날이야기를 한 것뿐인데 왜 울어."

"너무…… 심하잖아요."

히가시는 슬픈 얼굴로 미소를 지었다. 그는 조용히 일어나 손등으로 눈물을 닦고 있는 윤서의 옆에 앉았다.

"너를 울리려고 한 이야기는 아닌데."

히가시는 윤서의 어깨에 팔을 두르고 그녀의 얼굴을 들여다보았다.

"울지 마. 내가 숲 속의 요괴를 만났는지 안 만났는지 안 궁금해?"

"……."

히가시는 훌쩍이는 윤서를 자신의 품에 꼭 끌어안았다.

· · ·

의식이 돌아온 히가시는 간신히 눈을 뜨고 어두워져 가는 숲 속의 새까만 나무 그림자들을 올려다보았다. 켄지를 조심하라는 하쿠오의 충고를 매일매일 들었던 터라 절벽까지 오는 동안 나뭇가지들을 부러뜨려 놓긴 했지만 그가 이렇게까지 지독한 짓을 할 거라는 생각은 하지 못해 방심하고 말았다.

「망할 새끼.」

팔다리를 움직여 보자 다행히 부러진 곳은 없는 듯했다. 하지만 몸을 일으키려고 하자 찌르는 듯한 통증이 가슴을 강타했다. 히가시는 다시 바닥에 털썩 드러누웠다. 등의 상처가 꽤 큰지 입고 있던 셔츠가 온통 축축하고 끈적끈적한 피로 물든 것이 느껴졌다.

「난 여기서 죽는 건가?」

그때 절벽의 위쪽에서 불빛이 보였다.

「도련님! 히가시 도련님!」

위쪽에서 자신을 돌보는 집사인, 하쿠오의 목소리가 들리자 히가시는 겨우 고개를 들었다.

「여기야! 여기! 할아범!」

히가시는 가슴을 찌르는 통증에도 불구하고 남은 힘을 다 짜내서 하쿠오를 불렀다. 이윽고 하쿠오의 플래시가 절벽 아래쪽에 누워 있는 그를 비췄다.

「이런…….」

하쿠오는 황급히 밧줄을 몸에 감고 절벽의 아래로 내려왔다. 다행히 절벽은 경사가 져 있었고 바닥은 낙엽과 부식토가 쌓여 있어 부드러웠다. 하쿠오는 늙은이답지 않은 날쌘 몸놀림으로 순식간에 달려와 히가시의 상태를 살펴보았다. 그는 말문이 막힌 표정으로 히가시의 몸을 안아 들었다. 등 뒤에 빛을 받은 하쿠오의 모습이 숲 속의 요괴 같아 보여 히가시는 고통스러운 와중에도 킥킥거리며 웃었다.

「그 새끼 말대로 숲 속의 요괴가 있긴 있었네.」

「도련님!」

「생각보다 일찍 왔네.」

「세상에, 이 무슨 짓을…….」

하쿠오가 준 위치 추적기가 붙어 있는 시계를 차고 있었던 덕분에 히가시는 목숨을 건질 수가 있었다.

하쿠오의 뒤를 이어 집안에서 일하는 사람들이 차례대로 절벽 아래로 내려왔다.

「이건 켄지 도련님의 짓인가요?」

뒤따라 내려온 사람이 건넨 담요를 히가시에게 덮어주는 하쿠오의 목소리에 살기가 배어 있었다. 대답 대신 히가시의 얼굴이 굳어지자 하쿠오는 책망하는 얼굴로 그를 내려다보았다.

「제가 말씀드렸잖아요. 켄지 도련님이 뭔가 꾸미고 있다구요.」

「됐어. 이걸로 당분간 이상한 짓거리는 못 하겠지.」

어린애답지 않은 히가시의 대꾸에 하쿠오는 심난한 얼굴로 한숨을 쉬었다.

「아무리 그래도 이건…….」

「안 죽었으니 됐어.」

뒤이어 내려온 들것에 히가시를 옮겨 눕힌 후 하쿠오는 그의 손을 잡았다.

「앞으로는 이렇게 말없이 켄지 도련님을 따라가지 마세요. 진짜 죽을지도 몰라요.」

「알았어.」

들것에 실려 위쪽으로 올라가는 히가시를 보며 하쿠오는 착잡한 기색을 숨기지 못했다.

· · ·

핸드폰 알람 소리에 눈을 뜬 윤서는 손을 뻗어 어두운 머리맡을 더듬거렸다. 아침 해가 떠오른 화면을 배경으로 액정에는

'7:30'이라는 숫자가 찍혀 있었다. 윤서는 몸을 뒤척여 옆에 누워 있는 히가시의 품으로 파고들었다.

어젯밤 그의 이야기를 듣고 펑펑 울던 그녀를 히가시는 따뜻하게 안아주었다. 그의 어린 시절이 험했을 거라 예상은 했지만 막상 그에게 듣게 된 사실은 상상 이상이었다. 그의 이야기를 들으며 윤서는 아버지에게 매를 맞고 밤새 어둠 속에서 혼자 웅크려 울던 자신의 어린 시절을 떠올렸다. 그때 느꼈던 비참함과 공포심이 어린 히가시가 절벽 아래에서 죽음을 기다리며 느꼈을 감정에 대입되어 그녀의 마음 속에 아프게 파고들었다. 그녀는 그가 더 이상 그런 아픔을 느끼지 않도록 그의 옆에 있어주고 싶었다.

품으로 파고드는 윤서를 히가시는 반쯤 잠이 든 상태로 꼭 껴안았다.

"왜 이렇게…… 일찍 알람을…… 맞춰놓은 거야."

히가시가 웅얼거리자 그녀가 그의 가슴에 손을 얹었다.

"오늘은 아침 먹으려고요."

"아침…… 그래……. 아침 먹어야지."

"사장님도 일어나세요."

"귀찮…… 은데."

"아침도 먹고 온천도 해요. 노천 온천에서 말도 보고 아침 풍경도 봐야죠."

"아…… 괜히 온천으로 왔잖아……. 그냥……호텔에서 잘걸."

히가시는 여전히 눈을 감은 채로 윤서의 말에 느릿하게 대꾸했다.

"전 일어날래요."

"가지 마⋯⋯. 10분만 더 있다가⋯⋯ 같이 가."

윤서가 보기에 히가시의 상태는 10분을 가지고는 해결이 안 될 것 같았다.

"사장님 상태를 보니 한 시간 가지고도 안 될 것 같은데⋯⋯."

"나를 깨우는 방법이⋯⋯ 하나 있는데⋯⋯."

"뭔데요."

히가시는 눈을 살짝 뜨고 윤서를 보며 씩 웃었다.

"이렇게 하면 되지."

히가시는 순식간에 윤서를 똑바로 눕히고 그녀의 몸 위로 올라탔다. 그의 잽싼 행동에 당황한 윤서의 얼굴이 토마토처럼 새빨개졌다.

"사장님!"

"뽀뽀만 할게. 알았지?"

히가시는 윤서의 얼굴을 내려다보며 그녀에게 입을 맞췄다. 그는 윤서의 아랫입술을 제 입술 사이에 물고 혀로 부드럽게 쓸어내리며 천천히 맛보기 시작했다. 그의 손은 자연스럽게 아래로 미끄러져 내려가 그녀의 가운 사이로 파고들었다. 히가시의 갑작스러운 손놀림에 놀라 눈을 크게 뜬 윤서는 가운 안에서 그의 손을 떼어내기 위해 안간힘을 썼다. 그러나 그가 물러날 기미가 없어 보이자 이내 포기하고 눈을 감았다. 그녀는 히가시의 가운 안으로 손을 넣어 근육이 적당히 붙은 그의 가슴을 천천히 쓸어내렸다. 그는 윤서의 부드럽고 달콤한 입술과 보들보들한 몸을 황홀할 정도로 생생하게 느끼고 있었다.

"너랑 있으면 세상에 부러울 게 없어."

가운 안에서 느껴지는 히가시의 손놀림에 윤서의 호흡이 거칠어졌다.

"사장님…… 제발……. 부끄러워요."

"뭐가 부끄러워. 서로 사랑하는 사람끼리 이러는 건 부끄러운 게 아니야."

히가시는 윤서의 목덜미에 얼굴을 묻고 사과 향이 나는 그녀의 달콤한 체취를 한껏 들이마셨다.

"행복해. 내 생애 이렇게 행복한 건 처음이야."

히가시의 나지막한 중얼거림에 윤서는 그의 등을 꼭 껴안았다.

"저도 행복해요."

윤서의 대답에 히가시는 고개를 들어 다시 그녀에게 진하게 입을 맞추었다.

인영은 가게 안으로 들어온 시형에게 가볍게 묵례를 했다. 시형은 인영의 맞은편에 앉아 손님이 가득 찬 가게 안을 한 바퀴 둘러보았다.

"크리스마스는 잘 보냈어요?"

시형은 인영에게 상냥하게 미소를 지었다.

"전 그냥 집에서 TV 보면서 보냈어요. 선생님은요?"

"난 스키장에 다녀왔어요. 스케줄 없는 거 알았으면 연락했을 텐데."

인영은 미소만 지을 뿐 대꾸가 없었다. 시형은 그녀의 목이 허전한 것을 보고 실망감에 표정이 굳었다.

"내가 선물해 준 목걸이랑 귀걸이…… 안 했네요."

"아…… 사실 그 선물이요."

인영은 뭐라고 대답을 할까 생각을 하며 잠시 망설였다.

"받기가 너무 부담스러워요. 비싼 것 같은데…… 돌려드리고 싶어요."

인영의 대답에 당황한 시형은 자기도 모르게 목소리가 커졌다.

"인영 씨, 사실 그거 크리스털이에요. 너무 비싼 걸 받으면 곤란해할까 봐 나름 저렴한 선물을 고른 건데……."

"그렇지만……."

"저도 선물 사기 전에 고민 많이 했어요. 당신이 너무 비싼 물건을 선물로 주면 안 받을 걸 아니까……. 미리 말을 했어야 되는데."

시형은 나직하게 한숨을 쉬었다.

"너무 부담 가지지 말고 평소에 하고 다녀요. 인영 씨는 액세서리도 안 하고 다니잖아요."

시형이 좋은 남자라는 사실을 알고 있었지만 오랜 시간 마음을 닫고 지냈던 인영은 그가 다가오는 것이 두렵고 불편했다. 어쩔 줄 몰라 하는 시형을 보던 인영은 아무 말 없이 그의 앞으로 얼음이 담긴 언더락 잔을 밀었다.

"오늘 크레이건 모어가 새로 들어왔어요. 한 잔 드릴까요?"

시형은 무표정한 인영의 얼굴을 한참 보다가 고개를 돌렸다.

"그걸로 줘요. 그럼."

"잠시만 기다리세요."

시형은 위스키를 가지러 가는 인영의 뒷모습에서 눈을 떼지 못했다. 그녀가 돌아오자 그는 조심스럽게 그녀에게 말을 건넸다.

"연말엔 뭘 할 계획이에요?"

"아직 아무런 계획도 없어요."

"그럼…… 나랑 어디 좀 갈래요?"

시형의 제안에 위스키를 샷 잔에 따르던 인영의 손이 잠시 멈칫했다.

"어디를……."

"그래도 신년 해맞이는 해야죠."

"잘…… 모르겠는데요."

"혹시라도 가고 싶으면 연락 줘요."

"그럴게요."

인영은 말없이 샷 잔에 위스키를 마저 부었다.

퇴근을 하고 집에 돌아온 인영은 시형에게 너무 심하게 군 것 같아 마음이 편치가 않았다. 그러나 그를 남자로 받아들이기에는 아직도 마음속의 상처가 너무 컸다. 그녀는 불도 켜지 않은 채 우두커니 창문 밖을 보며 서 있었다. 한참을 서 있던 그녀는 거실에서 나는 전화벨 소리에 천천히 걸어와 발신인을 확인했다.

[여보세요.]

"이 시간에…… 무슨 일이야?"

[작업하다가 네 생각이 나서……. 퇴근했지?]

"넌 아직도 회사야?"

[작업이 이제야 끝났어.]

잠시 망설이던 인영은 선물에 대한 감사 인사를 했다.

"저번에 준 크리스마스 선물 고마웠어. 그런 선물은 처음 받아봐서……."

[다 들어봤어?]

"응."

[어땠어?]

"좋던데. 깜짝 놀랐어. 노래들이 너무 아름다워서……."

기분이 좋은 듯 전화기 너머에서 진우가 나직하게 웃는 소리가 들렸다.

[사실 그 노래들, 이번 '문 플라워'의 새로운 앨범에 들어갈 거야.]

"아…… 그래? 몰랐어."

[처음으로 너한테 들려준 거야. 거기에 몇 곡은…… 네 생각을 하면서 썼어.]

진우의 고백에 인영은 말이 없었다. 그녀는 그가 자신의 마음을 자꾸 흔드는 것이 두렵기도 했지만 한편으로는 싫지 않았다.

[너…… 혹시 31일에 약속 있어?]

"아니, 아직은 없는데."

[그럼 나랑 어디 좀 갈래?]

진우의 말에 인영은 곤혹스러운 표정을 지었다.

"어디……."

[너랑 같이 해돋이를 보고 싶어. 할 말도 있고…….]

"나는……."

[아직 시간이 있으니까 나중에 연락해 줘. 부담은 가지지 말고.]

잠시 망설이던 인영은 나직하게 한숨을 내쉬었다.

"그래."

[그래, 그럼 조만간 또 연락하자.]

"응."

전화를 끊은 인영은 전화기의 액정을 물끄러미 들여다보았다.

"어떻게 해야 되지."

인영은 갑자기 피로가 몰려와 그대로 소파에 누워 한참을 생각에 빠졌다.

다음 날 인영이 가게를 닫기 위해 료와 바를 정리하고 있는 사이 그녀의 휴대폰 벨이 울렸다. 인영이 전화를 받자 전화기 너머에서 진우의 목소리가 흘러 나왔다.

"여보세요."

[아, 나야.]

"응, 웬일이야? 이 시간에."

[너 조금 있으면 퇴근하지?]

"응."

[그럼 정문 쪽으로 나와. 나 차 가지고 와서 기다리고 있어.]

인영은 당황한 얼굴로 료를 돌아보았다. 무슨 일인가 하고 료가 바 클로스를 손에 쥔 채 그녀를 마주 보았다.

"왜?"

[줄 것도 있고 할 말도 있어서.]

"그럼 거기 있지 말고 가게 안으로 들어와."

[들어가도 돼?]

"내가 가드들에게 이야기해 놓을게."

[알았어.]

잠시 후 두꺼운 뿔테 안경을 쓰고 야구 점퍼를 입은 진우가 가게 안으로 모습을 나타냈다. 진우를 본 료는 그제야 무슨 일인지 이해를 하고선 씩 웃었다. 진우는 료에게 인사를 하고 곧바로 인영의 맞은편에 앉았다.

"이 시간에 무슨 일로 여기까지 왔어?"

"그냥…… 좀 답답해서……."

"너 작업실에서 바로 나온 거야?"

"응."

"뭐라도 좀 마실래? 가게 닫으려면 20분은 기다려야 되는데."

"차 가져와서 안 돼."

"그럼 커피라도 마실래?"

"그래."

인영이 커피를 가져오기 위해 주방으로 들어가자 옆에서 컵을 닦고 있던 료는 진우를 향해 알 만하다는 표정으로 웃었다.

"일하다 말고 바로 오신 거예요?"

"네."

"인영이 누나가 좀 예쁘긴 하죠."

진우는 얼떨결에 료에게 마음을 들킨 것 같아 얼굴이 굳었다.

"너무 서두르지는 마세요. 그럼 누나 도망가요."

"그쪽은 인영이랑 같이 지낸 지 얼마나 됐어요?"

"8년 정도 된 것 같은데요."

"인영이가 뭘 제일 싫어하나요?"

료는 미간에 주름을 잡았다.

"그런 걸 왜 물어봐요?"

"인영이가 싫어하는 행동은 안 하고 싶어요. 저는 여자를 만나 본 지가 너무 오래돼서 여자에 대한 감이 별로 없어요. 마음은 급한데 혹시라도 실수를 할까 봐."

료는 닦던 컵을 내려놓고 진우의 앞으로 다가왔다.

"혹시 인영이 누나에 대한 이야기…… 알고 있어요?"

정색을 한 료의 얼굴은 생각보다 위협적이었다. 흔들리는 진우는 눈을 본 료는 비웃듯 한쪽 입술 끝을 올렸다.

"어디까지 알고 있어요?"

잠시 망설이던 진우는 어렵게 입을 열었다.

"고등학생 때 깡패들과 어울렸다는……."

료는 어이가 없는 얼굴로 '큭' 하는 소리를 내며 웃었다.

"추억 팔이를 하더니…… 더럽게……."

"아니, 오해예요. 인영이에게 불순한 마음이 있어서 접근한 게 아닙니다."

료는 미심쩍은 표정으로 진우를 쏘아보았다.

"인영이가 그런 아이가 아니라는 거…… 나는 알고 있어요."

"진실이 뭔지 알려줘요? 인영이 누나가 일방적으로 성폭행 당할 뻔한 걸 히가시 형이 구해줬어요. 누나는 피해자라고요."

진우는 망치로 얻어맞은 듯한 충격에 머릿속이 멍해졌다. 뭔가가 있을 거라고 생각은 했었지만 인영이 그렇게 지독한 일을 당했을 거라고는 생각하지 못했다.

"인영이 누나를 재미로 만날 생각이면 때려치워요. 누나 가슴에 못을 박으면 지구 끝까지 쫓아가서 꼭 복수해 줄 테니까.”

진우는 이를 갈아붙이듯 쏘아대는 료의 말에 정신이 돌아왔다.

“멋대로 생각하지 말아요. 난 진심이에요.”

“진심이라는 건 변덕스럽기 그지없죠. 남자는 믿을 수 없는 동물이거든.”

부엌문이 열리는 소리가 들리자 료는 갑자기 가면을 쓴 것처럼 진우를 향해 상냥한 미소를 지었다.

“내가 이런 말 했다는 건 누나한테 이야기하지 마시죠. 그리고 누나한테 손끝 하나 대지 말아요.”

인영은 바로 돌아와 료와 진우를 번갈아 쳐다보았다.

“무슨 이야기 중이었어?”

“별 이야기 안 했어. 빨리 가게나 닫자.”

진우는 천연덕스럽게 이야기를 하는 료가 보내는 서늘한 경고의 눈빛을 놓치지 않았다. 진우는 충격으로 가늘게 떨리는 손을 겨우 들어 인영이 가져온 커피를 한 모금 마셨다.

여객선의 갑판에 선 인영의 머리가 차가운 바닷바람에 이리저리 휘날렸다. 캔 커피를 사서 갑판으로 향하던 진우는 바다를 보고 있는 인영의 뒷모습을 한참 동안 쳐다보았다. 료에게서 그녀의 이야기를 들은 순간부터 그는 오랜 시간 인영이 안고 살아왔을 상처와 고통이 얼마나 지독했을지 짐작도 되지 않아 가슴이 아파왔다. 그는 그녀에게 조금이라도 힘이 되어주고 싶었다.

인영에게 다가간 진우는 그녀에게 캔 커피를 내밀었다.

"마셔."

"고마워."

캔 커피를 받아 든 인영은 미소를 지었다.

"갑자기 배 타러 오자고 해서 놀랬지."

"조금은……."

"너에게 보여주고 싶었어. 나에게 특별한 장소들을……."

"네 덕에 오랜만에 배도 타보고 좋네."

"그렇게 생각해 주면 고맙고."

인영은 여객선이 만들어내는 포말을 보며 생각에 잠겼다. 멀리 수평선으로 어슴푸레 떠오르는 해를 보며 진우는 가슴 깊이 차가운 바다 공기를 들이마셨다.

"신년 해맞이를 이미 한 기분인데."

"하긴 신년이 며칠 남지도 않았으니까."

난간에 팔을 걸치며 진우는 커피를 한 모금 마셨다.

"이곳에 자주 오니?"

"작곡하던 게 막혀서 안 풀릴 때면 가끔 혼자서 와."

"하긴, 쉬운 일은 아닐 것 같아. 아무것도 없는 상태에서 무언가를 만들어낸다는 게."

"힘들긴 하지만 좋아서 하는 게 더 크니까."

인영은 멀리서 희미하게 보이는 섬을 가리키며 진우를 쳐다보았다.

"저기가 강화도야?"

"응."

"생각보다 가깝네."

"가보면 마음에 들 거야."

"그래."

뱃고동이 울리자 인영은 그제야 손에 들고만 있던 커피를 한 모금 들이켰다.

한참을 달린 진우의 차는 인적이 드문 바닷가에 도착했다. 긴 해변에는 둘을 빼고는 아무도 없었다. 눈앞에 펼쳐진 겨울 바다는 특유의 파도소리와 함께 하얀 포말을 만들며 해변을 씻어 내리는 중이었다. 인영은 겨울 바다의 고즈넉함이 마음에 들었다.

"다 왔어. 내릴래?"

"응."

차 문을 열고 바깥으로 한 걸음 내딛자 소금기를 머금은 바다 특유의 짠 냄새와 매서운 바람이 몰아쳤다.

"춥지?"

인영의 빨개지기 시작한 코와 얼굴을 진우는 걱정스럽게 쳐다보았다.

"괜찮아."

"이거 둘러. 좀 따뜻할 거야."

진우는 차 안에서 가지고 나온 목도리를 인영에게 단단히 둘러주었다. 진우의 체취가 목도리에서 배어 나오자 인영은 그가 자신을 돌봐주는 듯한 느낌에 긴장이 조금 풀렸다.

"저쪽 절벽 아래로 가면 바람이 안 불어. 의자 가지고 가서 앉아 있자."

"그래."

진우는 트렁크에서 접이식 의자를 꺼내 인영과 나란히 해변을 걸었다. 한 걸음 걸을 때마다 모래에 발이 빠졌지만 오랜만에 바닷가에 온 인영은 그런 것마저도 좋았다. 그녀는 걸음을 멈추고 햇살에 눈이 부실 정도로 반짝이는 바다를 감상했다. 옆에서 걷던 진우도 그녀를 따라 걸음을 멈췄다.

"뭘 그렇게 보고 있어."

"바다를 본 게 꽤나 오랜만인 것 같아서."

"바다는 정말 신기하지. 제자리에 머물러 있는 것처럼 보이지만 항상 변화무쌍하잖아."

"맞아."

"난 바다를 보면 항상 중학교 때 읽었던 '노인과 바다'의 늙은 어부 산티아고가 생각나. 나중에 영화로 봤을 때도 정말 감동적이었는데."

"주인공이 안소니 퀸이었지?"

"맞아. 기억하는구나. 학교 독서부 지도 선생님이 비디오를 구해서 보여주셨잖아."

진우는 인영의 곁으로 한걸음 다가왔다. 그녀는 그를 피하지 않고 마주 보았다. 시간이 많이 지났지만 인영은 진우에게서 도서관 앞에서 춤을 추던 소년의 모습을 보고 있었다.

"넌 하나도 변하지 않았구나."

쓸쓸하게 미소 짓는 인영의 얼굴에 진우는 속에서 울컥하는 감정이 솟구쳤다. 수많은 고통의 시간을 그녀가 어떻게 견뎌왔을지 그는 상상조차 할 수 없었다.

"난 변했어. 이젠 더 이상 어린아이도 아니고, 시간이 지나는 동안 많은 일을 겪었으니까. 넌 어때?"

인영은 대답 대신 착잡한 얼굴로 수평선의 끝자락으로 시선을 보냈다.

"어땠을 것 같아? 난……."

"인영아."

떨리는 진우의 목소리에 인영은 깜짝 놀라 고개를 돌렸다.

"왜 그래?"

"나…… 알고 있어."

진우의 갑작스러운 말에 인영의 눈동자가 불안하게 흔들렸다.

"뭘?"

"성폭행…… 당할 뻔했던 거."

진우의 말에 인영의 얼굴에서 핏기가 가셨다. 그녀는 갑자기 자리에서 일어났다. 당황한 진우는 의자를 그 자리에 버려두고 인영의 뒤를 쫓아가 그녀의 팔을 잡았다.

"인영아!"

"이거 놔! 넌 그 이야기를 핑계로 나를 어떻게 해보려고 했던 거야?"

"아니야! 난……."

"어디서 무슨 이야기를 들었는지 모르겠지만……."

진우가 그러잡은 인영의 팔이 덜덜 떨리고 있었다.

"그 이야기는 사실이 아니야. 난 그렇게 노는 애가 아니었다고!"

"알아! 알고 있어! 너희 사장님이 널 구해준 것도……."

인영은 놀란 얼굴로 고개를 돌렸다.

"네가 그걸…… 어떻게 알아."

"료 씨가 이야기해 줬어. 네가 그 오랜 세월 동안 얼마나 고통스러웠을지……. 난…… 그저……."

이야기를 하는 진우의 눈은 빨갛게 충혈되어 있었다.

"너를 일찍 만나지 못한 게 얼마나 원망스러웠는지 몰라. 그때 내가 네 옆에 있었더라면 널 지켜줄 수 있었을 텐데 하는 후회 때문에……."

"왜 네가……."

"처음엔 네 얼굴이 너무 어두워서 예전처럼 웃게 해주고 싶다는 생각을 했었어. 그런데……."

진우는 얼굴이 상기된 채 고개를 돌렸다.

"너에 대한 마음이 걷잡을 수 없이 커져 갔어. 오늘도 참을 수가 없어서 널 보러 온 거야."

"나는……."

"알고 있어. 강요하진 않을게. 그러니까……."

진우는 애원하듯 인영을 쳐다보았다.

"나에게도 기회를 줘."

인영은 눈물이 쏟아질 것만 같아 하늘을 향해 고개를 들었다. 10년 전의 그날 이후 그녀는 남자들에게 마음의 문을 닫았다. 그런 그녀의 얼어붙은 마음 앞에 서 있는 이 남자는 봄비처럼 내려와 그녀의 마음을 조금씩 녹이고 있었다. 그녀는 또 다시 남자에게 상처를 받아 돌이킬 수 없게 될까 봐 너무나도 두렵고 힘들었다.

"그저 친구로라도 좋아. 그냥 네 옆에 있을 수만 있다면……."

"진우야……."

인영은 그의 이름을 불렀다.

"나는…… 아직 누구를 만날 준비가…… 돼 있지 않아."

"알고 있어. 그래서 한참을 고민했어. 너에게 고백을 할지 말지. 고백하면 네가 나를 밀어낼 것만 같아서 얼마나 많이 망설였는지…… 넌 모를 거야."

"나는…… 두려워. 누군가를 좋아하고 상처 입게 될까 봐, 너무 두려워."

인영의 눈에서 기어이 참고 있던 눈물이 흘러내렸다. 진우는 조심스럽게 손을 뻗어 그녀의 눈물을 닦았다.

"이해할 수 있어. 그리고 괜찮아. 기다릴게. 그러니까 나를 밀어내지 말아줘."

"나는 너에게 아무것도 약속할 수가 없어."

슬픈 인영의 목소리는 진우를 더욱 가슴 아프게 만들었다. 그는 조심스럽게 그녀를 안았다.

"괜찮아질 거야. 내가 잘해줄게. 그러니까…… 도망가지 말아줘."

인영은 아무런 말도 할 수가 없었다. 진우는 그런 그녀를 한참이나 안고 있었다.

진우가 건네는 커피를 받아 드는 인영의 얼굴은 피로가 가득 쌓여 있었다. 진우는 걱정스러운 얼굴로 인영을 쳐다보았다.

"피곤하지."

"조금……."

"우리 둘 다 밤에 일을 하지 말아야 되는데."

"그게 되나. 나는 밤에 일하는 직업인데. 그런데 너는 굳이 밤에 일을 안 해도 되잖아."

"그렇긴 한데 사실 낮보다 밤에 더 작업이 잘돼. 유학 가 있을 때도 과제를 낼 때 작업을 거의 밤에 해서 그 습관을 고치기가 힘들어."

"그런데 건강에는 정말 안 좋아."

"그래. 정말 안 좋지. 나도 요즘 그걸 느껴."

진우는 차의 시동을 켰다.

"일단 섬에서 나가자. 너도 밤에 일하려면 좀 쉬어야지."

"그래."

진우의 차는 섬을 가로질러 다시 선착장에 도착했다. 여객선에 차를 싣고 진우는 옆자리의 인영을 쳐다보았다.

"좀 잘래?"

"너는?"

"나도 옆에 같이 있을게. 너나 나나 좀 쉬어야 될 것 같아."

"그래."

진우는 매고 있던 안전벨트를 풀고 인영이 푹 쉴 수 있도록 시트를 뒤쪽으로 젖히기 위해 그녀의 위쪽으로 몸을 구부렸다. 그가 가까이 다가오자 그에게서 나는 향수 냄새가 인영의 코를 간지럽혔다. 자신의 위로 몸을 구부린 진우의 얼굴을 보며 인영은 새삼스럽게 그가 매력적인 남자라는 생각을 했다. 진우가 시트 옆의 버튼을 누르자 조수석 등받이가 뒤쪽으로 천천히 내려갔다. 인영이 편히 눕게 된 뒤에도 진우는 자신의 자리로 돌아가지 않고 물끄러미 그녀를 내려다보았다. 자동차 밖에서는 여객선의 시끄러운 엔진 소리와 배가 바다를 가르며 내는 특유의 철썩이는 소리가 들려왔다.

"왜…… 그렇게 쳐다봐?"

진우의 뜨거운 눈길에 인영은 고개를 돌렸다.

"그냥……."

"그렇게 보지 마……. 난……."

"알아. 서두르지 않을게."

진우는 나직하게 한숨을 내쉬고 운전석으로 돌아갔다.

"좀 쉬어. 피곤할 텐데."

"너도."

"그래."

진우는 자신의 의자도 뒤로 젖히고 인영과 나란히 누웠다. 그녀는 그의 얼굴을 가만히 바라보았다.

"고마워."

"뭐가?"

"나를 밀어내지 않아줘서."

인영은 진우를 향해 희미하게 미소를 지었다.

"아마 내가 너를 힘들게 할 거야."

"난 네게 바라는 게 없어. 그냥…… 네가 예전처럼 웃을 수 있으면 그걸로 족해."

머뭇거리던 인영은 진우의 손 위에 자신의 손을 올려놓았다. 그녀의 서늘한 손이 닿자 그는 마음속의 불길이 더욱 세차게 타는 듯한 느낌이 들었다. 진우는 자신의 따뜻한 손으로 그녀의 손을 꼭 잡았다.

"잘 자."

"너도."

인영은 몸을 돌려 반듯하게 누운 자세로 눈을 감았다. 잠을 청하는 그녀의 모습은 그림 형제의 동화 속에 나오는 공주들처럼 곱고도 애처로웠다. 인영의 손을 잡은 진우는 한참 동안이나 그녀의 얼굴에서 눈을 떼지 못했다.

인영은 집에 들어서자마자 피로가 한꺼번에 몰려오는 듯한 느낌에 다리가 풀렸다. 외투를 벗어 소파에 가방과 함께 내려놓은 그녀는 핸드폰을 만지작거렸다. 시형에게 연말을 같이 보내지 못할 것 같다는 말을 해야 하는데 어떻게 말을 꺼내야 할지 머릿속이 혼란스러웠다. 하지만 관계를 좀 더 발전시키지 않으려면 이쯤에서 그만두어야 한하는 건 인영도 잘 알고 있었다. 잠시 망설이던 그녀는 시형에게 간단한 문자를 보냈다.

〈선생님, 6시 정도에 전화 받으시기 괜찮으세요? 괜찮으시면 제가 전화 드릴게요.〉

문자를 다 적어놓고도 보낼지 말지 한참을 고민하던 인영은 이내 결심한 듯 송신 버튼을 꾹 눌렀다. 핸드폰을 탁자에 내려놓은 그녀는 손바닥에 얼굴을 묻고 깊은 한숨을 내쉬었다.

"누구에게도 상처 주고 싶지 않았는데…… 맘처럼 쉽지가 않네."

그토록 저주스러웠던 과거의 기억은 아직도 악몽처럼 그녀를 따라다니고 있었지만 그녀는 이제 그만 그 기억을 떨쳐 버리고 싶었다. 시형이 딱히 싫은 건 아니지만 인영은 그가 자신의 과거를 알고도 사랑한다고 말할 수 있을지 자신이 없었다. 그리고 자신의 과거와 상처를 그에게 구구절절 이야기하고 싶은 생각도 없었다.

그때 탁자 위에 올려놓은 핸드폰이 진동음을 내며 몸을 부르르 떨었다. 한참이나 핸드폰을 쳐다보던 인영은 손을 내밀어 폰을 집어 들었다. 액정에는 시형에게 문자가 왔음을 알리는 메시지가 걸려 있었다.

〈무슨 일인데 그래요. 지금 전화해도……〉

그녀는 폰을 내려놓고 가방을 뒤져 담배와 라이터를 꺼내 베란다 쪽으로 갔다. 베란다의 문을 열자 차가운 겨울 공기가 몰려들어왔다. 인영은 창밖의 골목길의 광경을 내려다보며 담배를 한 모금 깊숙이 빨아들였다.

"어렵네. 산다는 건."

그녀가 뱉은 담배 연기는 매서운 겨울바람을 타고 공기 중으로 흩어져 사라졌다. 하루하루 살아간다는 게 어떤 사람에게는 그저 일상의 반복일 뿐이지만 그녀에게는 참을 수 없는 고통의 날들이었다. 수많은 생각이 그녀의 머릿속에서 꼬리에 꼬리를 물고 스쳐 지나갔다. 인영은 손가락 사이에서 담배가 다 타 들어갈 때까지 창밖의 광경을 물끄러미 쳐다보고만 있었다.

인영은 가스레인지에 물을 얹었다. 오늘은 진우와 같이 해돋이를 보러 가기로 약속한 날이었다. 벽에 걸린 시계의 바늘이 새벽 4시 20분을 가리키는 걸 확인한 인영은 고무줄을 찾아 긴 머리를 잘 정리해 목 뒤에서 하나로 묶었다. 거실로 나간 그녀는 스테레오의 전원을 눌렀다.

물이 끓는 소리가 들려오자 그녀는 부엌으로 들어가 캐비닛에서 머그와 얼마 전에 구입한 포숑의 애플티를 꺼냈다. 인퓨저에 말린 꽃잎들과 찻잎이 섞인 애플티를 집어넣고 뜨거운 물을 붓자 향긋한 사과향과 꽃향이 섞인 향기가 은은하게 퍼졌다. 인퓨저의 구멍에서부터 분홍색으로 우러나는 차를 보며 인영은 잠시 올해에 있었던 일들에 대한 생각에 잠겼다. 그때 전화벨 소리가 그녀를 현실로 돌아오게 했다.

벨소리에 거실로 나온 인영은 머그를 한 손에 든 채로 전화를 받았다.

"여보세요."

[나야. 지금 집에 있어?]

"응. 왜?"

[나 지금 너네 집 앞이야.]

당황한 인영은 벽시계를 다시 확인했다.

"5시에 데리러 오기로 했잖아."

[작업이 일찍 끝나서 일찍 나왔어. 가려는 데가 그다지 먼 곳은 아니라 시간이 좀 남는데…….]

진우가 말꼬리를 길게 끌자 인영은 잠시 망설이다가 결국 먼저 입을 열었다.

"그럼 잠시 집에 들어와. 차 한잔 줄게."

[그래.]

잠시 후 초인종이 울리자 그녀는 문을 열었다.

"들어와."

"으응."

집으로 들어 온 진우는 들고 온 작은 종이 가방을 인영에게 내밀었다.

"이게 뭐야?"

"저번에 주려다가 깜박했던 물건인데 챙겨왔어."

가방 안에는 웨지우드와 포트넘 앤 메이슨의 아쌈과 다즐링 홍차 캔이 들어 있었다.

"이건……."

인영이 놀란 눈으로 진우를 쳐다보자 그가 쑥스러운 듯 얼굴을 붉혔다.

"너 홍차 좋아하잖아. 사실 귀국하기 전에 미국에서 유명한 티 스토어에 들렀었거든. 그때 사 온 거야."

"고마워."

인영은 진우에게 다정하게 미소를 지었다.

"뭐 마실래? 네가 가져온 홍차 타줄까?"

"지금 너 마시고 있는 건 뭐야? 향기 좋은데?"

"포숑의 애플티야. 이거 마실래?"

"응."

인영은 부엌으로 가서 새로 찻잎을 꺼내 인퓨저 안에 집어넣었다. 진우는 거실 쪽으로 걸어가 책장에 꽂힌 책들과 CD들을 구경했다.

"생각보다 CD가 많네."

"바에서 늘 음악을 들으니까 맘에 드는 음악이 있으면 기억해 뒀다가 CD를 하나둘씩 사서 모았어."

"지금 나오는 음악은 Air야?"

"맞아. 나온 지 조금 지난 곡인데 난 좋아해."

"좋은 곡들이 많지. 나도 많이 들었었는데."

진우는 여자답지 않게 단출한 인영의 살림을 천천히 둘러보았다. 거실에는 꽃무늬가 크게 프린팅된 자그마한 소파와 심플한 디자인의 검은 커피 탁자, 벽에 세워진 오디오와, 책과 CD가 꽂혀 있는 책장, 소파 뒤의 벽에 걸린 커다란 르네 마그리트의 'The human condition'의 프린트 외에는 아무 것도 없었다.

차를 타온 인영은 르네 마그리트의 그림 앞에 서 있는 진우에게 머그를 건넸다.

"그림 좋네."

"응, 이 그림을 보면 저 열린 문으로 바닷가로 나갈 수 있을 것 같은 기분이 들어."

"그러게. 가슴이 탁 트이네."

진우가 소파에 앉자 인영은 커피 테이블 아래 깔려 있는 작은 카펫 위에 앉았다.

"살림이 별로 없네."

"2년 전에 아버지가 돌아가시고 원래 살던 집을 팔면서 살림들을 싹 정리했어. 원래 뭔가를 쌓아놓고 사는 걸 좋아하는 성격도 아니라서."

"아버지가…… 돌아가셨어?"

"응."

진우는 그녀를 내려다보며 작게 한숨을 쉬었다.

"너 그럼 부모님이 다 돌아가신 거야?"

"응."

인영의 대답에 진우는 새삼스럽게 가슴이 아파왔다. 부모님을 모두 잃고 혼자서 모진 세월을 견뎌왔을 그녀의 마음의 상처가 얼마나 깊고 고통스러웠을지 그는 상상도 되지 않았다. 진우는 이제야 인영이 왜 그렇게도 애처로운 모습이었는지 조금은 이해가 되었다.

"인영아."

진우가 나직하게 인영을 부르자 그녀는 고개를 들었다.

"왜?"

"내가 잘할게. 그러니까 너무 혼자서 슬퍼하지 마."

진우의 말에 인영은 희미하게 미소를 지었다. 그는 소파에서 내려와 그녀의 옆에 앉아 가녀린 손을 꼭 감싸 쥐었다.

"새해 복 많이 받아."

"너도."

인영이 진우를 보고 웃자 그도 그녀의 얼굴을 마주보며 환한 미소를 지었다.

진우와 인영은 잠실대교의 아래쪽 둔덕에 앉아 해가 떠오르기를 기다리고 있었다. 차가운 강바람에 인영의 머리가 날리자 진우는 그녀의 어깨에 팔을 두르고 옆에 바짝 다가가 앉았다.

"해돋이를 여기로 보러 와서 실망했어?"

진우의 말에 인영이 웃었다.

"아니. 의외라 조금 놀라기는 했는데 실망은 안 했는데."

"너 오늘 일본 간다며. 비행기도 타야 되는데 멀리 가기는 무리일 것 같아서 여기로 왔어. 여기가 사람들에게 잘 안 알려진 해돋이 명소거든."

"넌 여길 어떻게 안 거야."

"연습생 때 날 새고 연습하고 여기 자주 왔었어. 돈도 없고 데뷔는 까마득하고, 답답하고 불안한 마음에 밤새 춤을 추고 나면 가끔 해돋이를 보고 싶어질 때가 있었거든."

"너도 고생 많이 했네."

진우는 목도리를 둘러맨 인영의 얼굴을 물끄러미 쳐다보았다.

"괜찮아. 그렇게 고생해서 이렇게 너를 만났으니까."

인영은 얼굴이 상기된 채로 아무 말이 없었다.

"저기 봐. 해 뜬다."

진우가 가리키는 곳을 보자 강 너머로 신년의 아침을 밝히며 떠오르는 해가 보였다. 그는 인영의 손을 꼭 잡고 자리에서 일어났다. 그들은 서로의 손을 잡고 한참 동안이나 수평선을 박차고 솟아오르는 해를 경이로운 표정으로 바라보았다.

"인영아, 새해 복 많이 받아. 그리고 새해에는 늘 행복한 일만 있기를 바라."

"너도."

"소원 빌었어?"

"응."

"무슨 소원 빌었어?"

"그냥 사람들이 모두 행복하게 살았으면 좋겠다고 빌었어. 너는?"

"나는 네가 행복했으면 좋겠다고 빌었어."

인영을 보는 진우의 눈이 반짝였다.

"올해도 우리 둘 다 열심히 살자."

"그래."

진우와 인영은 다시 고개를 돌려 수평선과 이어진 빛의 꼬리를 자르고 하늘로 솟아오른 눈부신 해를 바라보았다.

인영이 진우와 함께 간 덕에 그녀의 차는 료가 운전하는 중이었다. 조수석에 앉아 있던 민호는 고즈넉한 새벽의 도심 거리를 창밖으로 내다보았다. 민호는 마음 고생 때문이었는지 그새 살이 좀 빠져 있었다.

"야, 너 무슨 생각 하냐?"

민호는 생각이 많은 표정과는 다르게 담담하게 대꾸했다.

"별 생각 안 하는데."

"히가시 형이랑 윤서 씨 생각하냐?"

민호는 속내를 들킨 듯 눈썹을 움찔거렸다. 민호의 표정을 본 료는 알 만하다는 얼굴로 혀를 찼다.

"미련을 버려. 그런다고 이어질 인연이 안 이어지고, 안 될 인연이 이어지는 건 아니야."

"나도 알아……. 그런데 그게 맘대로 안 돼."

침울한 표정의 민호를 위로할 겸 료는 핸드폰에 저장된 음악을 틀었다. 가을방학의 '좋은 아침이야, 점심을 먹자'의 상큼한 멜로디에 맞춰 료는 고개를 까닥거렸다.

"이거 윤서 씨가 준 거지?"

"응."

"진짜 자기 같은 발랄한 음악을 좋아한다니까."

료는 윤서의 대차고 활기찬 모습이 생각나 자기도 모르게 미소를 지었다.

"확실히 매력 있는 여자이긴 한데, 네 인연은 아닌 거지."

"나도 알아."

"그래, 좋은 아침이래. 얼굴 좀 펴."

민호는 신경 쓰지 않는 척 내뱉는 말로 료가 자신을 위로한다는 것을 알고 있었다. 몇 년을 같이하는 시간 동안 둘은 어느 누구보다도 서로를 잘 이해하게 되었다.

"보낼 사람은 보내고 새로 맞이할 사람은 새로 맞아들이는 게 인생이라고 누가 그러더라."

"그렇…… 겠지."

"응. 잘된 커플들은 축복해 줘. 그게 너를 위해서도 좋아."

"그래."

민호는 다시 창밖으로 시선을 돌렸다. 해가 떠오르기 시작하자 거리는 어스름한 장막을 걷어내고 선명한 모습을 드러내며 겨울의 아침을 열고 있었다.

"너 연말에 정동진 여행 가기로 한 거 기억하지?"

"무슨 여행?"

민호가 처음 듣는 소리라는 듯 정색을 하자 료는 그럴 줄 알았다는 얼굴로 고개를 저었다.

"여름에 말했었잖아. 기억 안 나?"

"몰라."

"표 예약해 놨으니까 같이 가."

"우리 둘만 가는 거지?"

"아니."

민호는 짜증이 나는 듯 미간에 주름을 잡았다.

"혹시……."

"응."

"나 안 가."

"뭐 어때서 그래. 그냥 가서 기분 풀고 와."

"너 진짜 이러지 마라. 알면서 왜 그래?"

"너 그러다 혼자 늙어 죽어. 그냥 같이 가."

못마땅한 표정으로 창밖을 내다보는 민호의 눈치를 보던 료는 빙그레 웃으며 액셀을 힘껏 밟았다.

청량리 역 앞에서 택시에서 내린 세영과 혜선은 빠르게 발걸음을 옮겼다.

"우리 늦은 거 아니지?"

"괜찮아, 아직 시간 남았어."

혜선의 말에 세영은 안심한 듯 걸음을 천천히 옮겼다.

청량리 역의 대합실에 들어서자 예상했던 대로 대합실은 만원이었다. 사람들 사이를 이리저리 살펴보던 세영은 멀리서도 다른 사람들 보다 머리가 하나는 더 나와 있는 민호와 그 옆에서 미친 듯이 손을 흔들며 팔짝팔짝 뛰고 있는 료를 발견하고 환하게 웃음을 지었다.

"저기 있네. 저쪽으로 가자."

세영은 혜선의 손을 잡고 민호와 료가 있는 곳으로 발걸음을 옮겼다.

"저 사람이 그렇게 좋냐."

민호에게서 시선을 떼지 못하는 혜선의 옆구리를 세영이 쿡 찔렀다.

"아, 아니야."

"아니기는, 어제 옆에서 보니까 잠을 한숨도 못 자더구만."

약속이 너무 이른 시간이었기 때문에 세영은 역에서 가까운 혜선의 자취방에서 함께 밤을 보냈다. 세영은 얼굴이 상기되어 있는 혜선에게 어깨동무를 했다.

"이 언니만 믿으라니까."

세영은 혜선에게 윙크를 했다. 그때 료가 그녀들의 앞으로 다가왔다.

"생각보다 일찍 왔네?"

"우린 시간 약속을 잘 지키는 매너 있는 여자들이거든."

"그러게, 매너 있네. 맘에 드는데."

료의 뒤에 묵묵히 서 있던 민호는 세영과 혜선에게 묵례를 했다. 세영은 민호를 향해 밝게 웃었다.

"못 본 새에 키가 더 자란 것 같아요. 멀리서도 눈에 확 띄던데."

"키 이야기는 하지 말라고. 진짜 짜증나 죽겠는데."

료는 세영에게 짜증을 냈다.

"어쩔 거야. 그런데 너 그렇게 작지도 않잖아."

"남자는 180㎝가 넘어야 된다니까."

세영과 료가 앞서가며 수다를 떨자 뒤쪽에 남아 있던 민호와 혜선은 말없이 둘의 뒤를 따라 걸었다.

"자…… 잘 지내셨죠?"

혜선이 얼굴을 붉히며 수줍은 인사를 건네자 민호는 그녀에게 손을 내밀었다.

"가방……."

"네?"

"가방이 무거워 보이는데."

담아온 물건이 많은 듯 배낭은 그녀의 자그마한 몸보다 훨씬 커 보였다.

"아! 괜찮아요."

"이리 줘요. 내가 들어줄 테니까."

민호가 그 자리에 서서 움직이지 않자 잠시 망설이던 혜선은 배낭을 벗어서 그에게 건네주었다.

"보기에만 크지…… 그다지 무겁지 않은데……."

배낭을 받아 한쪽 어깨에 메고 민호는 성큼성큼 발걸음을 옮겼다. 그 광경을 지켜보던 세영이 료의 옆구리를 찌르자 그는 슬쩍 뒤를 돌아보며 만족스러운 웃음을 지었다.

"우리 둘이 쟤네한테 옷 한 벌씩 얻어 입자니까."

료는 꿍꿍이가 있는 얼굴로 웃으며 세영에게 귓속말을 했다.

일행이 기차에 올라타자 조금 뒤 기차는 플랫폼을 천천히 빠져나갔다. 기차 안은 각자의 소망을 가지고 신년의 새로운 태양을 맞이하러 가는 사람들의 들뜬 분위기와 기대감으로 가득 차 있었다. 그 와중에 세영과 료는 수다를 떠느라고 정신이 없었다.

"그래서 우리는 오늘 정동진에 간다 그거지?"

"어, 낙산사 쪽으로 가볼까 했는데 차가 없어서. 거긴 차 없으면 가기 힘들더라고. 아님 고속버스를 타야 되는데 혜선 씨가 차멀미를 한다며?"

"응, 잘했어. 얘가 위장이 약해서 차를 오래 타면 멀미를 하거든."

창가 쪽 자리에 앉은 민호는 손에 턱을 괸 채로 어두운 차창 밖을 바라보고 있었다. 민호의 건너편에 앉은 혜선은 그런 그의 얼굴을 힐끔 훔쳐보았다. 그때 료가 민호의 팔을 툭툭 쳤다.

"왜?"

"싸온 것 좀 꺼내봐. 배고파."

민호는 옆에 놔두었던 배낭을 열고 찬합과 보온병을 꺼냈다.

"어! 먹을 거 싸왔어요?"

료는 자기가 음식을 만든 양 뿌듯한 얼굴로 세영을 쳐다보았다.

"내가 음식 좀 만들라고 들볶았거든."

"우리도 먹을 거 싸왔는데."

세영은 혜선을 돌아보며 웃었다.

"사실 그거 하느라고 잠도 거의 못 잤거든."

"그래? 그거 잘됐네. 니들이 싸온 건 돌아오는 길에 먹으면 되겠다."

민호는 찬합 뚜껑을 열고 1인분씩 랩으로 포장한 샌드위치와 자그마한 플라스틱 용기에 담긴 샐러드를 각자의 앞에 내밀었다.

"먹어요."

"감사합니다."

혜선은 수줍게 샌드위치와 샐러드를 받아 들었다.

"드세요."

"와! 이거 민호 씨가 만든 거예요?"

"네."

"완전 대박인데. 속 푸짐한 거 봐."

민호가 만든 샌드위치는 양상추와 햄과 두꺼운 계란 , 피클, 토마토 등이 아낌없이 들어가 먹음직스러운 비주얼을 자랑하고 있었다. 료는 민호에게서 보온병을 받아 종이컵에 커피를 따라서 세영과 혜선에게 나눠주었다.

"와, 진짜 어떤 여자가 결혼할지, 그 여자 참 부럽네."

세영이 민호를 향해 엄지손가락을 내밀자 그는 그저 별 대꾸 없이 미소를 지었다.

"잘 먹을게요."

세영은 얼굴을 붉히고 앉아 있는 혜선을 쳐다보았다.

"너도 뭐라고 좀 해봐."

"잘…… 잘 먹을게요. 감사합니다."

혜선은 붉어진 얼굴로 겨우 고개를 들어 민호에게 다시 한 번 감사의 인사를 전했다.

민호는 랩을 벗기고 샌드위치를 한입 베어 물었다.

"야! 대박인데! 진짜 맛있다."

옆에서 우물거리며 샌드위치를 먹던 료가 민호에게 어깨동무를 했다.

"넌 진짜 좋은 마누라야. 나랑 결혼할래?"

"미친……."

"내가 여자였으면 너한테 육탄공세를 펼쳤을 텐데."

료가 낄낄거리며 샌드위치를 한입 더 베어 물자 민호는 말 같지도 않은 소리라는 표정으로 대꾸도 하지 않았다.

"그러고 보니 민호 씨는 어떤 스타일의 여자를 좋아해요?"

세영의 질문에 민호는 샌드위치를 내려놓았다. 머쓱해진 세영은 료를 쳐다보았다.

"내가 말을 잘못했나?"

"잘못은 아니고…… 뭐 그런 게 좀 있어. 그리고 민호는 발랄하고 씩씩한 스타일의 여자를 좋아해."

"발랄하고 씩씩한 스타일?"

세영은 옆에서 조용히 샌드위치만 꾸역꾸역 먹고 있는 혜선을 돌아보았다.

"혜선이가 낯을 좀 가려서 그렇지 친해지면 꽤 발랄한데."

세영의 말에 혜선이 갑자기 기침을 하며 가슴을 두들겼다.

"어머, 사레 들렸니? 어떻게 해."

세영이 배낭에서 물병을 꺼내 내밀자 혜선은 단숨에 물을 벌컥벌컥 들이켰다. 세영은 물을 다 마신 혜선의 등을 두들겨 주었다.

"괜찮아? 그러니까 왜 그렇게 샌드위치를 꾸역꾸역 먹어."

대답도 못 하고 가슴만 두들기던 혜선을 지켜보던 민호는 그녀에게 손을 내밀었다.

"손 좀 이리 줘봐요. 잘못하면 체할 것 같은데."

"아, 아뇨, 괜찮아요."

혜선이 손사래를 치자 세영이 웃으며 그녀의 손을 잡아 민호의 앞에 대령했다.

"어머, 마사지도 하실 줄 아시나 봐요."

민호는 혜선의 손을 잡고 엄지와 검지 사이의 혈자리를 눌렀다. 혜선은 그에게 손을 잡힌 채 어찌할 바를 모르고 있었다.

"어이쿠, 나는 화장실이나 가야겠네."

"나도."

세영은 료를 따라 자리에서 일어났다. 민호와 혜선을 흘깃 본 료는 세영에게 의미심장한 눈짓을 해보이며 씩 웃었다.

단둘이 자리에 남은 민호와 혜선의 사이에 어색한 침묵이 흘렀다. 혈자리를 주무르던 민호는 혜선의 손을 놓고 그녀의 얼굴을 물끄러미 쳐다보았다.

"거기 계속 누르고 있어요. 그럼 체하지는 않을 거예요."

"감사…… 합니다."

"원래 그렇게 수줍음이 많아요?"

민호의 질문에 혜선이 고개를 들었다.

"네?"

"예전에 클럽에서 보니까 잘 웃고 잘 노는 것 같던데."

"제가 낯을 좀 가려요. 친해지면 말도 잘하고 그러는데."

"같이 다니는 친구는 꽤 발랄한 성격인 것 같은데."

"세영이는 사교성도 좋고 성격도 화통해서 남자들에게 인기가 많아요. 사람들도 잘 챙겨주고요."

"그래 보여요."

민호의 말에 혜선은 고개를 숙이고 민호가 누르던 혈자리를 주물렀다.

"저기……."

민호가 무슨 할 말이 있냐는 표정으로 혜선을 보자 잠시 망설이던 그녀가 입을 열었다.

"늘 챙겨주셔서 감사해요. 예전 클럽 때도 그렇고 이번 크리스마스 파티 때도 그렇고 오늘도……."

"너무 신경 쓰지 말아요. 당연히 해야 할 일을 한 것뿐이니까."

"그래도…… 제가 좀 소심하고 낯을 가리는 성격이라 사람들에게 말도 잘 못하고 그러는데……."

혜선은 그 말을 하고 얼굴이 상기되어 고개를 숙였다. 민호는 고개를 돌려 어두운 창밖을 내다보았다.

"스스로에게 자신이 없나요?"

민호의 말에 혜선이 고개를 들었다.

"왜 그런……."

"매사에 너무 조심스러워 하는 것 같아서 그래요. 혜선 씨 좋은 사람이에요. 예의 바르고 다른 사람을 배려할 줄도 알고."

"아, 저는……."

"스스로에게 자신감을 가져요. 당신은 그럴 만한 가치가 있는 사람이니까."

혜선은 민호에게서 들은 뜻밖의 말에 가슴이 뛰었다. 수줍음이 많은 그녀는 늘 '조용하다'라거나 '얌전하다'라는 말밖에 들어본 적이 없었다. 혜선은 조심스럽지만 부드러운 그의 격려에 자기도 모르게 가슴이 따뜻해지는 것을 느꼈다.

기차가 정동진 역에 가까워지자 일행은 창밖의 경치를 보고 탄성을 내질렀다. 일출이 시작되기 전 푸른 새벽 공기 속에서 모습을 드러난 해안가는 세상에 처음 공개되는 피라미드 속의 보물처럼 신비한 모습으로 사람들을 맞이했다.

"와! 바다가 바로 코앞이네."

료가 기대에 찬 얼굴로 창밖을 보자 세영이 그에게 물었다.

"넌 여기 처음 오는 거야?"

"응, 민호랑 나는 처음이야. 넌?"

"난 예전에 부모님이랑 와봤어. 그런데 다시 와도 좋네."

"이렇게 좋은 데인 줄 알았으면 진작 올걸."

료는 창밖을 내다보고 있는 민호의 어깨에 손을 올렸다.

"좋냐?"

"나쁘진 않네."

"너도 바다 오랜만이지?"

"응."

그때 기차 안에서 안내방송이 울려 퍼졌다.

[다음 정차할 역은 정동진, 정동진 역입니다. 잊으신 물건이……]

"우리도 내릴 준비하자."

세영의 말에 나머지 세 사람도 각자의 짐을 챙기기 시작했다. 기차에서 내린 네 사람은 다른 많은 사람들 사이에 섞여 역을 나섰다.

정감 있는 옛 모습을 그대로 간직하고 있는 정동진 역의 건너편은 고운 모래로 이루어진 해변이 펼쳐져 있었다.

"우리는 저 위쪽 해변으로 갈까?"

료가 가리키는 방향을 보던 민호는 말없이 고개를 끄덕였다. 역 앞의 해변에는 이미 사람들이 너무 많이 모여 있어 해가 떠오르는 광경을 제대로 보기가 힘들 것 같았다. 료가 앞장을 서자 민호와 세영, 혜선은 그 뒤를 따라 걸어갔다. 세영은 성큼성큼 앞으로 걸어가 료의 가방 끈을 잡았다.

"같이 가. 힘들어."

"뭐가 힘들어."

"모래에 발이 빠져서 걷기가 힘들단 말이야."

"그럼 내 가방 끈을 잡고 따라오셔."

료와 세영의 뒤에서 민호는 혜선의 걸음걸이에 보조를 맞춰 천천히 걸었다. 혜선이 가방을 메고 모래사장을 걷는 모습이 힘겨워 보이자 민호는 말없이 그녀의 백팩 위쪽의 손잡이를 잡았다. 갑자기 가벼워진 무게에 혜선은 뒤를 돌아보았다.

"가방 줘요."

"괜찮은데요."

"모래에 발이 빠져서 더 걷기 힘들어하는 것 같은데, 내가 들어줄게요."

잠시 고민하던 혜선은 백팩을 벗어 민호에게 건넸다.

"감사해요."

키가 작은 혜선은 민호의 가슴팍에 대고 감사 인사를 했다. 그는 앞서가는 료와 세영의 뒤를 따라 발걸음을 옮겼다.

멀리서 보이는 수평선 위의 하늘은 이미 주홍색의 수채화 물감이 캔버스 위를 번져가듯, 고개를 내밀려고 하는 태양의 색깔로 물들어가고 있었다.

수평선 위로 붉은 심장처럼 떠오르는 태양을 보며 해변에 있던 네 사람도 다른 사람들의 환호 소리에 맞춰 마음속에 있는 짐을 털어내고 새해의 새로운 각오를 다지듯 환호성을 질렀다.

"그럼 신년인데 신년 이벤트를 해야지."

백팩에서 료가 꺼낸 물건을 본 민호는 어리둥절한 얼굴로 그를 보았다.

"이게 뭐야?"

"보면 모르냐, 제비뽑기다."

"제비뽑기?"

"어, 제비를 뽑아서 당첨된 선물을 가져가는 거지."

"재밌겠다! 선물이 뭔데, 좋은 거야?"

세영이 눈을 빛내며 호들갑을 떨자 료는 그녀를 향해 의미심장한 미소를 보냈다. 세영도 그 미소에 혜선과 민호 쪽을 힐긋 보곤 똑같은 미소를 지었다.

"일단 뽑아보시라니까."

제일 먼저 제비를 뽑은 민호는 자신이 뽑아 든 제비를 들고 망

연자실한 표정으로 서 있었다. 그가 뽑은 제비에는 아래와 같은
글자가 적혀 있었다.

— 심혜선과 두 달간 데이트

민호는 어처구니가 없어 말문이 막혔다. 옆에 서 있던 혜선 역
시도 제비를 펼쳐보고 금세 얼굴이 빨개졌다.
"뭐 뽑았어?"
세영은 혜선의 제비를 보고 '풋' 하며 웃음을 내뱉었다.
"민호 씨랑 두 달간 데이트하는 걸 뽑았네?"
"아, 아니 이건······."
"잘됐네. 민호 씨는 뭐 뽑았어요?"
"아····· 내 건."
그때 료가 와서 민호의 제비를 들여다보았다.
"오! 혜선 씨랑 두 달간 데이트하는 거네. 이런 우연이 있나."
"정말이야?"
세영이 료의 말에 맞장구를 치자 그가 웃으며 민호의 옆구리를
쿡 찔렀다.
"잘해봐. 내가 주는 신년 선물이야."

"그러니까 너랑 나는 제비를 뒤에 뽑고 나중에 내가 가지고
있는 쪽지랑 살짝 바꿔치자고."

사실 정동진 역에서 내리기 전, 료는 자신의 바로 뒤를 따라온

세영에게 자신의 계획을 설명했었다.

"그러니까 네가 가지고 온 단지가 사실은 안쪽이 둘로 갈라
져 있다 이거지? 한쪽에는 민호 씨를 위한 혜선이와의 데이
트가 쓰인 쪽지가 두 개고 다른 쪽에는 혜선이를 위한 민호
씨와의 데이트가 쓰인 쪽지가 두 개고."

"응."

"그리고 너랑 나는 쪽지를 나중에 뽑고 네가 가지고 있는 다
른 쪽지들이랑 바꿔치기하고? 와. 너 머리 좋은데? 어떻게
이런 생각을 했어?"

"예전에 알고 있던 간단한 속임수를 쓴 것뿐이야."

무슨 속임수냐고 세영이 궁금해했었지만 료는 자세하게는 얘
기해 주지 않았다. 지금도 대단하다는 눈빛을 보내는 세영 모르
게 료는 잠시 쓴웃음을 흘렸다.

"넌 뭘 뽑았는데?"

민호가 료를 추궁하자 그는 자신의 손에 있는 제비를 펼쳐서
민호에게 보여주었다. 거기에는 '일본에 가서 건담의 새로운 프라
모델을 손민호에게 선물 받는다'라는 글귀가 쓰여 있었다. 민호
의 미간이 순식간에 구겨졌다.

"아…… 진짜 이런 사기꾼……."

"내가 왜 사기꾼이야. 아까 저 단지에서 이 제비를 뽑는 걸 네
두 눈으로 똑똑히 봤잖아."

"너 저 안에다 무슨 짓을 한 거지?"

"무슨 짓은 무슨 짓. 속임수 같은 건 없었다고 하느님께 맹세한다."

료는 결백하다는 표정으로 두 손을 머리 위로 치켜들고 하늘을 쳐다보았다.

"세영이 네 건 뭐야?"

"내 거?"

세영은 자신의 제비를 혜선에게 보여주었다. 세영의 제비에는 '겐자부로 료로부터 일본 여행의 기념품을 선물 받는다'라는 구절이 쓰여 있었다.

"아……."

"그럼 넌 민호 씨랑 데이트 잘해."

세영은 료를 보며 티가 나지 않게 눈썹을 살짝 움직였다. 그런 세영을 향해 료는 흐뭇한 미소를 지었다.

3. 신년회

　윤서는 핸드폰 알람이 울리는 소리에 눈을 떴다. 한 해의 마지막을 보내는 기념 방송을 보느라 밤 12시가 되도록 히가시와 함께 깨어 있었던 그녀는 일찌감치 맞춰놓은 알람을 듣고도 바로 일어날 수가 없었다. 그녀가 몸을 뒤척여 뒤를 돌아보자 히가시는 이미 침대에서 나가고 없었다. 윤서는 이불을 걷고 무거운 몸을 일으켜 거실로 나갔다. 히가시는 거실의 불도 켜지 않고 새벽의 어스름이 걷히지 않은 거리를 팔짱을 끼고 내려다보는 중이었다. 문이 열리는 소리가 들리자 그는 고개를 돌렸다.

　"일어났네."

　"언제 일어나셨어요? 피곤하실 텐데."

　"잠이 안 와서."

　윤서는 히가시에게 다가가 그의 등을 껴안았다.

"기분이 안 좋아 보여요."

"그다지 좋지는 않아. 오늘 가서 만날 인간들을 생각하니까 벌써부터 속이 뒤집어질 것 같다고."

윤서는 나직하게 한숨을 내쉬었다.

"아침 해드릴 테니까 드세요. 원래 신년 아침상을 차려야 되지만 전 어떻게 하는지도 몰라서."

히가시는 윤서를 자신의 품에 껴안고 그녀의 정수리에 입을 맞추었다.

"그런 것도 알고 있었어?"

"왜 이러세요, 저 일본어 잘하는 여자예요."

윤서의 말에 히가시가 큭큭 웃음을 터뜨렸다.

"커피랑 토스트 해드릴게요."

"그래. 오후쯤에 료랑 아이들이 올 거야. 그때까지 집 밖으로 한 발자국도 나가지 마. 알았지?"

"네."

히가시는 걱정스러운 눈빛으로 윤서를 보며 그녀를 품에 꼭 껴안았다.

차가 유타가 가문의 본가에 가까워지자 히가시의 인상이 조금씩 구겨지기 시작했다. 가문의 위세와 재력을 뽐내듯 저택을 둘러싼 담은 끝도 없이 이어져 있었다. 담이 시작된 지 한참이 되어서야 대문이 보이기 시작했다. 그는 짜증스러운 표정으로 혀를 찼다. 대문 앞을 지키고 있던 가드가 히가시의 차로 다가와 운전석을 들여다본 후에야 그에게 인사를 했다.

「도련님, 어서 오십시오. 기다리고 있었습니다.」

「다른 사람들은?」

「쿄우님과 켄지님은 어제 저녁에 도착하셨습니다.」

「알았어. 문이나 열어.」

「알겠습니다.」

곧이어 유타카 가문의 본가로 들어가는 길을 막고 있던 육중한 철문이 열렸다. 히가시는 차를 차고 쪽으로 몰았다.

「어머, 도련님! 어서 오세요.」

히가시가 본가의 문을 열고 들어서자 집안의 살림을 담당하고 있는 아끼꼬가 반색을 하며 나왔다. 안 본 사이 자그마한 그녀의 얼굴에는 주름이 더 늘어 있었다.

「잘 있었어?」

「편지라도 한 통 주시지, 어쩜 그렇게 무심하셨어요.」

말을 하던 아끼꼬의 눈에 눈물이 맺혔다. 그녀는 집안의 고용인이었지만 어머니가 없는 히가시를 마치 친자식처럼 돌봐주고 키워준 장본인이었다.

「미안해. 그래도 생일 때 선물 꼬박꼬박 사서 보냈잖아.」

히가시는 울고 있는 아끼꼬를 꼭 껴안았다. 그때 그녀의 뒤쪽으로 집안의 집사인 하쿠오가 걸어 나왔다.

「어서 오십시오. 회장님께서 기다리고 계십니다.」

히가시는 하쿠오를 보며 웃음을 지었다. 하쿠오는 70이 넘은 나이로 백발이 성성했지만 안경 뒤의 눈빛은 여전히 생생하고 날카로웠다.

「잘 지냈지?」

「네, 도련님도 얼굴이 좋아 보이시는군요.」

「어서 회장님께 가보세요. 며칠 전부터 도련님을 엄청 기다리고 계셨다고요.」

아끼코의 말에 히가시는 굳어진 얼굴을 찌푸렸다. 그는 숨이 막혀오는 것만 같아 깊게 심호흡을 했다.

「알았어.」

마지못한 얼굴로 대꾸한 히가시는 자신의 앞으로 펼쳐진 긴 복도를 쳐다보았다.

하쿠오의 안내를 받아서 복도를 따라 걸어가던 히가시는 마침내 미닫이로 된 큰 방문 앞에 섰다. 하쿠오는 미닫이문 밖에서 안쪽을 향해 이야기를 했다.

「히가시 도련님께서 오셨습니다.」

조용하던 방 안에서 잠시 후 나직한 목소리가 흘러나왔다.

「들여보내.」

「들어가시죠.」

미닫이문을 열며 하쿠오는 히가시의 얼굴을 쳐다보았다. 히가시는 무표정한 얼굴로 햇볕이 잘 드는 넓고 환한 방 안으로 한 발을 내디뎠다. 여닫이로 된 창문을 열고 바깥의 정원을 내다보고 있던 늙은 남자는 히가시가 들어오는 기척을 듣고도 등도 돌리지 않았다. 방 안에는 그의 자리인 듯한 방석과 커다랗게 '勇'자가 쓰여진 족자를 빼고는 아무것도 없었다. 히가시는 방 한가운데에 자리를 잡고 앉았다.

「오랜만이구나.」

남자의 말에 히가시의 한쪽 눈썹이 올라갔다.

「잘 지내셨나요?」

「그런 질문엔 뭐라고 대답을 해야 되는 거냐.」

늙은 남자는 고개를 돌려 히가시를 쳐다보았다. 백발이 성성한 머리와 병색이 완연한 바싹 마른 얼굴에 히가시는 놀란 마음을 애써 감추고 그를 뚫어지게 쳐다봤다. 병색이 짙은 모습에도 불구하고 그의 눈빛은 얼음장처럼 차가운 냉기와 날카로운 총기를 잃지 않고 있었고 자세 또한 구부러짐이 없이 꼿꼿했다. 비록 늙고 병이 들기는 했지만 옆으로 쭉 찢어진 눈과 오뚝한 코, 잘생긴 입술과 냉정한 생김새는 히가시의 얼굴과 그대로 닮아 있었다.

「아프시다고 들었습니다.」

「들었다는 놈이 전화 한 통 없었구나.」

「제가 아버지와 다정하게 전화를 주고받는 사이는 아니니까요.」

히가시의 말에 남자의 입꼬리가 살짝 올라갔다.

「넌 여전하구나.」

「사람은 쉽게 변하지 않는 거라고 늘 말씀하셨던 걸 기억하고 있습니다만…….」

히가시의 말에 남자는 차가운 미소를 지었다.

「쿄우가 널 잘 구슬린 모양이지? 6년 만에 이렇게 네 발로 집을 다시 찾아온 걸 보니.」

「알고 싶은 게 있어서 왔을 뿐입니다.」

「알고 싶은 거?」

남자의 한쪽 눈썹이 치켜 올라갔다.

「쿄우 형이 그러더군요. 아버지가 어머니의 행방을 알고 있다고.」

히가시의 말을 들은 남자는 갑자기 폭소를 터뜨렸다.

「쿄우가 그걸 너에게 미끼로 내던졌더냐?」

「네.」

「하 참! 하하하하하하!」

남자는 갑자기 웃음을 멈추고 얼음장 같은 표정으로 히가시를 노려보았다.

「미끼를 던진 놈이나 그걸 문 놈이나 아직 한참 멀었군.」

「내일 이 집에서 떠나기 전까지 제가 알고 싶은 사실을 말씀해 주셔야겠습니다.」

히가시의 냉정한 말투에 남자의 눈이 가늘어졌다. 그는 안광을 빛내며 찬찬히 히가시를 쳐다보았다.

「너는 그것에 대한 대가로 무얼 내놓을 생각이지?」

「대가는 6년 전 이 집을 떠나면서 이미 치렀습니다만.」

「회사 합병 건으로 이번 일까지 퉁 치자는 수작은 아니겠지?」

남자는 천천히 걸음을 옮겨 히가시에게 가까이 다가왔다.

「대가 없이 나에게 뭘 얻어갈 생각은 접는 게 좋을 거다.」

그는 몸을 구부려 히가시의 얼굴에 자신의 얼굴을 가까이 가져다 댔다. 히가시는 그의 얼굴이 다가오는 걸 보고도 눈도 깜짝하지 않았다. 그를 응시하는 히가시의 눈은 분노로 이글이글 불타고 있었다.

「그 성질머리는 여전하군. 그러니 이 집안에서 살아서 나간 것이었겠지만.」

남자는 몸을 다시 꼿꼿하게 일으켰다.

「신년회가 끝나고 너에게 뭘 받아내야 할지 생각해 보지. 일단 지금은 나가봐.」

히가시는 망설임 없이 자리에서 일어났다.

「9시까지 이 방으로 다시 돌아오너라. 그때 신년회를 시작할 거니까.」

남자의 말에 잠시 멈칫했던 히가시는 아무 말 없이 복도로 나와 잠시 복도에 그대로 서 있었다. 그는 병색이 완연한 아버지의 모습에 상당한 충격을 받았다. 기억 속의 아버지는 언제나 냉철하고 빈틈이 없는, 세상의 그 어떤 것으로도 쓰러뜨릴 수 없을 것 같은 강인한 모습이었다. 쿄우 형이 아버지의 건강이 좋지 않다고 말했을 때 그는 그저 자신을 집안으로 불러들이려는 얄팍한 수작일 뿐이라고 생각했었다. 하지만 오늘 본 아버지의 모습은 쿄우의 말이 거짓이 아니었음을 증명하고 있었다. 히가시는 어두워진 얼굴로 생각에 빠져 복도를 따라 발길을 옮겼다.

「이게 누구야.」

한참 복도를 따라 걷고 있던 히가시의 등 뒤쪽에서 이 세상에서 제일 증오하는 남자의 목소리가 들렸다. 히가시는 살기를 띤 얼굴로 고개를 돌렸다.

「기세 좋게 박차고 나간 게 언제인데 이 집 안에 다시 제 발로 기어 들어오다니, 세상이 그렇게 만만치 않았던 모양이지?」

히가시의 등 뒤에는 정장을 차려 입은 켄지가 서 있었다. 쭉 찢어진 눈매는 히가시와 닮은 것도 같았지만 켄지는 외가 쪽을 닮은 탓에 히가시보다 키가 한참이나 작았다. 거기다가 어머니를 닮은 매부리코와 얇은 입술 때문에 그의 얼굴은 쿄우와 히가시의 냉정한 인상과는 다르게 비열한 분위기를 풍겼다.

「여전히 살아 있는 건 그 나불거리는 더러운 입뿐인가?」

히가시의 말에 켄지의 얼굴이 굳었다.

「이 새끼가 어디 감히!」

「풉, 웃기는군. 무능력자에 하는 일마다 실패하는 바람에 가문에서 밀려난 주제에…….」

「뭐야!」

켄지는 히가시의 독설에 목소리를 높였다.

「내가 틀린 말 했나? 있는 사실을 그대로 말했을 뿐인데.」

「더러운 사생아 새끼가…….」

켄지의 말에 히가시는 몸을 돌려 그의 앞으로 다가갔다.

「넌 내세울 게 큰어머니의 아들이라는 것밖에 없겠지. 나를 찍어 누르고 싶으면 실력으로 이겨보라고.」

히가시의 눈이 살기로 번뜩이자 켄지의 얼굴이 일그러졌다.

「아직까지 내가 너에게 당했던 어린애라고 생각한다면 그건 너의 큰 착각이야.」

히가시는 그대로 등을 돌렸다.

「그 분홍 머리 여자애 말인데…….」

켄지의 말에 히가시의 얼굴에서 핏기가 가셨다.

「네 어미를 닮았더군.」

히가시는 다시 몸을 돌려 번개 같은 속도로 켄지의 앞으로 다가갔다. 히가시는 죽일 듯 켄지를 쏘아보며 그의 멱살을 움켜잡았다.

「그 애에게 손을 대면 죽여 버릴 거야.」

히가시는 켄지의 목을 물어뜯을 듯한 표정으로 으르렁거렸다.

「그거야 네가 신년회에서 어떻게 하느냐에 달렸겠지.」

켄지는 멱살이 잡힌 채로 히가시를 놀리듯 비열하게 웃었다.

「네가 보낸 쓰레기들이 우리 뒤에 따라붙은 걸 모를 줄 알았나?」

「등 뒤를 조심하라고…….」

켄지는 복수심에 넘쳐 시니컬하게 웃었다. 이길 수 없다면 어떻게 해서든 밟고 뭉개서 불행해지는 꼴을 보는 게 더 나았다.

「루저 같은 새끼. 평생을 그러고 살아라.」

히가시는 켄지를 복도에 내팽개쳤다. 켄지는 '쿵' 소리를 내며 볼썽사나운 모습으로 넘겨졌다. 히가시는 그대로 다시 등을 돌렸다. 복도를 따라 멀어지는 그의 등에서 냉기가 풀풀 풍겼다. 켄지는 몸을 일으켜 구겨진 와이셔츠를 펴며 음산한 눈빛으로 히가시의 뒷모습을 쳐다보았다.

료와 민호, 인영은 렌터카를 타고 히가시의 아파트를 향해 가고 있었다. 룸미러로 뒤따라오던 차를 확인한 료는 인상을 구겼다.

"벌써부터 따라붙었네."

민호는 걱정스러운 얼굴로 뒤를 돌아보았다.

"알고 있었냐?"

"어떻게 몰라. 저렇게 대놓고 따라오는데."

료는 혀를 찼다.

"오자마자부터 왜 저래?"

인영의 말에 료는 포기한 얼굴로 대답을 했다.

"출발하기 전에 형이랑 통화했는데, 켄지 쪽에서 사람을 붙였나 봐. 형이 비행기에서 내리자마자 전자상가에 가서 스턴건(전기충격기)을 사서 윤서 씨랑 누나에게 주라고 했거든."

"스턴건?"

"응, 형이랑 윤서 씨랑 돌아다니는 내내 뒤에 따라붙었던 모양이더라고."

"어머, 이번에는 좀 심하네."

"그러게."

뒤쪽을 계속 주시하던 민호의 안색이 어두워졌다.

"이번 신년회 때문에 똥줄이 타나 보던데."

"왜?"

"이번에 신년회에서 가문의 후계자를 정할 건가 봐. 그런데 히가시 형이 갔으니 당연히 눈엣가시겠지."

"넌 그 소리를 어디서 들었어?"

료의 질문에 민호가 한숨과 함께 설명했다.

"서준 형이랑 통화하다가 들었어. 서준 형이 이쪽의 움직임이 심상치 않다고 전에 있던 곳의 회계 담당에게 들었다고 하더라고."

"아……."

료는 앞에 사거리가 나타나자 갑자기 차를 우회전해서 속도를 높였다.

"찐득이 같은 새끼들. 어디까지 따라오나 보자."

료는 액셀러레이터를 밟아 차 사이를 번개처럼 이리저리 파고 들었다.

"야! 전자상가 도착하기도 전에 죽겠어!"

민호가 창문 위의 손잡이를 잡고 이리저리 쏠리는 몸을 간신히 지탱하며 소리를 지르자 료는 걱정하지 말라는 얼굴로 씩 웃었다.

"나만 믿으라니까!"

빛의 속도로 스턴건을 사고 히가시의 아파트에 도착한 민호와 인영은 차에서 내리면서 안도의 숨을 쉬었다.

"와! 진짜 내장 쏠려서 죽는 줄 알았네."

"쟤 운전 험하게 하는 건 알았는데 장난 아니다."

두 사람의 대화를 들으며 료는 낄낄거리며 웃었다.

"어쩔 수 없잖아. 나는 차 대고 온다."

료가 차를 몰고 주차장으로 들어가자 인영과 민호는 히가시의 아파트를 올려다보았다.

"여기는 예전이랑 변함이 없네."

"그러게."

"예전에 일본에 왔을 때는 너랑 내가 어색한 사이였는데."

인영의 말에 민호는 조용히 웃었다.

"벌써 시간이 그렇게나 많이 흐른 거야."

"맞아."

그때 주차장에 차를 대고 온 료가 두 사람의 옆으로 다가왔다.

"저 찐득이 새끼들이 여기까지 왔고만."

민호가 고개를 돌리려고 하자 료는 그의 팔을 잡았다.

"돌아보지 말고 그대로 올라가. 알았지?"

인영과 민호는 료의 말을 따라 아파트 안으로 들어갔다. 그런 그들의 모습을 차 안에서 지켜보고 있던 검은 양복의 남자들은 어디론가 전화를 걸었다.

히가시는 집 밖으로 나와 정원 쪽으로 발길을 돌렸다. 그는 본가를 싫어했지만 정원에 있는 연못만은 그가 좋아하는 유일한 장소였다. 어린 시절 그는 서러운 일이 있을 때마다 연못 옆에 심어져 있는 느티나무 아래에 와서 혼자 몰래 울곤 했다. 한참을 울다가 눈물을 닦고 연못에 살고 있는 비단잉어 떼의 여유로운 군무를 바라보면 어린 마음에도 잠시 동안은 서러움을 잊고 즐거운 마음이 되곤 했다. 연못 앞에 선 그는 느티나무에 한쪽 팔을 기대고 조용히 연못을 보고 있었다. 겨울이라 연못에는 살얼음이 끼어 있었지만 그 아래로 헤엄쳐 다니는 비단잉어들은 여전히 여유롭고 한가해 보였다.

「어머! 도련님!」

등 뒤에서 나는 소리에 히가시는 고개를 돌렸다.

「정말 오랜만이시네요. 신년회에 참석하려고 오신 거예요?」

환한 미소를 지으며 다가온 사람은 쿄우의 아내인 유리카였다. 몇 년 만에 만나는 그녀는 그새 흰머리가 생겨 조금은 나이가 들어 보였다.

「아! 형수님, 안녕하셨어요?」

「너무 반가워요. 그동안 전화라도 한 통 주시지 어쩌면 저한테 까지 연락을 끊으셨어요.」

온화한 인상의 유리카는 히가시를 향해 섭섭한 표정을 지었다.

「죄송하게 됐어요. 너무 바빠서 그만…….」

「아무리 바쁘셔도 연락 좀 주세요. 전 정말 섭섭했어요.」

유리카는 히가시에게 다가와 그의 손을 꼭 잡았다.

쿄우의 아내인 유리카는 원래 쿄우의 비서실에서 일하던 직원이었다. 모든 일에 아버지의 뜻을 순순히 따르던 쿄우가 유일하게 부모의 뜻을 거스른 적이 딱 한 번 있었는데, 그건 바로 유리카와 결혼을 하겠다고 선언을 했을 때였다.

아버지와 어머니의 결혼 생활을 보며 정략결혼이라는 게 어떤 것인지를 끔찍할 정도로 생생하게 겪으며 자란 쿄우는 맞선 문제에 있어서는 절대로 그런 자리에 나가지 않겠다는 고집을 꺾지 않았다.

그랬던 쿄우가 유리카와 결혼을 한다고 했을 때 아버지와 어머니는 그녀와의 결혼을 엄청나게 반대했었다. 그도 그럴 것이 유리카는 보잘것없는 라면 가게 딸이었던 데다가 얼굴 역시 그다지 미인도 아니었기 때문이다. 그녀의 조건은 누가 봐도 유타카 가문의 맏며느릿감으로는 어울리지 않았다. 그러나 그녀는 검도 국가대표를 할 정도로 운동을 잘했고 성품도 온화했지만 무엇보다도 유타카 가문의 혹독한 시집살이를 잘 견딜 정도의 강한 정신력도 가지고 있었다.

유리카가 시집온 지 20년이 지난 지금은 그 어느 누구도 그녀에게 유타가 집안의 맏며느릿감이 못된다는 쓸데없는 소리를 하지 못했다. 그리고 그녀는 히가시를 친동생처럼 잘 대해주었다.

「아이들은요?」

「사토루와 요미 둘 다 안에 있어요. 둘 다 너무 커버려서 같이 잉어 밥을 주러 나가자는데도 꼼짝을 안 하네요.」

「그럴 나이들이 됐죠.」

「도련님은 여자 친구 없어요?」

유리카의 말에 히가시는 살짝 미소를 지었다.

「만나는 사람이 있어요.」

「어머! 너무 잘됐네요. 도련님 축하해요.」

히가시의 여자에 대한 결벽증을 알고 있는 유리카는 그의 말에 반색을 했다.

「언제 한번 저한테도 보여주세요.」

「그럴게요.」

「그리고…….」

잠시 망설이던 유리카는 어렵사리 말을 꺼냈다.

「신년회 시작하기 전에 어머님께 인사하러 가세요. 그래야 뒷말이 안 나와요.」

유리카의 말에 히가시는 미간을 찡그렸다.

「싫어도 꼭 가세요. 아셨죠?」

「알았어요.」

히가시는 나직하게 한숨을 쉬었다.

커다란 미닫이문 앞에서 히가시는 잠시 문을 노크해야 할지 말아야 할지 갈등하고 있었다. 잠시 망설이던 그는 이내 결심한 듯 미닫이문을 살짝 두들겼다.

「누구지?」

방 안에서 흘러나오는 하이톤의 목소리를 듣자, 히가시는 저도 모르게 몸이 긴장되었다. 길게 심호흡을 한 그는 나직하게 대답했다.

「히가시입니다.」

방 안에서는 아무런 기척이 없었다. 한참 뒤 하이톤의 목소리가 다시 방 안에서 흘러 나왔다.

「들어오너라.」

히가시는 미닫이문을 열고 방 안으로 들어섰다. 6년 만에 들어선 그녀의 방은 예전보다 더 화려하게 치장되어 있었다. 자개가 들어간 값비싼 문갑들과 기둥이 있는 서양식 침대, 그리고 바로크 양식의 테이블과 의자들은 다들 각자의 우아함을 자랑하고 있었지만 전체적으로 전혀 어울리지 않았다. 하이톤 목소리의 주인공인 그녀는 막 차를 마시려는 참이었던 듯 화려한 장미꽃 문양이 들어간 영국제 티 세트를 앞에 놓고 앉아 있었다.

6년 만에 만나는 아버지의 본부인인 류미코는 흰머리가 조금 더 많아졌을 뿐 변한 것은 없어 보였다. 늘 똑같은 스타일을 고집하는 올림머리와 화려하게 화장을 한 얼굴, 값비싼 기모노 차림 역시 그대로였다. 날카로운 눈빛으로 잠시 히가시를 쏘아보던 그녀는 이내 포기한 듯 그를 외면했다.

「거기 서 있지 말고 앉아라.」

히가시는 류미코의 맞은편 의자에 앉았다.

「그동안 잘 지내셨나요?」

히가시의 안부 인사에 류미코의 입꼬리가 비틀려 올라갔다.

「네가 없어서 잘 지냈다. 넌 내가 잘못 지내길 바랐겠지만 말이지.」

히가시의 얼굴을 쏘아보는 류미코의 위로 치켜 올라간 가는 눈에서 섬뜩한 빛이 흘러나왔다. 새삼스럽게 히가시는 그동안 잊고 지냈던 여자에 대한 혐오감이 뱃속에서부터 올라오는 걸 느꼈다. 그는 아직도 바닥에 엎어진 엄마의 머리채를 휘어잡고 발로 밟던 그녀의 아귀 같은 얼굴을 생생하게 기억하고 있었다. 그리고 우아함을 가장하고 있는 그녀의 손에 아버지의 여자들이 흔적도 없이 사라진 것 또한 잘 알고 있었다.

「전 큰어머니가 잘못 지내시길 바란 적 없습니다. 큰어머니 덕에 예의 바른 사람으로 자라서 말이죠.」

히가시의 말에 류미코는 우아한 동작으로 입을 가리고 어처구니가 없는 얼굴로 웃었다.

「그 말솜씨 하나는 여전하구나. 너는 어렸을 때부터 절대로 시키는 일에 '네'라고 하는 법이 없었지.」

「아무리 어려도 상황 판단은 할 수 있는 법이니까요.」

히가시가 류미코의 얼굴을 똑바로 쳐다보자 그녀의 얼굴에 냉소가 어렸다.

「6년 만에 본가엔 무슨 일이지? 돈이 다 떨어져서 구걸하러 찾아왔나?」

「큰어머니의 바람과는 다르게 돈이라면 지겨울 정도로 벌고 있습니다. 그리고 오늘 신년회에 오고 싶어서 온 것도 아니고요.」

히가시의 대답에 류미코의 눈이 가늘어졌다.

「오늘 신년회에서 뭘 할 건지는 알고 있겠지.」

「뭘 하든 관심 없습니다. 전 아버지께 듣고 싶은 게 있어서 온 것뿐이니까요.」

류미코는 가당치 않다는 듯 콧방귀를 뀌었다.

「핑계 하나는 그럴 듯하구나. 오늘 신년회에서 가문의 후계자를 발표하는 걸 네가 모르고 있었다고?」

류미코의 말에 히가시의 눈썹이 꿈틀거렸다. 그녀는 그럴 줄 알았다는 듯 비웃으며 차를 한 모금 마셨다.

「오늘 신년회에 참석해서 떨어지는 떡고물이라도 주워 먹으려고 기어 들어온 거겠지. 아니야?」

「후계자가 누가 되든 관심 없습니다. 그리고…….」

말을 하던 히가시의 눈빛이 어두워졌다.

「누가 후계자가 되건 다시는 이 집 안에 발을 들이지 않을 작정이니 걱정하지 않으셔도 됩니다.」

갑자기 가면을 벗은 듯, 류미코는 눈을 음산하게 빛내며 뱀과 같은 표독스러운 표정을 지었다.

「말은 그럴듯하게 하지만 기회주의자인 건 지 어미랑 똑같군. 하긴 그 더러운 술집 년의 피가 어디로 가겠어?」

본색을 드러낸 류미코의 얼굴에 히가시는 입꼬리를 올리며 냉소를 흘렸다.

「이래야 큰어머니다우시죠. 큰어머니는 이런 얼굴이 어울려요.」

히가시는 의자에서 몸을 일으켰다.

「6년간 큰어머니가 변한 줄 알고 저도 깜빡 속을 뻔했네요.」

히가시는 류미코에게 고개를 숙여 인사했다.

「곧 신년회가 시작될 것 같아서 가봐야겠습니다.」

히가시는 그대로 몸을 돌렸다. 류미코는 그런 그의 뒷모습을 말없이 쏘아보았다. 미닫이문에 손을 올리려던 그는 뭔가를 깜빡 잊은 듯 그녀를 향해 고개를 돌렸다.

「참, 큰어머니를 다시 만나면 이 말씀을 꼭 드리려고 했었는데 잊어버릴 뻔했네요.」

히가시는 몸을 꿰뚫을 듯한 냉랭한 눈빛으로 류미코를 내려다보았다.

「큰어머니가 제 친어머니가 아니라서 너무 다행이라는 말씀을 꼭 드리고 싶었습니다. 그럼 새해 복 많이 받으시죠.」

「뭐야? 저런 더러운 사생아 새끼가!」

노기에 찬 류미코의 찢어질 듯한 목소리를 뒤로한 채 히가시는 그대로 방을 나와 미닫이문을 닫았다.

초인종이 울리는 소리에 윤서는 인터폰을 눌러 밖에 있는 사람의 얼굴을 확인했다. 화면에는 료와 민호, 인영의 얼굴이 보였다. 료는 카메라에 대고 손을 흔들었다.

"우리 왔어요! 문 열어요!"

윤서는 문을 열며 활짝 웃는 낯으로 사람들을 맞았다.

"어서 오세요!"

"아! 겨우 도착했네!"

료를 선두로 해서 인영과 민호가 아파트 안으로 짐 가방을 가지고 들어왔다.

"그동안 재미있었어? 보고 싶었어."

인영은 활짝 웃으며 윤서를 껴안았다.

"재미있었어요. 언니도 잘 있었죠?"

"그럼. 그런데 얼굴이 많이 좋아졌네."

윤서의 얼굴이 밝자 인영이 그녀의 볼을 만졌다.

"오빠가 맛있는 거 많이 사줬어?"

"네."

소파에 앉은 료는 둘을 보며 흐뭇한 미소를 지었다.

"다들 점심 안 드셨죠."

"괜찮아요. 출발하기 전에 공항에서 간단하게 요기했어요."

료는 싱글벙글 웃으며 손에 들고 온 비닐 가방을 탁자에 내려놓았다.

"그런데 그게 뭐예요?"

"잠깐 이리 와서 앉아 봐요. 할 말이 있으니까."

윤서는 갸웃거리며 료의 반대편 소파에 앉았다.

료는 비닐 가방 안으로 손을 넣어 스턴건을 탁자 위에 꺼내놓았다.

"이건……."

"이거 스턴건이에요. 뭔지 알죠?"

"전기 충격기인가요?"

"맞아요."

"이걸 왜……."

윤서가 놀란 표정으로 료를 보자 그는 천천히 상황을 설명하기 시작했다.

"지금부터 내가 하는 이야기 잘 들어요. 이제부터 아마 밖에 돌아다닐 때 진짜 조심해야 될 거예요."

"그, 사장님의…… 형님 때문인가요?"

윤서의 말에 료가 고개를 끄덕였다.

"아마 형이 이야기를 했을 것 같은데, 히가시 형은 이복형이 둘 있어요. 첫째 형은 쿄우라고 집안의 실세고, 둘째 형은 켄지라고 예전부터 히가시 형과 사이가 안 좋죠."

"그 이야기는 대충 들었어요. 어릴 때부터 사장님을 싫어해서 죽이려고까지 했다고……."

료는 미간을 찌푸렸다. 잠시 뜸을 들이던 그는 한숨을 내쉬곤 윤서의 눈을 쳐다보았다.

"짐작은 하고 있었겠지만 사실 히가시 형님네 집안은 보통 집 안이 아니에요."

료의 말에 윤서의 표정이 어두워졌다. 입술을 깨물던 그녀는 조용한 목소리로 말을 꺼냈다.

"혹시…… 사장님네 집안이…… 폭력조직하고 연관이 있나요?"

윤서의 말에 료는 민호와 인영의 얼굴을 번갈아 쳐다보았다. 어쩔 수 없다는 얼굴을 하고 있는 두 사람을 보며 그는 내키지 않는 표정으로 입을 열었다.

"맞아요. 히가시 형네 집안은 야쿠자예요. 그것도 일본 남부에서 제일 큰……."

료의 말에 윤서는 충격을 받은 듯 입을 벌렸다. 료는 그녀의 반응을 예상했었던 듯 얼굴이 굳어졌다. 잠시 말을 멈췄던 그는 이내 다시 이야기를 이어나갔다.

"두 형 중 큰형인 쿄우 형은 괜찮은 편인데 둘째 형인 켄지 형은 별로 질이 좋지가 않아요. 사실 전에 우리가 일본에 왔을 때 인영이 누나가 납치될 뻔한 적이 있어요."

"네?"

윤서의 얼굴이 창백해지자 인영은 그녀의 손을 꼭 잡았다.

"맞아. 그때 료랑 민호가 옆에 없었다면 난 그 길로 납치당했을 거야."

"어떻게 그런 짓을……."

그때까지 말이 없던 민호가 인영의 말을 거들었다.

"켄지는 성질이 거친 데다가 앞뒤 생각 안 하고 일단 저지르는 스타일이라 그런 짓을 하고도 남을 인간이에요. 진짜 조심해야 돼요."

"전 생각도 못 했어요."

윤서의 목소리가 떨리자 인영이 그녀의 어깨를 감싸 안았다. 료는 심각한 표정으로 이야기를 이어갔다.

"사실 출국하기 전에 히가시 형이 전화를 했었어요. 도착하자마자 스턴건을 사서 윤서 씨랑 인영이 누나에게 하나씩 주라고."

"사장님께서 전화를 하셨어요?"

"네. 사실 우리도 비행기에서 내리자마자 미행이 붙었어요. 본가의 인간들인지 켄지 쪽 인간들인지는 모르겠지만."

"아……."

"이 정도로 심할 거라고는 예상을 못 했거든요. 앞으로 일본에서 돌아다닐 땐 절대로 혼자서 돌아다니면 안 돼요. 그리고……."

료는 스턴건을 윤서의 앞으로 밀었다.

"이건 24시간 몸에 지니고 다녀요. 소지 면허가 없는 사람을 위한 거라 위력이 약하긴 하지만 잘 사용하면 아마 사람을 잠시 기절시킬 수는 있을 거예요."

윤서는 료가 내민 스턴건을 손에 쥐었다. 스턴건의 버튼을 누르자 지직거리는 소리와 함께 위협적인 불꽃이 너울거렸다.

"그리고 한국에 돌아가자마자 인영이 누나네 집으로 이사를 해야 될 거예요."

료의 말에 윤서가 고개를 들어 당황한 얼굴로 그를 보았다. 그는 그런 그녀를 측은한 표정으로 쳐다보았다.

"형이 윤서 씨에게 이 말을 꼭 전해 달라고 했어요. 이런 상황에 빠지게 해서 미안하다고……."

윤서는 아무 말도 없었다.

"자기, 우리가 옆에 있으니까 힘내."

걱정스러운 얼굴의 윤서를 보며 인영이 그녀의 어깨를 감싸 안은 손에 힘을 줬다.

"너무 걱정하지 말아요. 나랑 민호가 있으니까 무슨 일이 있으면 바로 갈 수 있어요. 인영이 누나랑은 집도 가까우니까."

"그래. 너무 걱정하지 마."

인영은 불안해하는 윤서를 달랬다.

"그래요. 료나 나나 둘 다 이런 상황엔 익숙하니까 너무 걱정하지 말아요. 그리고 내일은 형도 돌아올 거니까 힘내요."

사람들의 말에 윤서는 고개를 들고 어깨를 폈다.

"전 괜찮아요. 그리고 정말 고맙습니다."

료는 안타까운 얼굴로 애써 불안함을 감추고 있는 윤서의 얼굴을 물끄러미 쳐다보았다.

히가시는 길고 긴 복도를 걸어 신년회가 열릴 아버지의 방 앞에 다시 도착했다. 큰 행사가 있을 때마다 그랬듯 방과 방 사이의 미닫이문을 모두 열어 세 개의 방을 하나의 거실처럼 만들어놓은 상태였다. 복도 쪽으로 난 문들도 출입을 편하게 하기 위해 모두 활짝 열려 있어 안이 훤히 들여다보였다. 방 안에는 벽을 따라서 손님들의 이름이 쓰인 명찰이 놓여 있는 1인용 상들이 차려져 있었다. 각 상 위에는 정성스럽게 마련된 신년 음식들이 놓여 있었고, 그 뒤에는 다양한 나이대의 검은 양복을 입은 사내들이 이미 자리를 잡고 앉아 옆 사람들과 담소를 나누는 중이었다.

히가시가 들어서자 사내들의 놀란 시선이 일제히 그에게 집중되어 일순간 방 안이 고요해졌다. 그는 상석에 앉아 있는 아버지를 향해 90도로 허리를 굽혀 인사했다. 히가시의 인사에도 아버지인 료이치는 그를 향해 눈길도 주지 않았다. 히가시는 다시 방향을 돌려 자신을 쳐다보고 있는 사내들을 향해 90도로 허리를 굽혔다. 사내들은 일제히 자리에서 일어나 그에게 허리를 굽혀 예의를 차리고 답례 인사를 했다.

인사를 마친 히가시가 쿄우의 옆에 마련된 자신의 자리에 가서 앉자, 건너편의 켄지가 그를 죽일 듯한 눈빛으로 쏘아보았다. 켄지의 옆에는 집안의 변호사인 신지가 앉아 있었다. 히가시를 본 신지가 가볍게 묵례를 하자 그 역시도 가벼운 묵례를 건넸다. 쿄우는 히가시를 보고 입꼬리를 올려 미소를 지었다.

「오기는 왔구나.」

쿄우의 말에 히가시는 감정이 없는 목소리로 대답했다.

「난 약속한 건 지켜.」

「그건 누구보다도 내가 잘 알고 있지.」

쿄우의 눈이 안경 뒤에서 싸늘하게 빛났다.

「아침에 유리카가 너를 만났다더군.」

「응.」

「어머니에게 다녀오는 길이야?」

「응, 가서 인사드리고 왔어.」

쿄우는 알 만하다는 표정으로 냉랭한 미소를 지었다.

「보나마나 좋은 말이 오고 가진 않았겠군.」

「새삼스럽게 말할 필요도 없잖아.」

히가시는 녹차를 한 모금 마셨다.

잠시 후 신지가 자리에서 일어나 료이치의 옆으로 가자 사람들은 일제히 입을 다물고 그를 주목했다. 안경의 브릿지 부분을 손가락으로 치켜 올린 신지는 날카로운 눈빛으로 좌중을 둘러보았다.

「그럼 새해를 맞아 유타카회의 신년회를 시작하도록 하겠습니다. 각 지역의 임원 여러분과 오늘 이 자리에 참석하신 간부 여러분들 모두 작년 한 해 동안 고생이 많으셨습니다.」

신지는 또박또박한 발음으로 좌중을 둘러보며 속도를 적당히 조절해 가며 이야기했다.

「모두 아시다시피 오늘 이 자리는 신년회와 더불어 유타가회의 후계를 결정하고, 간부 여러분, 그 휘하 각 지역 임원 여러분의 위치를 지난 한 해의 실적에 따라 새롭게 조정하는 자리이기도 합니다.」

신지의 말에 사람들의 얼굴에 긴장감이 어렸다.

유타카 가문은 다른 조직과 달리 하나부터 열까지 철저하게 실적 위주로 운영했다. 나이가 많고 조직 안에서의 경력이 오래되었어도 실적이 좋지 않으면 간부직을 내놓고 뒤로 물러나야 했다. 이러한 특이한 규율 때문에 유타카회에 속해 있는 사람들은 절대로 꼼수나 게으름을 부리지 않았고, 그 덕에 큐슈의 작은 야쿠자 조직이었던 유타카회는 료이치 대에 일본 남부의 야쿠자 중 가장 빠르고 강력하게 세를 확장할 수 있었다. 그리고 이러한 경쟁 구도는 비단 하부 조직의 사람뿐만 아니라 유타카 가문의 본가 안에서도 똑같이 적용되었다.

켄지는 미간을 구기고 불안한 얼굴로 앉아 있었다. 그동안 자신이 저지른 사고와 망나니짓을 만회하기 위해 지난 한 해 동안 집안에서 마련해 준 후쿠오카 지부의 한쪽 구석자리에서 나름 일을 열심히 한다고 했지만 그의 실적은 생각보다 변변치 못했다. 거기다가 히가시의 뒤쪽에 사람을 붙였다는 사실이 발각될까 봐 그는 전전긍긍하며 쿄우의 눈치를 보고 있었다.

「그럼…….」

신지는 손에 든 서류 뭉치를 자세히 훑어보았다.

「일단 지난해의 실적 보고부터 하기로 하죠.」

신지는 서류에 적힌 이름을 하나하나 호명하며 지난해의 실적을 읊어 내려갔다. 실적 보고를 듣고 있던 히가시는 의외라는 표정으로 신지를 쳐다보았다. 실적 보고야 신년회 때 늘 하던 것이었지만 그 내용은 자신이 6년 전 가문을 떠날 때와는 판이하게 달라져 있었다. 히가시의 반응에 쿄우는 티가 나지 않게 입꼬리를 살짝 올렸다.

「그럼 이상으로 실적 보고를 마치겠습니다.」

신지의 실적 보고가 끝나자 료이치는 감고 있던 눈을 떴다.

「이상의 보고에 이의를 제기하실 분이 있습니까?」

신지의 질문에 방 안에는 무거운 침묵이 흘렀다. 사람들을 한 바퀴 둘러보던 그는 아무도 이의를 제기하는 사람이 없자 안경의 브릿지를 손으로 밀어 올리며 눈을 빛냈다.

「그럼 아무런 이의가 없는 걸로 알고 이제부터 각 지역의 임원 여러분들과 간부 여러분의 자리를 재배치한 명단을 발표하겠습니다.」

신지는 한 사람, 한 사람의 이름을 호명하며 새롭게 배치된 자리와 지역을 발표했다. 신지의 호명에 따라 어떤 사람은 환희에 찬 표정을 지었고 어떤 사람은 얼굴이 흙빛으로 변했다.

재배치 명단을 듣고 있던 켄지는 기쁨의 표정을 감추지 못했다. 그도 그럴 것이 그의 이름은 재배치 명단에 올라 있지 않았기 때문이다. 지금까지 발표되지 않은 명단은 다음 대의 조직의 회장이 될 회주와 한국 지부의 관리자 둘뿐이었다. 후계자 자리는 이미 쿄우에게 낙점된 거나 마찬가지였지만 한국 지부 관리자가 비어 있다는 뜻은 결국 자신에게 그 자리가 돌아올 거라는 걸 의미했다. 한국 지부는 합병 이후 조직의 기업 중 가장 빠른 속도로 성장해 가는 곳 중 하나였다. 켄지의 기대감은 한껏 부풀어올랐다.

이윽고 임원들과 간부들의 자리 재배치 명단 공개가 다 끝나자 신지는 동의를 구하듯 자리에 앉아 있는 료이치를 바라보았다.

「나머지도 이 자리에서 발표할까요?」

「그건 식사 뒤로 미루지. 그래도 명색이 신년회인데.」

「알겠습니다.」

신지는 사람들을 둘러보며 웃는 얼굴로 말했다.

「그럼 앞에 놓인 식사를 드시고 담소 나누시기 바랍니다. 정확히 한 시간 후 다음 대 조직의 총괄책임을 맡을 회주와 한국 지부의 관리자를 발표하겠습니다. 그럼 즐거운 신년의 아침 식사를 즐기시기 바랍니다.」

료이치가 젓가락을 들어 식사를 시작하자 그제야 사람들은 앞에 놓인 요리를 먹기 시작했다.

히가시 역시 조용히 식사를 시작했다. 쿄우는 고개를 돌려 히가시를 빤히 쳐다보았다.

「실적 보고를 들은 소감이 어떠냐.」

히가시는 무표정한 얼굴로 쿄우를 마주보았다.

「내 소감이 중요한가?」

「네가 떠날 때랑은 많이 달라지지 않았나?」

쿄우의 말에 히가시는 실소를 흘렸다.

「그래 봤자 야쿠자 집단일 뿐이지.」

쿄우는 히가시를 보며 한심하다는 표정으로 냉소를 지었다.

「멍청한 새끼.」

쿄우는 고개를 돌려 상석의 료이치를 쳐다보았다. 다른 사람들은 눈치채지 못하고 있었지만 료이치가 먹고 있는 음식은 다른 사람들과 똑같은 모양의 도시락 안에 담긴 멀건 미음이었다. 허리를 꼿꼿하게 세우고 미음을 먹고 있는 료이치를 보는 쿄우의 눈빛에 복잡한 감정이 스쳐 지나갔다.

쿄우는 고개를 돌려 건너편에서 히죽거리는 켄지를 한심한 눈빛으로 쳐다보았다. 자신의 혈육이기는 했지만 켄지의 뒤틀리고 욕심 많은 성격은 사람들을 다루기에는 한참이나 모자랐다. 쿄우는 그런 켄지를 보며 마음속으로 혀를 찼다.

식사를 마친 사람들은 자리에 앉아 담소를 나누거나 화장실에 가기 위해 방 밖으로 나섰다. 잠시 몸을 펴기 위해 복도로 나간 히가시는 생각에 잠겨 정원을 바라보았다.

「오랜만이시네요.」

등 뒤에서 들려온 신지의 목소리에 히가시가 몸을 돌렸다. 신지는 집안의 변호사로 50년 동안 활동하고 있었다. 머리카락은 이미 하얗게 새고 얼굴엔 주름이 가득했지만 안경 뒤에서 빛나는, 사람을 꿰뚫어 보는 눈빛은 예나 지금이나 여전했다.

「잘 지내셨죠?」

히가시의 인사에 신지가 부드럽게 웃어 보였다.

「오늘 뵙게 될 거라고는 생각을 못 했는데, 과연 쿄우 도련님의 수완이 좋으시긴 하군요.」

히가시는 '훗' 하는 작은 웃음을 잇새로 내뱉었다.

「형은 언제나 그랬으니까요.」

「맞아요. 쿄우 도련님은 참으로 명석하고 뛰어나신 분이죠. 훌륭한 리더로서의 자질도 갖추고 계시고요.」

「맞는 말씀입니다.」

신지는 안경을 위로 밀어 올리며 히가시를 빤히 쳐다보았다.

「집안으로 다시 돌아오실 건가요?」

「아니요. 저는 아버지와의 사적인 볼일 때문에 오늘 이 자리에 온 것뿐입니다.」

「사적인 볼일이라……..」

신지는 '흠' 하는 소리를 내며 뒷짐을 졌다.

「그렇단 말이죠.」

신지는 의미심장한 표정으로 그를 보며 웃었다.

「식사도 거의 끝나가는 것 같으니 방으로 들어가시죠.」

「알겠습니다.」

히가시와 신지는 사람들이 다시 모여들고 있는 방 안으로 돌아가서 자리에 앉았다.

사람들이 모두 제자리에 착석하자 신지는 자리에서 일어나 료이치의 옆으로 갔다. 그는 료이치의 옆에 앉아 눈을 감고 있는 그가 눈을 뜨기를 기다렸다. 료이치가 눈을 뜨자 신지는 허락을 구하듯 그의 얼굴을 쳐다보았다. 료이치는 사람들을 한 번 둘러본 뒤 신지를 보고 고개를 끄덕거렸다.

그는 앉은 자리에서 일어나 사람들을 한 바퀴 둘러본 그는 이윽고 입을 열었다.

「그럼 예고해 드린 대로 유타카 회의 다음 대를 이끌어갈 회주와 한국 지부의 관리자를 발표하겠습니다.」

좌중은 쥐 죽은 듯 조용해졌다.

「유타카회의 차기 회주는 유타카 쿄우 도련님이십니다.」

신지의 발표에 사람들은 예상했던 결과라는 듯 다들 고개를 끄덕였다. 쿄우의 이름을 이야기한 신지는 새삼 손에 든 서류를 자세히 들여다보았다.

켄지는 기대에 찬 표정으로 신지의 얼굴을 올려다보았다. 서류를 확인한 신지는 이윽고 한국 지부 관리자의 이름을 발표했다.

「그리고 차기 한국 지부 관리자는 유타카 히가시 도련님이십니다.」

신지의 의외의 발표에 사람들이 웅성거리기 시작했다. 사람들의 시선은 일순간에 히가시에게 집중되었다. 당연히 자신의 이름이 불릴 거라 기대하고 있던 켄지의 얼굴은 처참하게 일그러졌다.

발표를 듣고 놀란 것은 히가시도 마찬가지였다. 그는 그 즉시 자리에서 일어나려고 했지만 그의 팔을 옆자리에 있던 쿄우가 잡아당겼다.

「가만히 있어. 조직의 임원들과 간부들 앞에서 발표된 아버지의 결정이다. 너도 아버지의 아들이니 아버지의 얼굴에 먹칠을 하고 싶지 않으면 신년회가 끝나고 가서 따져라.」

쿄우의 나지막하지만 위협적인 말투에 히가시는 자리에 도로 주저앉았다. 건너편에 앉아 있던 켄지는 증오에 불타는 표정으로 그를 죽일 듯이 노려보았다. 신지의 발표를 들은 료이치의 냉랭한 얼굴에는 단 한 치의 표정 변화도 없었다. 조직 내에서 료이치의 결정은 절대적인 것이었다. 조직 안의 어느 누구도 그의 결정에 이의를 제기할 수 없었다.

「그럼 이것으로 올해의 신년회를 마치도록 하겠습니다. 모두들

자신의 자리로 돌아가 올해도 유타카회의 번성을 위해 노력해 주시기 바랍니다.」

신지의 말을 끝으로 사람들은 모두 자리에서 일어나 자리에 앉아 있는 료이치를 향해 허리를 90도로 굽혀 인사했다. 그는 제게 인사하는 사람들을 보고 가벼운 묵례로 답인사를 대신했다.

상석에 가장 가까이 앉아 있던 사람들부터 차례로 다음 대의회주가 된 쿄우에게 허리를 숙이며 경의를 표했다. 쿄우도 그런 사람들을 향해 가볍게 묵례를 건넸다. 그리고 다음으로 그들은 새로이 한국 지부의 관리자가 된 히가시에게도 인사를 건넸다. 사람들의 인사를 받는 히가시의 얼굴은 딱딱하게 굳어 있었다. 그런 히가시를 보며 켄지는 눈에 살기를 띠고 이를 부득부득 갈았다.

「죽여 버리고 말겠어.」

켄지는 자신만 들을 수 있는 나지막한 목소리로 히가시에게 저주를 퍼부었다.

신년회가 끝난 후 료이치와 단둘이 마주한 히가시는 병색이 완연한 그의 얼굴을 뚫어지게 쳐다보고 있었다. 두 사람 사이에는 무서울 만큼 조용한 정적이 흘렀다. 눈을 감고 꼿꼿한 자세로 앉아 있던 료이치는 서서히 눈을 떠 히가시를 마주보았다.

「이러시려고 저를 신년회에 부르신 겁니까?」

히가시가 이를 갈듯이 말을 해도 료이치는 냉정한 눈빛으로 그를 쳐다볼 뿐이었다.

「저는 이 집안에서 내어주는 어떤 자리도 싫습니다. 6년 전에 이 집에서 나갈 때도 그건 분명히 말씀드렸습니다.」

「네 어미…….」

료이치의 말에 히가시의 눈썹이 움찔거렸다.

「이게 바로 네 어미에 대한 정보를 받아가는 대가다. 선택해. 일을 하고 정보를 받아갈 것인지, 아니면 아무것도 없이 그냥 이 집에서 나갈 것인지.」

료이치의 냉랭한 말투에 히가시는 어금니를 꽉 깨물었다. 헤어진 지 20년이 넘은 어머니의 얼굴은 이제 잘 기억나지도 않았지만 그래도 그는 어머니에 대한 미련을 포기할 수 없었다. 히가시는 어머니를 만나 그때 왜 어린 자신을 죽이려 했었는지를 꼭 물어보고 싶었다.

그가 아무 말이 없자 료이치의 눈이 가늘어졌다.

「네 어미는 네게 그런 의미밖에 안 됐더냐?」

료이치의 말에 히가시의 눈이 차갑게 빛났다.

「그게 무슨 말씀이시죠?」

「네 어미에 관한 소식보다 네 개인의 의지가 더 중요하냐고 묻는 거다. 네 어미에게 너는 그녀의 목숨보다 더 소중했었는데 말이지.」

료이치의 말에 히가시의 눈빛이 어두워졌다. 그는 료이치의 말을 이해할 수 없었다.

「목숨보다 소중했었다니…….」

료이치는 품 안에서 종이 한 장을 꺼내 바닥에 내려놓았다.

「이게 네 어미에 대한 정보다.」

료이치의 앞에 놓인 흰 종이를 보자 히가시의 마음에 주체할 수 없는 분노가 끓어올랐다. 그는 어머니에 대한 이야기까지 자신을 옭아매는 수단으로 사용하려는 아버지와 형의 태도를 참을 수가 없었다. 그러나 그에게는 선택할 수 있는 다른 대안도 없었다. 심호흡을 하고 냉정을 잃지 않기 위해 마음을 가다듬은 히가시는 그 종이를 받을지 말지를 한참 동안 고민했다. 종이를 뚫어지게 바라보던 그는 마침내 료이치의 앞에 놓인 그것을 집었다. 료이치는 입꼬리를 올리며 차가운 미소를 지었다.

히가시는 이성을 되찾은 차가운 눈빛으로 료이치의 얼굴을 쏘아보았다.

「이걸 받는 대신 조건이 있습니다.」

「조건?」

료이치의 한쪽 눈썹이 위로 올라갔다.

「이 정보가 제가 다시 가문으로 돌아와 일을 할 만한 가치가 있는 것인지 저도 알아봐야겠습니다. 만일 그럴 만한 가치가 없다면 저는 다시는 이 집 안에 발을 들이지 않겠습니다.」

료이치는 눈을 가늘게 뜨며 의미심장한 미소를 지었다.

「내가 너를 헛 키우진 않았구나. 집으로 데리고 온 보람이 있어.」

료이치는 뿌듯한 얼굴로 길게 숨을 들이켰다.

「가지고 가서 네 어미를 만나 보거라. 절대로 후회하지 않을 테니.」

하쿠오가 료이치의 서재로 들어가자 그는 미닫이 창문을 열고 창밖을 바라보는 중이었다. 하쿠오는 쟁반을 책상 위에 내려놓았다.

「회장님, 약 드실 시간입니다.」

료이치는 여전히 창밖을 내다보며 힘에 겨운 목소리로 대답했다.

「자네, 나랑 같이한 지 몇 년이나 됐나.」

「제가 이십대 때부터 회장님을 보필했으니 근 50년이 넘었을 걸로 생각됩니다만.」

「그래, 그렇게나 오래됐군.」

신년회 때의 모습과는 다르게 료이치의 뒷모습은 서 있는 것조차 힘에 겨워 보였다.

「회장님, 서 계시지 마시고 의자에 좀 앉으시죠.」

하쿠오의 말에 료이치는 고개를 돌려 그에게 온화한 미소를 지었다.

「자넨 나에 관한 거의 모든 걸 알고 있지?」

「아마도 그럴 겁니다.」

「자네는 내가 인생을 잘 살았다고 생각하나?」

료이치의 물음에 하쿠오가 그를 보며 인자한 표정으로 웃었다.

「회장님은 회장님께서 하실 수 있는 최선을 다하셨습니다.」

「저 애들이 그런 내 마음을 알아줄까?」

말을 하는 료이치의 얼굴이 쓸쓸해 보였다.

「차라리 히가시 도련님께 솔직하게 말씀하시는 게 어떻습니까?」

「그건 안 돼. 난 그 애의 어미와 약속한 게 있어.」

「그 약속 때문에 회장님은 켄지 도련님과 히가시 도련님에게까지 미움을 받고 계시지 않습니까.」

「언젠가는…….」

료이치는 다시 고개를 창밖으로 돌렸다.

「언젠가는 저 애들이 내 마음을 알아주겠지. 그리고 이 모든 것이 다 끝나면 류미코에게도 용서를 빌고 싶네.」

창문으로 쏟아지는 햇빛을 받고 있는 바싹 마른 늙은 고목과 같은 료이치의 뒷모습을 하쿠오는 안타까운 얼굴로 바라보았다.

방으로 돌아온 히가시는 어머니에 대한 정보가 적힌 종이를 만지작거리고 있었다. 그는 당장에라도 그것을 펼쳐 보고 싶은 마음을 꾹 누르며 자신을 달래는 중이었다. 그것을 확인하는 순간 그는 자신이 이성을 잃게 될 거라는 걸 잘 알고 있었다. 본가에 머무는 동안은 한시도 긴장을 풀고 있을 수가 없었다.

종이를 책상 위에 올려놓은 히가시는 어딘가로 전화를 걸었다.

[여보세요.]

"발육부진, 잘 있지?"

[사장님!]

"애들은 다 도착했어?"

[네, 아까 도착하셨어요.]

"그래. 그런데 료에게서……."

히가시가 말을 끌자 윤서는 아무렇지도 않게 그에게 이야기했다.

[스턴건 받았어요. 그거 잘못하면 사람들 통구이 만들겠던데.]

윤서의 말에 히가시는 큰 소리로 웃음을 터뜨렸다.

"통구이가 뭐야."

[불꽃하고 소리가 장난이 아니었다고요.]

"너 그거 쓸 줄은 알아?"

[몸에 대고 버튼을 누르면 되잖아요.]

"그래, 그렇게 하면 되는 거야."

[사장님, 내일 오시죠?]

윤서의 말에 히가시의 얼굴에 그늘이 드리워졌다.

"윤서야."

[네?]

"미안하다. 너를 이런 상황에 빠지게 해서……. 그리고 나에 대해서 미리 말하지 못한 것도 미안해."

윤서는 잠시 아무 말도 없었다. 하지만 이내 쾌활한 어조로 그에게 물었다.

[사장님.]

"왜?"

[사장님, 저 사랑하죠?]

"응."

[저도 사장님을 사랑해요. 누군가를 사랑한다는 건 그 사람 때문에 겪는 어려움도 모두 감수하고 받아들인다는 뜻 아닌가요?]

윤서의 말에 히가시는 갑자기 목이 메어왔다.

"너는…… 무섭지 않니?"

[뭐가 무서워요. 사장님이랑 블랙잭 식구들이 있는데.]

히가시는 씩씩한 윤서가 사랑스러워 결국 웃고 말았다.

"내일 일찍 갈게. 오늘은 애들이랑 꼭 붙어 있어. 알았지?"

[네. 올 때 맛있는 거 사오세요.]

"그래."

통화를 끝낸 히가시는 핸드폰을 물끄러미 바라보았다. 그의 마음속에는 윤서에 대한 사랑이 가득 차올랐다.

"이 애를 만난 건 내가 억세게 운이 좋은 놈이라는 뜻이겠지."

히가시는 조용히 웃으며 전화를 손에 꼭 쥐었다.

유리카는 쿄우의 옆에 앉아 찻잔에 차를 따르고 있었다.

「사람들 분위기는 어땠나요?」

「히가시는 절대 반기는 분위기가 아니었지.」

「켄지 도련님이 무척 화가 났을 것 같은데.」

쿄우는 근심이 가득한 얼굴로 그녀를 쳐다보았다.

「그것 때문에 걱정이야. 그 녀석이 히가시의 뒤에 붙여놓은 놈들이 아직까지는 별 움직임이 없는데…….」

「저번처럼 또 그러면 어떻게 해요.」

쿄우는 한숨을 내쉬며 차를 한 모금 마셨다.

「아둔한 녀석들.」

「당신이 도련님 두 분을 데리고 이야기를 하시면 안 되나요?」

「그러기에는 두 녀석 간의 골이 너무 깊어.」

「아버님이라도 귀띔을 해주시면 좋은데.」

「아버지는 어머니와 풀어야 할 문제가 있잖아. 그리고…….」

쿄우는 찻잔 안에 남은 차를 조용히 응시했다.

「그 애들을 감당하시기에는 건강이 너무 나빠.」

쿄우의 모습을 옆에서 지켜보던 유리카는 그의 손을 잡았다.

「당신의 어깨에 얹힌 짐들이 너무 무겁네요.」

쿄우는 다정한 얼굴로 유리카를 바라보았다.

「그래도 당신이 옆에 있어서 얼마나 다행인지 모르겠어.」

「힘든 일이 있으면 저랑도 나눠요. 저는 늘 당신 편이에요.」

대답 대신 쿄우는 손을 뻗어 유리카의 얼굴을 부드럽게 쓰다듬었다.

「뭐라고?」

차를 마시던 류미코는 '탕' 소리가 나게 찻잔을 탁자 위에 놓았다. 그 바람에 찻잔 안에 있던 차가 쏟아져 넘쳤다. 그럼에도 진정이 되지 않는 듯 그녀의 어깨가 노기로 부들부들 떨렸다.

「네 아버지는 결국…….」

「저는 아버지를 이해할 수 없어요. 왜 그렇게 아버지는 그 사생아 자식을 감싸고도는 거죠?"

류미코의 표독스런 얼굴에서 냉기가 가득 찬 웃음이 흘러 나왔다.

「그 여자 때문이겠지.」

「그 여자라뇨?」

「유리, 그 사생아 자식의 어미.」

「아…….」

「다른 여자들처럼 내 손으로 없애 버렸어야 되는 건데.」

「그 여자의 행방은 모르는 건가요?」

「네 아버지가 그 여자를 흔적도 없이 어딘가로 빼돌렸어.」

류미코는 뼈가 비칠 정도로 주먹을 꼭 쥐었다. 켄지는 그런 어머니가 가여웠다. 정략결혼으로 아버지에게 시집을 와 평생을 아버지의 냉대와 바람기를 참고 견뎌온 그녀였다. 켄지의 기억 속의 어머니는 표독스러운 표정 뒤로 늘 우울함과 슬픔을 감추고 있었다. 아버지가 히가시를 집으로 데리고 오던 날, 혼자 소리를 죽이며 울고 있는 어머니의 뒷모습을 보던 켄지는 평생 어머니의 편이 되기로 다짐했었다.

「용서 못 해. 그 여자도, 그 여자의 아들도.」

켄지는 떨고 있는 어머니의 손을 꼭 잡았다.

「걱정하지 마세요. 제가 알아서 할게요. 그 자식이 다시는 이 집 안에 발을 붙이지 못하도록.」

「너에겐 정말로 미안하구나. 이 어미가 아무것도 해줄 수가 없어서.」

「어쩔 수 없잖아요.」

켄지는 류미코를 측은하게 바라보았다.

「얼마 남지 않았어요. 아버지가 돌아가시면 그때…….」

켄지의 눈빛이 음산해지자 류미코는 생각만 해도 통쾌한 듯 독기를 가득 품은 눈을 빛냈다.

「조금만 기다리시라고요.」

저녁을 먹기 위해 히가시가 식당으로 들어서자 아키꼬가 호들

갑스럽게 그를 맞았다.

「어머! 도련님! 왜 이렇게 늦게 오셨어요. 다른 분들은 다 식사 마치고 가셨는데.」

「연락할 데가 있었어요.」

「뭐 드실 거예요? 제가 금방 차려 드릴게요.」

「그냥 있는 걸로 줘요.」

히가시는 웃으며 식탁에 앉았다. 그때 하쿠오가 식당 안으로 들어왔다.

「도련님 오셨네요. 조금만 더 일찍 오시지.」

아키꼬가 내다 준 녹차를 마시며 히가시는 하쿠오에게 웃어 보였다.

「일부러 늦게 왔어요. 다들 얼굴 대하기가 껄끄러우니까.」

하쿠오는 한숨을 쉬며 히가시의 옆에 와서 섰다. 할말이 있는 얼굴로 서 있는 하쿠오를 그는 의아한 표정으로 올려다보았다.

「뭐 할 말이 있어요?」

「도련님.」

「왜요?」

하쿠오는 히가시의 어깨 위에 손을 올렸다.

「아버님을 너무 미워하지 마세요.」

히가시는 괜한 소리를 들은 듯한 얼굴로 고개를 돌렸다.

「그건 하쿠오가 상관할 일이 아니잖아요.」

「회장님께서 겉모습은 냉정해 보이셔도 속마음은 그렇지가 않아요.」

히가시는 대답이 없었다.

「도련님과 켄지 도련님을 보고 있으면 제가 마음이 아픕니다.」

「그 자식이 내게 어떤 짓을 했는지 알고 있으면서 그렇게 말하면 안 되죠.」

히가시가 이를 악물자 하쿠오는 그를 보며 안쓰러운 표정을 지었다.

「알고 있습니다. 켄지 도련님이 저지른 짓은 용서 받지 못할 짓이에요. 그렇지만…….」

「듣기 싫으니 그만해요.」

하쿠오는 포기한 듯한 얼굴로 깊은 한숨을 내쉬었다.

「알겠습니다.」

꽉 쥐고 있던 잔 안에 비친 자신의 분노에 찬 얼굴을 내려다보던 히가시는 아무 말 없이 녹차를 한 모금 더 마셨다.

4. 술래잡기

짝!

켄지에게 뺨을 맞은 검은 양복을 입은 사내의 얼굴이 옆으로 돌아갔다. 그 남자의 옆에는 얼굴이 하얗게 질린, 같은 차림의 남자 세 명이 더 서 있었다.

「멍청한 새끼들, 뒤를 밟으라고 시켰더니 그거 하나도 제대로 못 해?」

켄지의 살기를 띤 눈이 분노로 번들거렸다.

「저희도 최선을 다한…….」

「시끄러워!」

더듬거리며 사정을 설명하던 남자의 배를 켄지는 구둣발로 걷어찼다. 배를 걷어차인 남자는 '우당탕' 소리를 내며 그대로 바닥으로 넘어졌다. 그때 머리를 박박 깎은 인상이 험악한 남자가 사무실 문을 열고 들어왔다. 그는 바닥에 넘어진 남자를 보고 얼굴을 찌푸리며 혀를 찼다.

「그만하시죠. 초짜 애들을 보내셨을 땐 그만한 각오를 하셨어야죠. 상대 쪽도 만만치 않은데……..」

「진짜 미치겠다고. 형이 아래에 있는 애들을 다 데리고 가버려서 남은 게 이런 놈들뿐이라니.」

켄지는 짜증이 나는 듯 품 안에서 담배를 꺼내 불을 붙였다.

「설마…… 저번처럼 일을 벌이실 건 아니죠?」

남자의 말에 담배에 불을 붙이려던 켄지가 눈을 가늘게 뜨고 그를 죽일 듯 쏘아보았다.

「어차피 이판사판이야. 집안에서 이미 밀려났는데 무서울 게 뭐가 있어.」

「그래도 회장님이나 사장님께 들키시면……..」

남자는 답답한 표정으로 켄지를 쳐다보았다.

「기다려 보시는 게 낫지 않겠습니까? 제 생각엔 회장님께서 따로 생각하고 계신 게 있을 것 같은데……..」

남자의 말에 담배 연기를 내뿜던 켄지가 큭큭거리며 웃기 시작했다.

「영감이 내 생각을 한다고? 차리리 고양이가 쥐 생각을 해준다는 말이 더 와 닿겠군.」

「하지만……..」

「아버지에겐 쿄우 형과 그 사생아 자식이 최고라고.」

켄지는 증오심에 가득 찬 표정으로 담배를 한 모금 더 빨았다.

「료헤이, 너 밑에 애들 좀 있지?」

켄지의 말에 료헤이라 불린, 머리를 **빡빡** 깎은 남자가 나지막하게 한숨을 쉬었다.

「있긴 합니다만…….」

「그중에 몇 명 추려와.」

「도련님!」

료헤이는 난처한 얼굴로 목소리를 높였다.

「혹시라도 이 사실이 회장님이나 사장님 귀에 들어가면 도련님이나 저나 무사하지 못할 텐데…….」

「내가 책임진다.」

료헤이는 후쿠오카 지역의 간부였다. 그는 켄지가 자신의 지역에 있는 것만으로도 골치가 아팠던 데다가 이번 신년회에서 막 간부로 올라온 터라 복잡한 일에 얽히는 게 반갑지 않았다.

「내가 책임질 테니까 경험 좀 있는 애들로 골라서 그 사생아 새끼네 집으로 보내.」

「하지만…….」

료헤이의 대답에 켄지의 쭉 찢어진 눈이 그를 꿰뚫을 듯 냉랭하게 빛났다.

「이번 일이 성공하면 네게 한자리 떼어주지.」

료헤이는 반쯤 포기한 얼굴로 한숨을 쉬었다.

「알겠습니다.」

켄지는 만족스러워하며 담배를 한 모금 더 **빨아**들였다.

불을 끄고 자리에 누운 히가시는 손으로 머리를 괸 채 누워 있었다.

6년 만에 돌아온 본가는 예전과 변함이 없었다. 큰어머니인 류미코는 여전히 냉랭했고 둘째 형인 켄지는 자신에게 적대적이었다. 변한 것이라곤 아버지인 료이치의 건강이 급격히 나빠졌다는 것뿐이었다. 지독하게 안 좋은 기억만 가득한 이 집에 다시 돌아온 것 자체가 자신의 실수였지만 친어머니에 대한 정보를 알 수 있는 마지막 기회가 될 거라는 쿄우의 말은 거짓말이 아닌 게 확실했다.

오늘의 발표로 켄지가 자신에게 앙심을 품고 뭔가 보복을 할 것은 안 봐도 뻔한 일이었다. 히가시는 그 대상이 윤서가 될까 봐 불안감에 잠을 이룰 수가 없었다.

「괜히 데리고 왔나. 그래서 료랑 애들을 부른 거기는 하지만.」

히가시는 옆으로 돌아 누우며 깊은 한숨을 쉬었다. 눈앞에는 웃고 있는 윤서의 얼굴이 어른거렸다.

「내일 아침 동이 트자마자 이 집에서 나가야지.」

히가시는 나직한 목소리로 중얼거리며 잠을 청했다.

윤서는 잠이 오지 않아 자리에서 뒤척거리고 있었다. 그런 그녀에게 옆자리의 인영이 나지막하게 말을 걸었다.

"잠이 안 와?"

"네."

"걱정돼서 그래?"

"걱정도 되고 이것저것 생각이 많아서요."

인영은 자리에서 일어나 윤서를 내려다보았다.

"거실에 가서 한잔할래?"

그녀의 제안에 윤서도 자리에서 일어났다.

두 사람은 곧 맥주캔을 하나씩 들고 마주 앉았다.

"그럼 언니는 진우 씨랑 사귀기로 한 거예요?"

"아직은…… 잘 모르겠어."

"언니도 쉽지는 않았겠네요."

"아무래도……."

인영은 따놓은 맥주를 한 모금 마셨다. 윤서도 작은 한숨을 내
쉬며 그녀를 따라 맥주를 들이켰다.

"인생이 항상 마음먹은 대로 풀리지가 않더라고요. 항상 무슨
일을 하려면 다른 일이 일어나고……."

그때 문 쪽에서 뭔가가 달그락거리는 소리가 들렸다. 두 여자
는 깜짝 놀라 현관문을 쳐다보았다.

"누구지? 오빠가 벌써 왔나?"

"아닐 거예요. 사장님은 내일 아침에 돌아온다고 하셨는데."

두 여자가 이야기하는 사이에도 현관문 쪽에서는 달그락거리
는 소리가 계속 들려왔다. 불안해진 윤서는 민호와 료가 잠든 방
앞으로 가서 방문을 두들겼다.

"료 씨, 민호 씨! 좀 일어나 봐요. 누군가가 현관문을 열려는
것 같아요."

료와 민호는 바로 방에서 나왔다. 밖에서 문을 열려던 무리들
은 마음대로 되지 않는 듯 뭔가를 작당하는 듯했다. 료는 발소리
를 죽이고 인터폰 앞으로 걸어가 버튼을 눌렀다. 화면에는 열 명
도 더 되는 듯한 검은 양복 차림의 사내들이 집 앞에 서 있는 모
습이 보였다. 료는 인영과 윤서에게 방으로 들어가 문을 잠그고

있으라는 수신호를 보냈다. 료는 민호를 쳐다보며 고개를 끄덕거렸다.

인영과 윤서는 방으로 들어가 문을 잠갔다. 두 여자가 어두운 방 안에서 불안에 떠는 사이 현관문이 열렸는지 방 밖에서 시끄러운 말소리와 고함 소리, 비명 소리가 들리기 시작했다. 그 와중에 윤서는 책상 위에 놓여 있던 스턴건을 찾아 손에 꼭 쥐었다. 스턴건을 잡고 있는 윤서의 손에서 식은땀이 났다. 그녀의 옆에 붙어 있던 인영은 몸을 심하게 떨고 있었다.

"민호랑 료는…… 괜…… 괜찮을까?"

"괜찮을 거예요. 그래도 두 분 다 무술도 할 줄 알고……."

그 순간, 누군가가 방문을 발로 차기 시작했다. 인영과 윤서는 침대 뒤에서 터져 나오려는 비명을 입을 막고 간신히 참았다. 그때 나무로 된 문이 부서지기 시작하는 듯 '빠지직' 하는 소리가 났다. 윤서는 눈을 꼭 감았다. 곧이어 문이 '쾅' 소리를 내며 바닥으로 떨어져 나갔다. 방구석에서 몸을 웅크리고 있던 윤서와 인영에게 검은 양복을 입은 사내 셋이 다가왔다.

"저리 꺼져! 꺼지라고!"

사내들의 다리 사이로 거실에 엎어져 있는 료와 민호가 보였다. 윤서는 덜덜 떨리는 손으로 스턴건의 버튼을 눌렀다. 빠지직거리는 소리와 불빛에 일순간 남자들이 주춤하는 듯했지만 그들 중 하나가 재빠르게 윤서의 손목을 잡아 꺾자 스턴건은 그대로 바닥으로 떨어졌다. 옆에 서 있던 남자는 번개 같은 속도로 윤서의 얼굴에 하얀 수건을 가져다 댔다. 몸부림을 치던 윤서는 순식간에 몸이 축 늘어졌다. 인영은 이미 다른 남자에게 붙잡혀 미친 듯이 소리를 질렀다.

"윤서야! 정신 차려! 이거 놔!"

옆에 서 있던 남자가 인영의 후두부를 가격하자 그녀는 그대로 정신을 잃었다.

그때 그 남자들의 뒤쪽에 켄지가 모습을 드러냈다. 그는 비웃듯 입꼬리를 올리고 정신을 잃은 윤서를 쏘아보았다. 그는 천천히 다가와 윤서의 얼굴을 찬찬히 들여다보았다. '큭' 하는 웃음소리와 함께 그는 품에서 전화기를 꺼내 들었다. 신호가 가는 소리가 나고 이내 상대방의 목소리가 전화기에서 흘러나왔다.

「내 전화를 받긴 하는군.」

켄지의 입꼬리가 비틀려 올라가자 상대방은 적대감이 가득한 목소리로 대꾸했다.

[나한테 볼일 있나?]

「내가 지금 어디 와 있는지 알아?」

그의 말에 상대방은 불안함을 느낀 듯 말이 없었다.

「집을 아주 잘 꾸며놨더구만. 대리석에 멋들어진 가구들이라니.」

[이 새끼, 죽여 버린다! 너 무슨 짓 하고 있는 거야?]

「내가 무슨 짓을 했는지 궁금하면 직접 와서 보든지.」

켄지는 미친 듯이 웃기 시작했다.

「여자가 성깔이 보통이 아니더구만. 네 옆의 잔챙이들은 남겨두고 가지. 날 죽이고 싶으면 직접 찾아내 봐.」

[이 개……!]

켄지는 통화 종료 버튼을 누르고 옆에 서 있던 사내들에게 눈짓했다. 그들은 조용히 윤서를 어깨에 둘러메고 아파트 밖으로 데리고 나갔다.

히가시는 숨을 헐떡이며 아파트로 들어섰다. 집기가 부서진 거실은 꼴이 엉망이었다. 정신을 차리고 소파에 앉아 있던 료와 민호는 그를 보고 자리에서 일어났다.

"형!"

"윤서는 어딨어!"

미친 듯이 방문을 열어보는 히가시를 보던 인영은 울음을 터뜨렸다.

"오빠…… 미안해…….."

부서진 방문 앞에 선 히가시는 미동도 없었다.

"형……."

"미치겠네…….."

히가시는 머리를 감싸 쥐며 그 자리에 주저앉았다. 그의 어깨는 극도의 절망감으로 덜덜 떨렸다. 민호와 료는 침통한 얼굴로 그의 뒤에 죄인처럼 서 있었다.

"아파트를 급습할 줄은 몰랐어. 그것도 신년회 밤에. 본가가 가까이에 있어서 괜찮을 거라고 생각했는데…….."

료의 말에도 히가시는 그 자리에 못 박힌 듯 꼼짝 않고 앉아 있었다. 그때 그의 전화가 울렸다. 전화기를 꺼내 발신자를 확인한 그의 눈이 살기를 띤 짐승처럼 번들거리기 시작했다.

차가운 공기에 서서히 정신이 돌아온 윤서는 눈을 천천히 떴다. 흐린 시야 때문에 눈을 몇 번 더 깜빡인 후에야 그녀는 자신이 지금 있는 곳이 창고 비슷한 건물이라는 것을 알았다. 바닥은 잘 다져진 흙으로 되어 있었고 천장에 매달린 백열전구의 전등갓에는 거미줄이 쳐져 있었다.

윤서는 손과 발이 묶인 채 의자에 앉혀져 있다는 사실을 깨달았다. 입은 테이프로 봉해져 있었고, 손과 발은 의외로 느슨하게 묶여 있었지만 그녀의 힘으로는 풀 수가 없었다. 그녀가 고개를 들고 주위를 두리번거리자 기다리고 있었던 듯 검은 양복을 입은 남자 중의 하나가 그녀의 앞에 쪼그려 앉았다. 다른 남자는 그녀의 모습을 보고 황급히 창고 밖으로 나갔다.

「깨어났네요.」

윤서가 분노에 불타는 눈빛으로 남자를 노려보자 그는 나직하게 한숨을 쉬었다.

「미안하게 됐어요. 우리가 밉겠죠. 이해합니다. 그런데 우리도 이러고 싶어서 이러는 게 아니에요. 어쩔 수가 없다고요.」

윤서가 의아한 표정을 짓자 남자가 자신의 짧은 머리를 손으로 슥슥 쓰다듬었다.

「우리는 이런 짓 안 한 지 꽤 됐어요. 그래도 시키는 대로 해야 하는지라 내키지 않는데 아가씨를 잡아온 거예요. 그래도 상처 내지 말라고 엄명이 떨어져서 최대한 조심한다고 했는데, 혹시 목 같은 데가 아파요?」

윤서는 고개를 저었다. 남자는 윤서의 손발을 살펴본 뒤 그녀에게 작은 목소리로 속삭였다.

「제발 얌전하게 좀 굴어주세요. 아가씨가 다치면 우리는 회사에서 쫓겨난다고요.」

남자가 난처한 듯 이야기하자 윤서는 조금은 납득한 표정으로 고개를 끄덕였다.

「입에 있는 테이프는 뜯어드릴 테니까 제발 조용히 좀 해주세요. 아셨죠?」

윤서는 다시 고개를 끄덕거렸다. 남자는 윤서의 입에 붙어 있는 테이프를 최대한 살살 뜯기 시작했다. 테이프가 다 제거되자 윤서는 숨을 한번 크게 들이마셨다.

「당신들 켄지인가 하는 그 사람이 보낸 거예요?」

남자는 말하기 곤란하다는 얼굴이었다. 그는 고개를 돌려 잠시 자신의 뒤쪽에 서 있는 다른 남자를 쳐다보았다. 그의 뒤에 서 있던 다른 남자가 어쩔 수 없다는 표정을 지어 보이자 그는 반쯤 포기한 표정으로 윤서를 돌아보았다.

「우리는 그 도련님 아래서 일하는 사람들은 아니에요. 우리들 윗선은 료헤이상이라고 유타카 가문의 후쿠오카 지부 임원이죠.」

「그런데 왜 당신들이…….」

「켄지 도련님에게 부탁을 받았어요.」

「나를…… 납치하라고요?」

「네.」

「왜 이런 짓을…….」

「저희도 정확히는 모르겠어요. 아가씨, 혹시…… 히가시 도련님의 여자 친구예요?」

윤서가 고개를 끄덕이자 남자는 난감한 얼굴이 됐다.

「역시…….」

「도대체 나를 납치해서 뭘 어쩌려는 건데요.」

「그건 저희도 잘 모르겠어요. 조금 있다가 켄지 도련님이 오실 거예요. 그분이 뭐라고 하든 대충 대꾸를 해주세요. 장단을 맞춰주셔야 우리도 아가씨를 빨리 풀어드릴 수 있어요. 무슨 이야 긴지 아시겠죠?」

그때 창고의 문이 열리고 줄무늬 양복을 입은, 키가 그리 크지 않은 남자와 검은 양복을 입은 남자가 안으로 들어왔다. 윤서의 앞에 쪼그리고 앉아 있던 남자는 그 모습을 보고 자리에서 일어 났다.

「어때 보여?」

「상태는 괜찮은 것 같습니다만…….」

「그래?」

줄무늬 양복을 입은 남자는 비릿한 미소를 지으며 윤서를 향해 다가왔다. 그는 그녀의 맞은편에 의자를 놓고 다리를 꼬고 앉았다. 윤서가 적개심에 불타는 눈빛으로 그를 노려보자 그는 그녀의 얼굴을 빤히 쳐다보며 웃음을 터뜨렸다.

「뭘 그렇게 노려보시나. 화가 많이 났나 봐?」

켄지가 윤서를 향해 빈정거리는 말을 내뱉자 그녀도 그에게 지지 않고 대꾸했다.

「힘없는 여자나 납치해서 협박이나 하는 찌질이 새끼.」

뜻밖의 대꾸에 켄지의 인상이 살짝 구겨졌다. 그러나 이내 그는 표정을 풀고 그녀를 향해 상체를 기울이고 눈을 가늘게 떴다.

「그 사생아 새끼가 어떤 여자를 만나나 했더니 성깔도 있는 데

다가 입도 아주 더럽네.」

「좋은 말은 좋은 사람에게나 쓰는 거야. 너 같은 놈한테는 좋은 말을 해줄 필요가 없지.」

윤서의 거침없는 말에 켄지는 '푸학' 하며 웃음을 터뜨렸다. 그는 한참 동안을 소리를 내서 웃다가 갑자기 정색을 하며 윤서를 쏘아보았다. 그와 동시에 그녀의 얼굴에 그의 손이 날아들었다.

짜악!

윤서의 얼굴이 사정없이 옆으로 돌아갔다.

「진짜 겁 없는 여자네. 내가 누군지 알아?」

입안에 느껴지는 비릿한 피의 맛에 윤서는 바닥에 침을 뱉었다. 다시 고개를 들고 켄지를 쏘아보는 그녀의 눈이 이글이글 불타고 있었다.

「누구든 말든 내가 알 게 뭐야. 그런데 네가 덜된 인간이라는 건 확실히 알겠다.」

「진짜 맹랑한 여자로군. 하긴 그놈이랑 만나는 여자니 성깔은 보통이 아니겠지.」

켄지는 품에서 담배를 꺼내 불을 붙였다. 담배를 한 모금 빨아들인 그는 윤서를 향해 연기를 내뿜었다.

「남자 친구 목소리 듣고 싶지 않아?」

「웃기시네. 납치해 놓고 지금 장난해?」

「내가 남자 친구 목소리를 듣게 해줄게. 울면서 살려 달라고 빌어보라고.」

켄지는 품에서 전화기를 꺼내 어디론가 전화를 걸었다. 스피커폰을 켜자 신호가 가는 소리가 나고 이윽고 전화기에서 히가시의 분노에 찬 목소리가 들렸다.

[이 개새끼야! 윤서 어디 있어?]

「어이, 진정하라고. 말이 너무 험하네.」

[그 애한테 손가락 하나라도 대면 죽여 버릴 거야!]

「네 여자 친구는 무사하니까 걱정하지 마. 적당히 손을 봐주고
있긴 하지만 말이지.」

켄지는 히스테릭하게 웃기 시작했다. 그의 소름 끼치는 웃음소
리에 절규와 같은 히가시의 외침이 들렸다.

[윤서 어디 있어?]

「여자 친구 목소리를 듣고 싶나?」

켄지는 윤서를 쳐다보며 비열한 미소를 지었다.

「하고 싶은 말이 있으면 해보시지.」

켄지는 윤서의 얼굴 앞으로 전화기를 들이밀었다.

[윤서야!]

"사장님……."

윤서는 치밀어 오르는 울음을 필사적으로 참느라 입술을 깨물
었다.

[괜찮아? 어디 다치지 않았어?]

"괜…… 찮아요. 아무렇지도 않아요. 그러니까 너무 걱정하지
마세요."

[거기 어디야. 내가 지금 구하러 갈게. 걱정하지 마.]

"여기 무슨 창고 같은 곳이에요. 사장님, 절대로 이성을 잃지
마세요. 전 아무렇지도 않아요."

[윤서야!]

켄지는 입가에 비릿한 미소를 머금었다. 그는 전화기를 가지고 가서 킥킥거리며 히가시에게 말했다.

「어이구, 무슨 신파 드라마 찍나 봐. 눈물이 나서 더는 못 들어주겠네.」

[이 개새끼야! 너 어디 있어!]

「나를 만나고 싶나? 나를 만나고 싶으면 혜성호텔 403호로 오시든가.」

[도대체 원하는 게 뭐야?]

「내가 원하는 거?」

켄지는 윤서를 힐끗 쳐다보고 전화기에 대고 비아냥거렸다.

「내가 원하는 건 단 하나야. 네놈이 이 세상에서 사라지는 거.」

[죽여 버릴 거야!]

「죽이고 싶으면 호텔로 오든지.」

켄지는 재미있어 죽겠다는 표정으로 전화를 끊었다. 그는 자신을 쏘아보는 윤서의 얼굴을 찬찬히 쳐다보았다.

「기대하셔. 네 남자 친구의 비참한 최후를 내가 보여주지.」

켄지는 의자에서 일어나 옷을 툭툭 털었다.

「지금…… 무슨 짓을 하려는 거야!」

윤서의 외침에 그가 고개를 들고 그녀를 음산한 눈빛으로 노려보았다.

「해묵은 빚을 청산하려는 것뿐이야. 그동안 여기서 얌전히 있으라고.」

켄지는 자신의 옆에 서 있던 검은 양복의 남자들에게 눈짓을 했다.

「이만 가지.」

그는 몸을 돌려 창고의 입구를 향해 발길을 옮겼다.

켄지가 나가자 윤서의 앞에 쪼그리고 앉았던 남자가 어디로인가 전화를 걸었다. 한참을 통화하던 그는 전화를 끊고 그녀에게 다가왔다. 그는 울먹이고 있는 윤서를 안쓰러운 표정으로 쳐다보다가 옆에 서 있는 검은 양복의 남자에게 눈짓했다. 남자가 가지고 온 박스 안에서 아이스 팩을 꺼낸 그는 그녀의 볼에 팩을 대주었다.

「내가 이럴 줄 알았어. 젠장.」

그는 켄지의 손찌검에 자신의 목이 날아갈지도 모르는 상황이 된 것에 머리가 아팠다.

「많이 아프세요?」

윤서가 고개를 젓자 그는 안도의 한숨을 쉬었다.

「아가씨, 효성 씨 알죠?」

「네.」

「우리가 그쪽에 연락을 해놨어요. 아마 조금 있다가 아가씨를 데리러 올 거예요.」

「사장님은 어떻게 되는 거예요?」

윤서가 눈물이 그렁그렁한 눈으로 쳐다보자 그는 깊이 한숨을 쉬었다.

「너무 걱정하지 마세요. 쿄우 도련님께서도 알고 계세요. 아마 별일 없을 거예요.」

「사장님이 혹시 다치기라도 하면…….」

「저희 쪽 애들이 따라갔으니 그런 일은 없을 겁니다.」

「료 씨랑 민호 씨, 인영이 언니는요?」

「다들 기절만 시켰어요. 상처 하나 없을 테니 걱정 마세요.」

그는 윤서를 안심시켰다.

「밧줄은 지금 풀어드릴게요. 그러니 울지 마세요.」

「네.」

그는 옆에 서 있던 남자들에게 까딱하고 고갯짓을 했다. 이내 윤서의 팔다리를 묶었던 밧줄이 풀렸고 그는 자리에서 일어나려는 그녀를 부축해 주었다.

「저희도 곧 호텔로 갈 거예요. 괜찮을 거니까 너무 걱정 말아요.」

「네.」

윤서는 울음기가 어린 목소리로 창고의 문을 향해 비틀거리며 발길을 옮겼다.

료는 차를 몰아 켄지가 말한 호텔 앞에 도착했다. 차의 뒷자리에는 민호와 히가시가 타고 있었다. 히가시는 이성을 되찾은 듯한 얼굴을 하고 있었지만 눈은 분노로 이글이글 불타고 있었다.

호텔 안으로 들어가 엘리베이터에 올라타자 료가 히가시의 어깨에 손을 올렸다.

"형, 좀 진정해. 윤서 씨가 어디에 잡혀 있는지 알려면 이렇게 계속 흥분해 있어서는 안 돼."

"죽여 버리고 말겠어."

히가시가 이를 갈듯 으르렁거리자 료는 민호를 쳐다보며 걱정스러운 얼굴로 한숨을 내쉬었다. 엘리베이터가 4층에 도착하자 히가시는 그 길로 뛰듯이 가드들이 지키고 있는 방을 향해 걸어 갔다. 문 앞을 지키던 가드들은 히가시를 보고 얼굴이 사색이 됐 다. 방문 앞에 선 그는 가드들을 살기 어린 눈빛으로 노려보았 다.

「문 열어.」

「도련님…….」

「내 손에 죽고 싶지 않으면 좋은 말로 할 때 문 열어.」

가드들은 난처한 표정을 지었다. 그때 문 너머에서 켄지의 목 소리가 들려왔다.

「문 열어줘.」

가드들이 문을 열자 히가시는 방 안으로 들어갔다.

켄지는 문이 정면으로 보이는 자리에 의자를 놓고 앉아 있었 다. 료와 민호가 히가시를 따라 방 안에 들어오려고 하자 켄지는 둘의 얼굴을 쏘아보았다.

「그 뒤에 똘마니들은 밖에서 기다리지? 어차피 이 방 안엔 나 혼자뿐인데 1:1로 만나는 게 맞는 거 아닌가?」

켄지의 말에 히가시가 분노에 가득 찬 소리를 질렀다.

「네 입에서 지금 그런 소리가 나오는 게 맞는다고 보나?」

「훗, 내가 그런 소리를 못 할 이유가 어디 있지? 느닷없이 신년 회에 6년 만에 나타나서 내 자리를 강탈해 간 너보다 내가 더 나 을 텐데.」

「뭐라고?」

켄지는 히가시를 죽일 듯 노려보며 자리에서 일어났다.

「윤서 어디 있어?」

「내가 그걸 왜 너한테 말해줘야 되지?」

「그 애가 무슨 잘못이야. 넌 왜 항상 이런 짓을 하지?」

「내가 왜 이런 짓을 하냐고? 이유야 이미 말하지 않았나?」

켄지는 시니컬한 얼굴로 조소를 날렸다. 웃음을 그친 그는 증오에 찬 얼굴로 히가시를 노려보았다.

「난 네 존재 자체가 증오스러워. 어디서 튀어나왔는지도 모르는 사생아 새끼가 어느 날 불쑥 우리 집안에 나타나서 나대는 꼴 자체가 보기가 싫어. 너 같은 쓰레기 자식은 보기만 해도 역겹다고.」

「누가 쓰레기라는 거지? 능력도 안 되는 열등감 덩어리인 네놈은 안 보이는 데서 이상한 짓거리나 하고 살면서 집안에서 찬밥 취급이나 받는 주제에.」

「그때 죽여 버렸어야 되는데. 개자식.」

히가시의 얼굴이 야수처럼 변했다. 그는 전광석화와 같은 속도로 그대로 켄지에게 달려들었다. 켄지는 순식간에 얼굴에 주먹을 맞고 그대로 바닥에 나뒹굴었다. 켄지의 위로 올라탄 히가시는 앞뒤 재지 않고 그의 얼굴에 주먹을 날리기 시작했다. 그러나 켄지도 만만치 않았다. 히가시의 주먹에 얼굴을 강타 당하고 있던 켄지는 손을 들어 그의 주먹을 붙잡고 다리를 꼬아 순식간에 히가시의 위로 올라탔다. 켄지는 증오를 실어 히가시의 얼굴에 주먹을 날렸다.

「개자식! 죽어! 죽어!」

그 순간 등 뒤에서 얼음장처럼 차가운 목소리가 들려왔다.

「무슨 짓들이야!」

방 안에 있던 사람들의 동작이 한순간에 멈췄다. 쿄우를 본 켄지는 그 자리에서 얼어붙었다. 켄지의 밑에 깔려 있는 히가시도 역시 놀라기는 마찬가지였다. 쿄우는 혀를 차며 방 안으로 들어왔다.

「너희는 서로를 죽일 셈이냐?」

냉랭한 기운을 내뿜는 쿄우의 차가운 눈빛에 켄지는 얼굴이 파래져 사색이 되었다.

「아…… 아니, 형…….」

「내가 너에게 분명히 경고했을 텐데. 히가시의 주변 사람들에게 손대지 말라고.」

「그게…… 아니고.」

「그리고 너는…….」

쿄우는 켄지의 아래에 깔려 있는 히가시를 냉정한 눈빛으로 쳐다보았다.

「이런 일이 있으면 나에게 연락을 했어야 되는 거 아닌가?」

「형!」

쿄우는 한심하다는 듯 한숨을 내쉬었다.

「둘 다 일어나. 이 멍청한 새끼들아.」

켄지와 히가시는 의자에 나란히 앉았다. 둘의 얼굴은 멍과 핏자국으로 엉망이었다. 쿄우의 수하들이 물에 적신 수건을 내밀자 둘은 말없이 수건을 받아 얼굴을 닦았다. 히가시는 쿄우를 보며 미간을 찌푸렸다.

「형, 이 자식이…….」

「알고 있어. 네 여자 친구는 효성이가 이쪽으로 데리고 오고 있다.」

쿄우의 말에 켄지의 얼굴이 사색이 됐다. 그런 그를 쿄우는 서늘한 눈빛으로 쏘아보았다.

「넌 아버지나 나 몰래 집안에서 뒷공작을 꾸밀 수 있을 거라고 생각하고 있었나?」

쿄우의 말에 켄지는 아무런 대답도 없었다.

「혹시라도 중간에 정신을 차리고 그만두지 않을까 싶어 보고 있었더니 기어이…… 쯧.」

켄지가 고개를 숙이고 아무 말이 없자 쿄우는 그에게 나직하지만 위협적인 목소리로 말했다.

「이런 일을 벌이고 나서 어쩔 셈이었지? 집안에서 떨어져 나갈 셈이었나?」

「나…… 나는…….」

켄지가 뒷말을 잇지 못하자 쿄우는 혀를 찼다.

「생각 없이 일을 벌이고 보는 건 예나 지금이나 여전하군. 어리석은 놈.」

쿄우의 말에 켄지는 고개를 들었다. 그의 얼굴에는 절망감과 악에 받친 표정이 뒤섞여 있었다.

「내가 그러든지 말든지 무슨 상관이야! 애초에 나는 저 사생아 새끼보다 못한, 진작부터 버린 자식이었잖아!」

켄지가 절규하듯 소리를 지르자 그를 바라보는 쿄우의 눈에서 싸늘한 안광이 흘러나왔다.

「버린 자식? 너는 네가 치고 다닌 사고의 뒷수습을 누가 했다고 생각하지?」

쿄우의 질문에 켄지는 갑자기 말문이 막혔다.

「어릴 적 히가시를 죽이려고 한 것부터 네가 집안의 돈을 빼돌려 흥청망청 쓴 걸 아버지가 모를 줄 알았나?」

켄지의 얼굴은 사색이 되었다.

「그걸…… 어떻게…….」

「그러니까 네가 어리석다는 거다. 이번에도 가문의 임원들이 너를 내치자는 걸 작년에 일을 잘했으니 기회를 한 번 더 주자고 한 게 누구인지 아나?」

히가시와 켄지는 놀란 얼굴로 그를 쳐다보았다.

「기회를 한 번 더 주자니.」

「네가 후쿠오카 사무실에서 방을 안 뺀 게 무슨 의미라고 생각하나.」

「아…….」

켄지는 이제야 뭔가를 깨달은 듯했다.

「그러니까 네가 아둔하다는 소리를 듣는 거다.」

쿄우는 심난한 표정으로 히가시와 켄지를 번갈아 쳐다보았다.

「너희들은 아버지가 우리 형제 중 누구를 가장 사랑하신다고 생각하나?」

쿄우의 질문에 히가시와 켄지는 대답이 없었다.

「그…… 그거야 형…… 이겠지.」

켄지가 더듬거리며 대답하자 쿄우는 한숨을 쉬며 고개를 저었다.

「아버지께서는 우리 모두를 사랑하셔. 그래서 우리 모두를 살리기 위해 평생을 바치셨다.」

쿄우의 말에 히가시와 켄지가 의아한 얼굴이 됐다.

「우리 모두를 살린다니…….」

「지금부터 내가 하는 이야기를 잘 들어라.」

쿄우는 결심을 한 듯 숨을 들이마시고 방에 있던 수하들을 돌아보았다.

「지금부터 우리끼리 해야 할 이야기가 있으니까 다들 나가봐.」

쿄우의 수하들과 문 앞을 지키고 있던 가드들이 방 안에서 물러나자 료와 민호도 눈치를 보며 그들의 뒤를 따랐다.

방문이 닫히자 숨 막힐 듯한 침묵이 세 사람의 주위를 감쌌다. 쿄우는 켄지와 히가시를 찬찬히 본 후 나지막한 목소리로 이야기를 시작했다.

「너희들은 크면서 왜 우리에겐 친척이 하나도 없는지 한 번도 궁금한 적이 없었나?」

쿄우의 뜻밖의 질문에 히가시와 켄지가 영문을 모르겠다는 표정이 되었다.

「그거야 아버지랑 어머니가 외동이라서 그런 거 아니야?」

켄지의 대답에 쿄우의 얼굴에 어두운 그늘이 드리워졌다.

「어머니가 외동인 건 맞아. 원래 우리 집안은 외동딸이나 외동아들인 집안하고만 정략결혼을 하지. 그런데 아버지 쪽은 그게 아니라면 어떻게 할래……? 우리는 작은 할아버지나 고모 할머니도 없잖아.」

불길한 예감에 갑자기 히가시의 얼굴에서 핏기가 가셨다.

「그게 무슨 소리야!」

「조용히 하고 내 이야기 잘 들어.」

쿄우는 차가운 얼굴로 히가시를 쳐다보며 그를 진정시켰다.

「너희는 우리 집안이 언제부터 이 사업을 해왔는지 아나?」

쿄우의 질문에 히가시와 켄지는 대답이 없었다.

「하긴, 들은 적이 없으니 알 리가 없겠지. 우리 집안이 이 일을 시작한 건 200년이 넘었다. 원래 우리 집안은 후쿠오카의 작은 토호였어. 그랬던 것이 시간이 지나면서 범죄와 폭력 쪽에도 차츰 손을 대게 되었다.」

쿄우는 잠시 말을 끊고 히가시와 켄지의 안색을 살폈다.

「이 계통에선 후계자 선정이 무엇보다 중요하지. 한 집단의 흥망성쇠를 좌우할 인물이니까.」

「그래서…….」

히가시가 말을 끊자 쿄우는 그를 냉랭한 눈빛으로 쏘아보았다.

「내 말 끊지 말라고 했지.」

움찔한 히가시가 입을 다물고, 쿄우는 다시 이야기를 이어갔다.

「우리 집안은 예전부터 장손 대신 집안에서 가장 능력 있는 인물이 집안의 수장이 됐지. 그러다가 어느 대에서인가 후계자 선정에 불만을 품은 누군가가 일족을 몰살하려 한 사건이 발생했다. 그 뒤로…….」

「설마…….」

쿄우의 말을 들은 켄지는 그제야 이해가 되는 듯 충격을 받은 얼굴이 됐다.

「그래, 맞아. 후계자가 선정이 되면 그 외의 형제, 자매들은 모두 죽였다. 심지어는 형제, 자매의 아내나 남편 쪽의 집안사람들까지도 다 죽였어. 그래서 되도록 외동딸이나 외동아들하고만 결혼을 하게 된 거다.」

켄지와 히가시는 경악할 만한 사실에 넋이 나간 얼굴이 됐다. 얼굴이 하얗게 질린 켄지는 입을 겨우 열어 떨리는 목소리로 쿄우에게 물었다.

「그럼…… 혹시 아버지도?」

쿄우는 어두운 표정으로 켄지를 보았다.

「맞아.」

「말도 안 돼! 우리가 살고 있는 곳은 21세기라고. 어떻게 그런 일이!」

「상식이 통하지 않는 일이 벌어졌던 곳이 바로 우리 집안이야.」

쿄우의 말에 켄지의 얼굴이 파랗게 질렸다.

「그럼…….」

「그래, 원래대로 하자면 신년회 이후로 너희 둘은 죽었어야 되는 목숨이었던 거지. 어제가 바로 너희들의 제삿날이었던 거야. 너희들이 결혼을 했었다면 너희 가족들도 몽땅 다 몰살됐어야 되는 운명이었던 거다.」

히가시와 켄지는 쿄우의 입에서 흘러나오는 끔찍한 사실에 심한 충격을 받은 듯 멍한 얼굴로 입을 벌리고 있었다.

「그런데 어떻게 우리는 살아 있는 거지?」

히가시가 떨리는 목소리로 질문하자 쿄우가 냉정을 되찾은 얼굴로 그를 돌아보았다.

「할아버지가 일찍 돌아가셨던 탓에 결혼 전에 자리를 물려받은 아버지는 자신이 겪었던 지옥을 우리들에게는 결코 물려주고 싶지 않아 하셨어. 그래서 그분은 몇 십 년에 걸쳐 서서히 조직을 변화시켜 왔다. 우리 집안에서 야쿠자라는 꼬리표를 떼기 위해서.」

「그럼 신년회 때 들었던 실적 발표는…….」

히가시의 말에 쿄우가 나직하게 한숨을 쉬었다.

「맞아. 이제 우리는 범죄에서 거의 손을 뗐어. 더불어 구습에 매달리는 나이든 간부들을 오랜 시간 동안 하나둘씩 뒷자리로 밀어냈지. 그게 바로 아버지가 하부 조직에까지 실적제를 도입한 이유야. 늙은이들을 조직에서 떼어내야 새롭게 조직을 재정비할 수 있으니까.」

히가시는 이제야 돌아가는 상황이 이해가 되어 어두운 표정으로 마른 세수를 했다.

「이런…… 무슨 이런 경우가…….」

「왜 형은 진작 우리에게 이런 이야기를 하지 않은 거야!」

켄지가 질책하듯 소리치자 쿄우는 한쪽 눈썹을 올리고 그를 똑바로 쏘아보았다.

「너 같으면 이런 상황에서 너희 둘에게 집안 사정을 솔직하게 이야기할 수 있었을 것 같나? 한 녀석은 제 욕심에 눈이 멀어 다른 놈을 증오하고 다른 놈은 어떻게든 집안에서 벗어날 생각만 하고 있는데?」

「그렇지만…….」

「그리고 원래 이 이야기는 후계자가 선정될 때까지는 입 밖에 내지 않는 집안의 비밀이었다. 그런 일이 벌어질 걸 미리 알게 되면 후계자가 되지 못한 형제, 자매들이 어떻게 나올지 안 봐도 뻔한 일이었으니까.」

「그럼 어머니도 이 일을 모르시나?」

「모르실 거다. 아버지가 이야기를 안 했을 테니.」

「아아…….」

켄지는 손바닥에 얼굴을 묻고 어깨를 떨었다. 죽음보다 고요한 침묵이 한동안 세 사람의 주위를 감쌌다. 쿄우는 하고 싶지 않은 이야기를 억지로 했던 탓에 밀려오는 두통에 관자놀이를 손으로 짚었다. 그는 되도록이면 둘을 그냥 화해시키고 싶었지만 그러기에는 히가시와 켄지, 서로 간의 증오의 골이 너무나 깊었다.

「아버지와 어머니 사이가 벌어진 결정적인 이유는 바로 어머니가 켄지 너를 가졌기 때문이었어.」

쿄우의 말에 켄지가 놀란 표정으로 고개를 들었다.

「나를?」

「아무것도 모르는 어머니는 당연히 너를 낳기를 원하셨지. 하지만 앞으로 어떤 일이 벌어질지 알고 있었던 아버지는 너를 지우라고 하셨다. 당연히 어머니는 격렬하게 반대를 하셨어. 그리고 나서 두 분은 더 이상 서로 내외를 안 하게 됐지. 아버지는 어머니에게 상황을 설명하고 싶었지만 그럴 수가 없었으니 어머니는 아버지를 오해하게 됐고, 결국 아버지는 집 밖에서 여자들을 만나기 시작했다.」

쿄우의 설명을 들은 켄지는 어두운 얼굴로 입술을 깨물었다.

「그래서 솔직히 아버지가 집 밖에서 히가시를 낳아 집으로 데려 왔을 때 나는 상황이 어떻게 돌아가는지 이해가 되지 않았었다. 그런데 히가시를 데려온 후로 아버지는 집안을 바꾸는 일을 본격적으로 시작하셨어.」

「나를 데려온 이후로?」

「그래.」

히가시는 쿄우의 말에 고개를 들었다.

「너희 어머니와 무슨 일이 있었는지는 모르겠지만 아마도 너희 어머니가 너를 죽이려고 했던 사건과 관계가 있겠지. 그 사건 이후로 너희 어머니는 종적을 감췄으니까.」

쿄우의 말에 히가시는 팔짱을 끼고 심각한 표정으로 무언가를 생각하고 있었다.

「아버지가 너에게 네 어머니에 관련된 정보를 줬지?」

「응.」

「가서 네 어머니를 만나봐. 만나보면 네 어머니와 아버지 사이에 무슨 말이 오갔던 것인지 알 수 있겠지.」

쿄우는 심해지는 두통에 미간을 찡그렸다.

「그런데 너희들도 짐작하겠지만 근 200년 동안 내려오던 집안의 사업이나 조직 체계를 아버지 대에서 바꾸는 데는 한계가 있어. 몇 십 년이라는 시간은 200년이라는 시간에 비하면 아무것도 아니지. 그래도 아버지는 자신이 할 수 있는 한은 최선을 다하셨다. 한국 회사와의 합병도 야쿠자라는 꼬리표를 떼기 위한 사업의 일환으로 추진하신 거고. 그렇지만 아직 조직의 내부에는 개선을 해야 할 점이 많아. 그래서 아버지가 히가시 너를 그렇게 필사적으로 잡고 놓아주지 않으려고 하신 거다. 나 혼자만으로는 해야 할 일이 너무 많으니까. 그리고…….」

쿄우는 바닥을 내려다보고 있는 켄지를 안타까운 얼굴로 쳐다보았다.

「아버지는 켄지 네가 언젠가는 제자리로 돌아올 거라고 믿고 계신다. 너는 원래 이렇게 비뚤어진 아이가 아니었으니까.」

쿄우의 말에 고개 숙인 켄지의 어깨가 다시 떨려왔다.

「그런 믿음 때문에 네가 아무리 비뚤어진 짓을 해도 아버지는 아무 말씀도 안 하셨던 거다. 너는 아버지가 너에게 관심이 없다고 여겼을지도 모르겠지만 아버지의 진심은 그게 아니야.」

켄지의 아래쪽 바닥으로 눈물이 한 방울씩 떨어져 카펫을 짙은 색으로 물들였다. 켄지는 이를 악물고 입 밖으로 새어 나오려는 울음을 필사적으로 참았다.

「아버지는 사실 날이 얼마 안 남았어.」

「얼마나…… 남은 거야?」

히가시의 질문에 쿄우의 얼굴이 침통해졌다.

「앞으로 길어야 3개월이다.」

「3…… 개월…….」

「그래. 아버지는 당신이 살아 계신 동안만이라도 너희들을 보호하고 싶어 하셨다. 그래서 후계자 선정 문제나 조직 개편 문제도 당신께서 죽기 전에 다 마무리하고 싶어 하셨어.」

말이 없는 히가시와 켄지를 쿄우는 측은하게 쳐다보았다.

「너희들이 아버지의 마음을 어디까지 이해할 수 있을지 모르겠지만 이거 하나만은 알아줬으면 한다. 아버지가 너희들에게 따뜻한 말 한마디를 건넨 적이 단 한 번도 없었을지는 몰라도 아버지는 당신의 자리에서 나름 최선을 다하셨어. 아마 너희들에게 그렇게 냉정하게 군 것도 아버지로서는 어쩔 수 없는 선택이었을 거다. 조직 사람들에게 너희들을 편애하는 것처럼 보이고 싶지 않으셨을 테니까."

쿄우의 말에 히가시는 나직하게 한숨을 내쉬었다.

「어머니를 만나고 다시 아버지를 만나러 가봐야겠어.」

쿄우는 히가시를 향해 따뜻하게 미소를 지었다.

「그래, 꼭 그래라. 그리고 켄지…….」

쿄우는 앉은 자리에서 일어나 여전히 고개를 숙이고 있는 켄지에게 다가갔다.

「이것만은 기억해라. 아버지는 너를 사랑하셔.」

쿄우의 말에 켄지의 입에서 흐느낌이 터져 나왔다. 쿄우는 다정한 얼굴로 그런 켄지에게 수건을 내밀었다.

호텔 앞에 도착한 윤서는 효성과 함께 차에서 내렸다. 효성은 뺨이 부은 윤서가 걱정스러운 듯 그녀를 여기저기 살펴보았다. 얼굴을 제외하고는 다행스럽게도 그녀의 손목과 발목에는 빨갛게 쓸린 자국조차 없었다.

"괜찮으시죠?"

"네."

"얼굴 어떻게 해요. 히가시 도련님이 보면 가만히 있지 않을 텐데."

"사장님은…… 괜찮으실까요?"

"쿄우님이 가셨으니 괜찮으실 거예요. 그러나 저러나 이게 무슨 꼴이야. 고래 싸움에 새우 등 터지는 것도 아니고."

효성은 벌어진 상황이 너무 한심해 혀를 찼다.

쿄우의 지시로 히가시의 가게에 묶여 있기는 했지만 효성은 아주 어린 시절부터 쿄우의 옆에서 일을 했었기 때문에 유타카 가문의 속사정을 잘 알고 있었다. 그래서 료헤이에게 전화를 받았을 때 황당한 마음을 감출 수가 없었다. 거기다가 쿄우에게서 바로 가지 말고 료헤이의 수하들에게 연락을 받으면 윤서를 데리러 가라는 전화를 받고 더더욱 돌아가는 상황을 이해할 수가 없었다.

"쿄우님이 윤서 씨를 데리고 오라고 했으니 일단 호텔로 올라가보죠."

효성은 윤서를 앞세우고 호텔 안으로 향했다.

4층에 도착하자 윤서는 엘리베이터에서 내려 통로를 돌아보았다. 그녀가 고개를 오른쪽으로 돌리자 검은 양복을 입은 남자들과 함께 서 있는 민호와 료가 보였다.

"민호 씨! 료 씨!"

윤서는 민호와 료에게로 천천히 발걸음을 옮겼다.

"어! 어디 다친 데 없어요?"

윤서를 본 민호와 료는 걱정스러운 얼굴로 복도를 달려왔다. 윤서의 앞에 선 그들은 그녀를 위아래로 찬찬히 훑어보았다.

"괜찮아요. 다친 데 없어요."

"얼굴이 부었잖아! 그 새끼가 때렸어요?"

윤서는 말없이 고개를 끄덕였다. 민호는 그녀의 얼굴을 보며 두 주먹을 꼭 쥐었다.

"괜찮아요? 이 나간 거 아니고?"

"입안이 좀 터진 것 같은데 괜찮아요. 걱정하지 마세요."

괜찮다며 웃어 보이려던 윤서는 뺨이 아파와 얼음 팩을 볼에 가져가 댔다.

"두 분은 어디 다친 데 없으세요? 인영이 언니는요?"

"누나는 괜찮아요. 우리도 아무렇지도 않고요. 칼잡이들이라 진짜로 죽이려고 했으면 이미 황천 구경을 하고 있었을 텐데."

료는 자신의 가슴을 주먹으로 톡톡 쳐 보였다.

"사장님은요?"

"쿄우 형하고 켄지랑 이야기 중이에요."

료는 고개를 호텔 방 쪽으로 까딱거렸다. 그때 효성이 윤서의 등 뒤로 다가왔다.

"형!"

"도련님들은 어디 계시냐."

"저기 방 안에……."

료의 말에 효성의 표정이 심각해졌다.

"무슨 일 있었어?"

"히가시 형이 켄지랑 주먹다짐을 했어. 그런데 쿄우 형이 갑자기 나타나서 둘을 데리고 할 말이 있다고 우리더러 나가라고 하더라고. 그래서 기다리는 중이야."

"아…… 역시……."

"형은 뭔가 알고 있어?"

"나도 잘은 모르지만 이번 신년회 이후에 뭔가를 했어야 되는데 회장님이 그걸 막았다는 소문이 있었거든."

"뭘 해?"

효성은 나직하게 한숨을 쉬었다.

"나도 잘은 몰라. 그런데 그게 전통이었다는데 꽤 심각한 사안이었던 것 같아."

"전통?"

"응, 조직 내의 나이든 간부들이 뒷전으로 많이 밀려나서 이번부터 전통대로 의식을 치를 필요가 없어졌다고 하던데, 아무튼 그 일을 막느라 회장님이랑 쿄우님이 무척 애를 먹었다는 소문이 파다했어."

"아……."

"그 일을 마무리하고 오시느라고 쿄우님이 무척 힘드셨을 거야."

그때 호텔 방문이 열리고 히가시가 모습을 드러냈다. 그는 생각에 잠긴 심각한 얼굴이었다. 히가시를 본 윤서는 그를 소리쳐 불렀다.

"사장님!"

윤서의 목소리를 들은 히가시는 그녀를 보자마자 감정이 북받친 얼굴로 다가와 품에 꼭 껴안았다.

"걱정했잖아! 너 때문에 미치는 줄 알았어!"

윤서는 팔을 둘러 히가시를 꼭 껴안았다.

"죄송해요."

히가시는 윤서를 품에서 떼어 내고 그녀를 위아래로 쭉 훑어보았다.

"다친 데는 없어? 너 얼굴이……."

히가시의 표정이 일그러지자 윤서는 괜찮다는 뜻으로 그를 향해 환하게 웃었다.

"전 멀쩡해요. 걱정하지 마세요. 그런데 사장님 얼굴이……."

히가시의 얼굴은 멍투성이였다. 그는 다시 윤서를 품에 끌어안고 머리카락에 입맞춤을 했다.

"난 괜찮아. 미안하다, 이런 꼴을 당하게 만들어서……."

비통한 히가시의 목소리에 윤서는 그를 꼭 끌어안았다.

"사장님의 잘못이 아니에요."

히가시는 윤서의 등을 부드럽게 쓰다듬었다. 그때 히가시의 옆으로 다가온 사람을 본 윤서는 당황하며 그에게 인사를 했다.

「안…… 안녕하세요!」

「아…… 그래, 아가씨, 몸은 괜찮은가?」

쿄우는 걱정스러운 표정으로 윤서를 쳐다보았다.

「괜찮습니다.」

「켄지가 손찌검을 했나?」

윤서의 부은 얼굴을 쳐다보던 쿄우는 혀를 찼다.

「고마워, 형.」

「고맙다고 생각하면 앞으로 일을 열심히 해줬으면 한다.」

「그건…… 엄마를 만나고 와서 결정할게.」

「그래.」

「정식으로 소개할게. 이쪽은 내 여자 친구인 지윤서야. 이쪽은 우리 큰형인 유타카 쿄우.」

「안녕하세요.」

윤서가 다시 한 번 인사를 하자 쿄우는 호의적인 미소를 지었다.

「히가시 녀석이 결벽증이 있는데 여자를 만난다기에 어떤 아가씨인가 했더니, 진짜 겁이 없는 아가씨더군.」

「그게 무슨 소리야.」

「이 아가씨, 켄지 녀석에게 납치당하고도 겁도 안 냈다고 하더구나.」

「응?」

히가시가 무슨 말이냐는 얼굴로 윤서를 보자 그녀는 어떤 표정을 지어야 할지 몰라 눈만 깜박거렸다.

「자세한 이야기는 이 아가씨에게 들어. 이 아가씨는 유리카 못지않게 간이 크더군.」

「아아…… 얘가 좀 겁이 없어.」

히가시는 무슨 이야기인지 대충 알아들은 듯 포기한 얼굴로 윤서의 어깨에 팔을 둘렀다.

뒤에서 이 광경을 지켜보던 켄지는 윤서와 눈이 마주치자 그녀의 시선을 피했다. 윤서는 흠칫 몸을 떨며 히가시의 뒤로 숨었다.

"왜 그래?"

"저기……."

히가시는 고개를 돌린 켄지를 보고 인상을 찌푸렸다. 히가시는 떨떠름한 얼굴로 켄지를 가리켰다.

"저쪽이 둘째 형인 유타카 켄지야."

"네."

켄지는 고개를 숙이고 사람들의 옆을 스쳐 지나갔다. 일행은 멀어져 가는 그의 뒷모습을 보며 한참이나 말이 없었다.

아파트에 혼자 있던 인영은 전화벨 소리에 허겁지겁 가방 안에서 핸드폰을 꺼냈다.

"여보세요."

[누나! 나야.]

"어떻게 됐어. 윤서는 괜찮아?"

[괜찮아. 무사히 돌아왔어.]

료의 대답에 인영의 얼굴이 밝아졌다.

"다행이네. 정말 다행이야."

[히가시 형이랑 민호도 무사해. 그러니까 너무 걱정하지 말라고.]

"아아……."

인영이 울먹이자 료가 전화기의 저편에서 유쾌한 목소리로 웃었다.

[누나, 지금 곧 갈게, 기다리고 있어.]

"그래, 빨리 와."

전화를 끊은 인영은 다리에 힘이 풀리는 걸 느꼈다. 소파에 털썩 주저앉은 그녀는 한동안 미동도 없이 손에 얼굴을 묻고 앉아 있었다. 그녀는 이럴 때 진우가 함께 있으면 얼마나 좋을까 하고 생각했다. 불현듯 자신의 마음을 깨달은 그녀는 멍하니 생각에 잠겼다.

윤서가 잠이 들자 히가시는 그녀를 놔두고 거실로 나왔다. 걱정스러운 표정으로 거실에 앉아 있던 인영은 히가시가 방에서 나오는 기척에 그를 올려다보았다.

"윤서는 어때?"

"방금 잠들었어."

"씩씩하게 행동했지만 힘들었을 거야. 충격도 컸을 테고."

"애들은 어디 갔니?"

"저녁 한다고 장보러 나갔어."

히가시는 한숨을 쉬고 거실 소파에 앉았다. 료헤이 아래의 조직원들이 그새 집을 수리하고 간 까닭에 거실에는 싸움을 했던 흔적이 남아 있지 않았다. 히가시는 오늘 있었던 일들을 머릿속에서 곱씹고 있었다.

"오빠는 괜찮아? 얼굴이 엉망이잖아."

걱정스러워하는 인영의 말에 히가시는 여기저기에 멍이 든 얼굴로 웃음을 지었다.

"난 워낙 싸움을 많이 해봐서 이런 건 아무렇지도 않아. 켄지 새끼 더 밟아줄 수 있었는데……."

"난 정말 무서워서 죽는 줄 알았어."

히가시는 자신 때문에 동생들이 힘든 일을 당했다는 사실에 마음이 편하지가 않았다.

"미안하게 됐다. 나 때문에 민호나 너나 료나……."

"어쩔 수 없잖아. 일이 이렇게 된 게 오빠 탓도 아니고……."

"같이 휴가나 즐기려고 했었던 건데, 나 때문에 다들 험한 꼴이나 당하고……."

히가시는 목이 타는 듯 앞에 놓인 물을 단숨에 마셨다.

"어쩔 생각이야?"

"일단 엄마를 만나보고……."

"가게는……."

"아직 잘 모르겠어. 한국에 돌아가서 생각을 좀 해봐야지."

인영은 히가시의 고민이 많은 얼굴을 물끄러미 쳐다보았다.

"오빠, 우리들은 항상 오빠 편이야. 우리도 오빠에게 조금이라도 도움이 되고 싶어."

"알아."

히가시는 인영을 따뜻한 얼굴로 쳐다보았다.

"너도 좋은 사람 있으면 만나. 알았지?"

인영은 히가시의 말에 대꾸가 없었다. 그런 그녀를 히가시는 안타까운 얼굴로 쳐다보았다.

눈을 뜨자 온몸을 얻어맞은 듯한 통증이 몰려왔다. 풀려났을 때는 정신이 없어서 몰랐지만 자고 일어나니 긴장이 풀린 탓인지 온몸이 쑤셔왔다. 윤서는 신음 소리를 내며 간신히 몸을 일으켰다. 현기증 때문에 잠시 머리를 무릎에 묻고 있는 사이, 방문이 열렸다. 윤서가 깨어나 침대에 앉아 있는 것을 본 히가시는 빠른 걸음으로 침대 옆으로 다가왔다.

"괜찮아?"

윤서는 고개를 들어 멍투성이인 히가시의 얼굴을 쳐다보았다.

왼쪽 눈이 부어오른 그는 눈 위에 붕대를 붙이고 있었다.

"저 얼마나 잔 거예요?"

"한 10시간쯤."

"전 괜찮아요. 다른 분들은요?"

"집에 있겠다고 하길래 구마모토 다녀오라고 보냈어. 료는 몇 년 만에 일본에 온 건데 납골당은 다녀와야지."

윤서는 조용히 고개를 끄덕거렸다. 히가시는 그녀의 부어오른 볼을 살짝 만졌다.

"아파?"

"조금요."

"그 개자식을 더 때려줬어야 하는데."

"사장님, 얼굴이 엉망이에요."

히가시는 윤서를 보며 괜찮다는 얼굴로 웃었다. 그녀는 그런 그의 얼굴을 천천히 쓰다듬었다.

"어떻게 해요. 이렇게 맞아서."

"이런 건 자고 나면 금방 나아. 뭐 좀 먹을래?"

"네."

비틀거리며 자리에서 일어나는 윤서를 히가시가 부축해 주었다. 그는 자신 때문에 이런 꼴을 당한 그녀에게 한없이 미안한 마음이 들었다.

"미안해, 나 때문에……."

"괜찮아요. 많이 다친 것도 아닌데……."

윤서를 쳐다보는 히가시의 눈빛이 무겁게 가라앉았다. 거실까지 윤서를 부축한 히가시는 부엌으로 가 식사 준비를 시작했다.

히가시는 윤서를 위해 민호가 만들어두고 나간 죽을 데웠다. 윤서는 몸살 약을 먹고 소파 위에 누워 있었다. 죽을 대접에 담아 거실로 가져가자 누워 있던 윤서가 그의 기척에 눈을 떴다.

"죽 먹자."

윤서는 히가시의 도움으로 자리에서 일어났다.

"먹을 수 있겠어?"

히가시가 건네주는 숟가락을 받으며 윤서는 애써 미소를 지었다. 죽을 몇 숟가락 먹던 그녀는 걱정스러운 눈으로 히가시를 물끄러미 쳐다보았다.

"죽 맛없어?"

"맛있어요. 사장님은 뭐 좀 드셨어요?"

"난 신경 쓰지 마."

"오늘 지나면 괜찮아질 거예요."

"그래야지."

그때 초인종이 울렸다. 인터폰의 화면을 들여다보자 검은 양복을 입은 남자들이 문 밖에 서 있는 모습에 히가시는 한쪽 눈썹을 올렸다.

「무슨 일이지?」

[사장님께서 뭘 좀 보내셨습니다.]

「쿄우 형이?」

[네.]

「들어와.」

히가시가 문을 열자 맨 앞에 서 있던 사내가 커다란 종이봉투에 쌓인 무언가를 그에게 내밀었다.

「이게 뭐지?」

히가시의 눈이 가늘어지자 사내는 사무적인 음성으로 대답했다.

[갯장어 구이와 갯장어를 넣은 죽이랍니다. 기력 회복하시는 데 도움이 될 거라고…….]

「병 주고 약 주나.」

히가시는 크게 한숨을 쉬었다.

「알았으니까 돌아가 봐.」

[네, 알겠습니다.]

윤서가 기력을 차린 후, 히가시와 일행들은 한국으로 돌아왔다. 윤서는 자신의 집으로 돌아가기를 원했지만 걱정이 된 히가시는 그녀가 자신과 함께 머물기를 원했다.

시끄러운 알람 소리에 히가시는 손을 더듬거려 머리맡의 핸드폰을 찾았다. 그는 눈을 뜨지도 않고 그 상태로 핸드폰의 전원을 껐다. 폰을 끄고도 한참을 잠이 덜 깬 멍한 상태로 눈을 감고 누워 있던 그는 자신의 옆자리를 더듬거렸다. 윤서는 침대의 끄트머리에서 몸을 애벌레처럼 웅크리고 자고 있었다. 그는 몸을 뒤척거려 그녀에게로 다가갔다. 다행히 윤서는 빠른 속도로 건강을 회복하는 중이었다. 그가 그녀의 등에 몸을 꼭 붙이고 팔을 뻗어 허리를 감자 그녀가 잠결에 나직한 신음 소리를 내뱉었다.

"왜…… 요."

"왜…… 넓은 데 놔두고 침대 끄트머리에서 자고 있어."

"사장님…… 잠버릇 너무 험해요."

히가시는 윤서의 목에 얼굴을 묻고 작은 소리로 낄낄거리며 웃었다.

"내가 뭐가 잠버릇이 험해."

"저한테 자꾸 다리를 올려서 무거웠다고요."

"그런데…… 너 사장님이라고 그만 부르면 안 돼?"

"그럼 뭐라고 불러요."

"많잖아. 오빠라든가…… 자기라든가…… 허니라든가……."

히가시의 말에 윤서는 미간을 찡그렸다.

"다 너무 닭살 돋는데…… 허니가 뭐예요. 촌스럽게."

"그래도 아직까지 사장님이라고 부르는 건 너무하지 않냐."

"뭐라고 부를지는 생각 좀 해볼게요."

"이러고 아침에 너랑 일어나니까 좋다. 너 나랑 살래?"

윤서는 어깨를 들썩거리며 웃었다.

"아무리 그래도 결혼한 사이도 아닌데 어떻게 같이 살아요."

"요즘은 동거도 많이 하잖아. 뭐 어때."

"저는 생각이 고리타분한 여자라 싫어요. 그리고 사장님하고 하루 종일 붙어 있는 것도 별로 좋은 생각은 아닌 것 같은데."

"쳇!"

히가시가 혀를 차자 윤서는 몸을 돌려 그의 얼굴을 빤히 올려다보았다.

"나중에 제가 사장님하고 결혼하고 싶어지면 그때 생각해 볼게요."

"야! 지윤서, 너 나랑 결혼할 생각 아니었냐?"

"전 아직 결혼할 생각 없는데요. 겨우 스물다섯 살인데. 자유를 만끽하고 살아야죠."

"야! 너 내 순결을 가져가 놓고 그러는 거 아니야."

윤서는 작은 소리로 웃으며 팔을 돌려 히가시의 등을 꼭 껴안았다.

"5분만 있다가 일어나요. 아침 먹고 가실 준비하셔야죠."

"아아…… 그래."

히가시의 목소리가 갑자기 가라앉았다. 윤서는 그의 품으로 파고들며 속삭였다.

"저랑 같이 가요. 전 그냥 밖에 있을게요."

"그렇지만……."

"괜찮으니까 같이 가요. 알았죠?"

윤서의 말에 히가시는 나직하게 한숨을 내쉬었다.

"알았어."

히가시는 윤서의 머리카락에 얼굴을 묻고 그녀를 자신의 품에 꼭 껴안았다.

아침을 먹은 히가시가 코트를 걸치고 방에서 나오자 윤서는 이미 나갈 준비를 마치고 기다리는 중이었다. 문소리가 들리자 소파에 앉아 있던 윤서는 고개를 들어 히가시를 올려다보았다. 그의 얼굴은 그의 기분을 여실히 보여주는 듯 무겁게 가라앉아 있었다.

"목적지가 어디예요?"

히가시는 말없이 하얀 종이 한 장을 내밀었다. 그곳에는 '경기, 보은사, 선운'이라는 한자가 쓰여 있었다.

"보은사요? 여기 사찰 아닌가요?"

"맞아."

"그럼 혹시⋯⋯."

윤서의 말에 히가시는 고개를 돌렸다.

"아마도⋯⋯."

"아⋯⋯."

윤서는 왜 히가시가 그곳에 혼자 가려고 하는지 짐작이 됐다.

"그래도 같이 가요."

윤서는 히가시의 두 손을 꼭 잡았다.

"사장님이 저였더라도 아마 같이 갔을 거예요. 그렇죠?"

"맞아."

"나가요."

윤서는 발걸음이 무거운 히가시를 현관 쪽으로 이끌었다.

하늘에는 수증기를 잔뜩 머금은 회색 구름이 수묵화에 번진 먹물처럼 어둡게 끼어 있었다. 곧 눈이라도 내릴 듯 흐린 하늘을 올려다보며 윤서는 얼굴을 찡그렸다.

"날씨가 안 좋은데요."

"그러게. 가는 날이 장날이라더니."

"거기 산속에 있는 사찰 아니에요?"

"맞아."

"도착하기 전까지 눈이나 비가 내리지 말아야 되는데."

그러나 그들의 바람을 비웃기라도 하듯 사찰에 가까워지자 세찬 겨울비가 내리기 시작했다. 다행히 사찰의 입구까지는 길이 시멘트로 포장이 되어 있었지만 사찰의 대문 안쪽은 그렇지 않아서 차에서 내려서 걸어가야만 했다.

사찰의 주차장에 차를 댄 히가시는 시동을 끄고 잠시 생각에 잠겼다. 비 때문에 차창의 안쪽으로 뿌옇게 김이 서렸다.

"가지 말까……."

히가시가 내뱉은 말에 윤서는 그의 손을 꼭 잡았다.

"가세요. 여기까지 왔는데."

"지금 와서 엄마를 만나는 게 그렇게 의미가 있는 걸까?"

히가시의 얼굴에 두려움과 슬픔의 감정이 교차하는 걸 본 윤서는 손으로 그의 얼굴을 조용히 감쌌다.

"만나고 싶어 하셨잖아요. 아니에요?"

"맞아. 하지만……."

"만나고 오세요. 지금 와서 어떤 이야기를 듣더라도 이미 다 지나간 일이잖아요. 전 사장님의 어머님이 사장님을 미워해서 죽이려고 했을 거라고는 생각 안 해요. 그분 나름대로의 이유가 있었겠죠."

"나는 두려워……. 진실을 마주하고 내 스스로가 견딜 수 없어질까 봐……."

"제가 있잖아요."

윤서는 히가시의 입술에 부드럽게 입을 맞췄다.

"다녀오세요. 기다리고 있을게요."

히가시는 슬픈 얼굴로 윤서의 손 위에 자신의 손을 올렸다.

"금방…… 돌아올게."

"저는 신경 쓰지 마세요."

우산을 펼치고 빗속으로 한 발을 내딛는 히가시를 향해 윤서는 안타까운 얼굴로 손을 흔들었다. 그는 조수석을 한 번 뒤돌아보고 그대로 운전석의 문을 닫았다. 빗속으로 멀어져 가는 그의 흐릿한 뒷모습을 뒤쪽의 차창으로 내다보던 윤서는 쏟아지는 비로 얼룩진 앞 차창 쪽으로 고개를 돌렸다.

앞이 보이지 않게 쏟아지는 빗줄기는 사찰로 올라가는 계단을 사정없이 때렸다. 우산을 쓴 히가시는 계단 앞에서 잠시 떨어지는 빗줄기를 바라보며 깊은 고뇌에 잠겼다. 이제 이 계단을 올라가면 그는 마침내 얼굴도 잘 기억이 나지 않는 어머니를 만나게 될 것이었다. 어머니가 자신을 죽이려고 했던 이후 그는 여자들이 자신의 몸에 손을 댈 때마다 어머니가 자신의 팔을 칼로 긋던 때의 섬뜩한 느낌과 고통이 떠올라 견딜 수가 없었다. 거기에 더해 큰어머니인 류미코는, 그에게 여자에 대한 혐오감과 결벽증을 심어 주었다.

히가시는 묵묵히 계단을 한 칸씩 밟으며 올라가기 시작했다. 세찬 빗줄기는 자신의 몸을 계단에 던졌다가 그 반동으로 다시 위로 튀어 올라 히가시의 구두와 바지를 적셨다. 마침내 계단을 다 올라가자 정면으로 아담한 대웅전과 그 앞의 마당에 자리 잡은 석탑이 보였다. 사찰은 그가 생각했던 것보다 훨씬 규모가 작았다. 스님들이 기거하는 요사채는 대웅전의 오른쪽에 자리 잡은 건물인 듯했다.

히가시는 마당의 오른쪽으로 방향을 틀어 요사채인 듯한 건물로 다가갔다. 요사채에 도달하자 그는 우산을 접고 처마 아래로 들어가서 코트에 묻은 빗물을 털어냈다. 겨울인 데다가 비까지 내리는 탓에 조용한 경내에는 빗소리를 제외하고는 아무 소리도 들리지 않았다. 그때 그의 등 뒤에서 유리로 된 미닫이문이 열리는 소리가 들렸다. 그는 고개를 돌려 소리가 나는 곳을 돌아보았다.

문을 연 사람은 족히 60세는 넘어 보이는 듯한 나이 든 비구니였다. 그녀는 양손으로 다기가 담긴 나무 쟁반을 들고 서 있었다. 요사채 앞에 누군가가 서 있는 것을 본 그녀는 남자에게 시선을 옮겼다. 남자의 얼굴을 본 순간 그녀는 쟁반을 바닥으로 떨어뜨렸다.

"료…… 료이치!"

비구니의 얼굴은 놀라움과 경악의 감정으로 순식간에 하얗게 굳었다. 다기가 바닥에 떨어지며 깨지는 소리에 방 안에 있던 다른 비구니 스님 서너 명이 밖으로 나왔다.

"큰스님, 무슨 일이세요!"

"큰스님!"

비구니 스님들은 얼굴이 하얗게 질려서 서 있는 나이든 비구니와 히가시를 번갈아 쳐다보았다. 히가시는 당황스러움과 슬픔과 분노, 그리움이 섞인 알 수 없는 표정으로 그녀를 물끄러미 응시했다. 잠시 동안 꼼짝도 않고 서 있던 그는 이내 그녀를 향해 허리를 숙였다.

"안녕하세요, 유타카 히가시입니다."

히가시가 허리를 펴고 다시 고개를 들자 비구니의 눈에서 한줄기 눈물이 주름진 볼로 흘러 내렸다.

"마…… 마침내 네가 나를 찾아왔구나."

히가시는 울고 있는 비구니의 얼굴을 이를 악물고 쳐다보았다. 그는 자신의 뱃속으로부터 올라오는 설명할 수 없는 복잡한 감정을 애써 누르고 있었다. 그녀는 신발도 신지 않고 요사채의 마루에서 내려와 히가시에게 다가왔다. 그녀는 젖은 눈으로 히가시를 보며 그의 손을 잡았다.

"들어오너라. 기다리고 있었다."

앉은뱅이 찻상을 사이로 비구니와 마주 앉아 있는 히가시는 아무 말이 없었다. 그녀가 기거하는 방 안에는 깔끔하게 개어져 있는 이부자리와 벽에 걸려 있는 회색의 승복, 회색의 방석들과 앉은뱅이 찻상 외에는 아무것도 없었다. 그녀가 깨뜨린 다기 대신 다른 다기를 어린 비구니 스님이 뜨거운 물과 함께 가져다 준 덕분에, 찻상 위에는 주둥이에서 김이 나는 투박한 모양의 찻주전자와 작은 찻잔이 놓였다. 비구니는 손을 뻗어 찻주전자를 집어 들었다.

"차 한잔할 테냐?"

진한 갈색으로 옻칠이 된 찻상의 끄트머리만 쳐다보고 있던 히가시는 고개를 들어 비구니의 얼굴을 마주보았다.

"네."

"마시거라. 비도 오는데 먼 길 오느라 힘들었을 텐데."

비구니가 찻주전자를 기울이자 알맞게 우러난 옅은 황금색의 녹차가 찻잔에 채워졌다. 그녀는 자신의 찻잔에도 녹차를 따르고 찻주전자를 상 위에 내려놓았다.

"후계자는 정해졌니?"

"며칠 전 신년회에서 정해졌습니다."

그의 말을 들은 비구니의 얼굴이 순간적으로 창백해졌다.

"네…… 네가 후계자가 되었니?"

"아닙니다."

그의 대답에 비구니의 얼굴색이 파랗게 질렸다.

"그럼…… 누, 누가……."

"쿄우 형이 되었습니다."

"그런데 넌……."

"전 무사합니다. 켄지 형도 무사하고요."

비구니의 얼굴에는 안도감과 죄책감, 회한이 섞인 표정이 스쳐 지나갔다.

"료이치가…… 나와의 약속을…… 지켜줬구나. 그 사람이…… 결국은……."

비구니의 눈에서 뜨거운 눈물이 흘러내렸다. 새어 나오는 울음소리를 막기 위해 그녀는 손으로 입을 막고 고개를 숙였다. 그런 모습을 바라보던 히가시의 눈빛이 한없이 어두워졌다.

"도대체…… 아버지랑 무슨 약속을 하신 겁니까. 그리고…… 왜…… 왜, 저를……."

고개를 든 비구니의 주름진 얼굴은 흘러내린 눈물로 엉망이 되어 있었다.

"미안하다……. 정말 미안해. 그런데 그때는 내가 할 수 있는 일이라고는 그 방법밖에 없었어."

비구니는 어깨를 부들부들 떨며 히가시의 얼굴을 젖은 눈으로 바라보았다.

· · ·

곳곳에 피가 얼룩덜룩하게 묻어 있는 찢어진 와이셔츠를 입은 료이치는 하쿠오와 함께 유리가 갇혀 있는 안가로 발길을 옮겼다. 방 앞에 다다르자 안에서 유리가 흐느끼는 소리가 새어 나왔다. 그는 어두운 표정으로 한숨을 내쉬며 가드들이 지키고 있는 미닫이문의 손잡이에 손을 올렸다. 그때 뒤쪽에 서 있던 하쿠오가 그에게 조용한 목소리로 말을 건넸다.

「회장님.」

료이치는 고개를 돌려 하쿠오를 쳐다보았다.

「왜 그러나.」

「유리님을 너무 다그치지 마십시오. 아마 그런 일을 벌인 이유가 있으셨을 겁니다.」

「제 새끼를 자기 손으로 죽이려는 여자에게 이유가 있었을 거라고?」

료이치가 살기를 띤 눈빛으로 인상을 구기자 하쿠오가 한숨을 쉬었다.

「절대로 흥분하지 마세요. 유리님은 지금 상태가 매우 불안정하십니다. 회장님이 몰아붙이시면 정말로 스스로 목숨을 버리실 수도…….」

료이치는 심난한 표정으로 머리를 손으로 헝클어뜨렸다.

「미치겠군, 정말…….」

「회장님께서 이성을 되찾으셔야 합니다. 원래 저런 분이 아니시지 않습니까.」

「아아…… 그래……. 알겠네.」

료이치는 숨을 깊이 들이마시고 각오를 다지는 얼굴로 미닫이문을 열었다. 불도 켜지 않은 방 안은 창문도 없었던 탓에 칠흑같이 어두웠다. 방문을 닫은 료이치는 벽을 더듬어 불을 켰다. 유리는 긴 머리를 늘어뜨리고 방구석에서 실성한 여자처럼 내장이 끊어질 듯한 울음소리를 내고 있었다. 료이치는 조용히 유리가 앉아 있는 쪽으로 발걸음을 옮겼다. 울고 있는 유리를 내려다보던 그는 그녀의 앞에 쪼그리고 앉아 그녀의 가녀린 어깨를 잡았다.

「왜 그랬지? 왜 히가시를 죽이려고 했지?」

료이치의 질문에 유리가 고개를 들어 그의 얼굴을 쏘아보았다. 산발이 된 머리 사이로 빛나는 눈빛은 그녀를 미친 여자처럼 보이게 했다.

「다 당신…… 당신 때문이야.」

「그게 무슨 소리야.」

「애당초 당신이 내게 거짓말만 안 했더라도…….」

료이치는 이해할 수가 없는 유리의 말에 이를 악물었다.

「내가 무슨 거짓말을 했는데…….」

「일주일 전에 집에 누가 찾아왔는지 알아?」

「내가 그걸 어떻게 알아.」

「당신의 죽은 형의 애인이 찾아왔었어.」

유리의 말에 료이치의 얼굴이 순식간에 딱딱하게 굳었다.

「그게…… 무슨…….」

「당신…… 당신 손으로 당신의 형제자매를 모두 죽였다면서!」

유리의 어깨를 그러잡은 료이치의 손이 떨리기 시작했다. 이윽고 서늘한 냉기가 척추를 타고 그의 온몸으로 퍼져 나갔다.

「그 여자가 그러더군. 당신의 자식들도 후계자 선정이 끝나면 후계자가 된 아이가 나머지 형제자매들을 다 죽이게 될 거라고.」

「그 여자가…… 그렇게…… 말하던가?」

「그래. 왜 나에게 아무 말도 하지 않았지? 이렇게 될 줄 알았으면 애당초 히가시를 가졌을 때 수술을 했을 텐데!」

「아아…….」

「나에게 약속했잖아. 히가시가 당신의 친아들이라는 게 밝혀진 이상 그 아이를 끝까지 책임지겠다고!」

얼굴이 창백해진 료이치는 손으로 자신의 이마를 짚었다. 그런 료이치의 모습을 본 유리는 그 자리에 납작 엎드려 이마를 바닥에 대고 빌며 그에게 애원하기 시작했다.

「제발…… 제발 히가시를 살려줘. 내가 이렇게 빌게. 그 애 대신 내 목숨이 필요하면 기꺼이 바칠게. 류미코가 자신의 발바닥을 핥으며 평생 자기의 노예를 하라고 해도 할게. 제발…… 제발 그 애를 살려줘. 료이치! 제발!」

유리의 내장이 끊어지는 듯한 애원과 울음소리에 료이치의 표정이 비참함으로 일그러졌다.

「유리! 이러지 마…….」

「제발! 제발! 료이치! 그 아이는 나의 모든 것이야. 그 아이가 당신 아들의 손에 죽는 꼴을 보느니 차라리 내 손으로 죽이는 게 나아.」

「나는 정말…….」

「당신은 당신의 손으로 형제자매를 죽이는 게 즐거웠어? 아니잖아! 그럴 리가 없잖아! 당신도 인간인데 그랬을 리가 없잖아! 제발 당신의 아들들에게 그런 끔찍한 짓을 저지르게 하지 말아줘. 료이치! 제발!」

유리가 이마를 대고 있는 다다미는 눈물로 축축하게 젖어가고 있었다. 료이치는 그런 그녀의 어깨를 잡아 몸을 일으켰다.

「유리, 나는…….」

「제발! 료이치!」

눈물과 젖은 머리카락으로 범벅이 된 유리의 얼굴을 보자 료이치는 울컥하는 감정이 올라오는 것을 느꼈다. 그는 이제 때가 되었음을 깨달았다.

「약속할게. 히가시는 내가 끝까지 지킬게.」

「어…… 어떻게 할 건데.」

「다시는 우리 집안에서 그런 일이 없도록…… 내가 모든 걸 다시 시작할게.」

「정말이야?」

료이치는 유리를 보며 고개를 끄덕였다.

「내가 죽는 날까지 몇 십 년이 걸리더라도 꼭 그 약속을 지킬게. 내 목숨을 걸고 약속해.」

「제발! 료이치…….」

「나를 믿어줘, 유리.」

료이치의 빛나는 눈을 보며 유리는 울먹이는 얼굴로 고개를 끄덕였다.

「나에게 한 가지만 더 약속해 줘.」

「뭔데.」

「당신의 대에서 야쿠자 짓을 그만 두겠다고 약속해 줘.」

유리의 말에 료이치의 얼굴이 어두워졌다.

「그건…….」

「제발…… 당신이 야쿠자 짓을 그만둬야 당신 대에서 그 끔찍한 전통도 끝날 거 아니야. 나는 히가시에게 야쿠자라는 꼬리표가 따라다니는 걸 원치 않아. 당신도…… 당신도 당신의 가문에 그런 범죄자의 낙인이 영원히 붙어 있는 걸 원치 않을 거 아니야.」

료이치는 필사적으로 애원하는 유리의 가련한 얼굴을 슬픈 눈으로 내려다보았다. 그는 자신의 입술을 꽉 깨물었다.

「약속할게. 당신에게…… 그리고 후계자 선정이 끝나는 날 반드시 히가시를 살려서 당신에게 보낼게. 약속할게.」

「료이치!」

유리는 료이치의 목을 껴안으며 눈물을 쏟아냈다.

「제발…… 히가시를 죽여야 한다면 그 애 대신 내 목숨을 가져가! 제발…… 그 아이를 살려줘!」

료이치는 부들부들 떨고 있는 유리의 가녀린 몸을 껴안았다.

「그 애를…… 그 애를 끝까지 지킬게. 내 목숨을 걸고 약속할게, 유리.」

유리의 눈에서 흘러내린 뜨거운 눈물은 그녀의 얼굴을 타고 내려가 료이치의 목덜미를 적셨다.

• • •

유리의 이야기를 들은 히가시는 아무런 말이 없었다. 그는 다 식어버린 녹차 잔을 물끄러미 쳐다보고 있었다. 그는 이제야 쿄우에게 들었던 '아버지가 어머니를 만나고 난 후 조직 개편을 시작했다'라는 말과 신년회 때 아버지에게 들은 '네 어머니는 너를 자신의 목숨보다 더 소중하게 여겼다'라는 말의 의미가 무엇이었는지를 깨달았다. 마치 빠져 있었던 퍼즐 조각이 맞춰지는 것처럼 앞뒤의 상황이 어떻게 흘러갔었는지를 그는 오늘에서야 이해할 수 있었다.

그는 고개를 들어 주름진 유리의 얼굴을 물끄러미 바라보았다. 어머니를 생각할 때마다 늘 그녀가 자신의 팔을 칼로 그었을 때의 고통과 공포심만이 떠오르곤 했던 그는 이제야 그녀의 얼굴을 똑바로 볼 수 있었다. 젊었을 적 꽤 미인이었을 것 같은 그녀의 얼굴은 이제는 자신의 아버지처럼 세월의 흐름을 그대로 보여주는 크고 작은 주름들을 담고 있었다. 히가시를 애잔한 눈길로 바라보던 그녀는 아픔과 후회를 담은 깊은 한숨을 쉬었다.

"너를…… 한국으로 데려오고 싶었지만…… 그럴 수가 없었단다. 나는…… 심신이 황폐해질 대로 황폐해졌던 데다가 류미코가 나를 찾아내려고 사방을 뒤지고 있어서 네 안전을 책임질 수도 없었어. 그래서 료이치가 너를 자신의 집으로 데려가고 나는……
한동안 병원에 들어가 있었어."

"출가…… 하기로 한 것도 어머니의…… 생각이었나요?"

그녀의 눈시울이 다시 붉어졌다.

"병원에서 나오고 나서는 갈 데도 없고 있을 데도 없었어. 료이
치가 있을 곳을 마련해 준다고 했었지만 다시 그 사람과 얽히고
싶지 않았어. 그리고…… 너를 위해…… 기도라도 하고 싶었다.
부모를 잘못 만나…… 힘들었을 너를 위해……."

어머니가 나직하게 흐느끼는 모습을 보며 히가시는 자신의 마
음속 깊고 어두운 바닥에 깔려 있었던 그녀에 대한 원망과 미움
이 서서히 풀리고 있음을 알았다. 그는 어머니가 자신을 죽이려
고 했던 게 자신을 미워해서가 아니라 진정으로 사랑했기 때문에
어쩔 수 없이 했던 선택이었음을 지금에서야 알 수 있었다.

히가시는 마음속에서부터 올라오는 감정을 누르기 위해 이를
악물고 옆으로 고개를 돌렸다. 고요한 방 안에는 흐느끼는 소리
만이 나직하게 들려왔다. 그녀의 슬프고도 아픈 울음소리는 그
의 마음속으로 스며들어와 고통스럽고도 시리기만 했던 상처를
부드럽게 어루만졌다.

"울지 마세요."

히가시는 흐느끼는 어머니를 보며 슬픈 얼굴로 미소를 지었다.

"저는…… 어머니가 부끄러워하지 않을 만한 남자로…… 잘 자
랐습니다. 저에 대해서 죄책감을 갖지 않으셔도 돼요."

그녀는 눈물이 가득 찬 슬픈 눈으로 젊은 시절의 료이치를 꼭
닮은 자신의 아들을 바라보았다. 그녀가 마지막으로 보았던 어린

히가시는 이제는 어디에도 없었지만 그 대신 그 자리에는 자신의 마음을 이해해 줄 수 있을 정도로 다 자란 아들이 마주보고 있었다.

"미안…… 미안했다. 정말로…… 나는……."

"사과하지 않으셔도 되요. 괜찮아요. 이제는 어머니가 어떤 마음으로 저를 그렇게 하려고 했었는지 아니까……."

히가시는 눈물을 꾹 참으며 아래로 고개를 숙였다.

"사과하지…… 않으셔도 됩니다."

"히가시!"

그녀는 자리에서 일어나 히가시의 옆으로 다가와서 앉았다.

"내 아들……. 26년 동안 단 한번도…… 꿈에서도 잊어본 적이 없었던 내 아들……."

히가시의 눈에서 눈물이 한 방울씩 방울져 바닥으로 떨어졌다. 필사적으로 울음을 참느라 떨리고 있는 히가시의 어깨를 주름진 손이 껴안았다. 품에 들어오지도 못할 정도로 다 커버린 아들이었지만 그녀는 그런 그를 자신의 품에 꼭 끌어안았다.

"너를 위해 단 하루도 삼천 배를 거른 적이 없었다. 내 무릎에 굳은살이 박일 때까지 너를 지켜달라고 부처님께 기도하고 또 기도했어. 결국…… 부처님이 내 소원을 들어주셨구나."

그녀는 울고 있는 히가시의 볼에 손을 얹고 그의 얼굴을 자세히 들여다보았다.

"잘 커줘서 고맙다. 이젠…… 죽어도 여한이 없겠어."

히가시는 자신을 바라보며 눈물을 흘리는 어머니의 늙고 바싹 마른 몸을 힘껏 껴안았다.

윤서는 조수석의 문을 열고 차 밖으로 나왔다. 하늘은 언제 먹구름을 몰고 왔었냐는 듯 너무나도 말끔하게 개어 있었다.

"날씨가 뭐 이러냐? 누가 아침에 폭우가 쏟아졌었다고 하면 거짓말한다고 하겠네."

겨울비가 온 뒤라 날씨는 쌀쌀했지만 공기는 상쾌하고 맑았다. 시간을 확인하자 히가시가 사찰로 들어간 뒤 벌써 한 시간이나 지나 있었다.

"이야기가 길어지시나 보네."

차 옆에서 잠시 고민하던 윤서는 사찰의 입구 쪽을 향해 발길을 옮겼다. 산에 온 것도 오랜만이었었지만 히가시의 친어머니가 머물고 있는 사찰이 어떻게 생겼을지 궁금했다. 그녀는 사찰의 대문 안으로 들어와 계단을 한 칸씩 올랐다. 이윽고 계단을 다 오른 그녀는 호기심에 가득 찬 눈으로 사찰 안을 두리번거렸다.

"생각보다 아늑하네. 봄이랑 가을에 와보면 좋을 것 같은데."

그때 요사채 쪽의 미닫이문이 열렸다. 요사채 안에서 히가시가 나오는 것을 본 윤서는 그를 부르려다가 그 자리에 멈춰 섰다. 눈이 빨갛게 부은 그의 뒤로 나이 든 비구니가 따라 나오는 걸 본 그녀는 상황이 어떻게 된 것인지 대충 짐작이 됐다.

마루에 걸터앉아 구두를 신으려던 히가시는 윤서를 발견하고 그녀에게 희미한 미소를 지어 보였다. 히가시의 뒤쪽에서 윤서를 발견한 비구니는 이내 인자한 미소를 지었다.

구두를 다 신은 히가시는 윤서에게 가까이 다가오라고 손짓했다. 히가시의 옆으로 간 윤서는 어색한 얼굴로 비구니를 향해 허리를 숙여 인사했다.

"안, 안녕하세요. 지윤서라고 합니다."

윤서가 허리를 펴자 비구니는 그녀를 향해 합장을 하고 고개를 숙였다.

"나는 선운이에요. 어서 와요."

히가시는 옆에 선 윤서의 손을 꼭 잡았다.

"여긴 제 여자 친구입니다. 오늘 이곳에 함께 와줬어요."

"그랬군요. 예쁜 아가씨네."

비구니의 말에 윤서의 얼굴이 부끄러움으로 빨갛게 상기되었다.

"그런데…… 아가씨……."

"네?"

긴장한 윤서가 깜짝 놀라며 대답하자 선운은 입을 가리고 나지막하게 웃었다.

"실례일지 모르겠지만…… 아가씨는 내 젊었을 때 모습이랑 많이 닮았어요."

선운의 말에 히가시가 윤서와 그녀를 번갈아 바라보았다. 이제야 히가시는 윤서를 처음 만났을 때부터 왜 그녀가 낯설지 않았었는지를 알 수 있었다. 자신의 어머니와 윤서는 웃는 얼굴이 꼭 닮아 있었다. 윤서가 자신을 보며 해맑게 웃을 때마다 그토록 마음이 설렜던 것이 어머니 때문이었음을 그는 오늘에서야 깨달았다.

"아아……."

히가시의 나지막한 탄성에 선운은 웃으며 그를 바라보았다.

"이런 것도 운명이라면 운명이겠구나."

"그러게요. 전 어머니의 얼굴을 기억하지 못한다고 생각하고 있었는데……."

윤서가 의아한 얼굴을 하자 그는 그녀를 내려다보며 환한 얼굴로 미소를 지었다.

"너랑 나는 어차피 이어질 인연이었다는 뜻이야. 알았어?"

윤서는 알 듯 말 듯한 표정으로 히가시를 올려다보았다.

가브리살이 불판 위에서 익어가는 것을 멍하게 쳐다보고 있는 윤서를 보고도 히가시는 평소와는 다르게 아무 말이 없었다. 그의 머릿속은 앞으로 본가와의 일을 어떻게 처리할 것인지에 대한 생각으로 가득 차 있었다. 비록 어머니와 만나서 전후 사정을 듣기는 했지만 그렇다고 해도 그 사실이 그가 본가로 돌아가야 하는 충분한 이유가 되지는 못했다. 조만간 아버지를 찾아갈 생각은 있었지만 지금 당장은 아버지를 만나 이야기를 하기에는 자신의 감정이 너무나도 복잡했다. 어찌되었건 그는 아버지와 큰어머니와도 여전히 사이가 좋지 못했고, 켄지나 쿄우와 다시 일하고 싶은 생각도 없었다.

고기가 타는 냄새에 윤서가 정신을 차리고 허둥지둥 고기를 뒤집었다. 그런 그녀를 보며 히가시는 한쪽 눈썹을 올렸다.

"지윤서, 네가 웬일이냐. 고기를 다 태우고."

"뭐 좀 생각하느라고 멍하니 있었더니…… 아, 아까워라."

윤서가 안타까운 얼굴로 고기를 하나씩 불판의 가장자리로 옮기자 그는 걱정스러운 얼굴이 됐다.

"무슨 걱정 있어?"

"사장님, 설이 이번 달 말이죠?"

갑작스러운 윤서의 질문에 히가시가 의아한 표정을 지었다.

"왜?"

"설에 사회복지사님 댁에 좀 가보려고요. 추석 때랑 설에는 꼭 찾아뵙거든요."

"사회복지사라면 예전에 전화했던 그분?"

"네."

"찾아가면 되지. 무슨 문제가 있어?"

마음속에 뭔가가 걸리는 게 있는 듯 윤서의 얼굴에 그늘이 생겼다.

"저번에 통화했을 때 사회복지사님이 아버지 이야기를 꺼냈었어요. 아버지가 저를 만나고 싶다고 했다고……."

윤서의 말을 들은 히가시의 미간이 구겨졌다. 그녀의 등에 남아 있는 흉터 자국을 떠올리는 것만으로도 그는 분노가 마음속에서 끓어오르는 것을 느꼈다. 그러나 그는 감정을 내보이지 않고 조용히 윤서의 손을 잡았다.

"넌 어떻게 하고 싶어?"

"만나고 싶지 않아요. 엎질러진 물을 주워 담을 수도 없고. 이제 와서 왜……."

윤서가 입술을 깨물자 히가시는 나지막하게 한숨을 내쉬었다. 그는 고개를 숙이고 있는 윤서를 가만히 바라보았다. 말을 하지는 않았지만 그녀의 기분이 어떨지 충분히 짐작할 수 있었다. 그는 감히 아버지를 만나고 그를 용서하라는, 현실과는 동떨어진 도덕 교과서 따위에나 나오는 말을 가볍게 할 수가 없었다. 그 자신도 20년이 넘는 시간 동안 어머니를 원망하고 살아왔기 때문에 윤서가 얼마나 힘들지 잘 알고 있었다. 그는 그녀의 앞에 놓인 잔에 소주를 따랐다.

"마셔."

"사장님……."

"혼자 가기 힘들 것 같으면 같이 가줄까?"

히가시의 말에 윤서는 놀란 눈으로 그를 보았다.

"안 그러셔도 돼요."

"넌 오늘 나를 위해서 같이 가줬잖아. 나도 너를 위해서 같이 가고 싶어. 힘든 일이 있으면 같이 나누자며."

"그렇지만……."

윤서는 자신의 과거에 관련된 사람들을 히가시에게 보이기 싫었다. 아무리 그를 사랑한다고 해도 그녀에게 과거란 아픔과 고통으로 얼룩진, 결코 남에게는 내보이고 싶지 않은 힘든 시간일 뿐이었다. 더군다나 아버지에 관련해서는 그 어떤 것도 입에 올리거나 생각하고 싶지 않았다.

윤서가 말이 없자 히가시는 덜 탄 고기를 한 점 집어 상추 위에 올리고 정성스럽게 쌈을 싸서 그녀에게 내밀었다.

"한잔 마시고 고기도 먹어. 네가 먹고 싶어 했잖아."

상추쌈과 히가시의 얼굴을 번갈아 보던 윤서는 그것을 받아 들었다. 그녀는 쌈을 먹고 그대로 소주를 마셨다. 빈 잔에 소주를 다시 따라주며 히가시는 다정하게 웃었다.

"윤서야."

"네."

"세상에는 말이지, 너무 사이 좋은 부모 자식 간도 있지만 너랑 나처럼 그렇지 못한 관계들도 많아. 아마 너랑 나는 부모에 대한 애틋한 감정이라는 걸 죽을 때까지 느끼지 못할지도 모르지."

윤서는 대꾸가 없었다.

"그래도 말이지, 너랑 나는 남에게 부끄러운 짓 안 하고 인생을 열심히 살려고 최선을 다했잖아. 그렇지?"

윤서는 조용히 고개를 끄덕였다. 그는 애잔한 눈빛으로 그녀를 지그시 쳐다보았다.

"그냥 그것만으로도 남들이 어떻게 생각하든 너랑 내 인생은 스스로에게 칭찬받을 만하다고 생각하는데."

갑자기 윤서의 눈에 눈물이 차올랐다. 그녀의 머릿속에는 집에서 나와 추운 겨울밤에 어쩔 수 없이 박스를 덮고 남의 집 처마 밑에서 노숙을 했었던 것부터 찜질방과 노래방을 전전하며 추위를 피해야 했던 시절이 주마등처럼 스쳐 지나갔다. 그녀는 하루 저녁 따뜻한 곳에서 잠을 자기 위해 고깃집 서빙부터 공사 현장의 함바집 잡심부름까지 안 해본 일이 없을 정도로 아르바이트도 많이 했다. 돈을 못 받은 적도 부지기수였고 사람들의 욕설이나 구타도 참을 수 있었지만 정작 그녀를 괴롭혔던 것은 '가출한 문제아', '양아치'라는 세상의 편견으로 가득 찬 시선과 사람들의 냉대였다. 그녀가 원해서 가출한 것이 아니었음에도 불구하고 그녀에게는 언제나 가출 청소년, 비행 청소년이라는 꼬리표가 따라다녔다.

윤서의 울 듯한 얼굴을 본 히가시는 그녀의 옆으로 자리를 옮겼다.

"넌 웃음도 많지만 눈물도 참 많아. 울지 마, 왜 울어. 누가 보면 내가 널 찬 줄 알겠다."

윤서는 눈물이 그렁그렁한 채로 웃었다. 히가시는 그녀의 눈에 맺힌 눈물을 부드럽게 닦아주었다.

"그러니까 너무 증오하고 원망하는 마음만 가지고 있지는 마. 너는 잘못한 게 없어. 지금까지도 스스로에게 떳떳하게 살아왔고 앞으로도 그럴 거잖아. 그리고 이제는 너를 도와줄 사람도 옆에 있고."

히가시는 윤서의 손을 꼭 붙잡았다.

"그러니까 같이 가자. 힘내고. 알았지?"

윤서는 그의 얼굴을 쳐다보며 조용히 고개를 끄덕거렸다.

이마를 바닥에 대고 있는 켄지를 료이치는 그저 가라앉은 눈으로 지켜볼 뿐 아무 말도 없었다.

「고개를 들어라.」

료이치의 말에 켄지가 서서히 고개를 들었다.

「그동안…… 제가 저질렀던 잘못을 용서 받고 싶습니다.」

켄지의 울음기 어린 목소리에 료이치는 그를 애잔한 눈길로 쳐다보았다.

「나는…… 너를 용서할 것이 없다. 그러니…… 그만 울거라.」

「아버지!」

「너는 그저…… 잠시 방황을 했을 뿐이야. 네 자리로 돌아올 준비가 되었다면 그것으로 되었다.」

그의 나직한 목소리에 켄지의 어깨가 다시 떨려왔다. 료이치는 조용히 창문 밖으로 보이는 정원의 풍경을 내다보았다.

「내가 죽더라도…… 옆에서 네 형을 잘 도와주길 바란다. 내가 바라는 건 그것뿐이야. 너희 삼형제가 잘 지내는 것…….」

료이치는 고개를 돌려 애처로운 얼굴로 켄지를 쳐다보았다. 켄지는 태어나서 한 번도 본 적이 없었던 아버지의 표정에 어찌할 바를 몰랐다.

「네가 나를 오해했었다고 해도…… 나는 할 말이 없다. 그래도 내가 죽기 전에 너와 이렇게라도…… 화해를 하게 돼서…… 다행이라면 다행이겠지. 그러니 부디 너에 대한 나의 믿음을 저버리지 말기 바란다.」

켄지는 다시 눈물을 쏟았다. 료이치는 쓸쓸해 보이는 얼굴로 정원으로 다시 시선을 돌렸다.

방에서 차를 마시던 류미코는 미닫이문 바깥에서 들려오는 노크 소리에 의아한 표정으로 고개를 돌렸다. 오전 중인 이 시간에는 자신을 찾아올 사람이 아무도 없었다.

「누구지?」

문 밖에 서 있는 사람은 대꾸가 없었다. 그녀가 의아한 얼굴로 미닫이문을 열자 그곳에는 료이치가 서 있었다. 류미코의 얼굴에는 의외의 방문에 대한 놀라움과 불안한 표정이 스쳐 지나갔다.

「당신이…… 이 시간에…… 여긴 웬일이에요?」

「좀 들어가도 되겠소?」

「무슨 일인데요?」

「일단 들어가서…… 이야기를 하리다.」

류미코는 찜찜한 얼굴로 그에게 길을 내주었다. 켄지를 가지고 나서 그녀에게는 발길을 하지 않던 그가 거의 40여 년 만에 그녀의 방을 찾은 것이었다. 방에 들어선 그는 조용히 방 안을 한 바퀴 둘러보았다.

「좀 앉아요. 서 있기도 힘들 텐데.」

류미코가 자리를 권하자 료이치는 묵묵히 자리에 앉았다. 오랜만에 보는 남편의 얼굴은 병색이 완연했다. 비록 한집 안에서 부부이면서 남보다 더 못한 사이로 살아왔지만 아프고 늙어버린 그의 모습을 보자 그녀는 마음 한쪽에 묵직한 추가 올려진 듯한 기분이 들었다.

「여기까지 웬일이에요. 몇 십 년 동안 내 방으로는 발길도 안 돌리던 양반이.」

류미코의 냉랭한 목소리에 료이치는 물끄러미 그녀를 바라보았다. 그의 알 수 없는 눈길에 그녀의 얼굴에 불안감이 스쳐 지나갔다.

「뭐 할 말 있어요?」

「그 전에…….」

료이치는 류미코의 앞에 놓인 쟁반에서 빈 찻잔을 하나 꺼내 앞에 놓았다.

「차나 한잔 주구려.」

료이치의 뜻밖의 말에 류미코의 한쪽 눈썹이 올라갔다. 그녀는 말없이 찻주전자를 들어 차를 따랐다. 잔을 들어 차로 입술만 적신 료이치는 찻잔을 내려놓고 류미코의 눈을 똑바로 응시했다. 비록 나이가 들고 병든 몸이었지만 그의 눈은 젊었을 때의 형형했던 눈빛을 그대로 간직하고 있었다. 그런 그의 눈빛을 보자 그녀는 새삼스럽게 한때는 자신이 미치도록 사랑했던 이 남자의 젊었을 때의 얼굴이 떠올라 울컥하는 감정이 마음속에서 일어났다. 그녀는 고개를 돌리며 조용히 입술을 깨물었다.

「할 말 있으면 빨리 해요.」

「당신…….」

료이치의 말에 그녀가 고개를 돌려 그의 얼굴을 바라보았다.

「당신…… 왜 그랬소.」

료이치의 밑도 끝도 없는 질문에 류미코의 눈이 가늘어졌다.

「뭐가요.」

「와타나베…….」

료이치의 입에서 튀어나온 이름에 류미코의 얼굴이 하얗게 질렸다. 찻잔을 잡으려던 그녀의 손이 덜덜 떨렸다.

「지, 지금 무슨…… 무슨 말을 하고 있…… 있는 거예요?」

류미코가 말을 더듬자 료이치의 가늘어진 눈에서 그녀를 꿰뚫어 버릴 듯한 안광이 흘러나왔다.

「다…… 알고 있었으니 이젠 나에게 말해줄 때도 됐잖소. 이제 난…… 당신도 알다시피 살날이 얼마 안 남았어.」

료이치는 벌벌 떨고 있는 류미코의 손을 꼭 잡았다.

「이젠 더 이상 당신을 미워하지 않아. 그러니…… 내게 솔직하게 이야기를 해봐.」

원망스러운 얼굴로 료이치를 보던 류미코의 눈에는 눈물이 가득 차 있었다. 료이치를 노려보던 그녀는 한동안 말이 없었다.

「그 이야기를 왜 이제야 꺼내는 거예요?」

류미코가 떨리는 목소리로 간신히 입을 떼자 료이치는 깊은 한숨을 내쉬었다.

「당신을 책망하려고 꺼낸 이야기는 아니야. 나는 그저…… 알고 싶을 뿐이야. 당신이 왜 그랬는지.」

「시작은 당신이 먼저 했었잖아요.」

류미코의 말에 료이치의 눈썹이 꿈틀거렸다.

「그게 무슨 소리야.」

「당신! 당신은 내가 쿄우를 낳기 전부터 유리를 만나고 있었잖아! 아니야?」

류미코는 노기에 찬 목소리로 소리를 지르며 주먹으로 탁자를 힘껏 내려쳤다. 그 바람에 탁자 위에 있던 찻잔들이 쨍그랑 소리를 내며 흔들렸다.

「당신이 그러지만 않았어도 내가…… 와타나베를 만나지는 않았을 거야.」

참고 있던 눈물이 화장을 곱게 한 그녀의 볼 위로 흘러 내렸다.

「당신은 어떻게 그렇게 사람이 잔인하지? 당신은 쿄우를 낳고 나서 그 뒤로 나에게 오지도 않았잖아! 쿄우를 나 혼자 키우면서 내가 얼마나 힘들었는지 알아? 한집에 사는 어머님은 냉랭하고, 친정 부모님들은 모두 돌아가셔서 찾아갈 친정도 없고, 친구들도 만날 수 없던 내가 이 집 안에서 갇혀 지내다시피 살면서 어땠었는지…… 당신은 겨우 몇 달에 한 번씩이나 집에 얼굴을 내밀었잖아!」

「아…… 류미코, 그건 당신이 오해했던 거야.」

「오해는 무슨 오해! 애초에 당신은 나에게 마음도 없었잖아! 내가 모를 줄 알았어? 정략결혼으로 아이나 낳으려고 이 집안에 팔려온 나를 당신이 어떻게 생각하는지?」

「그렇지 않아. 난 당신을…… 사랑했었어.」

료이치는 씁쓸한 표정으로 류미코를 보았다. 그녀는 생각지도 못했던 말에 놀란 얼굴로 그를 쳐다보았다.

「당신…… 지금 무슨 소리를 하는 거야!」

료이치는 바싹 마른 손으로 자신의 이마를 짚었다. 이 모든 사건은 모두 자신의 잘못에서 비롯된 것이었다. 그는 잠시 눈을 감고 생각에 잠겨 있다가 천천히 눈을 떴다.

「여보, 유리는 내 생명의 은인이야. 그녀는 내가 젊은 시절 다른 조직과의 싸움에서 다쳤을 때 나를 구해서 간호해 줬어. 그래서 간간히 그녀가 잘 지내고 있는지 살펴보느라 만났을 뿐이야. 그리고…….」

료이치는 작게 한숨을 쉬며 탁자 위에 놓인 손을 깍지 꼈다.

「내가 쿄우를 낳고 나서 그 뒤로 당신에게 오지 않았던 건 아이를 더 낳기를 원하지 않아서였어. 난 쿄우를 낳은 후…… 수술을 했어.」

료이치의 뜻밖의 말에 류미코의 얼굴이 딱딱하게 굳었다.

「그게 무슨…… 무슨 소리예요?」

료이치는 고개를 들고 그녀를 아픈 눈으로 바라보았다.

「후계자가 선정이 되면…… 다른 형제자매들은…… 다 죽이는 게 이 집안의 전통이었어.」

「당신! 지, 지금 무슨 소리를……!」

류미코가 파랗게 질린 얼굴로 말을 더듬거리자 료이치는 자리에서 천천히 일어나 창가로 걸어갔다. 창문 밖의 정원으로는 두 사람의 마음과는 상관없이 겨울 햇살이 눈부시게 쏟아지고 있었다. 그는 뒷짐을 지고 말없이 그 광경을 바라보았다.

「설마…… 다, 당신!」

「맞아…….」

료이치의 대답에 류미코가 경악했다.

「거…… 거짓말이지?」

「아니…… 아니야.」

료이치는 몸을 돌려 얼굴이 파랗게 질려 굳어 있는 류미코를 비참한 표정으로 쳐다보았다.

「내…… 이 두 손으로…… 난 내 형제자매들을 다 죽였어.」

「어, 어떻게 그런!」

「그래서 난 내가 겪었던 지옥도를 내 자식들이 겪지 않게 하고 싶었어. 그것 때문에 쿄우를 낳은 후 나는 조직의 임원들을 찾아다니며 설득을 시작했었어. 이런 일이 계속되면 내 자식들이 나 같은 일을 겪게 될 게 뻔하니까. 그런데 200년이나 이어온 악습의 고리는 너무 두껍고 견고해서 내가 끊을 수가 없더군……. 그런데 당신이 켄지를 임신했다는 소리를 듣고 나는…….」

「왜…… 그런 이야기를 나에게 하지 않은 거예요!」

「쿄우를 낳고 몸과 마음이 약해져 있는 당신에게 이런 이야기를 할 수 없었어. 그때는 어머니가 살아 계셨고…… 이건 누구에게도 발설해서는 안 되는 우리 집안의 비밀이었으니까. 쿄우가 후계가 된 이제야…… 난 당신에게 이런 이야기를 겨우 하는군.」

료이치의 얼굴을 보며 부들부들 몸을 떨던 류미코는 갑자기 탁자 위에 엎드려 미친 듯이 통곡을 하기 시작했다. 뼈아픈 회한이 담긴 울음소리에 료이치는 그녀의 옆으로 다가가 어깨에 살며시 손을 얹었다. 착하고 순진하던 그녀를 이렇게 독하게 만들어 버린 것은 모두 그의 책임이었다. 료이치는 울고 있는 류미코를 한없이 쓸쓸한 표정으로 바라보았다.

「여보, 미안해. 다…… 내 잘못이야……. 진작 당신에게 이야기를 했어야 했는데…… 미안해.」

류미코는 자신의 비싼 기모노가 눈물로 젖어드는 것도 상관하지 않고 한 맺힌 눈물을 쏟아낼 뿐이었다. 그녀는 그를 미워하고 그의 여자들을 증오하며 평생을 보낸 자신의 인생이 한없이 허망하다는 생각이 들었다. 그녀의 회한의 눈물은 그녀 스스로를 검게 물들였던 마음속 독기가 모두 빠질 때까지 그칠 줄을 몰랐다.

류미코의 눈물이 잦아들자 옆에서 말없이 그녀를 내려다보고 있던 료이치는 그녀에게 티슈를 건넸다. 료이치의 얼굴을 보지도 않고 그가 건네준 티슈를 받아 든 그녀의 얼굴은 눈물로 화장이 번져 온통 엉망이었다. 그녀는 화장이 지워지는 것도 개의치 않고 얼굴을 다 닦아냈다. 민낯이 드러난 그녀는 10년은 더 나이가 들어 보였다.

「미안해, 여보.」

「왜…… 나한테 사과하는 거예요. 이제 와서 왜…….」

어깨를 떨고 있는 류미코를 내려다보며 료이치는 심장이 아려 오는 듯 느껴졌다. 사실 그는 진작부터 류미코와 이야기를 해야 한다는 생각을 하고 있었다. 하지만 그녀의 잘잘못을 따지기 전, 자신이 그녀에게 했던 짓을 생각하자 그는 차마 그녀에게로 발길 을 옮길 수가 없었다.

「난…… 당신이 미웠어. 당신을 사랑했던 것만큼…… 당신에게 상처를 주고 싶었어.」

「그래서…… 유리에게 히가시를 낳아왔어요?」

류미코의 질문에 료이치의 얼굴이 어두워졌다.

「그녀와 그랬던 건 딱 한 번뿐이었소. 당신이 켄지를 가졌다고 내게 말했던 날…… 나는 너무나 분노하고 절망에 빠져서 어찌할 바를 몰랐어. 그 뒤로도 몇 년을 꾹꾹 눌러 참았지만 결국 어느 날 그것을 참지 못하고 말았지. 그때 내 옆에 있던 게…… 유리였 어. 나는…… 당신에게 상처를 주고 싶었어. 당신이 피눈물을 흘 리도록 하고 싶었어. 당신과 켄지를 볼 때마다 나는…… 당신이 증오스러워서 견딜 수가 없었어.」

료이치가 이를 꽉 깨물며 말을 내뱉자 류미코는 고개를 돌려 그의 얼굴을 바라보았다. 그녀의 얼굴에는 그를 향한 원망도 미 움도 없었다. 그곳에는 다만 지나 버린 과거에 대한 뼈아픈 후회 를 하고 있는 나이 든 여자가 있을 뿐이었다.

「켄지가…… 당신 아들이 아니라는 건 어떻게 알았어요?」

「유리가 히가시를 가지고 나서…… 나는 그녀를 의심했어. 나 는 수술을 했으니까. 그런데…… 그녀가 자신은 결백하다며 히가 시를 낳고 친자 검사를 하자고 하더군. 그래서 히가시가 태어나

자마자 친자 검사를 했어. 그리고…… 당신 몰래 켄지도…….」

그의 말에 류미코는 갑자기 어처구니가 없는 듯 히스테릭한 웃음을 웃기 시작했다.

「하하하하하, 도대체 당신이란 사람은…… 하하하하하하, 이게 뭐야! 이게 뭐냐고! 이제 와서 이러면 당신에게 복수할 날만을 기다리며 살아온 내 인생은 뭐가 되는데! 왜 이제 와서 이러는 거야. 그냥 당신을 죽을 때까지 증오하는 게 더 나았을 텐데. 이게! 이게! 뭐야!」

류미코가 미친 듯이 소리를 지르자 료이치는 그녀의 어깨에 손을 얹었다. 그런 그의 손을 쳐내며 그녀는 증오에 불타는 눈으로 그를 노려보았다.

「차라리! 차라리 나와 켄지를 내치지 그랬어! 왜! 왜! 당신이 뭔데 나를 이렇게 비참하게 만드는 거야!」

「류미코!」

「당신의 손으로 나와 켄지를 죽이지! 왜 살려둔 거야!」

그녀가 광기에 가득 찬 눈으로 소리를 지르자 료이치의 얼굴이 고통으로 일그러졌다.

「어떻게 내가 그럴 수가 있었겠어! 내 손으로 내 형제 자매를 죽인 내가 당신과 켄지까지 어떻게…… 어떻게 죽일 수가 있었겠어!」

료이치는 류미코의 어깨를 그러잡고 절망에 가득 찬 목소리로 절규했다.

「나는 당신을…… 증오하면서도 사랑했어! 그리고 켄지는 무슨 죄지? 그 아이는 그저…… 그저 태어난 죄밖에 없잖아!」

「당신!」

류미코의 눈에서 다시 눈물이 흘러 내렸다.

「당신은 이기주의자야! 알아? 지독한 이기주의자. 이제 와서
이러면 나는 뭐가 되는데. 도대체 나는…….」

류미코는 손바닥에 얼굴을 묻고 흐느꼈다.

류이치는 맞선을 보던 첫날 자신을 향해 환하게 웃음 짓던 그
녀의 청순했던 얼굴과 맑은 눈동자를 떠올렸다. 그는 말없이 떨
고 있는 아내의 어깨를 안았다. 40년 만에 안아보는 그녀의 몸
은 바싹 마르고 노쇠해 있었다.

「여보, 나를 용서하구려. 나를 용서해……. 당신은 아무 잘못
이 없어. 다 내 잘못이야.」

늙고 병든 료이치의 품에 안겨 류미코는 그저 눈물을 쏟을 뿐
이었다.

「어쩌다가 나와 당신이 이렇게 됐을까, 어쩌다가……. 나는 당
신을 사랑했었는데…….」

류미코는 떨리는 손으로 그의 목을 껴안았다.

「여보…… 미안……. 미안해요.」

「당신의 잘못이 아니야. 나는 그저 내 아이들이 행복하게 살기
를 바랐을 뿐인데…… 결국은 모든 사람을 불행하게 만들었어.」

료이치는 조용히 눈을 감았다. 그는 자신의 생명의 불꽃이 사
그라지는 것을 느끼고 있었다.

「죽기 전에…… 당신에게 사과할 수 있어서 다행이야. 여보……
긴 세월 동안 당신을 아프게 해서 미안했소.」

「당신은 바보예요, 바보……. 내가 얼, 마나…… 얼마나 당신을

사랑했었는데.」

「당신과 나는 서로를 증오하며 평생을 보내 버렸군. 이런 게 인생이라니…….」

료이치의 회환에 가득 찬 목소리에 류미코는 고개를 들고 그의 늙고 주름진 얼굴에 손을 가져다 댔다.

「내가 당신에게 조금만 더 다가갔었더라면……. 왜 나는…….」

「우리는…… 둘 다 너무 어리석었어. 서로에게 상처를 주는 걸로 일생을 망치다니…….」

료이치는 후회와 슬픔이 가득한 얼굴로 류미코의 얼굴을 내려다보았다.

「난…… 살날이 얼마 남지 않았어.」

「알고…… 있어요.」

「내가 죽더라도 아이들을 잘 보살펴 주구려. 그리고…… 켄지, 그 아이를 잘 감싸줘.」

「당신은…… 그 아이가, 켄지가 당신의 아들이 아니라는 걸 알면서도…… 어떻게 그럴 수가 있어요?」

료이치는 슬픈 얼굴로 미소를 지었다.

「나는 그 애가 쿄우와 히가시 사이에 껴서 치이는 게 너무나 안쓰러웠어. 그리고 그 아이는…….」

료이치는 손을 내밀어 류미코의 얼굴을 부드럽게 쓰다듬었다.

「당신을 닮았잖소. 그런데 내가 어떻게 그 애를…… 내칠 수가 있었겠소.」

「당신이라는 사람은 끝까지…….」

류미코는 료이치의 품에 얼굴을 묻고 그의 가슴을 주먹으로 두들겼다. 그는 그런 그녀를 조용히 감싸 안을 뿐이었다. 류미코의 방에는 그녀가 흐느끼는 소리 외에는 아무 소리도 들리지 않았다. 창을 통해 방 안으로 스며든 햇살은 서로를 안고 있는 늙어버린 노부부의 뒷모습을 조용히 비추고 있을 뿐이었다.

카페의 구석에 자리를 잡은 시형과 인영은 한동안 말이 없었다. 시형은 인영의 얼굴을 물끄러미 바라보았다. 오랜만에 보는 그녀의 얼굴은 여전히 그의 심장을 뛰게 만들었다.

"연휴에 잘 지냈어요?"

"네, 선생님은요?"

"나는 뭐……."

시형은 수염을 깎지 않은 자신의 얼굴이 부끄러운 듯 손으로 턱을 천천히 쓸어 내렸다.

"죄송해요."

인영이 시형을 똑바로 보지도 못하고 사과를 하자 그는 애처로운 얼굴로 미소를 지었다.

"그런 말 듣자고 온 게 아니에요. 그냥…… 보고 싶었어요. 어떻게 지내고 있는지."

인영은 고개를 들어 시형의 얼굴을 조용히 바라보았다. 카페 안은 아늑하고 따뜻했지만 그녀의 마음속에서는 찬바람이 불고 있었다.

"선생님은 제가 밉지 않으세요?"

시형은 입술 끝을 올려 미소를 보이려다가 이내 그만두었다. 그는 한숨을 내쉬고 커피를 한 모금 마셨다.

"내가 인영 씨가 미울 이유가 어디 있어요. 사귀다가 헤어진 것도 아니고 인영 씨가 날 배신한 것도 아닌데."

"제가…… 선생님의 마음을 거절했잖아요."

그때 시형은 자신이 가지고 있었던 의문을 인영에게 물어볼 때가 왔다는 생각이 들었다.

"궁금했어요. 당신이 왜 날 거절했는지. 그리고 당신의 과거에 있었던 어떤 사건이…… 당신을 그렇게나 아프게 했었는지……."

인영의 눈빛이 슬픔에 젖어 들자 시형은 그녀에게 사과를 했다.

"미안해요. 대답하고 싶지 않으면……."

"제가 선생님을 거절한 이유는…… 선생님에게 상처를 줄 것 같아서였어요."

인영의 대답에 시형의 표정이 심각해졌다.

"나에게 상처를 주다니…… 그게……."

"저는 고등학교 때 성폭행을 당할 뻔한 적이 있어요."

놀란 얼굴로 얼어붙은 시형을 보던 인영은 고개를 숙였다.

"그런 얼굴…… 하실 줄 알았어요."

"아…… 아니, 나는 너무 뜻밖이라……."

"괜찮아요. 선생님을 이해해요. 누구나 그런 말을 들으면 선생님처럼 반응하겠죠."

인영은 테이블 위의 담뱃불 얼룩을 쳐다보았다. 그 지워지지 않는 얼룩처럼 자신의 과거도 마음속에서 지워내지 못하고 있는 그녀는 새삼스럽게 고생과 아픔이란 모르고 자랐을 이 남자가 자신의 고통을 이해할 수 있을 리가 없을 거라고 생각했다. 그에게 이런 말을 하는 것도 그녀로서는 내키지 않는 힘든 일이었지만, 이유도 모른 채 거절당한 시형을 내버려 두기에는 마음이 편하지가 않았다.

"그 뒤로 10년이 넘는 세월 동안 고통 속에서 살았어요. 남자들만 보면 그때의 악몽이 되살아나 가까운 관계로 지내기가 힘들었어요. 그래서 아예 남자들에게 말도 안 하고 마음을 닫고 지냈죠. 바텐더라는 직업을 가지게 된 것도, 소아암 병동 봉사를 하게 된 것도 그 트라우마를 이겨내기 위한 방법 중 하나였어요. 그런데도…… 아직 그걸 극복하기가 쉽지가 않더라고요."

담담한 어조로 털어놓는 아픈 과거에 시형은 인영이 왜 그렇게도 남자들에게 방어적이었는지를 이제야 이해할 수가 있었다. 그는 그녀의 이야기를 들으며 그녀가 겪었을 고통에 마음이 아파왔다.

"왜…… 나에게 그런 이야기를 하지 않았어요?"

인영은 자조적으로 웃었다.

"저의 이런 과거를 알고도 저를 받아줄 수 있는 남자가 얼마나 될까요? 그리고 설령 그 사람이 저를 받아들여 줬다고 해도 제가 그 사람에게 줄 상처를 이해해 줄 수 있는 사람이 있을까요?"

"나는……."

"선생님."

인영은 시형의 눈을 똑바로 응시했다.

"선생님이 저를 좋아하는 마음은 저도 잘 알아요. 저도 선생님께 마음이 있었고요. 하지만 선생님은 저와 어울리지 않아요. 그리고 선생님과 잘 된다고 해도…… 저랑 선생님은 미래가 없어요."

"그게 무슨 말이에요?"

"저는 부모님이 다 돌아가셨어요. 직업도 변변찮고요. 내세울만한 학벌도 없어요. 그리고 과거의 트라우마 때문에 제 자신도 주체하기가 힘들어요. 이런 제가 선생님의 부모님을 만나 뵙게 됐을 때 어떤 상황에 맞닥뜨리게 될까요?"

"그건……."

"선생님, 현실을 보세요. 연애는 꿈같은 거라고 하지만 그 끝은 모두 꿈같지만은 않아요. 선생님은 돈도 명예도, 좋은 집안도, 잘생긴 외모도 모두 가지고 계시잖아요."

"인영 씨, 그래도 이건 너무 불공평하다고요. 나에게도 기회를 줬어야죠. 그럼 인영 씨가 만나는 그 사람은 당신의 그 모든 이야기를 다 알고 있나요?"

인영은 슬픈 얼굴로 미소를 지었다.

"저를 이기적이라고 욕하셔도 좋아요. 하지만 진우는 제 과거를 제가 말하기도 전에 모두 알고 있었어요. 그리고 변한 저를 받아들여 줄 수 있을 만큼 오랜 세월 동안 저를 그리워하고 있었고요. 그리고……."

인영은 커피 위에 비친 자신의 슬픈 얼굴을 물끄러미 내려다보았다.

"그 아이는 저랑 비슷해요. 고등학교를 자퇴하고 바닥에서부터 올라와서 스스로의 힘으로 성공했어요. 그 아이는 강해요.

흔들리고 아파하는 저를 붙잡아줄 수 있을 만큼……."

"인영 씨……."

"선생님이 저를 아무리 좋아하신다고 해도……."

인영은 잠시 말을 끊고 고개를 들었다. 그녀는 시형의 절망스러워하는 얼굴을 보며 내내 생각하고 있었던 말들을 힘들게 내뱉었다.

"제 마음 속 밑바닥에 깔려 있는 증오와 고통과 세상에 대한 원망을 이해하지 못하실 거예요. 그러니 선생님…… 저에 대한 감정은……."

시형의 눈빛이 무거워졌다. 그는 이마에 손을 가져다 대고 깊은 한숨을 내쉬었다. 사실 그녀의 말은 틀린 데가 없었다. 부모님은 외아들인 자신이 학벌이 좋고 집안이 좋은 여자와 만나기를 원했고, 주위의 친구들 역시 다들 비슷한 환경에서 자란 여자들과 끼리끼리 짝을 지어 만났다. 인영의 말대로 그녀를 데리고 부모님에게 갔을 때 부모님의 반응이 어떨지는 안 봐도 뻔한 일이었다.

하지만 그런 걸로 물러서기에는 그녀를 향한 그의 마음은 진심이었다. 그는 인영이 진우와 사귀게 되었다는 이야기를 듣고 요 며칠간 제정신이 아니었다.

"인영 씨."

시형은 이마에 짚고 있던 손을 내리고 인영을 진지한 눈빛으로 쳐다보았다.

"인영 씨 말이 다 맞을지도 모르겠어요. 아마…… 다 맞는 말이겠죠. 그런데 그런 이유라서 나더러 당신을 포기하라고 하는 거라면, 나는 납득할 수 없어요."

"선생님."

"기다릴게요. 기다릴 테니까 다시 한 번만 생각해 줘요."

이렇게나 여자에게 매달려 보기는 그도 처음이었다. 그만큼 인영을 향한 시형의 마음은 뜨거웠다. 그의 간절한 눈빛을 본 인영은 입술을 깨물며 고개를 돌렸다.

"그만 들어가 볼게요."

"인영 씨!"

"추운데 조심해서 들어가세요."

인영은 자리에서 일어나 시형에게 묵례를 했다. 그리고 그에게서 등을 돌렸다. 인영의 뒷모습을 바라보던 시형의 표정이 한없이 어두워졌다. 카페의 문이 닫히고 인영의 모습이 문밖으로 완전히 사라지고 나서도 시형은 한참이나 그 자리에 그 모습 그대로 앉아 있었다.

윤서는 인영의 차를 타고 블랙잭으로 같이 출근하는 중이었다. 그때 윤서의 가방 안에 있던 폰이 울렸다. 가방을 뒤적거려 폰을 찾아낸 윤서는 액정에 뜬 이름을 확인하고 전화를 받았다.

"여보세요."

[어디냐.]

"언니랑 출근하고 있어요."

[어디쯤인데.]

"여기가 어디지?"

윤서는 앞 차창 쪽으로 고개를 가까이하고 도로 표지판을 찾아보았다.

"강남역 사거리쯤인 것 같은데요."

[인영이한테 너 우리 집 앞에 떨궈놓고 가라고 그래.]

"왜요?"

[볼일이 있어서 그러니까 우리 집으로 와.]

히가시가 전화를 끊자 윤서는 의아한 표정이 되었다.

"왜?"

"사장님이 자기 집으로 오라는데요?"

"지금?"

"네."

"무슨 일인데?"

"저도 모르겠어요."

"급한 일이 있나 본데."

"아무리 그래도……."

알쏭달쏭한 표정을 짓고 있는 윤서를 태우고 인영은 히가시의 집 쪽으로 차를 돌렸다.

윤서가 초인종을 누르자 히가시가 문을 열었다. 그는 반팔 티셔츠에 트레이닝복 바지 차림이었다.

"들어와."

"무슨 일인데 집으로 오라고 하신 거예요? 어차피 가게에서 만날 텐데……."

윤서가 의아한 얼굴로 쳐다보자 그는 일단 들어와 앉으라고 그녀의 어깨를 잡았다.

"다음 주에 나랑 일본에 좀 가자."

"일본에 또요?"

"응."

"왜요?"

"나랑 본가에 가자고."

"네?"

소파에 앉던 윤서가 놀란 얼굴을 하자 히가시는 미안한 기색이 역력한 어조로 설명했다.

"아버지가 돌아가시기 전에…… 너를 아버지에게 보여주고 싶어. 다른 식구들에게도 그렇고……."

"하지만……."

윤서가 당황해하자 히가시가 그녀의 앞에 서서 미안하다고 말하며 사정을 설명했다.

"미안하다. 진작 말했어야 되는데 그렇게 됐어."

"저는 아…… 아직 준비가……."

"부담스러울 건 아는데…… 사실 아버지가 살날이 얼마 안 남으셨어. 내가 이렇게 부탁할게……."

히가시가 간절한 표정으로 하는 말에 그녀는 어쩔 수 없다는 듯, 하지만 여전히 내키지는 않는 듯 한숨을 내쉬었다.

"그래도…… 너무 부담스러운데요."

"알고 있어. 그냥 나랑 같이 가주기만 하면 되니까……. 안 될까?"

히가시의 얼굴에는 평소의 장난기를 찾아볼 수 없었다.

"갈…… 게요."

"고맙다."

히가시는 그녀를 자신의 품에 안았다.

"사장님…… 많이 힘들어요?"

"아니야. 힘들진 않아."

"힘들어 보여요. 연초에 일이 많았잖아요."

윤서가 히가시의 등을 부드럽게 쓰다듬자 그는 따뜻한 눈으로 그녀를 내려다보았다.

"너에게 무리한 부탁을 하고 싶진 않았었는데…… 남은 시간이 별로 없어."

"아버님이…… 상태가 많이 안 좋으세요?"

"조만간 가게 일을 그만둬야 될지도 모르겠다."

"네?"

히가시의 입에서 튀어나온 뜻밖의 말에 윤서가 놀란 얼굴이 됐다.

"가게 문을 닫으시겠다고요?"

"아니, 가게는 그대로 할 거야. 아무리 봐도 내가 가서 형을 도와줘야 될 것 같아."

"아……."

"가게는 료랑 인영이 민호가 있으니까 그 셋에게 맡기려고."

"저는요?"

"넌 학교에 들어가라."

윤서가 놀라서 동그래진 눈으로 히가시를 쳐다보자 그는 그녀의 볼을 부드럽게 쓰다듬었다.

"공부하고 싶다며……."

"하지만……."

"계속 가게 주방에서 일을 할 수는 없잖아. 다른 아이들이야 이미 그쪽 자격증도 따고 계속 그쪽에서 일을 할 거니까 상관없지만 넌 아니잖아."

"사장님."

"학교 다녀서 학위 받고, 내 옆에서 일을 도와."

히가시의 말에 윤서의 마음속에서 뭔가 울컥하는 감정이 치밀어 올랐다. 그녀의 소원은 생활이 안정되면 돈을 모아 다시 학교를 다니는 것이었다. 먹고 살기 위해서 공부를 그만뒀지만 그녀는 항상 공부에 대한 미련이 남아 있었다. 윤서의 눈에 금세 눈물이 차올랐다.

"이러시면 저는……."

"또 우네, 울보같이……."

히가시는 윤서를 다시 한 번 꼭 껴안았다.

"그러니까 어디로 도망갈 생각 하지 마. 알았어?"

"제가 어디로 도망을 가요."

"넌 워낙 예측불허라서 말이지."

히가시의 품에 안긴 윤서는 울음기가 섞인 웃음을 흘렸다.

"사장님은 진짜 제멋대로예요."

"난 원래 내 멋대로야. 그렇게 살아왔는데 어쩔 거야."

"정말 사람 울리고 화나게 하는데 재주가 있다니까요."

"그래서 내가 싫어?"

윤서는 그의 목 위로 자신의 손을 둘렀다.

"그래서…… 너무너무 좋아요."

윤서는 히가시의 목을 자신에게로 끌어당겨 그에게 입을 맞췄다. 히가시는 눈을 감고 그녀를 자신의 품에 꼭 끌어안았다. 한참을 서로 입술을 맞대고 있던 그들은 이내 아쉬운 마음으로 떨어졌다.

"이러다가 또 출근 못 하겠네."

"가야죠."

윤서가 히가시를 보며 웃자 그가 그녀의 머리를 쓰다듬었다.

"방금 내가 한 이야기는 내가 애들한테 할 테니까 넌 아무 말도 하지 마."

"알았어요."

"그래."

히가시는 윤서를 향해 미소를 지어 보였다. 그의 환한 미소에 그녀는 언제 찜찜했냐는 듯 금세 기분이 좋아졌다.

윤서를 히가시의 집에 데려다주고 먼저 가게에 와 있던 인영은 민호와 료와 이야기를 나누고 있었다. 윤서와 히가시가 손을 잡고 가게 안으로 들어서자 그 둘을 본 료는 한숨을 푹 쉬었다.

"아아. 좋을 때다."

"너도 여자 사귀잖아."

민호의 말에 인영은 놀라서 료를 쳐다보았다.

"어머, 너 여자 만나니? 누구?"

"거 있잖아. 저번에 크리스마스 파티 때 온 머리 길고 키 큰 애. 누나도 봤을걸?"

"아, 그 아가씨. 예쁘게 생겼던데. 둘이 만나는 거야?"

"어쩌다 보니 그렇게 됐어."

"둘이 잘 어울릴 것 같아."

"그건 본격적으로 만나봐야 알지, 뭐."

"참 잘됐네. 니들도 한창 나이인데 여자를 만나야지."

히가시는 바 안쪽으로, 윤서는 민호의 옆에 자리를 잡고 앉았다.

"할 이야기가 있었는데 마침 잘됐네."

히가시의 말에 모두의 시선이 그에게 집중됐다. 그는 자신을 쳐다보는 인영, 료, 민호의 얼굴을 한번 쓱 훑어보았다.

"다음 주에 일본 본가에 갈 거야."

"이렇게 빨리?"

"응."

"아…… 그 한국 지사 문제 때문에 그런 거야?"

"그런 것도 있고, 좀 마무리 지어야 할 문제가 있어서."

"어떻게 할지…… 결정했어?"

인영의 질문에 히가시는 고개를 끄덕였다.

"대충은……."

"어떻게 할 건데?"

"이 가게는 너희 셋이 운영해. 난 아무래도 쿄우 형을 도와줘야 할 것 같아."

갑작스러운 통보나 다름없는 말에 인영과 료, 민호의 얼굴이 굳었다.

"형 없이 우리끼리만 가게를 어떻게 해."

"너희가 여기서 일한 지 벌써 5년째야. 이젠 내가 없어도 너희

끼리 잘 꾸려갈 수 있을 거다."

히가시는 걱정스러워하는 료에게 안심하라는 듯 미소를 지어 보였다.

"그렇지만……."

"가게 매니저는 료가 해. 정산하는 건 내가 가르쳐 줄 테니까. 거래처 전화번호랑 입금 문제, 세금 관련 문제도 알려줄게. 거래 요령 같은 건 너도 내 어깨너머로 어지간히 배웠을 테니까. 그리고……."

히가시는 민호 쪽으로 고개를 돌렸다.

"민호 너는 부매니저를 해라. 너도 료랑 같이 내가 말해주는 걸 잘 들어."

"형!"

민호가 쉬이 수긍하지 못하고 목소리를 높이자 히가시는 그의 어깨에 손을 올렸다.

"너희들끼리도 잘 꾸려 나갈 수 있어. 나중에 너희들 가게를 가지게 되기 전까지 다들 연습하는 셈 치라고."

"그게 무슨 말이야."

"너희도 독립해야지. 안 그래?"

"형!"

"그리고 인영이 너는 바랑 음료 쪽에 관련된 일을 총괄해."

"오빠!"

인영이 당황스러워하자 그는 그녀를 향해 부드럽게 미소를 지었다.

"네가 우리 중에선 칵테일을 제일 섬세하게 잘 만들잖아. 신메뉴 제안도 제일 많이 했고, 술 종류도 잘 알고."

"하지만……."

"바로 그만두는 건 아니야. 나도 시간이 필요하니까 다음 달 말까지 말미를 달라고 할 거야."

말을 마친 그는 목이 마른지 물을 꺼내 들이켰다. 민호와 료, 인영은 걱정스러운 얼굴로 서로를 돌아보았다.

"우리끼리…… 잘 해나갈 수 있을까."

"걱정하지 마라. 왜 우리가 같이 있는 건데. 그리고 도움이 필요하면 언제든지 연락해. 어차피 난 한국에 계속 있을 거야."

히가시는 이제는 가족과 같은 동생들을 돌아보았다.

"우린 가족이야. 서로가 서로를 돕고 의지하고 잘 지내는 한은 별일 없을 거다."

히가시의 따뜻한 눈빛에 인영과 민호, 료도 그를 쳐다보며 여전히 걱정스럽지만 한편으로는 안심이 되는 표정으로 고개를 끄덕였다. 그는 그런 동생들을 하나하나 부드러운 눈길로 격려해 주었다.

잠에서 깬 료는 눈을 비비며 방에서 나왔다. 가게 휴일인 오늘 오후에는 세영과 만나기로 약속을 했기 때문에 그는 마음이 들떠 있었다. 늘 하던 대로 일어나자마자 냉장고에서 물을 꺼내 마신 그는 아무런 기척이 없는 민호의 방 쪽을 쳐다보았다. 자신이 나와서 거실을 돌아다니면 항상 그 후에 민호가 문을 열고 나오곤 했었는데 오늘은 이상하게도 방 안에서 아무런 소리도 나지 않았다.

그는 민호의 방문을 노크했다. 며칠 전부터 간간히 기침을 하던 민호였지만 워낙 건강했기 때문에 신경을 쓰지 않고 있었다. 그러나 방 안에서는 아무런 기척이 없었다. 그는 조심스럽게 방문을 열고 들어갔다. 그가 들어오는 소리에도 이불을 감고 있는 민호는 움직임이 없었다.

"민호야, 일어나. 오늘 혜선 씨랑 데이트 있다며."

료가 말을 걸어도 옆으로 누워 있는 민호는 미동도 없었다. 그는 손을 뻗어 민호의 어깨를 흔들었다. 손에 닿은 민호의 몸이 불덩이처럼 뜨거웠다. 뭔가 심상치가 않음을 느낀 료는 민호의 이마를 손으로 짚어 보았다.

"완전 불덩이잖아!"

료는 끙끙거리며 민호의 몸을 똑바로 눕혔다. 민호가 입은 옷은 식은땀으로 흠뻑 젖어 있었다.

"이거 난리 났네. 멍청한 자식, 아프면 나를 깨웠어야지. 아, 진짜."

료는 자신의 방으로 황급히 달려가 히가시에게 전화를 걸었다.

[여보세요.]

"형! 민호가 아파! 정신을 못 차리고 있어. 몸도 불덩이 같고."

[뭐? 그럼 얼른 병원에 데리고 가야지. 거기 있어, 바로 갈 테니까.]

"알았어. 빨리 와."

[그래.]

전화를 끊은 료는 부랴부랴 민호의 방으로 가서 그의 서랍장을 뒤지기 시작했다.

"아휴, 정말 아프면 아프다고 말이나 해야 될 거 아니야."

그는 새 티셔츠와 바지, 속옷을 꺼내며 혀를 찼다.

"저런 미련 곰탱이 같은 녀석, 에휴."

민호는 천천히 눈을 떴다. 오후의 햇살이 창문을 통해서 방 안에 들어오는 듯 흐릿한 시야로 보이는 곳은 온통 붉은 기가 도는 오렌지색으로 물들어 있었다. 그는 눈앞이 흐려 잘 보이지 않자 눈을 몇 번 깜빡거렸다. 서서히 정신이 돌아오자 깨질 듯한 두통이 머리를 강타했다. 그때 누군가가 병실 안으로 들어와 불을 켰다. 눈앞이 갑자기 환해지자 그는 얼굴을 찡그리며 손으로 눈을 가렸다.

"어머, 깨어났네요."

소리가 나는 곳을 향해 고개를 돌리자 그곳에는 혜선이 걱정스러운 얼굴로 서 있었다.

"당신이 왜 여기에……. 그리고 여긴……."

"여긴 병원이에요. 민호 씨 급성 폐렴으로 입원해 있어요."

"급성…… 폐렴이요?"

"네, 열이 너무 높아서 의식이 없는 걸 사장님이랑 료 씨가 병원으로 옮겼어요."

"아……."

"다들 식당에 식사하러 가셨어요. 좀 이따 돌아오실 거예요."

혜선의 말에 민호는 끄응, 소리를 냈다. 작년 말부터 윤서 때문에 속이 상해 술을 많이 마신 데다가 운동을 게을리했던 게 이 사달을 불러온 것 같아 그는 스스로가 한심해졌다. 거기다가 며칠 전부터 감기 기운이 있었는데 약도 먹지 않고 버텼던 게 폐렴으로까지 발전한 모양이었다. 그는 손을 이마 위로 올려 빛으로부터 눈을 가렸다.

"어디가 불편하세요?

"아니에요, 괜찮아요."

"다른 분들께 연락할게요. 깨어나셨다고."

혜선이 핸드폰을 찾아 주머니를 뒤적거리자 민호가 그녀를 말렸다.

"괜찮으니까 그냥 있어요."

"하지만……."

"미안하게 됐어요. 오늘 하루를 망쳐 버려서……."

혜선을 민호의 사과에 조용히 미소를 지었다.

"괜찮아요. 어쩔 수 없잖아요."

"하지만……."

"저 그렇게 막무가내인 여자 아니에요. 아픈 걸 어떻게 해요. 영화 같은 거야 다음번에 보면 되죠."

"그래도……."

"빨리 나으세요. 다 나으실 때까지 제가 도와드릴게요."

민호는 혜선의 상냥한 얼굴을 보고 있노라니 무어라 설명할 수 없는 기분이 되었다.

"고마워요."

"뭘요."

혜선은 민호의 침대 옆 의자에 앉아 식사를 하러 간 다른 사람들이 돌아오기를 기다렸다.

창밖에는 검은 장막처럼 어둠이 세상을 덮고 있었다. 부엌에서 냉장고 문을 열어보던 히가시는 차를 마시고 있는 윤서에게 말을 건넸다.

"와인 있는데 마실래? 크래커에 치즈 올려서 같이 먹으면 맛있는데."

"한 잔만 마실게요. 전 와인 마시면 머리가 아파요."

"알았어. 어차피 나도 한 잔만 마실 거야. 내일 아침에는 병원에 가봐야 하니까."

히가시는 냉장고에서 와인을 꺼내고 찬장을 열어 와인 잔을 꺼냈다. 크래커와 치즈까지 챙겨 한꺼번에 쟁반에 담아 거실로 가지고 나온 그는 윤서의 옆에 자리를 잡고 앉았다.

"민호 씨가 많이 피곤했었나 봐요."

"아마도⋯⋯. 그 녀석도 어지간하면 아픈 티를 안 내서 걱정이란 말야⋯⋯."

"민호 씨도 혜선 씨인가 그분하고 만나는 거예요?"

"그런 것 같아. 료가 붙여준 것 같은데, 아가씨가 얌전해 보이더라."

"민호 씨⋯⋯ 괜찮겠죠?"

"내일 아침에 가서 들여다봐야지. 다 나아서 퇴원할 때까지 종종 들여다봐야겠어."

와인의 코르크 마개를 딴 히가시는 자신의 잔과 윤서의 잔에 와인을 따랐다. 먼저 향기를 맡은 그는 와인을 한 모금 머금고 입 안에서 굴렸다.

"저요…… 내일 머리 염색하려고요."

윤서의 말에 히가시의 한쪽 눈썹이 위로 올라갔다.

"왜?"

"그래도 사장님 부모님이랑 집안 분들 뵙는 건데……."

윤서는 자신의 머리카락을 손가락으로 집어 물끄러미 들여다 보았다.

"분홍머리는 좀…… 그렇잖아요."

히가시는 와인잔을 내려놓았다.

"그 머리 하느라고 돈 좀 들이지 않았냐?"

"좀 들이긴 했죠."

"아깝지 않아?"

"어쩔 수 없잖아요. 저 때문에 사장님이 흠 잡히는 건 싫다고 요."

히가시는 윤서가 기특했다. 그녀는 자기 고집대로 사는 것처럼 보였지만 주변 사람들을 잘 살펴보고 마음을 써주었다.

"일본 다녀오면 본격적으로 수능 준비해."

"가게는 어떻게 해요?"

"주방 보조야 또 뽑으면 되니까."

"그렇지만……."

윤서가 선뜻 그러마 하지 못하고 망설이자 히가시는 그녀의 얼굴을 힐끔 쳐다보고는 화제를 돌렸다.

"어느 학교에 갈지 생각은 해봤어?"

"2년제 대학을 갈까 생각 중이에요."

"왜?"

"4년제를 가면 스물아홉이나 돼야 졸업하잖아요. 학비도 너무 비싸고 사장님을 옆에서 도와드릴 거면 전문대 비서학과 같은 데 가는 게 좋지 않을까 싶어서요. 가서 일본어 자격증도 마저 따고요."

"그것도 나쁘지는 않은 생각이네."

히가시는 만족스러운 웃음을 지으며 와인을 한 모금 더 마셨다. 와인잔 너머로 윤서의 얼굴을 보며 그는 자신의 여자를 보는 눈이 틀리지 않았음을 알았다. 기왕 공부를 다시 시작하는 거, 욕심을 부린다면 4년제 대학을 가겠다고 할 만도 하건만 그녀는 현실적으로 상황을 판단했다. 열다섯 살 때부터 집에서 나와 세상의 쓴맛을 본 그녀는 무슨 일을 결정할 때 결코 기분에 들떠서 충동적으로 하는 법이 없었다.

윤서는 치즈를 조그맣게 잘라 크래커에 올린 후 히가시의 입 앞으로 내밀었다.

"사장님도 좀 드세요. 맛있는데."

윤서가 내민 비스킷을 내려다보던 히가시는 고개를 들고 그녀의 손목을 잡았다.

"내가 먹고 싶은 건…… 비스킷 따위가 아닌데……."

성적인 뉘앙스를 가득 풍기는 히가시의 말에 윤서의 얼굴이 화끈 달아올랐다.

"사장님, 제발 이러지 마세요. 어젯밤에도 사람을 그렇게 괴롭혀 놓고⋯⋯."

"진짜 괴로웠어? 네 얼굴을 보니 괴로워하기만 한 건 아니었는
데?"

히가시는 윤서의 손목을 당겨 품에 안고 그녀의 얼굴을 물끄러
미 내려다보았다.

"너 나한테 약 먹였지."

"그게 무슨 소리예요."

"너랑 있으면⋯⋯ 미치겠단 말이지."

히가시는 윤서의 입술에 가볍게 키스를 했다.

"좀⋯⋯ 이러지 마세요."

"네가 이렇게 빼면 뺄수록⋯⋯."

히가시는 윤서의 얼굴 위로 자신의 얼굴을 가까이 들이댔다.

"내가 더 미치는 거 몰라?"

"아아⋯⋯."

"오늘 밤도 일찍 잘 생각은 하지 마."

히가시의 말에 윤서는 포기한 얼굴로 눈을 감았다. 그는 그녀
의 입술에 자신의 입술을 겹쳤다. 그의 입술을 받아들이며 윤서
는 그의 짧은 머리카락을 천천히 쓰다듬었다.

진우의 회사 앞에 차를 댄 인영은 그를 기다리고 있었다. 잠시
후 진우가 정문에 모습을 드러내자 그녀는 조수석의 창문을 내렸
다.

"많이 바빠?"

"미안해. 생각보다 작업이 오래 걸려서. 회사 주차장에 차 대

놓고 잠깐 작업실로 올라올래?"

"그래도 돼?"

"어차피 다들 퇴근했어. 같이 올라가자."

회사의 주차장에 차를 댄 후 인영과 진우는 차에서 내렸다.

"바쁘면 약속을 잡지 말지."

"괜찮아. 30분 정도면 다 끝날 거야."

"응."

정문으로 걸어간 진우가 목에 맨 카드 키를 스캐너에 대자 문이 열렸다. 그녀는 건물 안을 이리저리 둘러보았다. 밖에서 보았을 때는 노출 콘크리트 공법으로 지어진 다소 밋밋한 사각형의 건물이라고 생각했지만 원목과 대리석으로 꾸며진 심플하지만 고급스러운 내부는 외부에서 보던 것과는 전혀 달랐다. 엘리베이터의 문 앞에는 스타 라이트의 걸그룹인 '문 플라워'의 포스터가 대문짝만하게 프린팅되어 있었다.

"맘에 들어?"

"아, 이런 엔터테인먼트 건물은 처음이라 좀 얼떨떨해."

"아마 그럴 거야. 엘리베이터 왔다. 타자."

작업실은 2층에 있었다. 작업실로 향하는 복도에는 스타 라이트에 소속된 가수들의 사진과 음반들, 상패들이 전시되어 있었다. 그것들을 구경하던 인영은 '노엘'의 사진 앞에서 걸음을 멈췄다.

"이거…… 너지?"

인영이 포스터 안에서 바닥에 앉아 포즈를 취하고 있는 그를 손가락으로 가리키자 그는 쑥스러운 표정으로 미소를 지었다.

"맞아."

"멋있는데……."

"그거야 뭐 잔뜩 꾸미고 찍은 사진이니까……."

"넌 안 꾸며도…… 멋있어."

인영의 말에 진우는 얼굴이 화끈 달아올라 빛나는 눈으로 그녀를 바라보았다.

"진짜 그렇게 생각해?"

"응."

"그렇게 말해주니까 고마운데……."

"고맙기는……."

"내 작업실은 저기 끝이야. 어서 가자."

"알았어."

인영은 진우의 손을 잡고 그의 뒤를 따랐다. 진우는 그녀의 말 한마디에 충만한 행복함이 자신의 마음속을 가득 채우고 있음을 느꼈다.

방음 처리가 된 진우의 작업실 안은 건반과 컴퓨터, 스피커와 미디 기기들로 가득 차 있었다. 인영은 작업실 귀퉁이에 있는 자그마한 소파에 가방과 외투를 올려놓았다.

"창이 없네."

"대부분 작업실들이 다 그래. 시끄러우니까."

"여기 있으면 시간이 가는 것도 모르겠는데."

"그래서 내가 가끔씩 밤을 꼴딱 새잖아."

진우는 작업실을 둘러보고 있는 인영을 보며 미소를 지었다.

"좀 시끄러울 텐데 괜찮겠어? 복도 반대편에 자판기가 있어.

거기 가서 커피 마셔도 되는데."

"난 괜찮아. 신경 쓰지 마."

"알았어."

진우는 인영에게 잠시만 기다리라고 말한 후 등을 돌리고 앉아 컴퓨터에서 미디 프로그램을 재생시켰다. 곧이어 부드럽지만 화려한 선율이 스피커를 통해 흘러나왔다. 인영은 작업에 열중하고 있는 진우의 뒷모습을 물끄러미 쳐다보았다. 무언가에 홀린 듯 일하느라 정신없는 그를 보며 그녀는 일에 열중하고 있는 남자의 모습이 제일 섹시하다고 했었던 누군가의 말을 떠올렸다.

비록 보이는 건 그의 뒤통수뿐이었지만 그녀는 그가 어떤 표정으로 작업을 하고 있을지 대충은 짐작할 수 있었다. 독서부를 같이 하던 시절 진우는 늘 미간에 조그마한 주름을 잡고 종이를 꿰뚫어 버릴 듯한 눈빛으로 책을 읽곤 했었다. 인영은 미디 기계를 만지고 있는 그의 어깨를 바라보며 문득 작업이 끝나면 그에게 안마를 해주고 싶다는 생각을 했다.

인영은 그를 만지고 싶다는 생각을 하고 있다는 사실에 놀라며 자신의 손을 물끄러미 내려다보았다.

"아…… 나는……."

자신의 내부에서 조금씩 일어나고 있는 변화를 느끼며 그녀는 주먹을 꼭 쥐었다.

진우는 일에 열중하다가 문득 이상한 느낌에 고개를 돌렸다. 소파에 앉아 있을 줄 알았던 인영은 온 데 간 데 없었다. 그는 당황한 표정으로 자리에서 일어났다. 그때 작업실 문이 열리며 인영이 손에 종이컵을 들고 들어왔다.

"작업 다 끝났어?"

"깜짝 놀랐어. 뒤돌아보니까 자리에 없길래."

"자판기가 있는 곳에 좀 다녀왔어. 커피…… 마실래?"

진우는 인영이 건네주는 따뜻한 커피를 받아 들었다. 그는 그녀와 어렵게 약속을 해놓고 작업실에나 붙잡아 두고 있는 자신이 한심해졌다.

"미안해. 지루했지."

"아니야. 좋았어. 네가 이렇게 작업하는 과정을 보니까 좀 신기하기도 했고."

"일을 하면 정신이 없어져서 옆에서 뭐가 어떻게 돌아가는지도 잘 몰라."

"신경 쓰지 마. 작업은 다 끝났어?"

"응."

진우는 종이컵을 책상에 내려놓고 컴퓨터를 껐다.

"나가자."

"그래."

그때 인영의 시선이 진우의 어깨 너머에 있는 책상 위에 머물렀다. 그곳에 있는 무언가를 발견한 그녀의 눈이 커졌다. 그녀는 발길을 옮겨 책상이 있는 곳으로 다가왔다.

"왜?"

진우가 의아한 얼굴로 보자 인영은 손을 뻗어 책상 위에 있는 무언가를 집어 들었다. 그걸 본 그의 얼굴이 갑자기 확 달아올랐다.

"너……."

"아…… 이, 이건……."

인영이 집어 든 것은 크리스마스 때 본, 둘이 같이 찍은 사진이 들어 있는 액자였다.

"아…… 아니, 네 사진을 가지고 싶은데 있는 게 없…… 없어서."

액자를 손에 쥔 채로 빤히 올려다보는 인영의 시선에 진우의 심장이 갑자기 두방망이질 치기 시작했다.

"그래서…… 이 사진을?"

"으응……."

진우는 마치 창피한 것을 들킨 것처럼 부끄러워했다. 갑자기 목이 타는 것 같아 그는 떨리는 손으로 종이컵을 들고 뜨거운 커피를 한 모금 마셨다.

"너는 정말……."

"기분 나쁘게 할…… 의도는 아니었어……. 난 그냥……."

"기분이 왜 나빠. 안 나빠."

인영은 액자를 책상에 내려놓고 진우의 가슴에 자신의 머리를 기댔다. 그의 요동치는 심장 소리에 그녀는 말을 하지는 않았지만 그가 자신을 얼마나 사랑하고 있는지를 느낄 수가 있었다.

"사랑해……."

인영의 조용한 고백에 진우가 눈을 깜빡거렸다. 그는 지금 제 귀가 제대로 작동하고 있는지, 인영이 한 말을 잘못 들은 것은 아닌지, 이게 지금 현실인지 확신을 할 수가 없었다.

"방금…… 뭐라고 했어?"

"사랑…… 한다고."

인영은 고개를 들어 진우의 얼굴을 똑바로 올려다보았다. 그제야 그녀가 한 말을 확실히 듣고 이해한 그는 그녀의 등을 감싸 안았다. 진우의 눈 속에서 그녀를 향한 조그만 열망의 불꽃이 피어올랐다.

"인영아……."

"그러니까 내 옆에 있어줘. 항상…… 알았지?"

진우는 대답 대신 인영을 향해 고개를 숙였다. 그녀에게서 나는 백합 향과 부드러운 몸의 감촉이 그의 피를 미친 듯이 끓어오르게 만들었다. 인영이 자신의 목을 감싸 안자 그는 자신의 안에서 간신히 붙잡고 있던 이성의 끈이 끊어지는 소리를 들었다. 그는 그녀의 허리를 껴안아 자신의 품속으로 깊숙이 끌어들이고 그녀의 부드러운 입술을 정신없이 탐했다.

한참 후 간신히 입술을 떼고 숨을 헐떡거리며 그는 진해진 눈빛으로 그녀의 얼굴을 내려다보았다.

"우리 집에…… 가자."

진우의 말에 인영의 얼굴에는 걱정과 두려움의 감정이 드리워졌다.

"난……."

"날 믿어. 결코 너에게 상처주지 않을 테니까."

진우는 다시 고개를 숙여 인영의 입술에 자신의 입술을 가져다 댔다. 그의 체취에 감싸여 자신을 향한 그의 뜨거운 열망을 느끼며 인영은 조용히 눈을 감았다.

진우가 문을 열자 현관에 달려 있던 자동 센서 등의 불이 켜졌다. 그는 문을 닫고 그대로 그녀를 안았다. 등 뒤로 닿는 철문의 감촉이 차가워 인영은 순간 움찔했다. 센서 등이 꺼지자 집 안은 거실의 창문으로 들어오는 가로등 불빛을 빼고는 아무런 빛의 흔적이 없었다.

그녀는 자신을 안고 있는 그의 어깨 너머로 실루엣만 보이는 거실 안의 광경을 물끄러미 응시했다. 불현듯 과거의 두려움과 괴로움에 휘둘리며 10년 동안을 보낸 자신의 못나고 어리석은 모습이 떠올라 인영은 눈을 감고 진우를 꼭 껴안았다. 한참을 말이 없던 진우는 고개를 들어 그녀의 얼굴을 조용히 내려다보았다.

"인영아……."

인영이 겁먹은 눈으로 진우를 올려다보자 그가 그녀의 얼굴을 손으로 부드럽게 감쌌다.

"……두렵니?"

인영은 고개를 작게 끄덕였다. 진우는 다정한 얼굴로 미소를 지었다.

"나도…… 두려워. 나도 마지막으로 여자를 만나본 게…… 데뷔 전이거든."

가로등 불빛이 진우의 머리와 어깨를 따라 희미하게 빛이 났다. 그러나 어둠 속에서도 그의 눈빛만은 그녀를 태워 버릴 듯 빛나고 있었다.

"싫으면…… 집에 데려다 줄게. 그러니까…… 언제든지 아니다 싶으면 이야기를 해."

"난…… 괜찮아."

"서두르지 않을 테니까……. 시간은 많아."

진우는 고개를 숙여 인영의 입술에 자신의 입술을 겹쳤다. 부드럽지만 뜨거운 혀가 입안을 천천히 훑자 인영은 숨이 차오르는 듯 낮은 신음 소리를 토해냈다. 얼굴을 뗀 그는 그녀의 손을 잡고 집 안으로 발길을 옮겼다.

진우가 내어준 옷가지를 들고 샤워실로 들어간 인영은 떨리는 손으로 물을 틀었다. 뜨거운 물이 쏟아져 나오자 샤워실 안에는 금세 뿌연 김이 차올랐다. 그녀는 거울 앞으로 다가가 김이 서린 거울을 손으로 닦아냈다. 물기가 서린 거울 안에는 미지에 대한 두려움과 걱정, 또 한편으로는 알 수 없는 기대감으로 가득 차 있는 자신의 얼굴이 보였다.

"이대로…… 정말 괜찮은 걸까."

인영은 크게 심호흡을 했다. 무섭고 두려웠지만 그녀는 여기서 도망을 쳐버리면 트라우마를 스스로 극복하기가 더 힘들어질 것임을 잘 알고 있었다. 그녀는 슬픈 얼굴로 거울 속의 자신에게 말을 걸었다.

"인영아…… 후회하지 않을 거지?"

거울 안의 그녀는 아무런 대답도 없었다.

"이젠 그만 잊어버리고 털어버릴 때가 됐잖니……. 그렇지?"

거울 안의 그녀는 애잔한 미소를 지어 보였다.

"힘을 내, 인영아. 넌 네 선택을 후회하지 않을 거야……."

그녀는 다시 한 번 심호흡을 하고 입고 있던 스웨터를 벗기 시작했다.

인영이 샤워를 마치고 나오자 거실에서는 진우가 따뜻한 홍차를 우려 찻잔에 차를 따르는 중이었다. 그 역시 샤워를 마친 듯 머리카락이 촉촉이 젖은 채로 반팔 티셔츠와 트레이닝복을 입고 있었다. 인영은 샤워실의 문 앞에서 얼굴이 상기된 채 그를 바라보았다. 그녀의 시선이 그의 티셔츠 아래로 드러난 잔 근육이 발달한 어깨와 팔을 거쳐 얼굴을 지나, 이내 자신을 뚫어질 듯 바라보고 있는 눈으로 옮겨갔다. 그는 이제까지 인영이 느껴본 적 없었던, 청년에서 성숙해져 가는 남자로 향하는 나이대의 묘한 매력을 풍기고 있었다. 인영은 긴장감에 마른침을 꿀꺽 삼켰다.

"이쪽으로 와."

나직한 진우의 목소리에 인영은 무언가에 이끌리듯 그의 곁으로 다가갔다. 그녀가 옆에 앉자 그는 따뜻한 홍차가 들어 있는 잔을 내밀었다.

"마셔봐. 아쌈인데 향이 좋아."

인영은 떨리는 손으로 찻잔을 받아 들었다. 그런 그녀를 보며 진우는 어색한 미소를 지었다.

"음악…… 들을까?"

인영은 고개를 끄덕였다. 책꽂이 앞으로 가 한참을 음반들을 들여다보던 진우는 마침내 CD를 꺼내 들고 스테레오 쪽으로 다가갔다. 이윽고 스피커에서 Zero 7의 'The space between'의 부드러운 선율이 흘러 나왔다. 인영은 부드럽게 귀에 감기는 보컬의 목소리를 들으며 차를 한 모금 마셨다. 부드러운 음악 소리와 차의 향기에 긴장이 조금씩 풀렸다.

"향이 좋아."

"응. 자기 전에 마시면 잠이 잘 와."

"저기……."

인영은 긴장과 두려움으로 심장이 옥죄어 오는 느낌에 자신도 모르게 숨을 깊이 들이마셨다가 뱉었다. 진우는 그런 그녀의 손을 꼭 잡았다.

"방으로…… 갈래?"

진우의 머뭇거리는 목소리에 인영은 눈을 감고 숨을 한 번 더 깊숙하게 들이마셨다. 이윽고 눈을 뜬 그녀는 그를 향해 고개를 끄덕였다. 그녀의 손을 잡고 침실 쪽으로 천천히 발길을 옮긴 그는 거실의 불을 껐다.

"언제든지…… 그만두고 싶으면…… 말해."

방문을 열기 전 진우는 속삭이는 듯한 목소리로 이야기했다. 그는 인영의 손이 떨리기 시작하자 부드럽게 그녀를 끌어안았다.

"나를 믿어……. 알았지?"

그녀는 그를 올려다보며 고개를 끄덕였다.

인영은 침대의 가장자리에 앉았다. 어두운 침실은 그의 체취로 가득 차 있었다.

진우는 티셔츠를 벗었다. 오랫동안 춤을 춰온 덕분에 잘 다져진 날씬한 잔 근육이 붙어 있는 어깨와 팔, 보기 좋을 만큼 발달된 가슴의 근육과 그 아래로 위치한 복근의 실루엣을 눈으로 훑으며 인영은 가쁘게 숨을 몰아쉬었다. 긴장감과 흥분감에 피가 몰린 그녀의 얼굴이 빨갛게 상기되고 입술이 살며시 벌어졌다.

그는 고개를 숙여 그녀의 입술에 자신의 입술을 살짝 포갰다. 그에게서는 샤워 젤과 향수 냄새가 어우러진 남자의 향기가 났다.

진우가 인영이 걸치고 있는 셔츠 단추에 손을 가져다 대자 그녀가 흠칫 놀라며 몸을 떨었다. 진우는 무릎을 꿇고 그녀의 고운 얼굴을 가까이서 들여다보았다.

"……무서워?"

"……응."

"그럼 그냥…… 같이 잠만 잘까?"

진우가 인영을 향해 배시시 웃어 보이자 그녀는 조그맣게 미소를 지었다.

"미안해. 힘들게 만들어서……."

"그렇게 힘들진 않아. 난…… 그냥 너랑 이렇게 있기만 해도 좋은데……."

"너는…… 정말 좋은 남자야. 그거 알아?"

진우는 작게 소리를 내서 웃었다.

"좋은 남자가 되려고 노력 중이긴 하지."

"고마워."

인영은 진우의 목에 팔을 두르고 그의 머리를 자신의 얼굴 쪽으로 잡아당겼다. 그의 입술에 자신의 입술을 가져다 대고 한참 동안이나 뜨거운 열망을 느끼고 있던 그녀는 그의 손길이 다시 한 번 셔츠의 단추에 닿자 조그맣게 몸을 떨었다. 마침내 그녀가 입고 있던 셔츠의 단추가 다 열리자 그는 입술을 떼고 희미한 빛 속에서 드러난 그녀의 몸을 불타는 듯한 눈빛으로 쳐다보았다.

"그렇게…… 보지 마."

"인영아……."

진우는 말없이 인영의 가슴에 얼굴을 가져다 댔다. 그의 뜨거운 숨결을 느끼며 그녀는 그의 머리를 꼭 감싸 안고 눈을 감았다.

병실에 저녁이 배달되어 오자 히가시는 복도로 나가 민호가 마실 물을 떠가지고 왔다. 밥을 먹던 민호는 물을 건네주는 히가시를 올려다보았다.

"뭘 그렇게 봐."

히가시의 말에 민호의 얼굴에 그늘이 졌다.

"예전 생각이 났어. 형이 칼 맞고 누워 있던 나를 주워왔을 때도 이렇게 옆에 있어줬었잖아."

"그때…… 그랬었지."

히가시는 민호를 내려다보며 추억에 잠긴 얼굴로 웃었다.

"한 번도 제대로 말한 적이 없었지만…… 형, 진짜 고마워."

민호의 진심이 담긴 말에 히가시는 그의 머리를 쓰다듬었다.

"새삼스럽게 뭘 그래."

"형 아니었음 난 지금쯤 뭘 하고 있었을까."

"글쎄…… 조직의 행동대장 정도는 하고 있지 않았겠냐?"

히가시가 웃으며 침대에 걸터앉자 민호는 미안한 표정을 지었다.

"형…… 사실 나 형한테 사과할 게 있어."

"뭔데."

숟가락을 쟁반 위에 놓은 민호는 히가시의 얼굴을 보며 잠시 망설이다가 입을 열었다.

"사실…… 나 윤서 씨 좋아했었어……. 그것 때문에…… 속으로 형을 좀 원망했었어."

히가시는 뭐라고 대꾸해야 할지 난감해져 민호의 얼굴을 한참 동안 쳐다보았다. 그는 자신의 머리를 쓱쓱 쓰다듬고 나서 한숨을 내쉬고 팔짱을 끼었다.

"알고 있었어."

"형!"

"그건 내가 더 미안하게 됐다."

히가시는 조용한 목소리로 말을 이어갔다.

"알고 있었는데, 나도 어떻게 해야 할지를 모르겠더라……. 너도 알다시피 나는 여자를 별로 좋아하지 않았고 사귀고 싶은 마음 같은 건 더더군다나 없었는데…… 그게 마음대로 안 되더라고. 네 마음을 눈치채고 있었지만…… 나도 어쩔 수가 없었어."

히가시의 말에 민호는 고개를 숙였다.

"너…… 윤서 때문에 속 많이 상했었냐?"

"뭐…… 조금은…….."

손을 깍지 낀 채로 고개를 숙인 민호를 보던 히가시는 그의 어깨를 꼭 안았다.

"속 깊은 녀석, 나한테 투덜거리기라도 할 것이지."

"내가 형한테 어떻게 그래. 형 마음을 뻔히 아는데…….."

"사랑이라는 게 마음먹은 대로 안 되더라고…… 속 많이 상했을 것 같은데…….."

"이젠…… 괜찮아."

히가시는 민호의 어깨를 안은 손에 힘을 줬다.

"고맙다."

"고맙기는……. 형이랑 윤서 씨는 인연이야. 그런 건 사람이 어떻게 할 수 없는 거잖아."

"그래 보이냐."

"응, 둘 다 행복해 보여. 난 그걸로 됐어."

"나는 사람 복이 많은 놈이야. 너나 료나 인영이 같은 애들이 내 옆에 있어서 얼마나 다행인지 모르겠다."

히가시는 이를 보이며 환하게 웃었다. 민호도 그런 그를 마주 보며 활짝 웃는 얼굴로 미소를 지었다.

히가시와 료의 도움으로 민호는 퇴원해서 집으로 돌아왔다. 하지만 항생제를 쭉 먹어야 하기 때문에 그는 의사에게 식사를 잘 챙겨 먹으라는 당부도 들었고, 아직 저녁에 출근하여 밤새 일하는 것은 절대로 무리였다. 민호가 얌전히 침대에 누워 있는 사이 거실에서 료와 혜선이 두런두런 이야기하는 소리가 들려왔다. 혜선은 민호가 퇴원할 때쯤 시간을 맞춰 병원으로 찾아왔다. 그는 뒤척이면서 이불을 몸에 돌돌 말았다. 그때 누군가가 방문을 노크하는 소리가 들렸다.

"들어와."

"좀 괜찮냐?"

민호는 몸을 돌린 채로 료를 쳐다보지도 않았다.

"나 가게 갈 거니까 뭐 필요한 거 있음 혜선 씨한테 이야기해. 저녁 때까지는 같이 있어준다니까."

료의 말에 민호는 고개를 돌려 그를 보았다. 료가 열고 있는 문 사이로 거실을 돌아다니는 혜선의 발걸음 소리가 들려왔다.

"아······."

"그럼 나 간다."

료는 민호에게 윙크를 해보이고 방문을 닫았다. 민호는 포기한 듯 한숨을 쉬고 다시 돌아누웠다. 하지만 혜선이 거실에 있다고 생각하자 그는 마음이 편하지가 않았다.

"쉬기는 글렀네."

민호는 말고 있던 이불을 풀고 자리에서 일어나 거실로 나갔다. 부엌에서 물을 끓이고 있던 혜선은 깜짝 놀라 그를 쳐다보았다.

"어머, 누워 있지 왜 나오셨어요?"

"손님을 밖에 내버려 두고 어떻게 누워 있어요."

"저는 손님이 아니에요. 료 씨가 민호 씨 간호를 부탁한다고 해서 온 건데."

혜선의 얼굴이 붉어지자 민호는 나직하게 한숨을 내쉬었다.

"그냥 거실 소파에 누워 있을게요. 영화라도 같이 봐요."

"차 좀 드세요. 병원에서 물 많이 마셔야 된다고 해서 유자차 끓이려고 하던 참이에요."

"차 다 끓이면 이쪽으로 와요. 나는 좀 누워 있을 테니까."

그의 말에 혜선은 고개를 끄덕였다. 민호는 거실의 소파로 가서 팔걸이를 베고 길게 누웠다.

부엌에서 들리는 칼질 소리에 설핏 잠이 들었던 민호는 눈을 떴다. 약 기운 덕분이었는지 잠을 잤기 때문이었는지는 모르겠지만 아까보다 몸이 훨씬 가벼워진 느낌이었었다. 민호는 몸 위에 덮여 있던 이불을 내려다보았다. 자는 사이 혜선이 이불을 덮어 준 것 같았다. 한참이나 이불을 내려다보던 그는 소리가 나는 부엌 쪽을 쳐다보았다. 부엌에서는 자그마한 체구의 혜선이 바지런하게 몸을 움직이며 음식을 만드는 중이었다. 민호는 마른세수를 하고 소파에서 일어나 머리를 슥슥 손으로 빗어 넘기며 부엌으로 향했다.

"어머나!"

가스레인지 앞에서 몸을 돌린 혜선은 민호가 소리 없이 와 있는 모습을 보고 소스라치게 놀랐다. 그 바람에 그녀가 들고 있던 국그릇이 바닥에 떨어져 '우당탕' 소리를 내며 금이 갔다. 깨진 국그릇의 파편들은 순식간에 부엌 바닥에 흩뿌려졌다.

"이 일을 어째!"

혜선이 어쩔 줄을 몰라 하며 그릇 조각을 집기 위해 쭈그려 앉자 민호가 그녀를 말렸다.

"움직이지 말고 가만히 있어요. 손 다쳐요."

민호는 화장실로 가 슬리퍼와 고무장갑, 비닐을 꺼내 부엌으로 돌아와 그릇 조각을 비닐봉지에 담기 시작했다. 그리고 물걸레로 바닥을 꼼꼼히 닦은 후 청소기까지 들고 와 청소를 했다. 그런 그의 모습을 혜선은 안절부절못한 채 쳐다보고만 있었다. 화장실로 가서 물걸레를 다 빨고 나온 민호가 부엌으로 들어오자 혜선의 얼굴은 금방이라도 눈물을 흘릴 듯했다.

"다친 데 없어요?"

무뚝뚝한 민호의 말에 그녀는 고개를 숙였다.

"괜찮아요."

"나 때문에 미안하네요."

"국그릇…… 제가 깨버려서……."

"그런 건 신경 쓰지 말아요. 안 다쳤으면 됐어요."

민호는 가스레인지 옆으로 다가와 찌개가 끓고 있는 냄비 안을 들여다보았다.

"이거 대구탕이에요?"

"네, 료 씨가 대구탕 재료 냉장고에 사놓았다고 좀 끓여달라고 부탁을 하셨어요. 민호 씨가 좋아한다고……."

민호는 부드러운 미소를 지었다. 피곤할 텐데도 굳이 시장까지 봐놓고 간 료와 저녁까지 남아 자신을 간호해 준 혜선의 마음이 그대로 전해지는 것 같아 그는 마음속에 따뜻한 무언가가 가득 차오르는 느낌이었다.

"고마워요. 나 때문에 괜히……."

"아, 아니에요. 제가 좋아서 하는 건데요……."

혜선이 바닥을 내려다보며 우물쭈물 대답을 하자 민호는 찬장에서 밥그릇을 꺼내기 시작했다. 그 모습을 본 그녀는 당황해하며 그의 옆으로 다가왔다.

"그건 제가……."

"가서 앉아 있어요. 이 정도는 내가 할 수 있으니까. 같이 밥 먹어요."

"그렇지만……."

민호는 혜선을 내려다보며 환한 얼굴로 웃었다.

"내가 해주고 싶어서 그래요. 앉아 있어요."

처음 보는 그의 미소에 혜선의 얼굴이 붉게 달아올랐다.

"네…… 네, 그럼 제가 숟가락이라도……."

혜선이 황급히 찬장 서랍을 열어 숟가락을 찾는 모습을 보고 민호는 조용히 그녀의 뒤로 다가갔다. 그는 살짝 그녀의 어깨를 감싸 안았다. 그의 갑작스러운 행동에 혜선은 그 자리에서 얼어붙은 듯 가만히 서 있었다. 등으로 전해지는 그의 온기는 뜨겁고도 아늑했다.

"미안하고…… 고마워요. 나 같은 사람을 위해서 이렇게까지 해줘서……."

민호의 나직한 목소리에 혜선은 아무 말이 없었다.

"몸이 좀 괜찮아지면…… 같이 나가요. 영화도 보고 밥도 먹고 그래요."

"그럴…… 게요."

숟가락과 젓가락을 쥐고 있는 혜선의 손이 가늘게 떨렸다. 민호는 밥통 앞으로 가 밥을 푸기 시작했다. 먹기 좋게 끓어 오른 대구탕 냄비를 민호가 식탁 가운데로 가져오자 혜선은 국그릇과 국자를 가지고 자리에 앉았다. 먹음직스럽게 익은 대구탕을 국그릇에 덜어 민호는 그것을 혜선에게 건넸다.

"많이 먹어요."

민호의 말에 혜선이 작게 미소를 지었다.

"민호 씨도 많이 드세요."

혜선의 말에 화답이라도 하듯 민호는 따뜻한 미소를 그녀에게 지어 보이고 숟가락을 들었다.

혼자서 주방 일을 떠맡게 된 윤서는 발바닥에 불이 날 만큼 주방을 열심히 뛰어다녔다. 평소에는 민호가 있어서 몰랐지만 혼자 하는 주방 일의 노동 강도는 상상을 초월했다. 그녀는 잠시도 허리를 펼 새 없이 주문이 들어오는 대로 안주를 만드느라고 바빴다. 새벽 3시가 넘어 손님들이 천천히 빠져나갈 시간이 되자 윤서는 그제야 의자에 앉아 허리를 두들겼다.

"와! 진짜 허리 빠질 것 같은데 민호 씨는 내가 없을 때 어떻게 이 일을 혼자 다 한 거야?"

윤서는 새삼스럽게 자신이 다쳤을 때 혼자서 군말 없이 일을 해준 민호가 고마웠다. 그녀는 쌓여 있는 설거지를 보고 한숨을 내쉬었다.

"저건 언제 다 치운다니."

그때 주방의 문을 열고 히가시가 안으로 들어왔다. 구석의 의자에 윤서가 눈이 퀭해져서 앉아 있는 모습을 보고 그는 혀를 찼다.

"힘들지?"

"생각보다 진짜 일이 많아요."

"원래 주방 일이 그렇지."

"손님들은요?"

"거의 다 나갔어."

"아, 다행이다."

윤서가 안도한 얼굴로 허리를 두들기자 그녀를 보던 히가시의 한쪽 눈썹이 올라갔다.

"허리 아파?"

"조금요."

그는 그녀 옆으로 다가왔다.

"등 좀 돌려봐."

"두드려 주시게요?"

"응."

윤서가 히가시에게 등을 돌리자 그는 척추 선을 따라 손에 힘을 줘 꾹꾹 눌러가며 근육을 마사지하기 시작했다. 히가시가 척추 옆을 누를 때마다 시원하지만 아프기도 한 감각이 윤서의 아랫배 근처를 간지럽혔다.

"하앗~ 히익~."

윤서의 신음 소리에 히가시는 마사지를 하던 손을 멈췄다.

"누가 들으면 주방에서 야동 찍는 줄 알겠네."

"소리가 나오는데 어떻게 해요."

"입 좀 막아봐. 내가 아무리 좋아도 여기서 그러는 건 아니지."

낄낄거리며 던지는 히가시의 짓궂은 농담에도 윤서는 대꾸할 여력도 없는지 포기한 얼굴로 힘없이 앉아 있었다.

"오늘은 안 노려보냐?"

"피곤해서 노려볼 힘도 없어요."

"그래?"

"저 설거지도 하고 조리대랑 바닥 청소도 해야 돼요. 쓰레기도 버려야 되고요."

히가시는 주방을 한 바퀴 둘러보았다.

"좀 도와줘?"

"진짜요?"

윤서가 반색을 하며 돌아보자 히가시는 장난스러운 표정으로 미소를 지었다.

"너는 어쩌면 이렇게 감정이 얼굴에 그대로 드러나냐."

"타고난 게 그런 걸 어떻게 해요."

"기분이다! 설거지랑 바닥 청소는 내가 해주마."

"와! 사장님 좋아요."

윤서가 그를 껴안자 히가시는 그녀의 머리를 천천히 쓰다듬었다.

"빨리 치우고 가자."

"네!"

윤서는 자리에서 털고 일어나 조리대 청소를 하기 위해 준비했다. 그런 그녀의 뒷모습을 보던 히가시는 설거지를 하기 위해 싱크대 쪽으로 걸음을 옮겼다.

5. 평범하게 살아간다는 것

　10분 뒤 후쿠오카 공항에 도착한다는 기내방송이 나오자 윤서는 자고 있는 히가시의 어깨를 흔들었다. 고작 한 시간여의 비행이었지만 그는 피곤했던 듯 그새 가볍게 코를 골며 잠들어 있었다. 아직 정식으로 출근을 하지는 않았지만 그는 이미 주식회사 유타카의 한국 지부 업무 파악을 시작하고 있었다.

　"사장님, 일어나요. 10분 뒤 착륙이래요."

　윤서가 히가시의 어깨를 흔들자 그가 얼굴을 살짝 찌푸리며 눈을 떴다.

　"벌써 온 거야?"

　"벌써가 아니라 고작 한 시간 비행한 거잖아요. 많이 피곤하셨어요?"

　"어, 서류 볼 게 좀 있어서 잠을 못 잤어."

히가시는 목을 돌려 좌우로 스트레칭을 하고 어깨를 돌려 가볍게 몸을 풀었다. 윤서가 그를 안타까운 얼굴로 보자 히가시는 그녀의 어깨에 팔을 둘렀다.

"왜 그렇게 봐."

"사장님이 불쌍해서요."

"뭐가 불쌍해."

"어제 가게에서 날 새고 집에 가서 한숨도 못 주무신 거 아니에요?"

"어쩔 수 없잖아. 빨리 업무 파악을 해야 되는데."

"그렇지만……."

히가시는 윤서의 손을 꼭 잡았다.

"회사에 출근하기 시작하면 너도 같이 가는 거야. 알고 있지?"

"네."

"한국 돌아가면 대충 회사 내부 조직이랑 내 업무에 대해서 설명을 해줄 테니까 너도 옆에서 도와."

"그럴게요."

"대신 풀타임으로 일하지 말고 일주일에 3일만 나와. 나머지는 다 공부하고."

자신의 든든한 보호막이 되어주는 이 남자를 윤서는 자신의 힘이 닿는 데까지 도와주고 싶었다. 윤서의 애잔한 눈빛에 히가시가 그녀의 머리를 쓰다듬었다.

"왜 그렇게 쳐다봐. 여긴 비행기 안인데…… 어떻게 해줄 수도 없다고."

"어휴, 진짜, 사장님 머릿속엔 그 생각밖에 없죠?"

히가시는 낄낄거리며 그녀의 어깨를 안았다.

"너무 긴장하지 마. 가서 그냥 평소에 하던 대로 해. 알았지?"

"아무리 그렇게 말씀하셔도 긴장되는 건 어쩔 수 없다고요."

"뭐, 썩 사이좋은 가족은 아니지만……."

히가시는 윤서의 어깨를 감싸고 있는 손에 힘을 줬다.

"그래도…… 나에겐 하나뿐인 가족이야."

윤서는 손을 뻗어 히가시의 얼굴을 쓰다듬었다.

"알고 있어요."

"그래…… 이해해 줘서 고마워."

"가서 열심히 얌전한 척할게요."

윤서의 말에 히가시는 웃음을 터뜨렸다.

"아니, 왜 웃으시는 거예요?"

"넌 정말 재미있어. 같이 있으면 즐거워."

"제가 개그에 소질이 있나 보죠."

"그럴지도 모르겠다."

"이럴 줄 알았으면 개그맨 시험이나 볼걸."

"네가 웃기는 건 나 혼자면 충분해. 다른 놈들이 널 보는 건 싫다고."

"그건 또 무슨 심보예요?"

"그거야 너를 사랑하는 마음 때문이지, 심보는 무슨……."

"사장님, 진짜 성격 안 좋다고요."

히가시는 유쾌한 얼굴로 윤서를 향해 미소를 지었다.

히가시와 윤서가 검색대를 통과해 공항의 로비로 나가자 검은 양복을 입은 남자들이 마중을 나와 있었다. 지난번의 일본 방문 때와는 다르게 히가시와 윤서는 순순히 그들의 뒤를 따라갔다. 윤서는 남자들이 자신의 캐리어를 가져가려고 하자 당황해하며 얼굴을 붉혔다.

「아니, 안 그러셔도 돼요. 제 짐 가방 정도는 제가…….」

「히가시 도련님의 손님이신데 그럴 순 없습니다. 저희가 옮겨 드리겠습니다.」

윤서는 당황한 얼굴로 히가시를 올려다보았다.

"그냥 가져가라고 줘."

"그렇지만……."

히가시는 윤서의 캐리어를 검은 양복을 입은 남자에게 건넸다.

「조심히 다뤄줘. 그 안에 부서지기 쉬운 게 들었거든.」

「네, 조심히 다루겠습니다.」

검은 양복을 입은 남자가 캐리어를 끌고 앞서가자 윤서는 밀려드는 어색함에 어쩔 줄을 몰랐다.

"기분이 이상해요."

"왜?"

"태어나서 이런 대접 받아본 게 처음이라……."

"이래봬도 나 도련님이야. 이런 건 당연한 거라고."

"아아…… 네, 어련하시겠어요."

윤서는 히가시의 뻔뻔한 말에 한숨을 내쉬었다.

"앞으로 이런 경험 많이 하게 해줄 테니까 기대하고 있어."

"이런 건 됐고요, 놀리지나 마세요."

윤서의 말에 히가시는 장난기 어린 웃음을 지었다.

"딴 여자들은 나랑 못 사귀어서 난리였는데. 너는 호박이 넝쿨째 굴러들어 온 거라는 걸 알아야지."

"호박이 굴러들어 온 건지 골칫덩이가 굴러들어 온 건지는 앞으로 봐야죠."

"하여간 한 마디도 안 져."

"저는 꿀릴 거 없거든요."

윤서는 그를 향해 혀를 낼름 내밀어 보였다. 히가시는 그녀의 손을 꼭 잡고 공항 밖으로 나섰다.

가도 가도 끝이 안 보이는 유타카 가의 담장을 창밖으로 바라보던 윤서의 눈이 휘둥그레졌다. 그녀는 옆자리에 앉아 있던 히가시를 향해 고개를 돌렸다.

"사장님, 사장님네 땅 장사해요?"

"응? 아니 왜?"

"무슨 집이 이렇게 넓어요?"

"나도 몰라. 아주 오래전부터 여기가 본가 터였으니까."

"와! 진짜 안에서 몇 백 명이 살아도 되겠네."

창밖으로 다시 고개를 돌려 감탄사를 내뱉는 윤서를 보며 히가시는 씁쓸한 표정이 되었다. 비록 화해를 했다고는 하지만 몇십 년 동안이나 해묵은 감정이 쌓여 있던 가족들이 윤서가 왔다고 해서 정답게 모여서 이야기를 할 리는 만무했다. 윤서를 믿기는 했지만 그는 독사 같은 큰어머니의 혀가 그녀에게 상처를 주지 않기만을 바랄 뿐이었다.

이윽고 정문에 도착하자 문 앞을 지키고 있던 가드가 무전으로 안에 연락을 했다. 무거운 철문이 열리는 소리가 나고 히가시와 윤서를 태운 차는 유타가 가문의 본가 안으로 들어갔다.

고풍스러운 일본식 전통 주택의 현관 앞에 선 윤서는 호기심에 가득 찬 눈으로 건물을 둘러보았다. 단층이었지만 옆으로 길게 늘어선 건물은 끝이 보이지 않았다. 그리고 현관의 양쪽으로는 잘 손질된 정원이 보기 좋게 가꾸어져 있었다. 윤서가 긴장한 얼굴로 서 있자 히가시는 그녀의 손을 꼭 잡았다.

"들어가자."

히가시의 얼굴을 마주 본 윤서는 마른침을 삼켰다.

"괜찮아, 내가 있으니까 긴장 풀어."

히가시의 말에 윤서는 조그맣게 고개를 끄덕거렸다. 그가 문의 손잡이를 잡으려는 순간, 갑자기 문이 벌컥 열리며 얼굴에 주름이 가득한 할머니가 건물 안에서 나왔다.

「도련님!」

그 할머니는 달려와 히가시를 꼭 껴안았다. 윤서의 손을 잡고 있던 히가시는 그 손을 놓고 자신의 가슴팍에도 차지 않는 키 작은 노파를 다정한 얼굴로 껴안았다.

「잘 있었어?」

「이렇게 빨리 다시 돌아오실 줄은 몰랐어요.」

「할멈이 보고 싶어서 빨리 왔지.」

곧이어 안경을 쓰고 정장을 갖춰 입은 백발의 노인이 그녀의 뒤를 따라 나왔다.

「다시…… 오셨군요.」

「응, 별일 없었지?」

「네. 어서 오십시오.」

그는 허리를 90도로 숙여 히가시에게 인사했다. 히가시의 품에 안겨 있던 노파는 고개를 돌려 그의 옆에 멍한 표정으로 서있는 윤서를 쳐다보았다.

「어머! 이쪽이 도련님의 여자 친구분이세요?」

「응.」

「어서 오세요, 아가씨! 유타카 본가에 잘 오셨어요!」

노파는 환한 얼굴로 웃으며 윤서의 손을 잡았다.

「안…… 안녕하세요!」

「어머, 정말 예쁘시네요. 우리 도련님이 눈이 높은 줄은 알았지만 어디서 이런 아가씨를 만난 거야!」

노파의 호들갑에 정신이 빠져나가려는 윤서의 앞에 백발이 성성한 노인이 다가왔다. 윤서의 얼굴을 본 그의 눈은 놀라움으로 일순간 커졌다가 이내 웃는 표정으로 바뀌었다.

「어서 오십시오. 저는 유타카 가문의 집사 하쿠오입니다. 그리고 이쪽은 집안의 관리를 맡고 있는 아키꼬라고 하고요.」

「안녕하세요. 지윤서입니다.」

「어서 들어가세요. 피곤하실 텐데.」

아키꼬는 히가시와 윤서의 등을 집 안으로 밀었다.

「오늘 저녁은 제가 최고의 요리를 준비해 드릴게요.」

「기대하고 있을게.」

아키꼬의 말에 히가시는 웃는 얼굴로 윤서의 손을 꼭 잡았다.

하쿠오의 안내를 받아 짐을 푼 윤서는 방 안을 찬찬히 한 바퀴 둘러보았다. 깔끔한 방 안에는 이부자리와 방석, 작은 앉은뱅이 탁자와 코타츠, 벽에 붙어 있는 매화꽃이 그려진 액자 외에는 아무것도 없었다. 창호지가 발린 창문을 열자 유리창 너머로 잘 가꾸어진 정원이 보였다.

윤서는 가지고 온 가방에서 김과 녹차, 홍삼 엑기스와 유과 등 식구들에게 선물하기 위해 한국에서 사온 물건들을 주섬주섬 꺼냈다.

"좋아들 할지 모르겠네. 안 좋아하면 어쩔 수 없고."

식구들에게 줄 선물을 사기 위해 윤서는 인터넷을 뒤지며 몇 날 며칠을 골머리를 앓았다. 히가시가 바빴기 때문에 그녀는 짬을 내서 인영과 백화점에 가서 선물을 한 보따리 샀다.

"돈도 많이 깨졌는데, 이상한 소리만 해봐."

윤서는 혼잣말을 하며 주먹을 꼭 쥐었다.

윤서가 투덜거리며 선물을 꺼내고 있는 사이 히가시는 하쿠오와 이야기를 나누고 있었다.

「큰어머니랑 아버지가 화해를 했다고?」

「네, 요즘 두 분이서 같이 주무십니다. 사모님이 회장님 식사하시는 것도 거들어 드리고요.」

히가시가 믿을 수 없다는 표정이자 하쿠오가 너털웃음을 터뜨렸다.

「안 믿기시겠지만 사실입니다.」

「지구에 종말의 시간이 다가오고 있나 보군.」

「진작에 두 분이서 마음을 터놓고 이야기하셨으면 좋았을 것을…….」

「아버지도 어쩔 수가 없었겠지.」

「켄지 도련님도 집에 자주 들르세요.」

「지구가 망할 징조가 확실하군.」

히가시의 얼굴이 심각해 보이자 하쿠오는 그를 마주보며 측은한 표정을 지었다.

「도련님, 다시 본가 쪽 일을 도우실 건가요?」

「그래야 되겠지. 쿄우 형 혼자서는 일을 감당 못 할 테니까.」

「잘 생각하셨어요.」

「어쩔 수가 없잖아.」

히가시는 한숨을 내쉬며 팔짱을 끼었다.

「도련님, 여자 친구분…… 어머님을 많이 닮으셨더군요.」

하쿠오의 말에 히가시는 어두운 눈빛으로 그를 쳐다보았다.

「만나…… 보셨나요?」

「응.」

「어떻게 지내고 계시던가요?」

「잘…… 지내고 계시더군.」

「다행이네요.」

하쿠오는 병원으로 들어가던 유리의 처연했었던 마지막 모습을 기억하고 있었다. 료이치의 명령으로 유리가 한국에서 머물 집을 알아보았지만 그녀는 그 모든 것을 한사코 마다하고 병원으로 들어가겠다고 말했었다. 눈물이 범벅이 된 얼굴로 히가시를 잘 부탁한다는 말을 수도 없이 하던 유리의 얼굴은 오랫동안 그의 뇌리에 남아 있었다. 오랜 시간 마음 한구석에 자리하고 있던 짐을 내려놓은 것 같아 하쿠오는 애달픈 눈빛으로 복도 밖의 정원을 바라보고 있는 히가시의 옆모습을 쳐다보았다.

　"들어오세요!"

　누군가가 방문을 두드리는 소리에 윤서는 깜짝 놀라 큰 소리로 대답을 했다. 미닫이문이 열리자 그곳에는 히가시가 서 있었다. 그는 방 안에 널려 있는 물건들을 보고 미간을 찌푸렸다.

　"이게 다 뭐냐."

　"말씀 드렸잖아요. 식구들 선물이라니까요."

　"아니, 유과 같은 걸 샀다는 건 알고 있었는데 저 CD는 뭐야?"

　"사장님 조카들 있다면서요. 한국 아이돌 안 좋아하나요? 요즘 일본에서 한국 아이돌이 인기라고 해서 CD 좀 사왔어요."

　"그럼 저 가방 안엔 뭐가 들었어?"

　"사장님 형수님 드릴 마스크팩이랑 화장품이요."

　윤서의 대답에 히가시의 한쪽 눈썹이 올라갔다.

　"너 이런 거 사느라고 그렇게 인영이랑 돌아다닌 거야?"

　"뭘 좋아하실지 몰라서 엄청 고민했다고요. 그래도 처음 뵙는 건데 빈손으로 올 수는 없잖아요."

　"너를 누가 말리겠냐. 아버지랑 큰어머니부터 만나러 갈 거니까 일단 같이 가자."

　"잠깐만요."

　윤서는 선물 보따리 중 가장 부피가 큰 종이가방을 하나 들고 자리에서 일어섰다.

　"그건 뭐야."

"사장님 아버님이랑 큰어머니 드릴 선물이에요."

"아…… 그래."

히가시는 조그맣게 한숨을 쉬고 윤서에게 손을 내밀었다.

"나 따라와."

길고 긴 복도를 히가시의 손을 잡고 걸으며 윤서는 몰려드는 긴장감에 숨을 크게 들이마셨다. 원래 어떤 일이 닥치든 별로 긴장을 안 하는 그녀였지만 히가시의 아버지와 큰어머니의 악명은 익히 들어 알고 있었기 때문에 긴장을 하지 않을 수가 없었다. 윤서가 연신 심호흡을 해대자 히가시는 고개를 돌려 그녀를 내려다보았다.

"긴장되냐?"

"당연히 긴장되죠."

"긴장해서 나쁠 건 없지. 둘 다 만만치 않은 노인네들인 건 확실하니까."

히가시의 말에 윤서는 갑자기 료가 했던 말이 떠올라 '풋' 하고 웃음을 터뜨렸다.

"왜 웃어?"

"료 씨가 사장님 아버님이 사장님의 늙은 버전이라고 그랬거든요."

"그 자식이 그렇게 말했어?"

"네."

"한국 가면 손 좀 봐줘야겠구만."

"궁금하기는 해요. 어떤 분일지."

윤서의 말에 히가시는 얼굴을 살짝 찡그렸다.

"그냥 고집 세고 막말하는 노인네들이야. 뭐라고 하든지 말든지 그러려니 해."

"그럴게요."

이윽고 복도의 거의 끝 쪽에 있는 방 앞에 다다르자 히가시는 방문을 두들겼다. 두런두런 말소리가 작게 새어 나오던 방 안에서 나지막한 목소리가 들렸다.

「누구지?」

「히가시입니다.」

「들어오너라.」

미닫이문을 연 히가시는 뜻밖의 광경에 눈이 휘둥그레졌다. 방 안에는 료이치의 옆에 류미코가 나란히 앉아서 차를 마시고 있었다. 거기다가 류미코는 화장도 하지 않은 맨 얼굴에 수수한 기모노 차림이었다. 그녀가 자신을 바라보는 눈빛이 그렇게 적대적이지 않음을 깨달은 히가시는 잠시 방문 앞에서 주춤거리며 서 있었다.

「들어오지 않고 왜 거기 그렇게 서 있는 게냐.」

「아, 네.」

그는 고개를 돌려 자신의 뒤에 서 있는 윤서를 쳐다보았다.

"들어가자."

윤서는 히가시의 얼굴을 올려다보고 그와 함께 방 안으로 한 걸음을 내디뎠다. 윤서의 얼굴을 본 료이치와 류미코는 놀라움에 입을 벌리고 그녀를 쳐다보았다.

「이쪽이 말씀드렸던 제 여자 친구 지윤서입니다. 그리고 여기 계신 분들은…….」

「안녕하세요. 지윤서입니다. 처음 뵙겠습니다.」

윤서가 해맑은 표정으로 인사하자 두 사람은 잠시 그 자리에 얼어붙은 채로 말이 없었다.

길게만 느껴졌던 침묵의 시간 끝에 정적을 먼저 깨뜨린 것은 료이치였다.

「올해 몇 살이라고?」

「스물여섯입니다.」

료이치는 차를 한 모금 마시고 윤서를 물끄러미 쳐다보았다. 류미코는 복잡한 표정으로 료이치의 옆에서 차를 따르고 있었다.

「부모님께서는 다 살아 계시고?」

「어머님은 사고로 돌아가셨습니다. 아버지는 살아 계시기는 한데…….」

윤서가 말끝을 얼버무리자 히가시가 그녀의 말을 받아 대화를 이어갔다.

「사정이 있어서 연락을 안 합니다.」

「그래, 그렇군…….」

료이치는 나지막하게 한숨을 내쉬었다. 그는 젊은 시절의 유리를 꼭 닮은 윤서의 모습에서 눈을 뗄 수가 없었다. 그때 옆에서 아무 말 없이 차를 따르고 있던 류미코가 윤서를 마주보았다.

「아가씨는 우리 집안이 어떤 집안인지 알고 있나?」

「네. 말씀을 들었습니다.」

「우리 집안사람이 되는 건 쉽지 않은 일이야. 각오는 하고 있겠지?」

「저 사실…… 아직 사장님과 교제 중이긴 하지만…… 결혼 이야기는…….」

류미코는 히가시를 날카로운 눈빛으로 쳐다보았다.

「결혼하자고 아직 말 안 했니?」

류미코의 의외의 질문에 히가시가 머쓱한 표정이 되었다.

「아직…… 애가 어리기도 하고 할 일도 있어서…….」

「너는 혼기가 꽉 찬 나이잖아. 빨리 결혼을 해야지.」

「그렇지만…….」

히가시가 당황한 표정으로 말을 얼버무리자 류미코는 윤서를 다시 돌아보았다.

「아가씨는 히가시랑 결혼할 생각이 있나?」

「네? 글쎄요……. 아직 생각을 해보질 않아서…….」

「요즘 젊은 애들은…….」

류미코가 혀를 차자 옆에 있던 료이치가 그녀의 손을 잡아 다독였다.

「너무 몰아붙이지 말구려. 처음이라 어려울 텐데.」

「켄지도 장가를 안 가서 안 그래도 걱정인데 히가시라도 보내야지요. 가뜩이나 성격도 까칠한 애가 모처럼 여자를 사귀었는데…….」

히가시는 류미코와 료이치의 대화에 현기증을 느꼈다. 생전 처음 보는 낯선 광경에 그는 자신이 지금 집을 잘못 찾아온 것이 아닌가 하는 착각이 들었다. 그때 윤서가 가지고 온 종이 가방을 류미코의 앞으로 내밀었다.

「이게 뭐지?」

류미코가 까다로운 얼굴로 가방을 쳐다보자 윤서가 배시시 웃었다.

「차 좋아하신다고 해서 한국산 녹차랑 같이 드시라고 유과를 사왔어요. 한약재가 들어간 화장품에 좋다고 해서 준비했고요. 아버님 드실 홍삼 엑기스도 있고요.」

가방을 받아들고 안을 들여다보던 류미코의 얼굴이 환해졌다.

「이걸 아가씨가 다 준비한 거야?」

「네. 차를 많이 드셔서 그런지 피부가 굉장히 좋으세요. 젊으셨을 때 미인이라는 소리 많이 들으셨을 것 같은데.」

윤서의 칭찬에 류미코의 얼굴이 살짝 상기되었다. 그녀는 가방 안의 물건들을 꺼내 료이치에게 보여주었다.

「여보, 저 아가씨가 우리를 위해 사왔대요.」

「집에 올 때마다 빈손으로 오는 히가시 놈보다는 몇 백배 낫군.」

료이치와 류미코가 선물을 받고 아이처럼 좋아하는 걸 보자 히가시는 현기증이 더 심해지는 느낌이었다. 그는 내내 생글생글 웃는 낯인 윤서의 팔을 툭 쳤다.

"왜요?"

"아…… 아니다."

윤서는 료이치와 류미코를 보며 환한 얼굴로 미소를 지었다.

「제 선물을 좋아해 주셔서 너무 기뻐요. 그 화장품 바르시고 더욱더 미인 되세요.」

「이거 꽤 비싼 거잖아. 고마워요. 잘 바를게.」

생전 처음 보는 류미코의 밝은 미소에 히가시는 넋이 빠지는 느낌이었다. 윤서와 말싸움이라도 벌일 줄 알았던 그녀는 며칠 사이 완전히 딴 사람이 되어 있었다. 게다가 긴장돼서 죽겠다던 윤서는 되레 자신보다 더 넉살 좋게 그들을 대하고 있었다. 분위기에 적응하지 못한 히가시는 한시라도 빨리 이 방에서 탈출하고 싶은 생각에 다리를 덜덜 떨었다.

방에서 나온 히가시는 멍한 얼굴로 복도를 걸었다. 방에 들어서기 전과 확연히 달라진 그의 표정을 본 윤서는 걸음을 멈추고 그를 붙잡았다.

"사장님, 왜 그래요? 뭐 잘못된 일 있어요?"

히가시는 초점 없는 눈으로 그녀를 돌아보았다.

"나 지금 꿈꾸고 있는 거 아니지?"

"네? 무슨 말씀이세요?"

"아…… 방금 내가 보고 온 광경이 너무 비현실적이라서 말이지."

히가시의 말에 윤서는 알듯 모를 듯한 표정으로 고개를 갸웃거렸다.

"사장님 부모님 생각보다 좋으시던데요."

"그게 아니야, 저 양반들은 절대 저런 분들이 아니라고……."

"친절하시던데요. 왜요?"

"나도 뭐가 뭔지 모르겠어. 진짜 지구가 멸망하려나 봐."

히가시가 조그맣게 혼잣말을 중얼거리자 윤서는 그의 얼빠진 표정이 귀여워 킥킥 웃었다.

"사장님, 보통 사이가 좋으신 부모님은 다 이래요."

윤서의 말에 히가시는 그녀의 얼굴을 빤히 내려다보았다.

"다…… 이렇다고?"

"사장님이 겪어보지 못해서 그런 거지 대부분 이렇게 다정하고 좋으세요. 저희 집도 엄마가 돌아가시기 전까지 엄마랑 아버지랑 사이가 좋았어요."

"그래……?"

"게다가 두 분 화해하셨다잖아요. 얼마나 보기 좋아요."

"그래도…… 적응이 안 되긴 마찬가지야."

히가시가 심난한 표정으로 자신의 얼굴을 손으로 쓸어내리자 윤서는 그의 어깨에 손을 올렸다.

"사장님이 바라던 평범한 일상이라는 게 이런 거예요. 그러니까 익숙해지세요."

히가시는 생각이 많은 눈빛으로 윤서의 얼굴을 쳐다보았다.

"얼른 방에 가요. 다른 식구들 선물도 챙겨야 돼요."

"알았어. 가자."

히가시는 다시 윤서의 손을 잡고 발길을 옮겼다.

윤서와 히가시가 방에서 나간 뒤 류미코와 료이치는 말없이 차를 마시고 있었다. 찻잔을 내려놓은 료이치는 조용히 류미코를 쳐다보았다.

「왜 그렇게 봐요.」

료이치는 나지막하게 한숨을 내쉬었다.

「그 아이…… 닮았더군.」

「저도 보고 깜짝 놀랐어요. 히가시도 참……. 어디서 그런 아이를 데리고 왔는지…….」

「얼굴이 기억나지 않는다고 했지만…… 속으로는 제 어미를 많이 그리워했겠지.」

「그랬겠죠.」

료이치는 찻잔을 내려놓은 류미코의 손을 꼭 잡았다.

「여보…….」

「됐어요. 이미 다 지나간 일인데, 어쩌겠어요.」

류미코의 말에 료이치는 그녀에게 감사한 표정을 지었다.

「그나저나 아가씨가 센스가 있네요. 우리가 좋아할 만한 것으로만 선물을 고른 게.」

「냉랭한 히가시 녀석을 옆에서 잘 감싸주겠더군.」

「그러게요. 여자에 결벽증이 있는 녀석인데 집에까지 데리고 온 걸 보면 결혼할 생각이겠죠.」

「응.」

류미코는 유과를 뜯어 작은 과자 접시에 담아 료이치의 앞에 놓았다.

「드세요. 맛있어 보이는데.」

「당신도 들구려.」

료이치는 유과를 집어 류미코에게 내밀었다. 그녀는 웃으며 료이치의 손에서 유과를 받아 들었다.

「당신과 이렇게 차를 많이 마실걸…… 후회스러워요.」

「지금이라도 같이 이렇게 차를 마시니 됐잖소.」

「여보, 너무 일찍…… 가지 말아요.」

류미코의 눈시울이 붉어지자 료이치는 그녀의 등을 다독였다.

「울지 말구려……. 당신 곁에 최대한 오래 남아 있으려고 노력할게.」

류미코는 붉어진 눈시울을 훔치며 료이치의 가슴에 머리를 가져다 댔다. 차의 온기와 창문으로 쏟아지는 햇살의 따뜻함 속에서 노부부는 서로의 체온을 나누며 오랫동안 서로를 꼭 안고 있었다.

저녁을 먹기 전 히가시는 윤서에게 집을 구경시켜 주었다. 땅이 넓기도 했지만 본가의 건물 말고도 별채와 손님 접대용 건물, 체육관 등 자잘한 부속 건물이 많았기 때문에 하루에 다 둘러보기도 힘들 것 같았다. 히가시의 손을 잡고 따라다니면서 윤서는 유타카 가문의 규모가 얼마나 큰지를 실감했다.

집을 대충 둘러본 후, 히가시는 정원으로 나가 자신이 좋아하는 비단잉어가 있는 연못으로 윤서를 데리고 갔다.

"우와! 연못이 진짜 크네요!"

윤서는 어린아이처럼 환하게 웃으며 달려갔다. 그녀는 연못가의 돌 위에 쭈그려 앉아 색색의 비단잉어들이 헤엄치는 모습을 신기하게 내려다보았다. 히가시는 웃으며 그녀의 옆에 섰다.

"내 친구들이야, 인사해."

히가시의 말에 윤서가 그를 올려다보았다.

"어릴 때부터 나에게 무슨 일이 있을 때마다 나를 달래주던 애들이야."

윤서는 고개를 숙이고 비단잉어들에게 손을 흔들었다.

"안녕! 나는 윤서야, 니들은 이름이 뭐니?"

그는 윤서가 쭈그려 앉아 있는 모습을 보자 어린 시절의 자신의 모습이 그녀의 모습 위에 겹쳐 보이는 듯한 착각이 들었다. 연

꽃잎 사이에서 군무를 추는 비단잉어를 한참이나 쳐다보던 윤서는 고개를 들어 히가시를 쳐다보았다.

"사장님은 학교 다닐 때 친구가 없었어요?"

"우리 집안의 이름 때문에 학교에 같이 다니던 동기들은 나를 가까이 하고 싶어 하지 않았어. 좀 많이…… 무서워했지. 기껏해야 집안에서 일하던 사람들의 자식들이나 내 옆에 모여들었는데 다들 나에게 잘 보이고 싶어 했었지만…… 그런 건 친구가 아니잖아."

"사장님은 어릴 때 굉장히 외로웠겠어요."

"사실 그 당시에는 그런 걸 느낄 겨를도 없었어. 하루하루가 긴장의 연속이었으니까."

"저도 그거…… 어떤 느낌인지 좀 알아요."

윤서는 시무룩해진 얼굴로 다시 연못으로 시선을 돌렸다. 그녀의 말뜻을 알고 있는 히가시는 그녀의 옆에 쪼그려 앉았다.

"아버지…… 만나러 가지 않을 거냐?"

"잘…… 모르겠어요."

"내가 너에게 뭐라고 할 수 있는 건 아니지만, 그래도…… 항상 네 마음속에 가시처럼 걸려 있을 거 아니야."

윤서는 턱을 무릎 위에 괴고 생각에 잠긴 얼굴로 한참이나 연못을 쳐다보았다.

"저는…… 아직도 두려워요. 벌써 10년이나 지난 일이지만 아직도 가끔씩 공기를 가르던 매 소리가 들려요. 저는……."

"괜찮아. 말 안 해도 알아."

히가시는 애잔한 얼굴로 윤서를 쳐다보았다.

"너를 행복하게 만들어주고 싶어. 다시는 가슴 아파하지 않도록."

"지금도 충분히 행복한데."

히가시는 윤서의 얼굴을 부드럽게 쓰다듬었다.

"고맙다. 식구들 만난다고 신경 써줘서."

"당연히 해야 할 일이잖아요. 저는 사장님 가족이 다들 화목하게 지냈으면 좋겠어요."

"너는 참 좋은 여자야. 알고 있지?"

히가시의 말에 윤서는 조그맣게 미소 지었다.

"사장님이 저를 이렇게 만든 거예요."

"아니, 난 아무것도 한 게 없어. 난 그저……."

히가시는 윤서의 이마에 살짝 입맞춤을 했다.

"난 그저…… 네 옆에 있고 싶을 뿐이야. 그러니까…… 너도 내 옆에 꼭 붙어 있어."

"알았어요."

윤서는 환한 미소를 지었다.

방 안에 들어와 옷을 정리하던 히가시는 누군가가 문을 두들기는 소리에 고개를 들었다.

「누구세요?」

잠시 망설이는 듯 방 밖의 사람은 대꾸가 없었다.

「나다. 들어가도 되나?」

켄지의 목소리에 본능적으로 튀어 나오려는 적개심을 히가시는 애써 꾹 눌렀다.

「무슨 일이지?」

「할 말이 있어. 일단 들어가서 이야기하지.」

문을 열고 들어오는 켄지의 얼굴은 딱딱하게 굳어 있었다. 히가시는 자리에서 일어나 그를 뚫어지게 쳐다보았다. 어색한 표정으로 서 있던 켄지는 어금니를 꽉 물었다. 오랫동안 골이 깊었던 이복형제는 윤서의 납치 사건 이후로 아직까지 얼굴을 마주 대한 적이 없었다. 히가시는 그가 왜 자신을 찾아왔는지 짐작이 되었지만 잠자코 그를 주시할 뿐이었다.

「할 말이 뭐지?」

켄지는 차마 입이 떨어지지 않아 벽을 향해 시선을 돌렸다.

「미안하다.」

히가시는 순간 어떻게 반응을 해야 할지 갈피가 잡히지 않아 미간을 구겼다.

「뭐가 미안하다는 거지?」

「어릴 때부터 내가 너에게 했던 일…… 그리고 다른 여러 가지 것들…… 용서해 줬으면 좋겠다.」

켄지를 히가시를 향해 90도로 허리를 굽혔다. 당황한 히가시는 켄지를 내려다보며 한참을 말이 없었다. 히가시는 이내 길게 한숨을 쉬며 켄지의 어깨를 잡아 그를 일으켰다.

「그만해. 괜찮으니까.」

켄지는 부끄러움과 어색함에 얼굴이 빨개져 히가시의 얼굴을 제대로 쳐다보지도 못했다. 그런 켄지에게 히가시는 손을 내밀었다.

「화해하지. 더 이상의 다툼은 의미가 없다는 걸…… 형도 잘 알 테니까.」

히가시의 입에서 형이라는 단어가 튀어나오자 켄지는 놀란 얼굴로 그를 마주 보았다.

「악수하자고. 지난 앙금이 한순간에 가시진 않겠지만…… 서로 노력해 보자고.」

켄지는 히가시가 내민 손을 마주 잡았다. 그런 켄지를 향해 히가시는 한마디를 잊지 않고 덧붙였다.

「윤서에게도 사과해. 그랬으면 좋겠어.」

켄지는 알았다는 의미로 고개를 끄덕였다. 히가시는 마주잡은 켄지의 손을 보며 마음속의 응어리가 하나 더 풀리고 있음을 알았다.

윤서와 히가시가 양손에 선물을 한 보따리씩 들고 식당으로 가자 이미 가족들은 식탁에 자리를 잡고 앉아 있었다. 기다란 식탁의 한쪽 끝에는 료이치가 앉아 있었고, 바로 그 옆에는 류미코가 앉아 그의 시중을 들어주고 있었다. 그리고 료이치의 왼쪽으로는 쿄우와 유리카가, 오른쪽으로는 류미코의 옆에 켄지가 앉고 그 옆에 쿄우의 아이들로 보이는 남자아이와 여자아이가 앉아 있었다.

가족들은 담소를 나누는 중이었던 듯 식당 안의 분위기는 훈훈했다. 선물을 손에 든 히가시는 낯선 풍경에 또다시 멈칫했다. 가족들이 이렇게 한자리에 모여 밥을 먹은 적이 몇 번 있었지만 그럴 때마다 분위기는 항상 냉랭했었다. 히가시가 멈칫거리고 있자 가족들의 시선이 그와 윤서에게 집중되었다.

「어머! 어머님, 저 아가씨가 도련님 여자 친구예요?」

유리카의 말에 류미코가 살짝 웃으며 대답했다.

「그렇대.」

「어서 오세요! 잘 오셨어요!」

유리카는 환히 웃는 얼굴로 윤서를 맞이하며 그녀의 손을 잡았다. 얼떨결에 유리카에게 손을 잡힌 윤서는 그 자리에서 90도로 허리를 숙여 그녀에게 인사를 했다.

「안녕하세요!」

「어머, 왜 그렇게 허리를 숙이고 인사를 해요. 안 그래도 되는데.」

윤서가 허리를 펴자 유리카가 그녀를 보며 활짝 웃었다.

「저는 유타가 집안의 큰며느리인 유리카예요.」

「저…… 저는 지윤서입니다.」

윤서가 긴장한 채로 대답하자 유리카는 그녀에게 다정한 시선을 보냈다.

「그렇게 얼어 있지 않아도 돼요. 히가시 도련님이 여자 친구를 사귄다기에 어떤 분인가 했더니…….」

유리카는 윤서의 손을 잡고 그녀를 식탁으로 이끌었다. 아이들의 호기심 어린 시선을 받으며 윤서는 어리바리한 표정으로 의자에 앉았다. 유리카는 고개를 돌려 여전히 멍한 얼굴로 못 박힌 듯 서 있는 히가시를 쳐다보았다.

「도련님! 도련님도 자리에 앉으세요. 뭐 하고 계세요.」

유리카의 말에 정신을 차린 히가시는 식탁으로 발길을 옮겼다. 히가시와 윤서가 자리에 앉자 아이들이 서로를 쳐다보며 입을 가리고 킥킥거리며 웃었다. 유리카는 그런 둘을 보며 살짝 눈을 흘겼다.

「사토루! 요미! 니들 지금 뭐 하는 짓들이니.」

「엄마! 그런데 삼촌 얼굴 좀 봐. 진짜 바보 같다고.」

사토루가 히가시의 얼굴을 향해 손가락질을 하자 유리카의 표정이 엄해졌다.

「버르장머리 없게!」

「아, 그런데 진짜 웃긴데 어떻게 해.」

「어휴, 애들이 정말…….」

「웃기니까 보고 웃는 게 당연하지, 그냥 놔둬.」

쿄우는 자신의 앞에 놓인 차를 한 모금 마시고 아이들을 부드러운 눈길로 쳐다보았다.

「당신이 다 받아주니까 애들이 버릇이 없어지잖아요.」

「네가 엄하니까 쿄우라도 받아줘야지. 둘 다 엄하면 어떻게 하니.」

류미코의 말에 유리카는 한숨을 쉬며 고개를 저었다.

「어머니, 그러지 마세요. 이이가 애들을 얼마나 망쳐놨는지 어머니는 모르실 거예요.」

「원래 한쪽이 엄하면 한쪽이 받아주고 그래야 되는 거야.」

고부 사이의 대화를 조용히 듣고 있던 쿄우는 윤서에게 자상한 미소를 지었다.

「오느라 고생 많았어요.」

「아니요. 공항까지 차를 보내주셔서 편하게 왔어요.」

「그래도 힘들었을 텐데.」

윤서는 고개를 돌려 여전히 안드로메다로 정신이 가출한 히가시의 다리를 발로 툭 건드렸다.

「사장님, 정신 좀 차리세요.」

윤서의 말에 히가시는 멍한 눈으로 고개를 돌려 그녀를 쳐다보았다.

「식사하셔야죠.」

「으...... 으응.」

그 사이 켄지도 윤서를 향해 가볍게 묵례했다. 윤서도 웃으며 켄지에게 고개를 숙여서 인사를 했다. 히가시는 익숙하지 않은 분위기에 아랫배의 어딘가에서 간지러운 느낌이 올라오는 걸 느끼고 있었다. 그는 심호흡을 하고 앞에 놓인 녹차를 단숨에 마셨다.

「와! 그럼 삼촌이 가게 뒤에 쭈그려 앉아 있던 언니를 취직시켜 준 거예요?」

「네.」

「진짜 소설 같다. 그렇지?」

「그렇다니까.」

요미는 사토루와 이야기를 나누며 얼이 빠져 있는 히가시를 보고 씩 웃었다.

아키꼬가 야심차게 준비한 후쿠오카 특선의 가이세키 요리(일본의 코스식)를 먹으며 윤서는 아이들의 질문에 답을 해주었다. 쿄우의 아이들은 그 나이대답게 밝고 환한 얼굴이었다. 윤서는 옆에서 아무 말 없이 고등어로 만든 야키모노(구이요리)를 먹고 있는 히가시를 쳐다보았다.

「저기…… 사장님.」

「왜.」

그는 어색함을 이기려 고개도 들지 않고 고등어 살을 입으로 꾸역꾸역 밀어 넣는 중이었다.

「뭐라고 말씀 좀…….」

「아아…… 모르겠어……. 정신이 가출하려고 해서…….」

윤서는 그런 히가시를 보며 한숨을 쉬었다. 문득 윤서는 쿄우와 켄지의 몫으로 사온 술이 생각나 발치에 내려두었던 짐을 뒤졌다.

「저기…… 이거…….」

그녀는 종이 가방 하나를 쿄우에게 내밀었다. 쿄우가 의아한 얼굴로 쳐다보자 윤서는 그를 마주보며 웃었다.

「술 좋아하신다고 해서 한국 전통주를 사왔어요.」

「네?」

「식사하실 때 한잔 드셔보세요.」

「아니, 뭘 이런 걸.」

쿄우는 미안해하며 가방을 받아 들었다. 윤서는 켄지 몫으로 사온 술이 들어 있는 가방도 그에게 건넸다. 그는 깜짝 놀란 표정으로 윤서를 쳐다보았다.

「받으세요.」

「아니…….」

「몸에 좋은 약술이라고 해서 사왔어요.」

켄지는 어색한 표정으로 윤서에게서 종이 가방을 받아 들었다. 그는 가방을 들고 머뭇거리다가 윤서를 향해 90도로 허리를 굽혔다.

「미안합니다.」

갑작스러운 켄지의 사과에 윤서뿐만 아니라 가족들 모두가 놀라 그를 쳐다보았다. 윤서는 어떻게 대답해야 할지 몰라 씁쓸한 얼굴을 하고 있는 히가시를 돌아보았다.

「아니…… 전…….」

「험한 꼴을 당하게 해서 미안합니다. 원하시는 게 있으면 뭐든지 말하세요.」

고개를 들지 못하는 켄지를 보던 윤서는 식탁을 돌아 그의 옆으로 다가갔다.

「괜찮아요. 많이 다치지도 않았고 이렇게 무사하잖아요. 고개를 드세요.」

켄지가 허리를 펴자 윤서를 그를 향해 미소를 지었다.

「제가 바라는 건 한 가지예요. 형제분들끼리 사이좋게 지냈으면 좋겠어요.」

이 광경을 보던 유리카는 자리에서 일어나 두 사람의 곁으로 다가왔다.

「맺힌 일은 털어버리고 이제 사이좋게 지내요. 켄지 도련님, 잘하셨어요.」

유리카는 윤서를 보고 자애로운 미소를 지었다.

「도련님을 용서해 주셔서 정말 고마워요. 요리 식기 전에 얼른 밥 먹어요.」

유리카는 윤서를 데리고 자리로 돌아왔다. 류미코와 료이치는 새삼스럽게 서로를 착잡한 얼굴로 마주 보았다.

잠시 침묵이 흐르자 분위기를 전환시키려는 듯 윤서에게서 받은 종이 가방을 열어본 쿄우가 작게 감탄사를 내뱉었다.

「이거…….」

「그거 문배주라고 한국에서 유명한 토속 소주예요. 꽤 독해요.」

「와, 아빠 땡잡았네.」

사토루가 쿄우를 보고 킥킥거리자 유리카는 철없는 자신의 아들을 살짝 노려보았다.

「저런 저속한 말은 어디서 배운 거야?」

「우리 건 없어요?」

「아니, 정말 저 애가!」

요미의 뻔뻔한 말에 윤서는 환하게 웃으며 둘을 쳐다보았다.

「있어요.」

윤서는 사토루와 요미의 몫으로 사온 CD가 들어 있는 가방을 둘에게 건넸다.

「어떤 그룹을 좋아할지 몰라서 골고루 사왔는데…….」

「와! 이거 뭐야, 게임 CD랑 아이돌 그룹 CD들이네. 누나 이 그룹 좋아하잖아!」

「어, 이거 가지고 싶었던 건데.」

CD를 본 아이들이 좋아하자 윤서는 내심 다행이라고 생각했다. 마지막으로 윤서는 유리카에게도 종이 가방을 건넸다.

「어머, 내 것도 있어요?」

「네, 별건 아니지만 마스크팩하고 화장품을 사왔어요.」

「너무 고마워요.」

윤서의 선물로 식탁은 순식간에 화기애애해졌다. 쿄우는 음식을 서빙하러 들어온 고용인에게 술잔을 가져다 달라고 부탁했다.

「귀한 술인데 맛 좀 봐야지.」

「여보!」

「아, 너무 그러지 말라고. 기분 좋은 날인데 니들도 한잔해라.」

쿄우는 켄지와 히가시를 쳐다보며 즐거운 표정으로 미소를 지었다.

식사를 마친 후 거실로 자리를 옮긴 식구들은 차를 한 잔씩 앞에 놓고 두런두런 이야기를 하는 중이었다. 쿄우는 술이 좀 취한 듯 얼굴이 살짝 빨개져 있었다. 그는 윤서를 쳐다보며 여유 있는 표정으로 웃었다.

「술 독하네요.」

「40도짜리라고 하더라고요.」

「그런데 맛은 참 좋았어요.」

쿄우는 윤서의 옆에 앉아 조용히 차만 마시고 있는 히가시를 물끄러미 쳐다보았다.

「야!」

쿄우의 부름에 히가시는 한쪽 눈썹을 올리고 그를 쳐다보았다.

「이 자식아, 속 좀 그만 썩여라.」

「형, 왜 그래.」

「진짜 저 두 자식들 때문에 내 속이 썩은 걸 생각하면…….」

쿄우는 골치가 꽤 아팠던 듯 깊이 한숨을 내쉬고 소파에 등을 기댔다.

「네가 고생이 많았다.」

료이치는 안쓰러운 얼굴로 쿄우를 쳐다보았다.

「저야 그냥 그랬죠. 고생은 아버지가 제일 많이 하셨죠.」

「네가 없었으면 여기까지 올 수도 없었을 거야.」

료이치는 한숨을 내쉬고 차를 한 모금 마셨다.

「내일 또 병원 가셔야죠.」

「그래야지.」

쿄우는 걱정스러운 얼굴로 료이치를 쳐다보았다.

「내일은 저랑 같이 가세요.」

켄지의 말에 료이치는 그를 부드러운 눈길로 보았다.

「고맙구나.」

「고맙긴요. 당연히 해야 할 일인데요.」

그때 사과를 우적우적 씹던 요미가 윤서에게 호기심 어린 눈빛으로 질문을 건넸다.

「그런데 언니는 우리 삼촌 어디가 좋아요? 삼촌 성질 진짜 더러운데.」

요미의 말에 윤서는 갑자기 웃음이 터져 마시던 녹차를 뱉을 뻔했다. 입안의 녹차를 겨우 수습하고 윤서는 활짝 웃으며 요미를 쳐다보았다.

「성격 그렇게 나쁘시지 않아요.」

「어머, 말도 안 돼.」

요미는 윤서를 향해 손사래를 쳤다.

「우리 집안 남자들은 성격이 다 나빠요. 켄지 삼촌도 얼마나 성질이……..」

「요미! 그만두지 못해!」

유리카의 호통에도 요미는 방언이 터진 듯 말하는 걸 멈추지 않았다.

「할아버지네 집에 올 때마다 먹은 게 얹힐 것 같았다고요. 무슨 묵언 수행하는 것도 아니고, 거기다가 서로 싸움질은 어찌나 해대는지…… 우리 아빠 빼고는 에휴, 정말……..」

요미의 말에 사토루는 옆에서 배를 잡고 웃었다. 유리카는 민망함에 어찌할 바를 몰랐다.

「쟤는 누굴 닮아서 저 모양이야.」

「엄마 닮아서 그래. 엄마도 할머니한테 맨날 안 참고 다 말하잖아.」

「아니 내가 언제…….」

「아아, 됐다고요. 할머니가 무서워 보여도 사실 엄마가 말발은 더 세잖아.」

요미의 말에 류미코는 입을 가리고 웃었다.

「어머니! 전 억울해요.」

「사실인데 뭘 그러냐. 시집오고 몇 년간은 시집살이를 했어도 그 뒤로는 네 맘대로 했잖니.」

「아니, 내가 이렇게 매도당하다니…….」

유리카는 억울한 표정으로 윤서를 쳐다보았다.

「윤서 씨, 이건 다 오해예요. 아시겠죠?」

「네.」

윤서는 유리카를 보며 터져 나오는 웃음을 겨우 참았다.

밤이 깊어서야 식구들은 각자 방으로 쉬러 들어갔고, 윤서는
히가시의 방을 구경했다. 어릴 적부터 썼다는 방에는 그가 사용
했던 물건들이 그대로 남아 있었다. 책꽂이를 살펴보다가 히가시
의 졸업 앨범을 찾아낸 윤서는 그걸 꺼내 책상 위에 놓았다. 방
으로 돌아온 이후로 내내 의자에 앉아 생각에 잠겨 있던 히가시
는 그제야 정신이 돌아온 듯 고개를 들어 그녀를 올려다보았다.

"왜 그렇게 정신없어 하세요."

"머리가 아파. 익숙하지 않은 분위기라."

"저는 괜찮은데 사장님이 더 힘들어 보여요."

"그래 보여?"

히가시는 윤서를 끌어당겨 자신의 허벅지 위에 앉혔다.

"오늘 잘해줘서 고마워. 집에 오기 전까지 정말 걱정을 많이
했었는데……."

"다들 좋은 분들이라 다행이에요."

"좋은 분들이라……."

히가시의 눈빛이 어두워지자 윤서는 그의 머리를 가슴에 끌어
안았다.

"사장님, 우리도 사장님 형님네처럼 좋은 가정을 이룰 수 있겠
죠?"

"나랑…… 결혼하고 싶어?"

"아직은…… 잘 모르겠어요. 하지만 결혼이라는 걸 한다면 사
장님이랑 하고 싶어요."

"난…… 네가 아니면 안 돼."

"……."

"너 말고 딴 여자는 내 인생에 존재하지 않아."

히가시의 나직한 음성에 윤서는 고개를 숙여 그의 입술에 자신의 입술을 겹쳤다. 두 사람의 혀가 얽히고 히가시는 손을 그녀의 스웨터 안으로 집어넣어 등을 천천히 부드럽게 쓰다듬었다.

"윤서야."

히가시의 진해진 눈빛을 쳐다보던 윤서의 얼굴은 빨갛게 달아올랐다.

"고생 많았어. 식구들 만나느라고."

"사장님도요. 이젠 이런 분위기에 익숙해지세요."

"노력은…… 해볼게."

이렇게 평범한 일상을, 서로가 서로의 근황을 묻고 서로 웃음을 나누는 이런 평범한 분위기를 낯설어하는 히가시의 어린 시절이 어땠을지 윤서는 그의 외로움과 상처 받았을 마음을 짐작조차 할 수도 없었다.

"사장님도 힘드시면 저에게 기대세요. 전 항상 사장님 곁에 있어요."

"그래…… 어디로 가지 마. 넌 내 거니까 어디로 가면 안 돼."

히가시는 다시 고개를 숙여 윤서의 가슴에 자신의 얼굴을 묻었다. 그녀는 그런 그를 어미 새가 아기 새를 품 안에 품듯 부드럽고 따뜻하게 꼭 안았다.

이불 안에 들어간 윤서는 졸업 앨범을 펼쳐 그 안의 사진들을 들여다보았다. 교복을 입은 까까머리 중학생들의 사진을 보자 그녀는 부러운 생각이 들었다. 중학교 때 가출한 윤서는 졸업앨범이 없었다. 검정고시를 보고 대안학교를 졸업하기는 했지만 그녀에게 십대는 암울한 기억으로 가득 찬 힘든 시간이었다.

세수를 마치고 방으로 들어온 히가시는 피식 웃으며 이불을 들추고 그녀의 옆으로 들어와 같이 졸업 앨범을 들여다보았다.

"졸업사진이 흑백이네요."

"우리 때는 대부분 흑백이었어."

"신기해요. 다들 교복을 입고 머리를 밀고 있잖아요."

"그때는 두발 단속을 했으니까."

졸업사진을 한 장 한 장 넘기던 윤서는 어린 히가시의 사진을 찾아냈다. 그녀는 그의 사진을 손가락으로 짚으며 히가시를 쳐다보았다.

"이거 사장님이죠?"

졸업 사진 속의 히가시는 쭉 찢어진 눈매에 냉랭한 분위기를 풍기고 있는 십대의 풋풋한 소년이었다.

"맞아, 나야."

"생김새는 지금이랑 똑같네요. 표정이 좀 굳어 있는 걸 빼고는."

"그렇게 보여?"

"네."

사진을 들여다보는 그는 복잡한 감정을 느꼈다. 그에게도 십대 시절은 힘든 시기였다. 친구가 없었던 그는 매일 유도를 하고 음악을 듣고 책을 보고 공부를 하는 것으로 외로움을 해소했다.

졸업 앨범을 들여다보던 히가시는 무언가가 생각난 듯 이불에서 빠져나가 책꽂이를 뒤지기 시작했다.

"아직까지 있었네."

히가시가 책 뒤에서 끄집어낸 것은 낡은 워크맨이었다.

"어! 그거 워크맨 아니에요?"

"맞아, 아는구나."

그는 책상 서랍을 뒤져 새 건전지를 찾아내 워크맨 속 방전된 배터리와 바꿔 넣었다. 그리고 플레이 버튼을 누르자 오래된 워크맨은 신기하게도 테이프를 돌리며 작동을 시작했다. 이어폰에서 흘러나오는 음악을 들으며 히가시는 잠시 생각에 잠긴 채 서 있었다. 그는 이부자리 안에 누워 있는 윤서를 물끄러미 내려다보았다.

"음악…… 같이 들을래?"

"네, 듣고 싶어요."

히가시는 워크맨을 윤서에게 넘겨주고 문 옆의 스위치를 눌러 전등을 껐다. 1인용인 요와 이불은 두 사람이 눕기에는 좁았다. 윤서는 조금 이따 자신의 방으로 돌아갈 생각이었기 때문에 히가시가 불을 끄자 당황했다. 히가시가 이부자리 안으로 들어오자 윤서는 그를 쳐다보며 곤란한 얼굴을 했다.

"저 좀 있다가 갈 건데……."

"알았어. 그냥 음악만 듣고 가."

창호지를 바른 창문으로 스며드는 불빛에 그의 얼굴선이 흐릿하게 보였다. 히가시가 팔을 내밀자 윤서는 그 팔을 베고 이어폰 한쪽씩을 나눠서 귀에 꽂았다. 이어폰에서는 애달픈 기타 선율이 흘러나왔다.

"이거 누구예요?"

"피비 스노우라고 알아?"

"처음 들어봤어요."

"'I don't want the night to end'가 노래 제목이야."

"노래랑 제목이랑 잘 어울리는데요."

"맞아. 저녁에 공부할 때 많이 듣던 노래야."

히가시는 윤서를 품 안으로 끌어안았다. 그녀의 커다란 눈과 작은 코, 도톰한 입술이 흐릿하게 방 안으로 새어 들어오는 불빛에 희미하게 보였다. 그는 몸을 일으켜 그녀에게 입맞춤을 했다. 갑작스러운 키스에 머뭇거리던 윤서의 손이 그의 등을 감싸 안았다. 욕정이 끓어오르는 거친 키스가 아니었다. 부드럽지만 슬프고 달콤하지만 마음이 아려오는 애절한 입맞춤에 윤서는 말없이 그의 머리와 목, 등을 부드럽게 쓸어 내렸다. 입술을 뗀 히가시의 눈은 아프게 젖어 있었다.

"왜…… 울어요."

"그냥…… 예전 생각이 났어. 지독하게 외롭고 고독하고 아무도 없었던 힘들었던 시절이…….”

"이젠 제가 있잖아요."

"알아. 나도…… 알고 있어."

히가시는 윤서의 목덜미에 얼굴을 묻었다. 윤서가 그의 머리를 부드럽게 안아주자 그의 눈에서 눈물이 한 방울씩 떨어져 그녀의 목덜미를 적셨다. 오늘, 그는 언제나 상상만 해왔었던 가족의 모습을 눈앞에서 봤지만 정작 그 안으로 비집고 들어갈 수가 없었다. 그동안 받아왔던 수많은 상처가 아물지 못한 채로 딱딱한 흉터처럼 굳어버린 그의 마음은 이제는 돌이킬 수가 없을 정도로 차갑게 변해 있었다.

소리 없이 흐느끼고 있는 히가시의 등을 토닥이며 윤서는 그를 위로했다.

"다 지나간 일이잖아요. 사장님이랑 저는 앞으로 살아갈 날이 더 많아요."

"나는…… 어쩌다가…… 이렇게 마음이 굳어버린 거지."

"사장님 잘못이 아니에요. 알고 계시잖아요."

윤서는 그의 머리를 쓰다듬었다.

"제 품에서 실컷 우세요. 그리고 다 잊어버리세요. 앞으로 잘 살면 되잖아요."

그녀는 자신보다 훨씬 넓은 어깨를 가지고 있는 히가시를 조용히 끌어안았다.

"괜찮아요. 앞으로도 모두 다 괜찮을 거예요. 그러니까 오늘만 울고…… 앞으로는 우리 울지 말아요."

윤서의 위로는 히가시의 마음속으로 스며들어 그의 아프고 쓰라린 상처들을 부드럽게 어루만졌다.

창호지로 스며드는 밝은 햇빛에 윤서는 눈을 떴다. 어제 밤 울고 있는 히가시를 달랜 후 그를 내버려 두고 올 수가 없어서 그대로 그의 품 안에서 잠을 청했었다. 눈을 비비고 고개를 돌리자 그녀의 등 뒤에는 히가시가 얼굴에 눈물 자국을 그대로 남긴 채 잠들어 있었다. 윤서는 그 모습이 안타까워 그의 얼굴을 천천히 쓰다듬었다.

서른을 훌쩍 넘긴 나이였지만 그의 마음속에는 아직도 상처투성이인 어린 시절이 그대로 남아 있었다. 몸에 입은 상처는 모두 아물었지만 마음의 상처는 쉽게 아물지 못하고 시간이 지나도 불쑥불쑥 수면 위로 떠올라 항상 인생을 쓰리고 아프게 만들었다. 그녀의 부드러운 손길에 히가시는 눈을 떴다. 자신을 슬픈 얼굴로 쳐다보는 윤서를 보며 그는 힘없이 웃어 보였다.

"기분은 좀 나아졌어요?"

"응."

"하루 만에 그 상처가 아물 거라고 생각은 안 하지만…… 힘을 내요. 사장님은 까칠한 게 잘 어울려요."

히가시는 윤서를 끌어당겨 품에 안았다.

"내가 허구한 날 장난만 쳐서 싫다며."

"싫어요, 짜증나거든요."

윤서의 솔직한 대답에 히가시는 쿡쿡거리며 작은 소리로 웃었다.

"너도 참 입에 발린 말을 못 해."

"그런 걸 잘했으면 가출하고 그 고생도 안 했을 거예요. 회사에서 잘리지도 않았을 거고요."

"네가 회사에서 안 잘렸으면 너를 못 만났잖아."

"저를 자른 놈들 다 벼락이나 맞았으면 좋겠어요."

그는 활짝 웃는 얼굴로 품에 안긴 그녀의 얼굴을 내려다보았다.

"너는 정말 사람을 우울해질 새가 없이 만드는구나."

"개그맨 시험이나 볼 걸 그랬다니까요."

"안 돼. 넌 내 거니까 나만 볼 거야."

히가시는 사랑스러운 눈빛으로 그녀의 이마에 입맞춤을 했다.

"너 닮은 애가 나오면 참 예쁠 텐데."

히가시의 느닷없는 말에 윤서는 깜짝 놀란 표정이 되었다.

"애…… 라뇨."

"내 아이를 낳아줘."

히가시의 갑작스러운 폭탄 발언에 윤서의 얼굴이 하얗게 질렸다.

"지금…… 무, 무슨……."

"지금 말고 나중에……."

히가시는 고개를 숙여 윤서의 입술에 진한 입맞춤을 했다. 윤서는 얼떨떨한 얼굴로 히가시의 입술을 받아들였다. 그가 자신의 위로 올라타려고 하자 그녀는 손바닥에 힘을 줘 그를 밀어냈다. 히가시는 의아한 얼굴로 그녀를 쳐다보았다.

"왜?"

"사장님 혹시……."

"혹시 뭐?"

"일부러……."

"무슨 말을 하는 거야."

"저 애 가지게 하려고 일부러……."

윤서의 말에 히가시는 갑자기 미친 듯이 웃기 시작했다. 그가 웃다가 눈물까지 보이자 그녀는 짜증이 나 그를 노려보았다.

"왜 웃어요."

"야, 너는 나를 그런 놈으로밖에 안 봤냐?"

"네?"

"학교 가라고 말한 게 난데 너한테 애를 가지게 하겠어?"

"그래도 모르는 거잖아요."

"크큭…… 아이고 배야."

"웃지 말란 말이에요. 나는 심각한데."

"알았다, 알았어."

히가시는 눈물을 닦고 삐친 윤서를 달랬다.

"조심할 테니까 걱정하지 마."

"사장님은 정말 어쩔 때는 짐승 같아요."

"원래 인간은 짐승이야. 본능을 너무 억누르고 살아도 안 된다고."

그는 윤서를 귀여운 강아지를 보듯 쳐다보았다.

"넌 아직 애를 키우기에는 너무 어려. 조금만 더 기다려 주마."

"아니, 그게 사장님 마음대로가 아니잖아요."

"글쎄, 그게 내 마음대로인지 아닌지는 두고 보면 알겠지."

히가시는 여유가 넘치는 표정으로 윤서를 꼭 껴안았다.

진우의 회사 근처에 있는 홍차 카페에 앉아 책을 보고 있던 인영은 고양이 피코가 다가와 그녀의 다리에 몸을 문지르자 그의 머리를 부드럽게 쓰다듬었다. 그녀의 앞에는 오렌지 피코로 만든 밀크 티가 놓여 있었다.

그때 문이 열리며 목도리를 둘러맨 진우가 카페 안으로 들어왔다. 차가운 바깥 공기 때문에 그의 안경에는 순식간에 습기가 찼다. 안경을 벗고 눈을 가늘게 뜬 진우는 인영을 보자 얼굴이 환하게 밝아졌다.

"언제 왔어?"

겨울의 한기를 담은 바람 냄새를 몸에 가득 안고 진우는 인영의 옆자리에 앉았다.

"온 지 얼마 안됐어."

"내가 맨날 기다리게만 하네."

진우는 목도리를 벗고 다정한 표정으로 인영의 얼굴을 쳐다보았다. 그는 카운터 너머에서 와플 반죽을 준비하던 아주머니에게 인사를 건넸다.

"안녕하세요."

"진우 씨는 오늘도 아쌈이야?"

"네."

"잠깐만 기다려요. 금방 준비해 줄게."

인영은 진우의 얼어붙은 볼에 손을 가져다 댔다.

"얼굴이 차가워."

"밖이 좀 춥더라고. 스쿠터를 타고 왔더니만."

"차 가지고 오지."

"주차할 데가 없잖아. 가깝기도 하고."

"작업은 다 끝났어?"

"거의. 이번 작업을 마치면 좀 쉬려고."

"그래. 거의 휴일도 없이 일했잖아."

"그것도 그렇고……."

진우는 잠시 말을 끊었다.

"나랑 이번 설에…… 어디 좀 갈 수 있어?"

"어디?"

"우리…… 집."

진우의 말에 인영은 당황했다.

"너희 집에…… 왜?"

"엄마가 너를 보고 싶어 하셔. 너희 엄마랑 우리 엄마랑 친했었잖아. 너희 엄마가 돌아가시고 연락이 끊겼었는데 너 만난다니까 엄마가 설에 너를 데리고 오라고 하시더라고. 부모님이 다 돌아가셔서 갈 데도 없을 거라고. 그래서 너한테 물어본다고는 했는데……."

"그렇지만……."

"좀 부담스럽지?"

진우는 조심스러운 표정으로 인영의 얼굴을 살폈다. 그녀는 시선을 아래로 향한 채 아무 말이 없었다.

"안 물어보려고 했었는데……."

"괜찮아. 갈게. 나 너희 할머니랑 부모님 뵙고 싶어."

"괜…… 찮겠어? 너무 무리하지 마."

"너희 할머니가 구워주셨던 생선구이가 참 맛있었는데."

"기억하고 있구나."

진우는 미소를 지으며 인영의 손을 꽉 잡았다. 중학생 시절, 진우의 할머니께서 하시던 식당에 종종 놀러 갔었던 인영은 할머니가 구워주신 생선구이와 찌개를 맛있게 먹고는 했었다.

"할머니가 네가 참 예뻤었다고 너 많이 보고 싶다고 하시더라고."

"많이 늙으셨어?"

"이젠 연세가 있으시니까."

"하긴……."

그때 주인아주머니가 아쌈과 와플이 담긴 쟁반을 들고 왔다. 와플은 스노우 슈가와 블루베리, 메이플 시럽으로 토핑이 된 먹음직스러운 비주얼을 자랑하고 있었다. 와플을 본 진우는 의아한 얼굴로 아주머니를 올려다보았다.

"웬 와플이에요?"

"인영 씨 먹으라고 구웠어. 진우 씨도 같이 먹어."

"마침 좀 출출했는데."

"이거 먹고 둘이 사이좋게 지내."

아주머니의 말에 진우가 그녀를 향해 활짝 웃어 보였다. 인영은 아주머니를 향해 감사의 눈인사를 건넸다.

한국으로 돌아오는 비행기 안에서 윤서는 앞좌석의 포켓에 꽂혀 있던 카탈로그를 꺼내 물건들을 찬찬히 살펴보고 있었다.

"뭐 사고 싶어?"

"아뇨. 뭐가 있나 봤어요. 그런데 정말 쓸데없는 물건들 많이 파네요."

히가시는 씩 웃으며 카탈로그를 같이 들여다보았다.

"이건 뭐예요. 대머리 위장용 캡? 이딴 걸 누가 사요?"

"사는 사람이 있으니까 카탈로그에 있겠지."

"진짜 돈 쓸데없이들 쓰네."

카탈로그를 찬찬히 넘겨보던 그녀의 눈이 어떤 페이지에서 멈췄다. 그녀가 유심히 들여다보던 물건은 유명 브랜드의 립스틱 세트였다. 윤서가 그것을 한참 보고 있자 히가시는 의아한 얼굴로 그녀를 쳐다보았다.

"립스틱 필요해?"

"제가 쓰려는 건 아니고…… 설에 사회복지사님께 선물할까 하고요."

"뭐 괜찮겠네. 여자들은 화장할 때 필요하잖아."

"가격도 적당한 거 같은데. 일본 면세점에서 사올걸."

카탈로그를 자세히 보던 히가시는 입꼬리를 올리고 여유 있는 미소를 지었다.

"이거 기내에서 살 수 있어."

"네?"

"잠깐만 기다려 봐."

그는 자리에서 일어나 비행기 뒤쪽의 케빈 크루들이 쉬고 있는 공간으로 걸어갔다. 스튜어디스에게 히가시가 뭐라고 말을 건네자 그녀는 웃으며 그를 뒤쪽의 패널 뒤로 안내했다. 5분 뒤 그는 손에 자그마한 종이 가방을 들고 다시 돌아왔다. 그는 자리에 앉자마자 윤서에게 종이 가방을 내밀었다.

"이게 뭐예요?"

"립스틱."

"네?"

윤서가 깜짝 놀라자 히가시는 한편으로는 우쭐하는 장난스러운 미소를 지었다.

"사고 싶다며."

"아니…… 제가 살 건데 왜 사장님이……."

"이번에 우리 식구들 선물 사느라 돈 많이 썼을 텐데 이 정도는 새 발의 피지."

"그렇지만……."

"빨리 받아. 팔 아파."

윤서는 결국 종이 가방을 받아 들었다.

"사장님, 자꾸 이러지 마세요."

"왜 그래, 서운하게."

"아무리 여자 친구라도 이렇게 해주시면 제가 죄송하잖아요."

윤서가 미안해하자 히가시는 그녀의 어깨에 살며시 손을 얹었다.

"괜.찮.아.요."

"그래도……."

"미래에 태어날 아이를 위해서도 이 정도 쯤이야."

히가시의 말에 윤서의 얼굴이 새빨갛게 달아올랐다.

"아니. 지금 그 이야기가 왜 나와요? 그리고 사장님이 청혼하면 누가 받아준대요?"

"야, 지윤서. 너 진짜……."

"제대로 결혼하자고 이야기도 안 한 주제에 무슨 애는……."

"청혼…… 받고 싶냐?"

히가시가 놀리듯 빙글빙글 웃으며 쳐다보자 윤서는 '쳇' 하며 고개를 돌렸다.

"누가 그렇대요?"

"그럼 뭔데."

"몰라요. 사장님은 진짜 무드 꽝이에요. 바보, 말미잘, 둔탱이, 멋대가리가 하나도 없어."

"왜 그래."

히가시는 낄낄거리며 윤서를 꼭 안았다.

"기다려 봐. 세상에서 제일 멋있는 청혼을 해줄 테니까."

"됐어요. 앓느니 죽지."

"귀여워 죽겠네."

히가시는 윤서의 볼을 살짝 꼬집었다.

"이번 설에는 나랑 같이 사회복지사님께 가자."

윤서는 놀란 얼굴로 그를 쳐다보았다.

"진짜…… 가실 거예요?"

"응. 그래도 인사라도 드려야지."

윤서는 나직하게 한숨을 쉬었다.

"그렇게 하세요, 그럼."

"왜, 안 내켜?"

"그냥요. 가면 아버지 이야기가 나올 게 뻔한데……."

윤서의 표정이 어두워지자 히가시는 그녀의 얼굴을 찬찬히 들여다보았다.

"내가 있잖아. 너무…… 두려워하지 마."

"잘 모르겠어요."

윤서가 입술을 깨물자 히가시는 측은한 표정으로 그녀의 머리를 쓰다듬었다.

"힘내. 알았지?"

윤서는 힘없이 머리를 끄덕거렸다. 그런 그녀의 어깨를 히가시는 꼭 껴안았다.

히가시는 '블랙잭'에 격일로 출근했다. 2월 중순까지는 업무 파악을 완전히 끝내고 회사에 집중할 예정이었기 때문에 몇 년간 쌓인 실적 보고서와 프로젝트를 파악하기 위해 서류만 보기에도 시간이 모자랐다. 책상에 수북이 쌓인 서류를 보던 히가시는 어깨를 두드리며 의자에서 몸을 일으켰다. 창밖에는 어느덧 어둠이 내려앉아 있었다. 어두운 밤의 풍경을 배경으로 유리창에 비친 자신의 모습을 쳐다보던 그는 윤서를 생각하며 미소를 지었다.

"잘하고 있나 모르겠네."

히가시는 전화기 액정을 들여다보았다. 그의 핸드폰 배경화면은 환하게 웃는 윤서의 사진이었다. 사진을 한참이나 들여다보던 히가시는 화면 속 그녀에게 입을 맞추었다.

"아무리 바빠도 전화 정도는 하라고."

그는 웃는 얼굴의 윤서의 사진을 검지로 톡톡 건드렸다.

"뭐, 네가 안 하면 내가 하면 되지만."

히가시는 부엌으로 가서 커피를 내렸다. 그는 부엌 옆의 유리문을 열고 오래간만에 정원이 있는 덱으로 나갔다. 어둠이 내린 서울 도심의 형형색색의 불빛들이 크리스마스트리의 장식용 전구처럼 밤의 세계를 밝히고 있었다. 그는 문득 따뜻한 윤서를 품에 안고 싶다는 생각을 했다.

"여보세요."

잠을 자고 있던 히가시는 휴대폰 소리에 침대 옆을 더듬거려 전화를 받았다.

[사장님…….]

전화기에서 흘러나오는 울음기가 밴 목소리에 히가시는 잠에서 깨어났다.

"윤서야, 왜 울어."

[사장님, 흑…….]

"울지 말고 말을 해봐, 왜 그래."

[악몽을…… 꿨어요.]

히가시는 한숨을 내쉬며 침대에서 몸을 일으켰다.

"무슨 꿈을 꿨어?"

[아버지에게…… 맞는…… 꿈이요.]

"지금 갈게. 거기 있어."

[오지 마세요……. 그냥 사장님 목소리를 듣고 싶었어요.]

"그러니까 같이 있자니까……."

윤서는 아무런 대꾸가 없었다.

"기다리고 있어. 어차피 좀 있다가 데리러 가려고 했어."

[너무 무서워요…….]

"알고 있어. 말하지 않아도 돼."

[그럼…… 빨리 오세요.]

"그래."

전화를 끊은 히가시는 머리를 쓸어내리며 한숨을 쉬었다. 그는 아직은 아버지를 만날 마음의 준비가 안 된 윤서를 자신이 너무 밀어붙인 것이 아닌가 싶어 마음이 좋지가 않았다.

"만나면 얼굴에 주먹을 한 방 날려주고 싶군."

히가시는 이를 꽉 깨물며 침대에서 내려와 욕실로 향했다.

히가시에게 문을 열어주는 윤서의 눈이 새빨갰다. 잠에서 깨어 혼자서 울고 있었을 그녀를 생각하자 그는 가슴이 찢어지는 듯이 아파왔다. 그는 아무 말 없이 그녀를 껴안았다.

"내가 왔으니까 울지 마."

히가시의 품에 안긴 윤서의 어깨가 조그맣게 들썩였다. 10년이 넘는 세월을 이 가녀린 어깨로 아픔과 상처를 혼자서 짊어지고 살아왔을 그녀를 생각하자, 그는 그녀가 안쓰러워 견딜 수가 없었다.

"힘들면…… 가지 말래?"

히가시의 말에 윤서가 고개를 저었다.

"……갈래요."

"오늘 꼭 안 가도 되잖아."

"그래도…… 갈래요. 더 이상은…… 아프기 싫어요."

그는 한숨을 쉬고 품에 안은 그녀의 등을 꼭 껴안았다.

"아직 새벽이니까 좀 더 자자. 알았지?"

그녀는 조그맣게 고개를 끄덕였다. 집 안으로 들어온 히가시는 겉옷을 벗고 윤서의 옆에 누웠다. 그는 그녀의 등에 자신의 몸을 꼭 붙이고 팔베개를 해주었다.

"너…… 그냥 나랑 살자."

"사장님……."

"오빠라고 부르라니까. 오.빠."

"오…… 빠……."

윤서의 나지막한 목소리에 히가시는 그녀의 허리를 감은 손에 힘을 줘 품 안으로 깊숙이 끌어안았다.

"이번 설 지나고 우리 집으로 짐 옮겨."

"하지만……."

"됐어. 너 이렇게 새벽에 혼자 우는 거 난 싫어. 너랑 같이 있고 싶기도 하고."

윤서는 히가시의 얼굴이 너무나 아파 보여 그의 품 안에 얼굴을 묻었다.

"오…… 빠……."

"그래, 오빠라고 부르니까 참 좋네."

그는 그녀에게 부드럽게 키스했다.

"지윤서, 울지 마. 앞으로 울 일이 있으면 내 앞에서만 울어. 혼자 울지 말고."

"그럴게요."

"그래. 그리고 나랑 약속했잖아. 더 이상 울지 않기로."

"네……."

윤서의 눈에 다시 눈물이 차오르자 그는 그녀의 머리를 자신의 품 안으로 당겨 꼭 안았다.

"윤서야, 난 항상 여기 네 옆에 있어. 나를 믿어. 하늘이 두 쪽이 나도 내가 너를 지켜줄 거야."

그의 힘찬 심장 소리와 따뜻한 체온에 둘러싸인 윤서는 불안

함이 녹아 없어지는 것을 느꼈다. 그녀는 그의 체취를 한껏 들이
마시며 그의 품에 더욱 매달렸다.

새벽녘까지 잠을 이루지 못했던 윤서는 히터의 따뜻한 열기에
자신도 모르게 잠에 빠져 들었다. 운전석에 앉은 히가시는 그런
그녀의 얼굴을 물끄러미 쳐다보았다.

"혼자 놔두는 게 아니었는데……."

히가시는 걱정스러운 얼굴로 앞을 보았다. 사실 그는 윤서를
그녀의 아버지와 만나게 하고 싶지 않았다. 하지만 아버지와의
문제를 해결하지 않고서는 그녀의 가슴 밑바닥에 깔려 있는 상처
가 결코 해결될 수 없다는 것을 알고 있었기 때문에 어렵다는 것
을 알면서도 그대로 두고 볼 수밖에 없었다.

"왜 이렇게도 너와 나는 삶이 어려운 걸까."

그는 나지막한 목소리로 혼잣말을 했다. 자신은 경제적으로
풍요롭기라도 했지만 윤서는 살아남기 위해서 어린 나이에 온
갖 일들을 다 겪어야만 했다. 그는 그녀의 아버지를 만났을 때
자신이 과연 이성을 유지한 채로 그의 얼굴을 볼 수 있을 것인지
자신이 없었다.

"어떤 인간인지 정말 면상을 한번 보고 싶기는 하네."

그는 이를 꽉 깨물고 핸들을 거머쥔 채 액셀을 밟았다.

윤서가 가르쳐 준 주소에 도착하자 히가시는 골목길에 차를
세우고 차창 밖으로 집을 올려다보았다. 그 집은 지은 지 오래된
듯한 2층의 다가구 주택이었다. 그는 윤서의 어깨를 조심스럽게

흔들었다.

"윤서야."

히가시의 부름에 윤서가 부스스 눈을 떴다.

"여긴⋯⋯"

"도착했어. 우리 내려야 돼."

"아⋯⋯."

윤서는 고개를 돌려 차창 밖을 내다보았다.

"왜 안 깨우셨어요."

"피곤해 보여서 일부러 안 깨웠어. 내리자."

윤서는 머리를 손가락으로 빗어서 정리하고 뒷자리에서 외투를 집어 들었다. 히가시도 운전석 문을 열고 차 밖으로 나섰다. 차에서 내려 2층의 양옥집을 쳐다보던 윤서는 크게 심호흡했다. 그녀의 표정은 의외로 담담해 보였다.

"가요. 이 집 2층이에요."

윤서는 앞장서서 이층집의 대문 안으로 들어갔다.

2층 집 앞에서 윤서가 현관문을 두들기자 안쪽에서 여자아이의 목소리가 났다.

"누구세요?"

"나야, 윤서. 문 좀 열어봐."

이윽고 현관문이 활짝 열리고 환한 웃음을 짓고 있는 십대의 여자아이 둘이 현관문 앞에서 윤서를 맞아주었다.

"언니!"

"잘들 있었어?"

윤서는 아이들을 껴안았다. 그때 한 아이가 안쪽을 보며 소리쳤다.

"선생님! 윤서 언니가 왔어요!"

아이의 부름에 안쪽에서 안경을 쓴 자그마한 중년의 여성이 걸어 나왔다.

"윤서야!"

현관으로 나온 중년 여성은 윤서를 껴안았다.

"도착했다고 전화라도 하지."

"잘 계셨죠?"

"그럼!"

윤서를 안은 여자는 이내 몸을 떼고 정다운 얼굴로 웃었다.

"얼굴이 많이 좋아졌네!"

"네."

"그런데 네 뒤에 서 계신 분은 누구니?"

중년의 여성이 히가시를 쳐다보자 그는 그녀를 향해 인사를 했다.

"안녕하세요. 유타가 히가시입니다. 윤서의 남자 친구입니다."

"네?"

히가시의 말에 중년 여성이 깜짝 놀랐다.

"남자 친구…… 라고요?"

"그렇게 됐어요……."

윤서가 쑥스럽게 얼굴을 붉히자 중년 여성은 이내 인자한 얼굴로 미소를 지었다.

"어서 오세요. 잘 오셨어요. 얼른 안으로 들어오세요."

집은 자그마한 거실과 부엌, 그리고 방 세 개와 화장실이 하나 있는 구조였다. 문을 열어줬던 십대의 여자아이 둘은 호기심이 가득한 눈으로 히가시를 쳐다보았다. 소파 구석에 앉은 히가시는 집 안을 한 바퀴 둘러보았다.

"이것 좀 드세요."

중년의 여성은 쟁반에 식혜와 과일을 챙겨서 거실로 나왔다.

"감사합니다."

히가시는 얼른 일어나서 그녀에게 쟁반을 받아 들었다. 윤서는 그녀의 뒤를 따라 부침개와 찐만두가 올려진 접시를 들고 나왔다.

"저는 사회복지사인 김영희예요. 윤서는 여기서 3년 정도 지냈었어요."

"이야기는 들었습니다. 덕분에 윤서가 학교를 다닐 수 있었다고 하더군요."

"네, 윤서가 참 노력을 많이 했어요. 기특한 아이죠."

그녀는 얼굴 가득 뿌듯한 표정을 지은 채 윤서의 머리를 쓰다듬었다.

"그런데 일본 분이세요? 그리고 언제부터 교제를 시작한 거예요? 깜짝 놀랐어요. 그동안 윤서가 남자를 사귄다거나 그런 이야기를 한 적이 없었거든요."

"아버지는 일본인, 어머니는 한국인입니다. 교제는 작년 11월 경부터 시작했습니다."

"얼마 되지는 않았네요."

"네."

"이런 걸 물어도 괜찮을지 모르겠지만…… 혹시 결혼도 생각하고 있나요?"

영희의 질문에 윤서의 얼굴이 새빨개졌다.

"복지사님……"

"결혼을 전제로 만나고 있습니다. 이미 저희 집 쪽에는 인사를 다녀왔고요."

"사장님!"

윤서가 엉겁결에 큰 소리를 내자 영희가 의아한 표정을 지었다.

"사장님?"

"아, 사실 이분이 제가 일하고 있는 가게의 사장님이세요. 그러니까……."

"그래?"

"네. 그게……."

"무슨 가게를 하세요?"

"술집을 합니다."

"어머…… 그래요?"

영희가 미간을 살짝 찌푸리자 윤서가 허겁지겁 변명처럼 말을 했다.

"아, 그 술집이 그냥 술집이 아니고요. 그게……."

"걱정하지 마십시오. 윤서가 남자 친구로 삼기에 절대 부끄러운 사람은 아닙니다."

히가시가 정색을 하자 의구심에 가득 찬 표정이었던 그녀의 얼굴이 서서히 풀어졌다.

"네가 선택한 분이니까 이상한 사람은 아닐 거라고 믿는다."

"절대, 절대로 이상한 분 아니에요."

"그래."

그녀는 안심한 표정으로 사과를 깎기 시작했다.

"네? 가게에 연예인이 많이 온다고요?"

"네."

소영과 희선이라는 이름을 가진 두 소녀는 식사 시간 내내 히가시에게 질문을 했다. 그녀들 역시도 영희가 데리고 있는 가출 소녀들이었다. 그녀들은 그 나이 또래다운 호기심에 가득 찬 얼굴로 히가시가 들려주는 이야기를 듣고 있었다.

"윤서 언니! 우리 언니네 가게에 놀러 가면 안 돼?"

둘 중 소영이라는 단발머리 소녀가 눈을 빛내며 윤서를 쳐다보았다.

"놀러오긴 어딜 놀러와. 미성년자가."

"아니, 거기 룩스 오빠들이 온다잖아."

"정신 차려. 딴 생각 하지 말고. 너 고등학교 제대로 졸업 못하기만 해봐. 가만 안 둘 테니까."

윤서가 정색하며 소영을 쳐다보자 그녀는 울상이 되어 히가시를 애원하듯 바라보았다.

"저희 나중에 놀러 가면 안 돼요?"

"고등학교 졸업하고 성년이 되면 한번 와요."

"우왓! 감사합니다."

소영은 희선이라는 긴 머리 소녀를 마주보며 활짝 핀 얼굴로 웃었다.

"다른 애들은 이번 설에 안 와요?"

"효경이랑 민선이는 내일 온대. 현영이랑 수영이는 마지막 날 오고."

"다들 바쁘네요."

"여기저기들 떨어져서 사니까."

"그러니까 말이에요. 저도 근래에는 제대로 통화도 못 해봤어요."

윤서는 그릇에 남은 떡국을 마저 먹으며 히가시를 마주보았다.

"떡국 더 드실래요?"

"그래, 한 그릇 더 줘."

윤서는 주방으로 가서 히가시의 그릇에 떡국을 더 담아왔다. 그런 그녀와 히가시의 모습을 영희는 뿌듯하게 쳐다보았다.

"윤서가 얼굴이 많이 좋아졌네요. 직장을 옮겼다고 그래서 많이 걱정했는데."

"처음에 가게에 왔을 땐 정말 말랐었어요. 그동안 다쳐서 아프기도 했고요. 그래도 요즘엔 살이 좀 쪄서 다행입니다."

"너 다쳤었니?"

영희가 걱정스럽게 묻자 윤서가 그녀를 향해 손사래를 쳤다.

"그냥 발목이 좀 삐었어요. 괜찮아요."

"몸조심하고 다녀. 다치면 돌봐줄 사람도 없는데."

"제가 발목이 다쳤을 때 사장님이랑 가게 분들이 저를 챙겨주셨어요. 너무 걱정하지 마세요."

"어머, 이렇게 감사할 데가."

영희는 감사한 얼굴로 히가시를 보았다.

"말만 들어도 너무 고맙네요."

"뭘요. 당연히 해야 할 일을 한 것뿐인데요."

히가시는 윤서를 사랑스러운 눈빛으로 바라보았다.

영희는 그런 둘이 예뻐 보여 흐뭇해하면서도 어딘가 안타까움이 섞인 표정으로 한숨을 쉬었다.

식사를 마친 히가시와 윤서는 영희와 함께 안방으로 들어왔다. 거실에서는 소영과 희선이 윤서가 사온 선물을 풀어보며 신나게 수다를 떠는 중이었다. 히가시와 윤서를 건너편에 앉히고 영희는 잠시 아무 말이 없었다.

"내가 무슨 이야기를 하려고 하는지는 알고 있지?"

영희의 질문에 윤서의 얼굴에 그늘이 드리워졌다.

"네, 알고 있어요."

"히가시 씨가 윤서와 결혼을 전제로 만난다니까 제가 하는 이야기를 윤서와 같이 들어주셨으면 해요."

"사실은 그것 때문에 윤서와 같이 내려온 겁니다. 윤서가 많이 불안해했어요."

윤서를 안쓰럽게 바라보던 영희는 장롱을 열고 안쪽의 서랍에서 무언가를 꺼내 앞에 놓았다.

"이게 뭐예요?"

"적금 통장이야. 네 이름으로 된."

"네?"

윤서는 깜짝 놀란 얼굴로 자신의 앞에 놓인 통장과 영희를 번갈아 쳐다보았다.

"무슨 적금 통장이요?"

"그동안 네가 나에게 보내준 돈, 한 푼도 안 쓰고 네 이름으로 적금을 들어서 모아뒀다. 네가 결혼하는 날 혼수 자금으로 쓰려고."

"네?"

김영희 복지사의 뜻밖의 이야기에 윤서는 어안이 벙벙했다.

"아니, 복지사님이 돈이 어디 있으셔서……."

"너에게는 말 안 했지만, 네가 우리 집에 오던 그날부터 지금까지 너희 아버지가 우리에게 매달 돈을 보내주셨어. 그 돈으로 아이들 생활비를 충당했었다."

그녀의 말을 듣고 있던 윤서의 얼굴에서 핏기가 가셨다.

"지…… 지금 무슨 말씀이신지……."

"내가 너를 맡았던 게 우연이 아니라는 소리야. 사실은 너희 아버지가 나에게 너를 잘 돌봐달라고 간곡하게 부탁을 하셨어."

"네?"

"지금부터 내가 하는 이야기를 잘 듣거라."

· · ·

"죗값을 치르고 싶습니다."

영희는 건너편에 앉아 있는 남자의 말을 잘못 들은 건가 싶어 눈을 깜빡였다. 평소 친분이 있던 박 경장에게 연락을 받았을 때, 그녀는 자식을 방치한 채 자신의 잘못은 결코 인정하지 않고 변명만 늘어놓는 전형적인 나쁜 부모를 생각하며 상담실로 들어왔다. 그러나 앞에 앉은 중년의 남자는 가슴 아픈 후회를 하는 표정으로 자신의 죗값을 치르고 싶다고 이야기하는 중이었다.

"지금 무슨 말씀이시죠?"

"제가…… 저희 딸아이를 때렸습니다."

"뭐…… 라고요?"

"제가 한 짓에 대해서 변명을 할 생각은 없습니다. 제가 그 아이가 집을 나가게 만들었어요."

탁자를 쳐다보고 있는 남자의 마주잡은 두 손이 떨리고 있었다. 그런 그를 쳐다보던 영희는 한숨을 쉬었다.

"일단 어떻게 된 일인지 상황을 설명해 보시죠."

남자는 고개를 들어 그녀의 얼굴을 쳐다보았다.

"2년 전에 아내는 비가 오는 날 딸아이 마중을 나갔다가 뺑소니를 당했습니다. 아내는…… 그 자리에서 즉사했습니다. 저와 아내는 세상에 일가친척이라고는 하나도 없습니다. 그저…… 우리 둘과 딸아이뿐이었죠. 그리고 나서 저에게…… 우울증이 찾아왔습니다."

잠시 말을 끊은 남자는 깊은 후회의 한숨을 내쉬었다.

"딸아이의 얼굴을 볼 때마다 죽은 아내의 얼굴이 떠오르더군요. 잊어보려고 술도 마시고 병원도 다니고 별짓을 다 했었는데 아이의 얼굴을 볼 때마다 마음속에서 분노가 치솟았습니다. '그날 저 애를 마중만 나가지 않았더라면……', ' 저 아이가 없었더라면……'. 저도 알고 있습니다. 딸아이의 잘못이 아니라는 걸요. 그 아이도 저와 같은 피해자라는 걸요. 그런데 술만 마시면 자제가 안 됐습니다. 세상의 불행이 모두 내 것인 것만 같고, 아내의 죽음이 딸아이의 잘못인 것만 같아 그 아이에게 손찌검을 했습니다. 나는 정말……."

그의 목소리가 떨려왔다. 고개를 숙이고 있던 그는 깍지를 낀 자신의 손에 힘을 줬다.

"정신을 차리고 보니 딸아이는 이미 집에서 나가 흔적도 없이 사라진 뒤였습니다. 아이를 찾기 위해서 사방팔방 안 다닌 데가 없었습니다. 그리고 이번에 경찰에서 연락이 와서 겨우 딸아이를 만나게 됐는데…… 아이가 저를 보더니 괴물을 본 것처럼 공포에 질려서 저를 피하더군요. 압니다. 왜 아니겠어요. 그 애에게 짐 승만도 못한 짓을 했는데……."

말을 계속 이어가기가 힘든 듯 그는 숨을 크게 들이마셨다.

"지금 와서…… 아이에게 용서해 달라고 뻔뻔하게 빌고 싶은 생각은 없습니다. 어떻게 저를 용서하겠어요. 저 어린것에게 그 렇게 가혹하게 매질을 했는데……."

고개를 숙이며 떨리는 목소리로 말을 하는 그의 이야기에 영 희는 깊이 한숨을 내쉬었다.

"그래서 어떻게 하고 싶으세요?"

그녀의 말에 그는 고개를 들었다.

"박 경장님이 그러시더군요. 복지사님이 아이들을 집에 데리고 계신다고……. 뻔뻔한 부탁인줄 알지만 저희 딸을…… 돌봐주세 요. 생활비는 제가 대겠습니다. 저 아이를 다시 거리로 내 몰 수 는 없어요. 제발…… 부탁드립니다."

그는 의자에서 내려와 영희를 향해 무릎을 꿇었다.

"제발 부탁드립니다. 저 아이는 갈 곳이 없습니다. 저랑은 절대로 다시 살려고 하지 않을 거예요. 그 아이가 무사히 고등학교를 졸업할 때까지만이라도…… 아이를 부탁드립니다. 제가 할 수 있는 건 다 하겠습니다. 제발……."

그는 차가운 대리석 바닥에 이마를 가져다 댔다. 그런 그를 쳐다보던 영희는 자리에서 일어나 그를 말렸다.

"이러지 않으셔도 됩니다. 제가 아이를 위한 시설을 알아봐 드릴 테니……."

그는 바닥에서 고개를 들었다.

"시설은 안 됩니다. 거기에선 아이들이 일정 기간밖에 머물지 못한다고 들었어요. 저 애에게 필요한 건 누군가의 관심입니다. 자신을 돌봐주고 따뜻하게 바라봐 줄 수 있는 사람이 필요해요. 저나 아내에게 부모님이 계셨다면 이 지경까지 오지는 않았을 텐데……. 저희 아이를 댁에서 맡아주실 수는 없나요? 정말 뻔뻔한 부탁인 줄 알지만……."

그의 앞에 쭈그리고 앉은 영희의 표정이 어두워졌다.

"제가 아이를 맡으면 그 뒤로 어쩌실 건가요."

"경찰에 가서 제가 한 짓을 다 밝히고 감옥에 가든 뭘 하든 죗값을 치를 생각입니다. 그리고 그 뒤의 일은 그때 생각해 보려고 합니다. 아마…… 앞으로도 그 아이 앞으로 제가 나설 일은 없을 겁니다. 저를 만난다는 게…… 그 아이에겐 얼마나 악몽 같은 일이겠어요. 그저…… 그 아이가 잘 지내는지 소식만 알 수 있어도 만족합니다. 그냥…… 저 같은 못난 인간이……."

입술을 깨물던 그의 눈에서 결국은 눈물이 흘러내렸다.

"왜…… 왜 아이에게 그런 짓을 한 걸까요. 그 애의 잘못이 아니었는데……. 어리석게도 나라는 인간은 엄마를 잃고 힘들어하는 아이를 다독여 주고 감싸줬어도 모자랄 판에 아이에게 매질을 했어요……. 아비라는 인간이…… 결국은 아이를 집밖으로 내몰았어요. 아이가 사라지고 나서 하루하루가 정말 지옥 같았습니다. 어디서 어떻게 지내고 있는지…… 험한 꼴은 당하고 있지는 않은지……. 제가 그런 말 할 자격이 없다는 건 압니다. 하지만……."

그가 더 이상 말을 잇지 못하고 눈물을 쏟아내자 영희는 휴지를 꺼내 그에게 내밀었다. 눈물을 닦는 그를 보며 그녀는 담담하게 이야기했다.

"이미 지나 버린 과거는 후회한다고 해도 다시 돌이킬 수 없어요. 어른이 어른인 이유는 자신의 분노와 감정을 아이들보다 더 잘 조절할 수 있기 때문입니다. 아이들은 사회적 약자예요. 당연히 어른들이 지켜주고 돌봐줘야 할 존재지요. 일이 이렇게까지 돼버려서 유감입니다. 그전에 도움의 손길을 받으셨다면 좋았을 텐데."

그녀는 착잡한 얼굴로 무릎을 꿇고 울고 있는 남자에게 손을 내밀었다.

"가서 죗값을 치르고 오세요. 윤서는 제가 돌보겠습니다."

"감…… 감사합니다."

남자는 그녀가 내민 손을 붙잡고 일어섰다.

"걱정하지 마세요. 제가 잘 돌볼 테니. 그리고 앞으로는 절대로 이런 일을 하지 않으셨으면 좋겠습니다."

"무슨 말씀인지 알고 있습니다."

"박 경장에게 연락할 테니 일단 경찰서에 가서 만나보세요."

"이 은혜는…… 잊지 않겠습니다."

남자를 쳐다보는 영희의 눈에 안쓰러움과 안타까움, 분노의 감정이 스쳐 지나갔다. 그녀는 깊이 한숨을 내쉬고 필요한 서류를 챙기기 위해 책상 쪽으로 몸을 돌렸다.

• • •

윤서는 어두운 표정으로 입술만 깨물고 있을 뿐 아무 말도 하지 않았다. 히가시는 한숨을 쉬며 영희를 마주 보았다.

"그래서 그 뒤로 어떻게 됐습니까?"

"윤서의 아버지는 자수를 했어요. 그런데 재판까지 가려면 피의자 진술이 있어야 한다는 이야기를 듣고, 윤서를 괴롭히기 싫어서 몸이 아픈 장애인들이 있는 시설에 가서 쭉 봉사를 하고 사셨어요."

"그랬군요."

"간간히 윤서가 어떻게 지내는지 전화로 안부를 물어오셨죠. 잘 지내고 있다고 하면 알겠다고 하시고 그냥 전화를 끊으셨어요."

방 안의 공기는 마치 커다란 추를 매단 것처럼 무겁게 가라앉았다.

"그런데 작년 말에 시설에서 전화가 왔더라고요. 윤서 아버님이 봉사를 하다가 쓰러지셨다고……. 병원에 가보니 뇌종양이라고 하더군요. 벌써 중추 신경계로 전이가 되기 직전이었어요."

"그게 무슨……."

숨을 흡 들이켜는 윤서를 영희는 안타깝게 쳐다보았다.

"지금 병원에 계신다. 의식이 돌아왔다 없어졌다 하셔. 작년 말에 병원에 갔을 때 의식이 돌아오신 적이 있었는데 나보고 그러시더라. 염치가 없지만 죽기 전에 네 얼굴을 한 번만 보고 싶다고……. 그래서 너한테 연락한 거야."

윤서가 충격으로 대꾸를 하지 못하자 히가시는 조심스럽게 질문을 했다.

"지금 어디 병원에 계십니까?"

영희는 화장대 서랍을 뒤져 명함을 꺼냈다.

"이 병원이에요."

"여긴……."

"네, 호스피스 병동에 계세요. 윤서의 아버지는…… 사실 날이 얼마 남지 않았어요."

영희는 아무 말 없이 주먹을 쥐고 앉아 있는 윤서를 가슴 아픈 얼굴로 쳐다보았다.

"너에게 아버지를 용서하라거나 그런 말은 하지 않을게. 네가 얼마나 괴로웠는지 나도 알고 있으니까. 다만 가서 얼굴이라도 한 번만 비추거라. 그래도 네 아버님이잖니."

"왜…… 그동안 아무 말씀도 안 하셨어요?"

"너희 아버지가 원치 않으셨어. 너에게 짐이 되기 싫다고…… 자기는 부모도 아니라면서 끝까지 너에게 아무 말 하지 말라고 하셨어. 너를 보고 싶다고 말씀하신 건 작년이 처음이자 마지막이었어."

"왜…… 왜 아버지는 끝까지……."

이를 악물고 있는 윤서의 눈에서 눈물이 방울져 흘러내렸다. 히가시는 그녀의 머리를 가만히 당겨 가슴에 안았다.

"미안하다, 윤서야. 이런 소식이나 들려줘서."

"제가 윤서랑 병원에 가보겠습니다."

히가시의 말에 그녀는 그래도 조금 안심이 된다는 눈빛으로 그를 보았다.

"부탁 좀 드릴게요. 윤서를 옆에서 잘 돌봐주세요."

병원으로 향하는 차 안에서 윤서는 아무 말이 없었다. 그녀는 그저 창밖을 멍한 눈으로 쳐다볼 뿐이었다. 조용히 앞만 보며 운전을 하던 히가시는 잠시 망설이다가 그녀에게 말을 걸었다.

"가지…… 말까?"

윤서가 고개를 돌렸다. 김영희 복지사의 집에서 한참을 울었던 그녀의 눈은 빨갛게 부어 있었다.

"마음이 안 좋으면 꼭 오늘 안 가도 되니까……."

"갈래요. 가서 제 두 눈으로 보고 싶어요. 아버지가 어떤 모습인지…… 제 눈으로 확인을 하지 않으면 아무것도 할 수가 없을 것 같아요."

"……두려워?"

히가시의 말에 윤서의 얼굴이 굳었다. 고개를 다시 창밖으로 돌려 눈에도 들어오지 않는 바깥 풍경을 쳐다보던 그녀는 한참을 꼼짝도 하지 않았다. 그녀의 머릿속에는 행복했던 어린 시절과, 엄마가 뺑소니를 당했던 비가 쏟아져 내리던 끔찍했던 밤과, 아버지에게 매질을 당하고 어두운 방 안에서 밤새 웅크리고 울던 비참했었던 십대 시절이 스쳐 지나가고 있었다.

"지금은…… 뭐가 두려운지 잘 모르겠어요. 복지사님을 만나기 전에는 아버지를 만나는 것 자체가 두려웠는데…… 이제는, 병원에 가서 제가 마주하게 될 광경이 두려워요. 전 그 긴 세월 동안 도대체 무얼 두려워하면서 살아왔던 걸까요?"

"그건……."

히가시는 조용히 한숨을 쉬었다.

"그건 네 잘못이 아니야. 내가 긴 세월 동안 어머니에게 받은 상처로 괴로워했던 것처럼, 너도 그런 것뿐이야. 스스로를 탓하지 마. 넌 나름 최선을 다해서 살아온 거니까."

"그 세월이 도대체 무슨 의미가 있었던 걸까요? 정작 제가 그렇게도 두려워하고 증오했던 사람은 제게 만나서 직접 이야기할 기회도 주지 않고 죽어가고 있는데요."

히가시는 갓길에 차를 대고 윤서의 얼굴을 물끄러미 쳐다보았다.

"윤서야."

그의 부름에도 그녀의 시선은 여전히 창밖으로 향해 있었다. 그는 그녀의 어깨를 붙잡고 자신을 보게 했다. 그는 눈에 눈물이 가득 고여 있는 그녀를 가슴에 끌어안았다.

"용기를 내. 내가 우리 어머니를 만나러 가기 전에 네가 나에게 말했잖아. 지금 와서 어떤 이야기를 듣더라도 다 지나간 일이라고. 너도…… 마찬가지야. 가서 아버지를 만나봐. 어쩌면 오늘이 아버지를 만날 수 있는 마지막 기회가 될지도 몰라."

윤서는 가녀린 손으로 히가시의 스웨터를 꼭 부여잡았다.

"가기 전에 실컷 울어. 그리고 아버지를 만나면 울지 말고 네가 하고 싶었던 이야기를 다 해. 가슴 속 저 밑바닥에 가라앉아 있는 아픈 찌꺼기 하나까지도 다 이야기해. 그리고 '그때 그 이야기를 할걸' 하고 나중에 후회하지 마. 알았지?"

윤서는 조그맣게 고개를 끄덕였다. 히가시는 그녀의 등을 다정하게 토닥였다.

"너랑 나는 참 비슷해. 알고 있어?"

그의 말에 윤서가 눈물이 범벅이 된 얼굴로 고개를 들었다.

"어쩌면…… 그래서 내가 너에게 본능적으로 끌렸나 봐. 오늘만 울고 우리 진짜 앞으로는 울지 말자."

히가시는 슬픈 얼굴로 그녀를 내려다보며 눈에 고인 눈물을 닦아주었다.

"가자."

윤서는 고개를 끄덕였다.

병원 앞에 도착한 윤서와 히가시는 차에서 내려 건물을 올려다보았다. 병원은 생각보다 규모가 크고 깨끗했다. 그 자리에 못 박힌 듯 서서 병원을 하염없이 쳐다보던 윤서의 옆으로 다가간 히가시는 그녀의 손을 꼭 잡았다.

"들어가자."

그녀는 그의 손을 잡고 발길을 옮겼다. 건물 안으로 들어간 히가시는 접수계로 다가가 직원에게 질문을 했다. 물끄러미 그의 뒷모습을 쳐다보던 윤서는 로비를 한 바퀴 돌아보았다. 밝은 햇빛이 가득 들어오는 병원의 로비 안은 따뜻하고 환하기까지 했지만 윤서는 어쩐지 그 광경이 비현실적으로만 느껴졌다. 그토록 오랜 세월 동안 두려움의 대상이었던 아버지가 의식이 없이 이 병원 어딘가에 누워 있다는 사실을 그녀는 믿을 수 없었다.

히가시는 멍하니 서 있는 그녀의 앞으로 다가갔다.

"담당자를 불러주신대. 여기서 잠시 기다리라고 하더라고."

"아……."

그는 그녀의 손을 꼭 잡았다.

"힘내. 알았지?"

윤서의 얼굴에는 비참함도 불행함도 슬픔도 어떤 감정도 보이지 않았다. 그녀는 단지 현실감이 없는 표정으로 히가시의 얼굴을 빤히 쳐다볼 뿐이었다.

5분 정도 지나자 하늘색 유니폼을 입은 중년의 아주머니가 로비로 내려와 주위를 두리번거렸다. 히가시는 자리에서 일어나 그녀에게 다가갔다.

"혹시 지승호 씨 담당자분?"

"아, 맞아요. 저는 지승호 씨 담당인 정미옥이에요. 안녕하세요."

그녀는 온화하게 미소를 지었다.

"네, 안녕하세요."

"혹시 자녀분 되세요?"

"아닙니다. 제가 아니라 저쪽이 지승호 씨의 딸입니다."

그녀는 히가시의 어깨 너머로 윤서를 쳐다보았다. 그녀는 고개를 숙이고 있는 윤서의 앞으로 걸어갔다.

"지윤서 씨?"

그녀의 부름에 윤서는 고개를 들었다.

"저는 아버님 담당인 정미옥이에요. 잘 오셨어요."

그녀가 내민 손을 빤히 쳐다보고 있다가 윤서는 천천히 손을 내밀어 그 손을 맞잡았다.

"가끔씩 김영희 복지사님이랑 자원 봉사하던 기관 분들이 지승호 씨를 찾아오긴 하셨는데, 좀 늦게 오셨네요."

"저희는 오늘에서야 지승호 씨가 이곳에 계신 걸 알았습니다."

히가시의 말에 미옥이 의아한 표정을 지었다.

"오늘에서야 알았다고요?"

"네. 오늘 김영희 복지사님 댁에 들러서야 지승호 씨가 이곳에 계신 걸 알았어요."

"흠······."

히가시의 말을 들은 그녀는 고개를 갸웃하면서도 그러려니 하고는 엘리베이터 쪽으로 손짓했다.

"일단 병실로 올라가시죠. 지승호 씨의 상태도 보실 겸."

"알겠습니다."

히가시는 윤서에게 손을 내밀었다. 그의 손을 붙잡은 그녀는 차마 떨어지지 않는 발걸음을 옮겼다.

"원래 호스피스 병동에는 의식이 또렷한 환자만 머물 수 있어요."

병실로 올라가는 엘리베이터 안에서 미옥은 간단하게 승호의 상태에 대해 이야기했다.

"저희가 듣기로는 의식이 있다 없다 하신다고······."

"맞아요. 한 달 전부터 상태가 급속하게 악화됐어요. 원래 규

정상 퇴원을 하셔야 되는데 김영희 복지사님이 지승호 씨가 퇴원하면 돌봐줄 가족이 없다고 계속 입원하게 해달라고 하시더라고요. 김 복지사님이 가족은 아니지만 원장님과 친분이 있으셔서 지승호 씨가 여기서 계속 계실 수 있게 됐어요."

"……얼마나 남으신 건가요."

윤서가 바닥을 내려다보며 떨리는 목소리로 묻자 미옥은 안됐다는 얼굴로 한숨을 쉬었다.

"길어봤자 한 달이에요. 더 짧을 수도 있고요."

이윽고 엘리베이터가 5층에 멈추었다.

"504호예요."

미옥이 손가락으로 가리키는 방향을 보는 윤서의 마음이 무겁게 가라앉았다. 병실로 한 걸음씩 내디딜 때마다 윤서는 마치 누군가가 바닥에서 손을 내밀어 그녀의 발을 잡아당기는 듯한 느낌이 들었다. 무거운 발걸음을 간신히 옮겨 504라는 번호표가 달린 방문 앞에 도착하자 미옥은 병실의 문을 열었다.

가습기가 켜진 병실 안은 환하고도 밝았다. 그리고 침대 위에는, 팔에 링거를 꽂고 코에 튜브를 꽂은 채 죽은 듯이 누워 있는 깡마른 중년의 남자가 있었다.

윤서는 그 자리에 못 박힌 듯 서 있었다. 10년 동안이나 꿈에서라도 만날까 두려워하며 피해 다녔던 아버지는 이제는 죽지도, 그렇다고 살아 있지도 않은 상태로 그저 침대 위에 산송장처럼 누워 있을 뿐이었다.

미옥은 윤서의 아버지 옆으로 다가가 큰 소리로 이야기를 했다.

"지승호 씨, 따님이 찾아왔어요. 기다리고 있었죠?"

그는 대답이 없었다.

"따님하고 이야기 좀 나누세요. 아셨어요?"

미동도 하지 않는 그의 얼굴을 내려다보며 미옥은 작게 한숨을 쉬었다.

"그럼 저는 나가볼 테니까 이야기 나누세요. 혹시라도 필요한 게 있으시면 저기 머리맡의 벨을 누르시면 되요."

"감사합니다."

히가시의 인사에 그녀가 미소를 지었다. 미옥이 방에서 나가자 히가시는 윤서의 손을 잡고 그녀를 침대의 곁으로 이끌었다. 표정이 굳은 윤서는 누워 있는 아버지를 아무 말 없이 무거운 눈빛으로 내려다보았다.

"난…… 나가볼게. 있고 싶은 만큼 있어. 하고 싶은 이야기도 많을 테니."

병실의 문을 닫기 전 히가시는 윤서를 돌아보았다. 침대 옆에 석상처럼 굳어 있는 그녀의 모습 뒤로 그림자가 바닥으로 길게 드리워졌다.

"비겁해."

핏기 없는 아버지의 바싹 마른 얼굴을 보며 윤서는 입술을 깨물었다.

"이게 뭐야. 이런 모습이나 보여주려고 나한테 그렇게 모질게 굴었던 거야?"

주먹을 꼭 쥔 윤서의 손이 바르르 떨렸다.

"차라리 잘 먹고 잘 살지 그랬어. 그럼 대놓고 원망이라도 하잖아. 그런데 이게 뭐야. 누가 아프래. 누가 나 몰래 복지사님한테 돈 보내래. 이럴 거면 애초에 나를 왜 때렸어."

아무런 움직임도 없는 아버지의 얼굴을 쳐다보던 윤서의 눈에서 눈물이 볼을 타고 흘러내렸다.

"내가 어떻게 살았는지 알아? 하루하루 죽지 않으려고 온갖 일을 다 하고 살았어. 다른 애들이 부모님 아래서 편하게 학교 다니고 공부할 때 나는 한 끼를 때우고 노숙 안 하려고 하루 종일 손이 부르트도록 일했어. 그런데…… 그런 나한테 고작 이런 꼴이나 보이는 거야? 응? 뭐라고 말 좀 해봐. 그렇게 아픈 척하고 누워 있지 말고……."

윤서는 하얀 시트 위로 고개를 파묻었다. 아프고도 시린 울음소리가 가늘게 새어나왔다.

"일어나…… 일어나라고……. 차라리 나한테 욕이라도 해봐. 미안하다는 말은 바라지도 않아. 이게…… 뭐야."

그녀의 가냘픈 어깨가 애처롭게 떨렸다. 고요한 병실 안에는 구슬픈 울음소리만이 가득 찼다.

"이렇게 죽을 거였으면 진작 나한테 찾아오기라도 하지. 이제 와서 나더러 어쩌라는 거야. 멀쩡할 때 왔으면 실컷 원망이라도 퍼부을 수 있었잖아."

그때 윤서 아버지의 눈에서 눈물 한 방울이 관자놀이를 타고 흘러내렸다. 울고 있는 윤서는 볼 수 없었지만 그의 눈꺼풀이 가늘게 떨렸다.

"죽지 마. 죽지 말라고. 나한테 실컷 미움 받으면서, 내 원망 다 받으면서 그렇게 살아……. 죽지 마."

윤서의 원망에 찬 울음소리는 한동안 그칠 줄을 몰랐다.

병실 복도에 앉아 있던 히가시에게 미옥이 다가왔다. 그는 고개를 들어 그녀를 올려다보았다.

"이거……."

그녀는 그에게 하얀 봉투와 열쇠 꾸러미를 내밀었다. 히가시는 미간에 주름을 잡고 그것들을 쳐다보았다.

"이게 뭔가요?"

"지승호 씨가 막 입원하셨을 때 써두신 편지랑 집 열쇠예요. 혹시라도 자기가 죽으면 김 복지사님께 전해 달라고 하셨어요. 그런데 제가 보니 복지사님보다 따님께 드리는 게 나을 것 같아서 말이죠."

하얀 봉투의 겉면에는 '윤서에게'라는 글씨가 적혀 있었다.

"감사합니다."

"지승호 씨가 말씀은 안 하셨지만 늘 사람들이 찾아올 때마다 혹시나 하고 기대를 하셨어요. 아마도 따님을 기다리셨던 것 같은데……."

"윤서에게도 사정이 있었습니다."

"그랬겠죠. 그래도 뒤늦게라도 찾아오셔서 정말 다행이에요."

"다행일까요?"

히가시의 말에 미옥은 의아한 표정으로 그를 쳐다보았다.

"아무리 뭐라고 해도 부모 자식 간은 천륜으로 이어져 있어요. 아무리 몹쓸 부모였더라도 죽기 전에 얼굴이라도 한 번 봐야죠."

"그랬으면 좋겠군요."

히가시는 심난한 얼굴로 고개를 돌렸다. 그의 얼굴을 잠시 쳐다보던 미옥은 작게 한숨을 쉬었다.

"가시기 전에 저에게 알려주세요."

"알겠습니다."

그녀는 등을 돌려 병원 복도를 다시 걸어 나갔다.

죽은 사람처럼 누워 있는 아버지의 얼굴을 한참 동안 쳐다보던 윤서는 눈물을 닦고 자리에서 일어섰다. 그녀는 아버지를 향해 나지막한 목소리로 말했다.

"다시 올게, 아빠. 절대로 내가 없을 때 죽지 마. 나 오기 전에 절대 죽으면 안 돼."

문을 열기 전 윤서는 고개를 돌려 마른 고목처럼 미동도 없이 누워 있는 아버지를 다시 한 번 쳐다보았다. 그녀는 병실 문을 열고 복도로 나갔다.

복도의 의자에는 히가시가 앉아 있었다. 문이 열리는 소리가 들리자 그는 고개를 들고 윤서를 쳐다보았다. 그는 아무 말 없이 자리에서 일어나 빨갛게 눈이 부은 그녀에게 다가갔다.

"이거……."

히가시가 내민 열쇠와 편지 봉투를 본 그녀는 그의 얼굴을 올려다보았다.

"이게 뭐예요?"

"아버지 담당자분께서 주셨어. 집 열쇠랑 편지 같은데……."

열쇠와 편지를 받아 든 윤서는 말이 없었다.

"이야기는…… 잘 했어?

그녀가 대꾸가 없자 히가시는 한숨을 내쉬었다.

"어떻게 할래. 이대로 서울로 갈래? 아니면……."

"저…… 이거 아빠 차 열쇠랑 아파트 열쇠예요. 아빠랑 살던 아파트에…… 한번 가보고 싶어요."

"괜…… 찮겠어?"

"가볼래요. 몇 달 동안 들른 사람도 없었을 텐데."

"그래. 그럼 같이 가보자."

히가시는 윤서의 손을 꼭 잡았다. 그녀가 고개를 들자 히가시는 옅은 미소를 지었다.

"아버지에게 다시 찾아오자. 알았지?"

"……네."

그는 그녀의 머리를 부드럽게 쓰다듬었다.

차로 돌아온 윤서는 히가시에게 건네받은 봉투의 귀퉁이를 만지작거리고 있었다.

"편지…… 읽어볼 거야?"

"모르겠어요. 그냥…… 지금은 보고 싶지 않아요."

"그래. 마음 내킬 때 읽어봐."

윤서가 중학생 때까지 살던 아파트는 병원에서 한 시간 정도 떨어진 변두리 지역에 있었다. 지은 지 족히 20년은 되어 보이는 낡은 아파트 앞의 주차장에 차를 주차시킨 둘은 차에서 내렸다. 아파트를 쳐다보는 윤서의 얼굴에 복잡한 감정들이 스쳐 지나갔다.

"10년 만이지?"

윤서는 고개를 천천히 끄덕였다. 다시는 돌아오지 않으리라 결심을 하고 떠났던 집은 그 자리에 그 모습 그대로 서 있었다.

"가자."

히가시가 내민 손을 잡고 그녀는 천천히 아파트 안으로 들어갔다.

문을 열고 집 안으로 들어서자 먼지 냄새와 곰팡이 냄새가 코를 찔렀다. 몇 달 동안 사람의 손길이 전혀 닿지 않았던 집 안에는 뿌옇게 먼지가 앉아 있었고, 싱크대에 쌓여 있는 그릇에는 곰팡이가 피어 있었다. 윤서는 거실의 창문을 열고 환기를 했다. 집 안의 모습은 그녀가 떠날 때와 별반 변한 것이 없었다.

히가시는 작은 거실과 부엌, 그리고 방문들을 천천히 둘러보았다. 그는 거실의 탁자 위에 놓인 액자를 들어 그 안에 들어 있는 가족사진을 물끄러미 들여다보았다. 먼지가 내려앉은 액자 속 가족은 행복하게 웃고 있었다.

"너 엄마를 닮았구나."

히가시의 말에 부엌의 씽크대 앞에 서 있던 윤서가 고개를 돌렸다.

"그런 말 많이 들었어요."

"어머니가 미인이셨네."

윤서는 힘없이 미소를 지어 보였다. 그녀에게 그렇게도 지옥 같았던 집은 이제는 아무도 살지 않는 공간이 되어 있었다. 외투를 벗은 윤서는 쌓여 있는 그릇들을 닦기 시작했다. 그릇에 핀 곰팡이들을 닦아내던 그녀의 어깨가 이내 가늘게 떨리기 시작했다. 부엌으로 들어온 히가시는 그녀의 어깨를 등 뒤에서 부드럽게 껴안았다.

"……울지 마."

"이게…… 뭐예요. 대체…… 왜……."

그릇을 씻던 윤서는 싱크대에 팔을 짚고 눈물을 쏟아냈다. 히가시는 그런 그녀를 따뜻하게 위로했다.

"괜찮아. 다…… 괜찮을 거야. 그러니까…… 그만 울어…… 응?"

그릇 위로 쏟아져 내리는 수돗물을 쳐다보며 그는 그녀의 마음속의 상처도 그릇 안에 핀 곰팡이가 씻겨 나가듯 그렇게 깨끗하게 없어지기를 간절히 바랐다.

그릇을 깨끗하게 씻은 윤서는 이윽고 자신이 쓰던 방문 앞에 섰다. 방문 손잡이를 잡기 전 그녀는 심호흡을 했다. 히가시는 걱정스러운 얼굴로 그녀를 쳐다보았다.

"못 열겠으면…… 내가 대신 열어줄까?"

"아뇨…… 제가 할게요."

한참을 망설이던 윤서는 이윽고 방문을 열었다. 흰색의 작은 장롱과 책상과 의자, 그리고 책꽂이가 놓여 있는 방은 떠났을 때의 모습 그대로 깔끔하게 정리되어 있었다. 방 안으로 들어간 그녀를 따라 히가시도 안으로 들어왔다. 윤서의 손이 떨리자 그는 그녀의 손을 꼭 잡았다.

"아담한 방이네."

"이 아파트로 이사 왔을 때 제 방이 생겼다고 좋아했던 기억이 나요. 그땐 정말 행복했는데……."

"이게 네가 보던 책들이야?"

책꽂이에는 위인전 전집과 소설책들, 그리고 참고서들이 꽂혀 있었다.

"이거……그대로 다 있었네요."

윤서가 책을 어루만지자 히가시는 그중 한 권을 꺼내서 책장을 천천히 넘겼다.

"줄도 많이 그어놨네. 어릴 때 책 좋아했어?"

"네. 나중에 작가가 되고 싶었어요."

"그래……."

윤서는 고개를 숙이고 입술을 깨물었다.

"……이 방에 다시는 발을 들이고 싶지 않았는데……."

그녀의 몸이 가늘게 떨려오자 히가시는 책을 책상에 내려놓았다.

"알고 있어. 나도 본가에 갔을 때…… 내 방에 가고 싶지 않았어."

"기분이…… 너무 이상해요. 아버지가 괜찮았었다면…… 제가 이 집에 다시 올 일이 있었을까요?"

"언젠가는 왔겠지……. 그게 언제였을지는 모르지만……. 그래도 이젠 다 지난 일이잖아. 그렇지?"

"……네."

"내가 힘들 때 네가 내 옆에 있어줬던 것처럼 나도 네 옆에 있을 거야. 그러니까 혼자서 모든 걸 감당하려고 하지 마."

"사장님……."

히가시는 웃는 얼굴로 미간을 살짝 찌푸렸다.

"사장님이 뭐야. 진짜 오빠라고 안 부르네."

"오빠……."

"그래. 오빠라고 불러. 알았어?"

"네."

그는 윤서의 등을 쓰다듬었다. 자신의 가장 끔찍했던 기억이 남아 있는 방 안에서 그녀는 그의 손길에 자신의 비참하고 아팠던 마음이 서서히 아물어가는 것을 느꼈다.

식탁에 앉아 편지를 읽던 윤서는 한숨을 내쉬며 그것을 내려놓았다. 맞은편에 앉아 차를 마시던 히가시는 그녀의 안색을 찬찬히 살폈다.

"무슨 내용이야?"

착잡한 표정의 윤서에게 편지를 건네받은 히가시는 잠시 머뭇거렸다.

"내가…… 읽어봐도 돼?"

"읽어보세요."

그는 잠시 동안 윤서의 얼굴을 쳐다보다가 이내 시선을 편지 위로 옮겨 글을 읽어 내려가기 시작했다.

— 윤서에게

네가 이 글을 읽고 있을 때는 이미 내가 의식이 없거나 이 세상 사람이 아닐지도 모르겠구나. 이제 와서 새삼스럽게 너에게 편지를 쓰려니 많은 생각이 머릿속을 스쳐 지나가는구나. 너와 헤어져 산 10년 동안 나는 너에게 했던 짓을 매일매일 후회했다. 어리석은 나는 네가 집을 나가고 나서야 비로소 너에게 내가 무슨 짓을 했었는지를 깨달았단다. 엄마를 잃은 네가 얼마나 힘들고 비참했을지, 나는 내 생각만 하느라고 네 마음을 헤아리지를 못했구

나. 뒤늦은 후회를 해봤자 아무 소용이 없다는 것을 알지만 그래도 너에게 사과를 하고 싶었다.

미안했고 미안하다, 윤서야.

시간을 되돌리고 싶지만 그럴 수 없다는 걸 알고 있기에, 이렇게 너에게 편지로나마 내 마음을 이야기하고 싶었다. 네가 나를 용서할 수 없다는 걸 잘 알고 있다. 너에게 용서해 달라고 말할 생각도 없다.

내 마지막 소원은 네가 앞으로 행복하게 사는 거야. 네 앞으로 아파트와 내 명의로 된 생명보험, 그리고 얼마 되진 않지만 그동안 모아둔 돈을 남긴다. 너에게 했던 짓에 대한 백분의 일의 속죄도 안 되겠지만 그래도 네가 받아주길 바란다.

행복하게 살거라. 사랑한다.

아버지라고 불릴 자격도 없는 아빠가

편지를 다 읽은 히가시는 손바닥에 얼굴을 묻고 있는 윤서가 안쓰러워 선뜻 할 말을 찾기가 힘들었다.

"어떻게 하고 싶어?"

"잘…… 모르겠어요. 저는 어떻게 해야 할까요?"

"글쎄……."

히가시는 한참을 윤서를 물끄러미 쳐다보고만 있었다.

"아버지가 돌아가시기 전까지…… 아버지랑 같이 있을래?"

윤서는 얼굴에서 손을 떼고 고개를 들었다.

"같이…… 요?"

"그래, 마지막 가시기 전까지라도 같이 시간을 보내봐. 어차피 여기서 병원이 그다지 멀지도 않잖아."

히가시는 윤서의 옆으로 자리를 옮겼다.

"윤서야. 어쨌든 부모는 부모야. 그리고 너에게 이렇게라도 사과를 하셨으니 한번 생각을 해봐. 네가 여기 있을 생각이면 내가 서울 가서 네 짐을 챙겨서 내려올게."

"오빠……."

"그러니 네가 하고 싶은 대로 해. 알았지."

윤서는 히가시의 목을 껴안았다. 그는 그런 그녀의 등을 부드럽게 토닥거렸다.

"힘내, 윤서야. 그리고 오늘은 날이 늦었으니까 여기서 자고 내일 내가 올라가서 짐을 챙겨 올게."

"……고마워요."

"고맙다는 말은 안 해도 돼. 이미 너와 나는 남이 아니야."

그는 윤서의 볼에 입을 맞추었다. 그녀는 히가시의 품에 안겨 난생 처음으로 자신의 일을 누구보다도 걱정해 주는 이 남자와 평생을 함께하고 싶다는 생각을 했다. 그녀는 이제 자신의 삶이 더 이상 외롭고 비참하다고 생각하지 않았다.

"사랑해요. 그리고 앞으로도…… 죽을 때까지 사랑할 거예요."

윤서가 그의 등을 꼭 껴안자 히가시가 나지막한 목소리로 웃었다.

"이미 사랑하는 거 아니었어?"

"사랑하고 있었지만 지금은 예전보다 더 사랑해요. 항상 제 옆에 같이 있어주세요."

"난 항상 네 옆에 있을 거야. 그러니 너무 걱정하지 마."

다음 날 아침 일찍 윤서를 병원에 데려다 준 히가시는 그녀의 옷가지를 챙겨서 내려오기 위해 서울로 차를 몰았다. 라디오에선 Ed Sheeran의 'Afire Love'의 잔잔한 멜로디가 흘러나왔다. 노래의 가사가 자신과 윤서의 이야기를 하는 것만 같아 그는 창틀에 팔꿈치를 기대고 머리를 쓸어 내렸다.

"나도…… 윤서처럼 할 날이 얼마 남지 않았군. 어쩌면……."

그는 차 안의 공기가 답답하게 느껴져 창문을 내렸다. 열린 창문을 통해 겨울의 싸늘한 공기가 들어와 그의 얼굴을 스쳤다.

"인생이…… 조금 더 쉬웠었더라면…… 지금처럼 나도 그 애도 살아간다는 게 힘든 일이라는 걸 깨닫지는 못했겠지."

그는 혼잣말을 중얼거리며 병원으로 들어가던 윤서의 쓸쓸한 뒷모습을 떠올렸다.

민호의 고향집에 도착한 료와 민호는 민호의 어머니가 차려준 떡국을 먹는 중이었다. 민호가 외아들인 데다가 작은 집이었기 때문에 명절에 그의 부모님은 민호가 아니면 집에 찾아올 사람들이 없었다. 식탁에 마주 앉아 민호와 료가 설 음식을 먹는 걸 쳐다보던 민호의 어머니는 컵에 물을 따라서 둘 앞에 각각 놓았다.

"감사합니다."

료가 넉살 좋은 표정으로 미소를 짓자 민호의 어머니는 부드럽게 웃었다.

"민호랑 같이 사는 거 힘들지 않아? 애가 워낙 붙임성이 없어
놔서."

"벌써 같이 산 지 꽤 됐잖아요. 민호가 아니었으면 저는 굶어
죽었을 거예요."

"민호가 밥 잘 해줘?"

"가게 사람들 민호가 없으면 다 밥도 못 먹고 다닐걸요. 가게
에서 없어서는 안 될 중요 인물이에요."

료의 말에 옆에서 떡국을 먹고 있던 민호는 그만 실소를 흘렸
다. 그런 민호를 쳐다보는 어머니의 눈에 걱정의 빛이 스쳐 지나
갔다.

"그런데 살이 많이 빠졌네. 어디 아팠니?"

어머니의 질문에 료가 민호의 눈치를 봤다. 민호는 고개도 들
지 않고 무뚝뚝하게 대답을 했다.

"살 뺐어. 살이 너무 많이 쪄서."

"그랬…… 어?"

"걱정하지 마. 안 아프고 잘 지내니까."

료는 민호의 무뚝뚝한 대꾸에 이 요령 없는 녀석을 어떻게 하
나 싶어 심란해졌다. 민호는 가출을 한 뒤 조직에 들어갔었던 일
때문에 아직도 부모님에게 미안해하고 있었다. '블랙잭'에 취직을
한 뒤 돈을 모아 부모님께 전세집을 마련해 드렸었지만 그는 그걸
가지고 굳이 생색을 내지도 않았다. 민호의 부모님은 여전히 생
계를 위해 일을 하고 계셨다.

"아빠는 언제 와?"

"좀 있다 오실 거야. 너 온다고 싱싱한 물고기 잡아오신다고 가

셨는데……."

어머니는 고개를 돌려서 벽에 걸린 시계를 쳐다보았다.

"오실 때가 됐네. 조금만 기다려 봐."

그때 초인종이 울렸다. 어머니가 문을 열자 민호만큼이나 키가 큰 그의 아버지가 안으로 들어왔다. 낚싯대가 들어 있는 백을 메고 아이스박스를 들고 집으로 들어오던 민호의 아버지는 민호와 료를 보고 함박웃음을 지었다.

"아이구, 내가 좀 늦었지? 어서들 와라."

아버지는 민호와 료의 앞으로 다가왔다.

"어디, 두 놈 다 얼굴 좀 보자."

사람 좋은 미소를 지으며 민호의 앞으로 다가온 아버지는 막노동으로 거칠어진 손으로 아들의 볼을 감쌌다.

"너 왜 이렇게 살 빠졌냐."

어린아이처럼 아버지의 손아귀에 얼굴을 잡힌 민호는 미간을 구겼다.

"이것 좀 놔요. 애도 아닌데."

"아빠가 아들 얼굴 좀 만질 수도 있지, 이제 나이 들었다고 빼냐?"

옆에서 그 모습을 지켜보던 료는 입을 막고 킥킥거리고 있었다.

"어이구, 료는 그새 더 잘생겨졌네."

민호의 아버지는 이번에는 료의 얼굴을 손으로 감쌌다.

"잘 있었지?"

"그럼요."

민호의 아버지는 껄껄거리고 웃으며 식탁 쪽으로 다가갔다.

"여보, 내가 물고기 잔뜩 잡아왔어. 애들 매운탕 좀 끓여줘."

"많이 잡으셨어요?"

료의 질문에 민호의 아버지는 냉장고에서 소주를 꺼냈다.

"니들 오는 줄 알고 오늘은 고기들이 잘 잡히더라. 큰 놈들로만 골라왔으니까 실컷 먹어라."

료는 식탁에 민호의 아버지와 마주 앉았다. 민호도 료를 따라 그 옆자리에 앉았다.

"사장님은 잘 계시지?"

"네, 잘 계세요."

"결혼은 안 하신다니?"

"곧 하실 것 같아요."

"그래? 그거 참 잘됐네."

민호의 아버지는 소주병을 따서 작은 소주잔에 소주를 따랐다. 그는 병을 들어 보이며 민호에게 눈짓을 했다.

"마실래?"

"난 됐어."

"너는?"

료는 소주잔을 두 손으로 들었다. 민호의 아버지는 료가 들고 있는 잔에 소주를 채웠다. 소주를 한잔 마신 민호의 아버지는 자신의 앞에 놓인 잔을 다시 채우고 오랜만에 보는 아들을 물끄러미 쳐다보았다.

"전화 좀 자주해. 집에는 자주 못 오더라도 목소리는 듣고 살자."

"바빴어."

민호의 퉁명스러운 말투에 료가 그를 보며 입꼬리를 올려 웃었다.

"얘 연애해요."

"뭐라구?"

부엌 쪽에서 물고기를 손질하던 민호의 어머니가 놀란 얼굴로 칼을 쥔 채로 뒤를 돌아보았다.

"그게 정말이냐?"

"아…… 진짜…….'

얼굴이 벌게진 민호는 료를 흘겨보았다. 민호가 자신을 흘겨보든지 말든지 료는 히죽거리며 부침개를 안주 삼아 소주를 홀짝거렸다.

"허참…… 하긴 여자 만날 나이가 됐지. 뭐 하는 여자냐?"

"그냥 대학생이야."

"그래?"

아버지의 질문에 민호가 무뚝뚝한 어투로 대답을 하자 료가 옆에서 낄낄거리며 웃었다.

"제가 소개시켜 줬어요. 얌전하고 예뻐요."

"언제 한번 집으로 데리고 와봐."

"뭘 데리고 와. 아직 그런 사이 아니야."

"뭐 일찌감치 장가가는 것도 나쁘진 않지."

"그러니까 말이죠."

아버지의 말에 맞장구를 치는 료를 보며 민호는 목을 졸라 버리고 싶은 충동을 느꼈다. 민호의 아버지는 료를 쳐다보며 인자한 웃음을 지었다.

"네가 있어서 얼마나 다행인지 모르겠다."

"별 말씀을요. 참 그리고 히가시 형이 저에게 가게 매니저를 맡겼어요. 민호는 부매니저 겸 주방 총괄이 됐구요."

"그래? 사장님이 왜?"

"집안에서 하는 회사로 돌아가신대요."

"흠, 하긴 그 양반도 이래저래 사연이 많은 것 같긴 하더라만."

민호의 아버지는 민호가 칼을 맞고 병원에 입원해 있을 때 봤던 히가시의 얼굴을 떠올렸다. 인상이 날카롭고 성질이 만만치 않아 보였지만 그의 웃는 얼굴은 티가 없고 천진난만하기 그지없었다. 아들이 조직에 들어간 이후로 노심초사 걱정만 하고 살아왔던 민호의 아버지는 히가시에게 그를 맡겨도 되나 불안해했었지만, 그의 말하는 모습과 웃는 얼굴을 보고 그가 결코 자신의 아들에게 해를 끼칠 인물이 아니라는 것을 알았다. 그리고 그의 예상대로 히가시 아래에서 민호는 조리사 자격증을 따고 착실하게 사회생활을 하고 있었다.

"저기 저거 보이냐?"

민호의 아버지는 거실의 구석을 가리켰다. 그곳에는 팔뚝만한 더덕이 들어 있는 술병이 있었다.

"저거 내가 담은 더덕주인데 이번에 올라갈 때 사장님께 가져다 드려. 저렇게 큰 더덕은 산삼보다 더 효능이 있단다."

"저런 건 어디서 난 거야?"

민호의 질문에 그의 아버지는 이를 드러내며 활짝 웃었다.

"심마니인 친구가 캐다 줬어. 그리고 사장님께 고맙다고 꼭 인사 전해 드려라."

"알았어."

민호는 여전히 무뚝뚝하게 대답했다. 그럼에도 그의 아버지는
뭐가 좋은지 껄껄 웃었고 료는 두 사람을 흐뭇하게 쳐다보며 소
주를 한 모금 더 홀짝거리며 마셨다.

교자상에 잔뜩 놓인 설음식들을 앞에 놓고 인영은 어쩔 줄을
몰라 하고 있었다. 부모님이 돌아가신 이후로 이런 명절 상을 대
하는 것도 처음이었거니와 자신에게 쏟아지는 관심의 눈초리가
부담스러워 내내 가시 방석에 앉아 있는 기분이었다. 인영의 얼
굴이 굳은 것을 본 진우는 그녀의 손을 살짝 쥐었다.

"많이 긴장돼?"

"아니…… 괜찮아."

진우의 어머니는 인자한 웃음을 머금고 인영의 앞으로 갈비찜
을 밀었다.

"어서 먹으렴. 그리고 그렇게 긴장할 거 없어. 다들 아는 얼굴
들인데 뭘 그러니."

그녀의 말에 인영은 고개를 들었다. 10년 만에 만난 진우의 부
모님과 할머니는 예전의 사람 좋던 모습 그대로였다.

"잘 먹을게요. 어머니도 저 신경 쓰지 마시고 식사하세요."

"진우가 너를 만난다고 해서 식구들이 다 깜짝 놀랐었어. 너희
아버지가 돌아가시고 네가 어떻게 사나 궁금하기도 했었고……
이래저래 얼마나 반가웠는지 몰라."

"그러게 말이다. 인영이는 내가 일찌감치 진우의 짝으로 찍어

됐었는데 말이지."

할머니의 말에 인영의 얼굴이 새빨갛게 달아올랐다. 그런 할머니에게 진우의 형수가 웃으면서 말을 건넸다.

"인영 씨가 그렇게 맘에 드셨어요?"

"얼굴 예쁘고 얌전하고 성격도 조신하고 공부도 잘하던 애였어. 어릴 때는 솔직히 진우보다 훨씬 나았지. 그리고 말이다, 진우가 인영이만 보면 어쩌나……."

"할머니!"

진우가 당황한 얼굴로 소리를 지르자 할머니는 그를 짓궂은 표정으로 쳐다보았다.

"왜 그러냐."

"아니, 할머니. 그런 이야기를 지금 왜 해요?"

"내가 다 봤거든. 지 방에서 인영이랑 같이 찍은 사진을 보고 거기다 대고 뽀뽀를……."

진우는 할머니의 옆으로 다가가 할머니의 입에 부침개를 집어넣었다.

"할머니, 이거 드세요."

그가 진땀을 흘리며 사태를 수습하려고 하자 식구들이 웃음을 터뜨렸다.

"형이 진짜 그랬어요?"

부침개를 씹으며 할머니는 당황한 표정의 진우를 한번 흘끗 쳐다보고 웃는 얼굴로 이야기를 이어 나갔다.

"어찌나 인영이 사진을 애지중지하고 인영이를 만나는 날이면 얼마나 멋을 냈던지……."

"제가 언제 그랬어요!"

"솔직히 너 독서부 들어간 것도 인영이 때문이었잖아."

진우의 어머니는 옆에서 할머니의 말을 거들었다.

"아니야! 아니라고."

"무슨…… 책이라고는 생전 글씨 한 줄도 안 보던 애가 독서부에 들어간대서 웬일인가 했었는데 그게 다 인영이 때문이었잖니."

"아니…… 아니라니까!"

"아! 나도 기억나네. 이 자식이 갑자기 도서관 간다고 해서 깜짝 놀랐었지. 진짜……."

형까지 가세를 해서 자신의 과거를 폭로하자 진우는 부끄러워 순식간에 얼굴이 새빨갛게 달아올랐다. 그런 그를 보며 인영은 터져 나오려는 웃음을 꾹 참았다.

"어휴, 여자도 안 만나고 뭐하나 했더니 결국은 인영이를 만나려고 그랬었나 보네."

"그러게, 원풀이해서 잘됐지 뭐냐."

진우의 아버지는 인영을 보며 환하게 웃었다.

"앞으로는 연락 좀 자주 하렴. 그래도 너네 부모님이랑 우리랑 친했었잖아."

"그럴게요."

"그래, 가족이다 생각하고 앞으로 자주 얼굴도 보여주고. 알았지?"

인영은 진우의 가족들을 향해 감사의 표정을 지었다.

"식겠다. 얼른 먹자."

진우 아버지의 말에 식구들은 수저를 들고 식사를 시작했다.

윤서는 조용히 침대 옆에 앉아 있었다. 오늘도 여전히 아버지는 의식이 없었다. 머리맡에 버티고 있는 환자 감시 장치의 모니터에 떠 있는 규칙적인 그래프만이 아버지가 살아 있음을 보여주는 유일한 증거였다. 그녀는 손을 뻗어 말라비틀어진 아버지의 손을 꼭 잡았다. 담당 간병인이 아버지를 잘 돌봐준 듯 손톱은 깨끗하게 손질되어 있었다.

"편지 읽었어. 돈 같은 거…… 필요 없어. 그냥…… 나를 이해하고 감싸주기만 했어도 됐는데……. 그거 읽었다고 아빠를 용서하겠다는 뜻은 아니야."

윤서는 아버지의 얼굴을 조용히 쳐다보았다.

"이제 날마다 여기 올게. 그러니까…… 내가 오면 눈이라도 한 번 떠봐."

그녀는 자신의 얼굴에 아버지의 차가운 손을 가져다 댔다.

"죽지 마, 알았지? 죽지 말고 오래오래 살아. 그래서 내가 결혼하는 것도 보고 그래."

그로부터 일주일 뒤 윤서의 아버지는 조용히 세상을 떠났다. 그는 결국 의식을 되찾지는 못했지만 얼굴 표정만은 한없이 편안해 보였다. 소식을 들은 김영희 복지사와 아버지가 봉사하던 시설의 관계자들, 그리고 블랙잭 식구들이 한달음에 병원으로 달려왔다.

아버지는 자신의 장례식을 염려했던 듯 이미 상조회에 회원으로 가입해 있었다. 아들이 없었던 관계로 히가시가 상주 노릇을 했고 블랙잭 식구들은 자신의 일처럼 장례식 절차를 돕고 손님을 맞았다.

화장터의 화로로 들어가는 아버지를 보며 윤서는 결국 참지 못하고 무너져 내렸다. 소리도 내지 못하고 오열하는 가녀린 어깨를 히가시가 꼭 껴안았다. 그녀의 어머니를 화장했던 날처럼 하늘에서는 하얀 눈이 펑펑 쏟아지고 있었다.

납골당으로 가는 차 안에서 히가시는 손수건으로 입을 막고 울고 있는 윤서의 손을 꼭 잡았다.

"좋은 데 가셨을 거야. 그러니까…… 너무 울지 마."

"진작에…… 아버지에게 와볼 걸 그랬어요."

"넌 최선을 다했어. 그리고 아버지랑 있으면서 마음속의 앙금을 다 털어버렸잖아. 그걸로 된 거야. 비록 의식은 없으셨지만 아버지도 네 마음을 다 알고 계셨을 거야."

"정말…… 너무…… 허무해요."

"괜찮아. 괜찮으니까 이제 울지 마."

히가시는 윤서의 어깨를 토닥거렸다. 윤서는 아버지의 마지막 모습을 떠올리고 있었다. 비록 의식은 없었지만 아버지의 얼굴은 그녀가 보았던 모습 중 가장 편안하고 행복해 보이는 표정이었다.

"앞으로 행복하게 살아. 알았지? 그게 아버지의 유언이었으니까 꼭 지켜."

"그럴…… 게요."

"그래."

그는 납골당으로 향하는 버스의 차창 밖을 내다보며 심난한 표정으로 긴 한숨을 쉬었다.

6. 당신과 나의 이야기들

설이 지나고 다시 평화로운 일상이 시작되었다. 블랙잭의 일을 료와 민호, 인영에게 얼추 다 넘긴 히가시는 본격적으로 회사로 출근할 준비를 하고 있었고, 민호를 도울 주방 보조는 이미 민호의 친구인 홍기의 소개로 뽑은 상태였다. 윤서는 지방에 있는 아파트를 처분하기 위해 아버지가 쓰던 살림 중에 몇 개만 빼고는 아버지가 봉사했던 장애인 시설에 기부하거나 중고품을 취급하는 가게에 팔았다. 아파트를 부동산에 내놓던 날, 윤서는 마지막으로 히가시와 함께 텅 빈 아파트를 찾아갔다.

"기분 괜찮아?"

거실에 서서 조용히 아파트를 둘러보던 윤서는 생각이 많은 듯했다.

"좀 이상해요."

"그럴 테지. 이 집엔 너의 나쁜 기억과 좋은 기억이 다 녹아 있을 테니."

"이 집을 제 손으로 팔게 될 줄은 몰랐어요. 다시는 이 집에 발을 들이지 못할 줄 알았는데."

"인생이란 알 수 없는 거야. 그래서 힘들기도 하지만 때로는 재미있기도 한 거고."

"일본에 계신 아버님도 많이 아프시잖아요."

"그쪽엔 가족들이 같이 있으니까."

아무렇지도 않게 말을 하고 있었지만 히가시의 얼굴에는 근심이 가득했다.

"너 언제 우리 집으로 이사할래?"

윤서는 히가시를 놀란 표정으로 쳐다보았다.

"그거…… 진심이셨어요?"

"난 원래 그런 걸로 농담 안 해. 내가 집에 사람을 들이는 걸 얼마나 싫어하는데 너한테 그런 농담을 하겠어."

"하지만 결혼한 사이도 아닌데……."

"넌 어쩔 때 보면 참 사고방식이 고리타분하단 말이지."

히가시는 윤서에게 어깨동무를 하고 즐거워 보이는 얼굴로 미소를 지었다.

"올라가면 당장 짐 옮기자. 알았어?"

"아…… 그렇지만……."

"이 정도면 충분히 기다려줬잖아. 그 좁은 원룸에서 빨리 빠져나오라고."

"알았어요."

윤서를 쳐다보는 히가시는 꿍꿍이가 있는 표정으로 입꼬리를 올려 미소를 지었다.

서울로 향하는 차 안에서 윤서는 아파트 앞 분식집에서 사온 김밥을 히가시의 입에 넣어주었다. 연휴가 지난 평일의 고속도로 는 차가 거의 없었다. 생수병을 따서 그에게 건넨 윤서는 김밥을 하나 집어 자신의 입에도 넣었다.

"좋네."

"뭐가요?"

"너랑 이렇게 별생각 없이 드라이브 해본 게 꽤 된 것 같아서 말이지."

"그러게요. 그동안 일이 많았어요."

"그래서 말인데, 서울에 올라가서 짐 옮기고 나면 간만에 같이 오토바이 타고 어디 좀 갈래?"

"어디요?"

"가보면 알아."

히가시는 그녀를 보며 씩 웃었다.

"먼 데 갈 거예요?"

"아니, 그렇게 먼 데는 아니야."

"그래요."

윤서는 김밥을 하나 집어 히가시의 입에 다시 넣어주었다. 그 의 꿍꿍이를 알 리가 없는 윤서는 서울로 올라가서 짐을 옮길 생 각으로 머릿속이 분주했다.

세간살이가 거의 없는 윤서의 짐은 히가시의 차로 두 번을 옮기자 더 이상 남아 있는 것이 없었다. 텅 빈 원룸 안을 둘러보던 윤서는 이 방에 처음 이사 왔던 날을 떠올렸다.

"아쉬워?"

"좀 그래요. 그래도 제 손으로 돈을 모아서 처음으로 마련한 방이었는데."

"이 방에서 너랑 나랑 많은 일이 있었잖아."

"그러게요."

히가시의 말에 윤서는 웃음을 지었다. 발목을 삐었을 때 그가 와서 병원까지 업어다 줬던 것과 술을 마시고 같이 잤던 것, 그리고 그가 새벽녘에 찾아와 이야기를 나눴던 일들이 꿈처럼 느껴졌다.

"그러고 보니 빌려온 책 아직도 돌려드리지도 않았네요."

"아, '풀잎 베개' 말이지?"

"네, 그 이야기를 읽으면서 참 마음에 와 닿는 부분이 많았어요."

"나도 그거 좋아해. 어릴 때 그 책을 읽으면서 연민이라는 감정이 무엇인지 궁금했었지."

"이제는 연민이 어떤 감정인지 알고도 남을 나이가 됐네요."

"그래, 맞아. 스스로에 대한 연민이 무언지도 뼈저리게 알 만한 나이가 됐지."

씁쓸한 히가시의 얼굴을 본 윤서는 그의 손을 꼭 잡았다.

"드디어 우리 집에 널 데리고 가네."

"그렇게 좋아요?"

"당연하지. 혼자 사는 건 이제 정말 지긋지긋하다고."

윤서의 손을 꼭 잡은 그는 그녀와 함께 원룸의 문을 닫았다.

짐을 대충 정리한 윤서는 히가시의 재촉에 두툼한 겨울 점퍼를 입고 주차장으로 내려갔다. 밖에는 벌써 어둠이 내려앉고 있었다. 털이 달린 라이더 재킷을 입고 오토바이에 시동을 걸던 히가시는 그녀에게 헬멧을 건넸다. 윤서가 헬멧을 쓰고 뒷자리에 앉자 그의 오토바이는 주차장을 빠져나갔다.

오토바이를 타고 한참을 달려서 도착한 곳은 남산 자락에 위치한 작은 레스토랑이었다. 그곳의 주차장에서는 서울의 야경이 한눈에 내려다보였다.

"와! 너무 예쁘다."

오토바이에서 내린 윤서는 주차장의 끝으로 다가가 서울의 야경을 보며 감탄했다. 헬멧을 오토바이에 단단히 묶은 히가시는 천천히 그녀의 뒤를 따라왔다.

"좋아?"

"너무 예뻐요."

"좋아해서 다행이네."

히가시는 윤서의 손을 꼭 쥐었다.

"들어가서 밥 먹자. 내가 자리 예약해 놨어."

"어, 제가 저녁 사드리려고 했는데."

"다음번에 사줘. 오늘은 내 차례야."

히가시와 윤서가 레스토랑 안으로 들어가자 따뜻한 공기가 그들을 감쌌다. 깔끔하고 모던한 분위기의 1층에는 평일이었던 탓에 손님이 드문드문 앉아 있었다. 그들은 직원을 따라 정원의 온실로 나갔다. 사방이 유리벽으로 되어 있는 온실에는 테이블 가운데 화로에 불이 피워져 있었다.

윤서와 히가시가 벤치에 앉자 직원이 그들에게 담요를 가져다주었다. 같이 담요를 무릎에 덮은 둘은 꼭 붙어 앉아 서로의 온기로 상대방을 따뜻하게 해주었다.

"생각보다 안 추워요."

"그렇지?"

"네, 야경도 잘 보이고요."

"예전에 여기 레스토랑 사장님이 가게에 온 적이 있었어. 그때 가게에 들르라고 명함을 주고 갔었는데 오늘 오면 좋을 것 같아서 와봤는데 괜찮네."

"피곤하지 않으세요? 운전도 오래 하고 짐도 나르느라 고생했잖아요."

"괜찮아. 이따 집에 가서 네 옆에서 푹 자면 되니까."

그의 말에 윤서의 얼굴이 빨갛게 상기됐다.

"예뻐."

"네?"

"예쁘다고. 예전보다 더 예뻐."

"아……."

윤서가 쑥스러워하며 고개를 숙이자 히가시는 그녀의 손을 꼭 잡았다.

"생각해 봤는데……."

히가시는 품속을 뒤적여 벨벳으로 된 작은 상자를 꺼냈다.

"이거······."

히가시가 상자의 뚜껑을 열자 그곳에는 족히 1캐럿은 될 듯한 다이아몬드 반지가 들어 있었다. 반지를 본 윤서가 놀라서 히가시를 쳐다보자 그는 머쓱한 표정으로 고개를 돌렸다.

"이거 줄 때가 된 것 같아서······."

"아니······ 이게······."

"사둔 지 꽤 됐는데, 오늘 우리 집으로 짐도 옮겼잖아. 네가 동거하는 건 싫다고 하니까······. 내 약혼자라면 괜찮지?"

"이거 저한테 청혼······ 하시는 거예요?"

"그게······ 그러네······."

히가시가 쑥스러운 표정으로 말하자 윤서는 환하게 웃었다.

"제가 거절하면 어쩌실 건데요?"

"야! 지윤서, 너 그러면 죽는다!"

히가시가 정색을 하자 윤서는 그의 얼굴을 손으로 감쌌다.

"나랑 결혼해 줄 거냐고 물어봐 줘요."

윤서의 진지한 눈빛에 히가시의 얼굴이 빨개졌다.

"나랑······ 나랑 결혼해 줘."

"······할게요. 그리고 죽을 때까지 옆에 있을게요."

윤서는 그의 입술에 쪽 하고 입을 맞췄다. 그는 눈을 감고 그녀를 자신의 품 안으로 꼭 끌어안았다. 그녀의 부드러운 입술에 다시 자신의 입술을 겹치고 그는 한참 동안이나 자신의 떨리는 마음을 진정시켰다. 입술을 뗀 그는 그녀를 빛나는 눈빛으로 쳐다보았다.

"오늘이 내 생에 가장 기쁜 날이야. 집을 나와서 블랙잭을 열었을 때보다도, 어머니를 만났을 때보다도 더 기뻐. 항상…… 나랑 같이 있어줘, 윤서야."

"전 항상 여기 있어요. 너무 고맙고 너무 사랑해요."

그는 그녀를 자신의 품 안으로 다시 깊숙하게 끌어안았다.

"생각했던 것만큼 로맨틱한 청혼이었어?"

히가시의 질문에 윤서는 반지를 만지작거리며 웃었다.

"그렇진 않았지만…… 이대로도 좋아요."

"뭐가 그렇진 않았지만이야."

"반지 끼워주세요."

윤서가 손을 내밀자 히가시는 그제야 그녀의 약지에 반지를 끼워주었다. 그녀의 손가락에서 반지는 둘의 사랑을 축복하듯 찬란하게 빛났다.

누군가를 사랑하고 함께하는 일이 이렇게도 사람을 행복하게 하는 것이라는 것을 히가시는 다시 한 번 깨달았다. 가녀린 윤서를 꼭 끌어안고 그는 이 밤이 끝나지 않기를 빌었다.

"취직 준비는 잘 돼가?"

"원서는 여기저기 내놨어."

"진우 형네 회사에도 냈어?"

"응."

"가게 되면 좋겠네. 열심히 했으니까 좋은 결과가 있겠지."

"나도 그랬으면 좋겠어."

"그 회사 가면 멋진 남자들도 많을 텐데, 불안해서 어떻게 하지?"

료가 농담처럼 말을 흘리자 세영은 정색을 하고서는 그를 쳐다봤다.

"그렇게 말하지 마. 그래도 너에 대한 마음은 진심이니까."

그녀의 예상치 못한 발언에 료는 머쓱한 얼굴이 되었다.

"너 나랑 만나는 거 진지하게 생각하고 있어?"

"왜 그래, 갑자기."

"난 너와의 관계를 나름대로 진지하게 생각하고 있단 말이야. 그런데 가끔씩 너는 선을 그어놓고 그 안으로 발을 못 들이게 한다는 느낌이 들어. 네가 나에게 딱히 잘못하거나 그런 건 아니지만 난 그래도 널 만나는 마음이 진심인데…… 네 마음은 정말 모르겠다고."

"아니, 나는……."

"너한테 강요하고 싶진 않지만 그래도 사귄다는 게 이런 건 아니잖아. 좋은 일이든 나쁜 일이든 같이 나누고 진심으로 대해야지. 내가 잘 노는 것 같아도 나는 가볍게 사람을 만나는 걸 싫어해. 나는 아직도 잘 모르겠어. 나에 대한 너의 마음이 어떤 건지를……."

잠시 할 말을 생각하던 료는 난처한 표정으로 팔짱을 끼었다.

"그렇게 느꼈다면 미안해. 그런데 나도 사람에게 마음을 열고 그런 걸 잘 못해. 너도 알고 있겠지만…… 나는 어릴 때 부모님을 잃은 데다가 히가시 형을 만나기 전까지는 거리에서 살았었어. 나도 잘 모르고 있었는데 그때의 기억 때문에…… 나는 근본적으로 사람을 잘 믿지를 못해. 히가시 형이나 민호나 인영이 누나는 워낙 같이 오래 지내왔고 서로에 대해서 잘 아니까 그냥 대할수가 있는데 다른 사람들에게는 그게 잘 안 돼."

료는 숨을 가다듬기 위해 앞에 놓인 아메리카노를 한 모금 더 마셨다.

"너에게 상처 주고 싶은 생각은 없었어. 나도 너를 좋아해. 그러니까 만나지. 나 때문에 마음이 상했다면 미안해."

"마음 상하진 않았어. 다만 궁금했을 뿐이야. 왜 너에게 다가갈수록 벽 같은 게 느껴지는지……."

세영을 물끄러미 쳐다보는 료의 얼굴이 굳어 있었다.

"기다릴게."

료는 그게 무슨 의미인지 가늠이 되지 않아 세영을 빤히 쳐다보았다.

"기다릴 테니까 마음을 열 준비가 되면 나에게 말해줘. 너의 그런 부분이 한 순간에 변할 거라고는 생각 안 해. 그래도 기다려 볼래. 넌 기다릴 가치가 있는 남자니까."

"세영아."

"내 믿음과 기다림을 헛된 것으로 만들지 말아줘. 그거 하나만 약속해 준다면 난 널 끝까지 믿을 거야. 약속해 줄 수 있어?"

료는 어떻게 대답을 해야 할지 망설였다. 여자를 몇 명 사귀어본 그였지만 지금까지 사귀었던 여자들은 그의 곱상한 외모나 언변을 보고 따라다닌 여자들이 대부분이었다. 그는 여자들에게 냉정하게 대하지도 않았지만 그렇다고 자신이 그어놓은 선 안으로 넘어오게 하지도 않았다. 그는 아직도 사람들에게 상처를 받는 일이 두려웠다. 늘 웃고 있는 얼굴을 하고 있는 것도 모두 사람들에게 상처받고 싶어 하지 않는 여린 마음에서 비롯된 것이었다.

그는 문득 자신의 굳게 닫힌 마음의 자물쇠를 열 수 있는 열쇠를 그녀가 가지고 있을지도 모른다는 생각이 들었다. 그녀는 자기가 만난 여자 중 처음으로 닫힌 마음의 문 앞에서 그 문을 열어달라고 두드리고 있는 여자였다. 료는 그녀를 보며 마음속 깊은 곳으로부터 진심으로 우러나는 미소를 지었다.

"고마워."

"뭐가."

"나를 그렇게 좋은 사람으로 봐줘서 고맙다고."

"넌 좋은 남자야. 그렇지 않았다면 너를 만나지도 않았어."

그는 손을 내밀어 그녀의 손을 꼭 잡았다.

"내게 조금만 더 시간을 줄 수 있어?"

"지금 그러려고 너에게 말하고 있는 거잖아."

"그래, 조금만 더 기다려줘."

"알았어."

세영은 료를 보며 안쓰러운 얼굴로 미소를 지었다. 그런 그녀의 손을 료는 힘을 줘 더욱더 꽉 붙잡았다.

"합격했어?"

며칠 뒤 세영은 진우의 회사인 스타 라이트에 합격했다는 소식을 듣고 이른 아침 료에게 전화를 걸었다. 그는 잠이 덜 깬 상태로 전화를 받고 뜻밖의 소식에 놀라 잠이 확 달아났다.

"진짜 축하해! 모여서 축하파티를 해야 되겠네."

[축하파티는 됐고 나 선물로 받고 싶은 게 있는데.]

"뭔데, 아무거나 말해봐. 다 사줄게."

[비밀이야, 나중에 만나면 이야기할게.]

"뭔데 그래?"

[나중에 말해준다니까. 그럼 전화 끊고 얼른 잠이나 더 자.]

세영은 활기찬 목소리로 전화를 끊었다.

그는 침대에서 일어나 민호의 방으로 건너갔다. 민호는 몸에 이불을 말고 자고 있었다. 요즘 가끔씩 민호는 퇴근 후 사라져서 집에 돌아오지 않고 바로 가게에 나타날 때가 있었다. 어디서 자고 왔는지는 안 물어봐도 알 수 있었기 때문에 료는 의외로 민호가 진도를 빨리 빼는 것에 살짝 놀랐다.

"민호야, 일어나 봐."

"왜 그래."

민호는 건성으로 대답을 했다.

"세영이가 스타 라이트에 합격했대."

"뭐라고?"

민호는 고개를 들고 료를 쳐다보았다.

"와! 진짜 축하할 일이네."

"그렇지?"

"모여서 파티라도 해야겠네."

"파티 해준다고 했더니 그건 됐고 나한테 받고 싶은 게 있다는데?"

"받고 싶은 거?"

민호는 일어나 머리를 손으로 슥슥 쓸어 넘기고 하품을 했다.

"뭐가 받고 싶다는데?"

"비밀이라는데. 만나면 이야기 해준다는데 너 뭐 짐작 가는 거 없어?"

"모르겠는데."

"아씨, 진짜 시원하게 말로 해주지. 여자들은 뭐 이렇게 빼는 게 많아."

"혜선이한테 물어볼까?"

"그래, 좀 물어봐. 뭔지 알아야 준비라도 해놓을 거 아냐."

"잠깐만 기다려 봐."

민호는 핸드폰을 가지고 와서 혜선에게 전화를 걸었다. 신호가 간 후 혜선이 전화를 받았는지 그의 표정이 부드러워졌다.

"여보세요. ……응, 오늘은 조금 일찍 일어났어. 어디 가고 있어? ……응, 그래. 추우니까 감기 조심하고. 나 뭐 좀 물어볼 거 있는데. ……아 그래, 나도 방금 들었어. 축하한다고 전해줘. 그런데 세영 씨가 료에게 뭐 받고 싶은 게 있다는데 뭔지 알아? ……그래?"

민호는 의외라는 얼굴로 전화기를 든 채 료를 쳐다보았다.

"알았어. 좀 이따 다시 전화할게. 바빠도 점심 거르지 말고 먹어. 그래. 끊어."

료는 민호에게 씩 웃어 보였다.

"너네 되게 다정하다. 도대체 진도를 어디까지 나간 거야."

"그런 건 네가 알 거 없고, 너 아직 세영 씨랑 키스도 안 했냐?"

"혜선 씨가 그래?"

"그렇게 말하던데, 진짜야?"

"에이, 씨…… 그런 이야기도 서로 다 하나보네."

료는 쑥스러움에 고개를 돌렸다.

"어떻게 하다 보니까 그렇게 됐어."

"너도 참 말은 그럴듯하게 하는데 실전에서는 약하단 말이지."

"아, 뭐래. 아니거든."

료는 민호를 쏘아보았다.

"너도 알다시피 그냥 여러 가지 생각이 많았어. 관계를 진지하게 생각하니까 뭐든 함부로 하기가 좀 그렇더라고. 그렇다고 내가 걔를 안 좋아하는 건 아닌데……."

"너한테 받고 싶은 게 그런 종류인 모양인데."

"그런 종류라니."

"뭐 좀 돌려 말하자면…… 육체적인 애정 표현쯤 되려나."

"육…… 육체적인 애정 표현?"

"아니, 뭐 말이 그렇다고, 벌써 만난 지 꽤 됐잖아. 네가 키스도 안 했다니까 의외라서 말이지."

"허, 내참."

료는 갑자기 낄낄거리며 웃기 시작했다.

"갑자기 왜 웃어, 미친놈처럼."

"아니, 그냥. 천하의 겐자부로 료가 여자가 키스를 해달란 소리를 하게 만들다니, 웃겨서."

"너도 이제 철이 좀 들려나 보지. 사실 말하자면 넌 연애도 제대로 해본 적이 없었잖아."

"그러는 너는."

"나는 뭐든 하면 제대로 한다고. 너랑 똑같은 줄 아냐."

민호는 자리에서 일어나 책상 위의 노트북을 켰다.

"그동안 입사시험 준비하느라 고생했을 텐데 맛있는 거라도 먹여줘. 아님 집으로 데리고 와서 넷이 같이 요리를 해서 먹어도 되고."

"그래야지, 말로는 괜찮다고 했어도 뭐든 해주고 싶거든."

료도 민호의 옆으로 다가갔다. 민호는 노트북에서 포크 텐더로인 레시피를 검색하고 있었다.

"이거 해 먹을래? 오븐에 굽기만 하면 되니까 간편하거든. 채소를 곁들여서 먹어도 좋고."

"그러지 뭐."

"밥 먹고 혜선이랑 내가 자리를 피해줄 테니까 잘 해보셔."

료는 민호의 어깨에 손을 올렸다.

"야, 손민호, 네가 언제부터 내 연애 코치가 됐냐."

"내가 언제까지 네 뒤에 찌그러져 있을 줄 알았냐?"

민호는 여유 만만한 표정으로 팔짱을 꼈다. 그런 그의 머리를 료가 뿌듯한 표정으로 쓰다듬었다.

"내 수제자가 이렇게 커서 기쁘기 한량없다. 이만 하산해도 되겠어."

"웃기고 있네. 너나 잘해, 인마."

민호는 웃는 얼굴로 료의 복부에 가볍게 펀치를 먹이는 시늉을 했다.

❖

히가시는 전화기 건너편에서 들려오는 큰어머니 특유의 하이톤의 목소리에 인상을 썼다.

　[우리는 워낙 초대할 사람이 많으니까 결혼식은 너네 형처럼 집에서 할까 하는데 어떠니?]

　「꼭 사람들을 다 불러야 돼요?」

　[네가 싫어도 어쩔 수 없어. 집안 행사니까. 그리고 윤서는 챙겨줄 친정 식구도 없잖아.]

　「그렇긴 하지만.」

　[결혼식용 기모노도 맞춰야 되고 예물도 사줘야 되니까 집에 데리고 오렴.]

　「그냥 결혼식 할 때 가면 안 됩니까?」

　[무슨 소리를 하는 거냐, 결혼은 인륜지대사야. 아무튼 한 달 후에 결혼식을 올릴 테니 그런 줄 알거라. 그 안에 윤서만 보내든지 너랑 시간 내서 같이 오든지 그래. 너도 턱시도도 맞춰야 되고 할 게 많으니까.]

　히가시는 나직하게 한숨을 쉬고 큰어머니에게 천천히 대답했다.

　「알겠습니다.」

　[결혼한다니까 좋긴 한가 보구나. 네 입에서 알겠다는 소리가 나오는걸 보니.]

　그녀의 말에 히가시는 헛웃음을 내뱉었다.

　[그럼 오기 전에 전화하렴. 알았니?]

　「네.」

전화를 끊은 히가시는 소파의 등받이 위에 고개를 젖히고 앉았다. 모처럼 스케줄이 없는 일요일 아침에 걸려온 큰어머니의 전화를 받고 나서야 그는 비로소 자신이 결혼이라는 것을 한다는 걸 실감하는 중이었다.

"결혼…… 결혼이라."

그는 혼잣말을 중얼거리며 침실로 들어갔다. 윤서는 맨 어깨를 드러내고 잠에 빠져 있었다. 히가시는 그 옆에 앉아 그녀의 잠든 얼굴을 다정스럽게 내려다보았다. 그는 그녀의 하얗고 부드러운 어깨를 천천히 쓸어 내렸다. 그의 손길에 윤서는 깼는지 잘 떠지지도 않는 눈을 움찔거렸다.

"언제…… 일어났어요."

"아까 전화가 와서 일어났어. 큰어머니가 결혼 준비한다고 너랑 나랑 일본에 오라고 하는데……."

"일본…… 에요?"

"결혼식을 크게 하실 건가 봐. 하긴 뭐 집안 행사나 마찬가지니까 어쩔 수는 없지만……."

"아……."

윤서는 생각만 해도 머리가 아파오는지 미간을 살짝 찡그렸다. 히가시는 그녀를 향해 다정하게 웃었다.

"장보러 간다며, 안 갈 거야?"

"가야죠. 지금 몇 시예요?"

"9시 반이야."

"일어나야겠네요."

윤서는 가누기도 힘든 몸을 침대에서 겨우 일으켰다. 머리가 산발이 된 그녀는 눈도 못 뜬 채로 하품을 했다.

"공부하랴 일하랴, 힘들지?"

"저는 그냥 그래요. 힘들긴 오빠가 더 힘들죠."

히가시는 윤서의 흉터가 있는 맨 등을 손으로 천천히 쓸어 내렸다. 이불로 앞을 가리고 있던 그녀는 무릎을 세워 이불에 얼굴을 묻고 그의 손길을 가만히 즐겼다.

"좀 더 자게 내버려 둘 걸 그랬나."

"일요일이라고 오래 누워 있으면 더 피곤해요. 동네 산책도 할 겸 같이 장보러 가요."

"그래."

초봄의 햇살은 침실의 창문으로 찾아와 다정한 두 연인의 아침을 환하게 밝혀주었다.

집 청소를 다한 료는 심호흡을 하는 중이었다. 민호는 세영과 혜선을 데리고 오기 위해 집밖으로 나가고 없었다. 료는 왠지 모를 긴장감에 어깨를 돌리고 목을 좌우로 까닥거리며 몸을 풀었다.

"참내, 나 왜 이러고 있어."

그는 자신의 꼴이 한심스러워 스스로에게 혀를 찼다. 그때 현관문이 열리는 소리가 들렸다. 혜선과 세영을 데리고 들어오는 민호의 손에는 아이스크림 케이크 박스가 들려 있었다.

"왔어!"

료는 웃는 얼굴로 세영과 혜선을 맞았다. 바깥 날씨가 따뜻해진 만큼 그녀들의 옷차림도 가벼웠다.

"밖에 날씨 굉장히 좋아, 밥 먹고 산책 나가자."

"그래, 그러지 뭐."

"와, 진짜 맛있는 냄새가 나는데?"

민호는 혜선을 내려다보며 웃었다.

"포크 텐더로인을 데리야끼 소스에 재워서 구웠어. 가서 볼래?"

"응."

세영은 거실 쪽으로 걸어와 외투를 벗고 소파에 앉았다. 그녀는 안절부절못하고 서 있는 료를 의아한 얼굴로 쳐다보았다.

"왜 그러고 있어? 배 아파?"

"아, 아니……."

"앉아."

"그러지 뭐."

료는 평소와는 다르게 뻣뻣한 자세로 세영의 옆에 조심스럽게 앉았다. 세영은 그런 그를 걱정스럽게 쳐다보았다.

"진짜 괜찮아?"

"괜찮아."

"그런데 왜 그래, 너답지 않게."

료는 고개를 돌려 세영을 쳐다보았다. 오늘따라 긴 그녀의 머리가 더욱더 탐스러워 보였고 뽀얀 얼굴은 평소보다 훨씬 예뻐 보였다. 몸매를 그대로 드러내는 딱 붙는 검은색 터틀넥 셔츠에 긴 스커트를 입고 있는 그녀를 보자 료의 가슴은 긴장감으로 갑자기 방망이질 치기 시작했다. 료는 갑자기 자리에서 벌떡 일어나 부엌으로 가서는 냉장고에서 생수를 꺼내 벌컥벌컥 들이켜기 시작했다. 오븐 안의 텐더로인을 들여다보던 민호와 혜선이 놀란 얼굴로 그를 쳐다보았다.

"야, 너 왜 그래?"

"내가 뭘……."

"속이 안 좋냐?"

료는 민호에게 방으로 따라 들어오라는 눈짓을 했다. 민호는 의아한 표정으로 료를 따라 그의 방 안으로 들어갔다.

"미친……."

료의 말을 들은 민호는 기가 막힌 얼굴로 그를 쳐다보았다. 료는 침대에 앉아 손바닥에 얼굴을 묻었다.

"너 진짜 왜 그래?"

"나도 모르겠어."

"아무리 그런다고 도망가고 싶다는 게 말이 되냐? 살다 보니 별꼴 다 보겠네."

"그러니까 이상하다고."

료는 고개를 들며 한숨을 쉬었다.

"여자랑 키스하고 그러는 게 처음도 아니잖아?"

"그거야 그렇지."

"너 세영 씨 진짜로 좋아하는구나."

"그럼 가짜로 좋아하겠냐."

"아니, 내 말은 진짜로 사랑한다고. 네가 여자한테 이렇게 겁내는 거 난 처음 봤다."

얼이 빠진 표정의 료를 보며 민호는 '피식' 소리를 내며 고개를 돌렸다.

"너무 겁내지 마. 너도 이제 진짜 남자가 되려나 보네."

"쪽 팔려 죽겠어."

"쪽 팔리긴 뭐가 쪽 팔려. 좋은 거지."

민호는 료의 어깨에 손을 올렸다.

"혜선이랑 나는 밥 먹고 꺼져줄 테니까 잘해봐. 알았어?"

"가긴 어딜 가."

"우리도 볼일이 있어서 나름 바빠."

"그러지 말고 같이 있어."

민호는 료의 마음이 충분히 이해가 되고도 남았다. 늘 사람들에게 선을 긋고 대하던 그가 누군가를 그 선 안에 들이는 것은 큰 모험을 하는 것이나 마찬가지였다.

"인생에는 몇 번씩 전환점이 있대. 그런 과정을 거치면서 인간은 성장을 해나가는 거고. 너도 세영이를 만나서 그런 전환점을 맞은 거지. 너무 겁내지 마. 세영이가 네가 그어놓은 선 안으로 들어가도 네가 망가지는 게 아니야."

"난…… 모르겠어."

"그녀를 좀 믿어봐. 사랑은 신뢰 없이는 할 수 없는 거야. 용기를 내라고, 친구야."

료는 민호를 향해 희미하게 웃어 보였다. 그런 그의 어깨를 민호는 부드럽게 토닥거렸다.

식사를 마친 료는 세영과 와인 병을 사이에 두고 식탁에 앉아 있었다. 민호와 혜선은 밥을 먹자마자 갈 데가 있다며 료가 붙잡을 새도 없이 황급히 집에서 나가 버렸고, 어색해진 그는 얼마 전에 사두었던 와인을 꺼내왔다.

밖에 땅거미가 내려앉기 시작하자 료는 거실의 불을 켰다. 그가 와인잔을 들고 거실의 소파에 앉자 세영도 뒤따라와 그의 옆에 앉았다. 잠시 말이 없던 그녀는 들고 있던 와인잔을 앞의 탁자에 내려놓았다.

"내가 받고 싶은 거 말이야……."

료는 마른 침을 꿀꺽 삼켰다.

"뭐일지 생각 좀 해봤어?"

료는 와인을 한 모금 마셨다. 여자 앞에서 단 한 번도 당황하거나 수줍어 한 적이 없었던 그는 스스로를 통제할 수 없는 이런 상황이 너무나도 생소했다. 와인잔을 테이블에 내려놓고 손깍지를 끼고 묵묵히 생각을 하던 료는 세영을 쳐다보았다.

"뭐일지 대충은 알아."

"너에게 그런 거 요구하는 게…… 좀 무리인가?"

"아니, 그렇진 않아. 그리고 네 마음도 이해해. 이건 그냥 내 문제야."

"너를 닦달하고 싶진 않아. 난 그냥 너랑 이 상태로 있어도 나쁘지 않거든."

"너와의 관계에 대해서 진지하게 생각을 해봤었는데……."

그는 고개를 들고 가슴을 폈다. 세영은 약간 초조한 기색을 띤 얼굴로 그의 입술을 쳐다보았다.

"태어나서 나 자신 이외의 누군가를 이렇게까지 좋아해 본 건 처음인 것 같아."

말을 하던 료는 역시 조금은 부담스러웠는지 작게 한숨을 내쉬었다.

"나도 내 마음에 좀 놀랬어. 나 여자랑 사귀면서 이렇게 안절부절못하고 도망가고 싶었던 적은 처음이야."

"왜…… 도망을 가고 싶어?"

"두려워서."

"뭐가 두려워."

"난 지금까지 한 번도 누군가에게 마음을 완전히 열어본 적이 없어. 너도 알다시피 부모님이 돌아가신 이후로 난 말 그대로 엉망진창이었거든. 난 언제나 웃어야만 했어. 울면 두들겨 맞았으니까. 아파도 아프지 않은 척, 싫어도 좋은 척해야만 했거든. 그런데 어느 날부터 그런 척하며 사는 게 익숙해져 버렸어. 사람들을 내 바운더리 밖으로 밀어내면서 사는 게 편하기도 했고……. 그런데……."

그는 잠시 말을 멈추고 세영을 응시했다.

"너한텐 그게 안 되네……."

그의 말을 조용히 듣고 있었던 세영의 눈이 젖었다. 촉촉해진 그녀의 눈을 보자 료는 손을 내밀어 눈물을 닦았다.

"울지 마. 왜 울어."

"미안…… 해서."

"네가 뭐가 미안해."

"몰랐어. 네가 그렇게 아파하고 있었는지……."

"사람은 자기가 겪어보지 않은 일은 알 수가 없는 거야."

료는 그녀의 볼을 쓰다듬었다.

"사실 너랑 연애를 시작할 때도 별생각이 없었어. 너도 그냥 그렇게 내 곁을 스쳐 지나갈 여자인 줄 알았는데……."

료는 갑자기 그녀의 입술에 살짝 입을 맞췄다. 그녀에게서 나는 부드럽고도 상쾌한 벚꽃 향이 그의 코를 간지럽혔다.

"고마워."

"뭐가."

"내 마음의 문을 두드려 줘서 고맙다고."

"난 아무것도 한 게 없어."

"내 마음의 문이 열릴 때까지 기다려 주겠다고 한 건 네가 처음이었어. 다른 여자들은 다들 나랑 그냥 놀고 싶어 하기만 했었는데……."

"난 네가 정말 좋아. 남자로서도, 그냥 한 사람의 인간으로서도……."

료는 세영의 얼굴을 두 손으로 감싸고 천천히 그녀의 얼굴을 향해 다가갔다. 료의 얼굴이 가까워지자 세영은 눈을 감았다. 그는 천천히 그녀의 입술에 자신의 입술을 겹쳤다. 그의 입안에 남은 포도주의 잔향이 그녀에게 느껴졌다. 한참을 그녀의 입술을 맛보던 료는 고개를 떼고 그녀의 얼굴을 자세히 들여다보았다.

"이젠 돌이킬 수 없어."

"뭐가."

"넌 내가 그어 놓은 선을 넘어온 최초의 여자라고. 내 마음의 문을 열고 내 심장을 훔쳐갔으니까 이젠 되돌릴 수 없다는 것만 알아둬."

"내가 도둑이 된 거야?"

"응, 훔쳐간 마음은 반품 안 받으니까 그렇게 알고 있어."

"절대로 돌려주지 않을 거야."

세영의 말에 료는 부드럽게 웃으며 그녀에게 다시 입을 맞췄다. 창밖의 하늘에는 저물어가는 태양이 찬란하게 하늘을 물들이며 자신의 마지막 빛을 불태우고 있었다.

히가시는 오래간만에 부엌 옆의 정원 문을 열고 나가 초봄의 저녁 공기를 음미하는 중이었다. 설거지를 마친 윤서는 장갑을 벗고 정원으로 나가 그의 옆에 앉았다.

"진짜 공기에서 봄 냄새가 나요."

"그러네."

"그거 알아요? 계절은 몸으로 느끼는 온도보다 후각으로 먼저 느껴진대요. 계절마다 각자 다른 냄새를 가지고 있거든요."

"그래? 몰랐는데."

"봄은 달달하고도 상쾌한 꽃향기를, 여름은 따뜻하고 습한 비 냄새를, 가을은 낙엽을 태우는 냄새를, 겨울은 시원하고 차가운 공기 냄새를 가지고 있어요."

"넌 그런 걸 일일이 느끼고 살아왔던 거야?"

"아침에 문을 열고 바깥 공기를 처음으로 맡을 때 나는 냄새가 있잖아요. 냄새가 달라질 때 마다 '아, 계절이 바뀌는구나'라고 생각하긴 했어요."

"작가가 되고 싶었다더니 감수성이 풍부했나 보네."

히가시는 윤서의 어깨에 팔을 올렸다.

"좀 있으면 결혼식인데 긴장돼?"

"잘 모르겠어요. 아직 실감도 안 나고."

"그건 나도 그래. 내가 결혼을 하다니……."

히가시는 이런 상황이 실감이 나지 않는 듯한 표정이었다.

"인생은 정말 어디로 가야 할지 알 수가 없어. 내 앞에 놓인 수 많은 갈림길 중에 결국 하나의 길을 선택해야만 하는데 그 길의 끝에는 뭐가 있는지 알 수가 없잖아."

"다른 길을 선택했으면 인생이 많이 달라졌을까요."

"글쎄, 그랬을 수도 있겠지. 그렇지만 과거의 시간으로 돌아간 다고 해도 나는 지금과 다르지 않은 선택을 했을 거야."

히가시는 옆에 앉은 윤서의 얼굴을 음미하듯 쳐다보았다.

"그리고 그 길의 끝에는 네가 나를 기다리며 서 있었겠지."

"이럴 때 보면 문학소년 같은데."

"난 감정이 풍부한 남자야."

"얼굴이랑 진짜 안 어울려요."

히가시는 실소를 터뜨렸다.

"결혼식 때 뭐 하고 싶은 거 있어?"

"모르겠어요. 뭐를 어떻게 해야 하는지 감도 안 잡혀서. 오빠 는 하고 싶은 거 있어요?"

"난 로큰롤 음악을 크게 틀어놓고 널 오토바이 뒤에 태우고 후쿠오카를 한 바퀴 돌고 싶은데."

"오빠답네요. 반항과 괴팍한 성격의 대명사."

히가시는 낄낄거리며 그녀의 볼을 꼬집었다.

"뭐가 괴팍한 성격이야."

"설마 본인의 성격이 온화하다거나 원만하다고 생각하시는 건 아니겠죠?"

"나 정도면 준수하지."

"이렇게 스스로를 객관적으로 평가하는 눈이 없다니."

"난 꽤 객관적인 시각을 가지고 있는 인간이라고. 그러니까 너도 만난 거지."

그는 길게 기지개를 폈다. 예전에 이태원의 카페에서 그가 기지개를 켜는 모습을 보고 웃었던 일이 떠올라 윤서는 그의 배를 간지럽혔다. 그녀의 갑작스러운 급습에 히가시는 몸을 움츠러뜨리고 웃음을 터뜨렸다.

"뭐 하는 거야!"

"그냥 한번 해보고 싶었어요. 전 오빠가 기럭지가 긴 게 부럽거든요."

"나만 당할 수는 없지."

히가시가 다가오자 윤서는 재빨리 집 안으로 들어가 문을 닫았다. 유리문 너머의 그가 문을 두들기며 웃자 윤서는 짓궂은 표정으로 손가락으로 눈 밑을 잡아당기며 그에게 혀를 낼름 내밀었다.

"하여간 귀여워 죽겠다니까."

히가시는 윤서를 쳐다보고 웃으며 팔짱을 꼈다. 그는 고개를 돌려 한강 너머로 지는 해를 쳐다보았다. 정원의 난간으로 다가가 어스름이 내려앉는 서울의 풍경을 보며 그는 초봄의 저녁 공기를 음미했다.

7. 결혼을 한다는 것

「어머, 오비(기모노 위에 두르는 허리띠)가 예쁘네.」

류미코는 기모노 가게의 주인이 윤서에게 붉은 바탕의 비단에 금실로 화려하게 장식된 오비를 둘러주는 것을 보며 만족스러운 표정을 지었다. 윤서는 그렇지 않아도 갖춰 입을 것이 많은 기모노에 허리에 오비까지 두르자 갈비뼈가 조여와 숨이 턱턱 막혔다. 류미코의 옆에 앉아 있던 유리카도 기모노를 다 갖춰 입은 윤서를 보며 환하게 웃었다.

「어머, 너무 예쁘네요.」

「사실 이 기모노는 히가시가 윤서를 데리고 오자마자 주문해 뒀던 거야. 우리 집안 문장도 자수로 새겨서 넣어야 하고 머리 장식이랑 기모노 장식도 가문의 문양이 들어간 걸로 주문해야 하니까 시간이 오래 걸리거든.」

「역시 기모노는 날씬한 사람이 입어야 예뻐요.」

「그런데 머리를 하기엔 길이가 너무 짧잖아. 머리는 붙여야 될 것 같아.」

「그러게요. 그런데 요즘 젊은 사람들은 짧은 머리로 그냥 기모노를 입기도 하더라고요.」

「얘가 지금 무슨 소리를 하는 거야. 그렇게는 안 되지.」

결혼식 날의 자신의 외양이 류미코와 유리카에 의해서 결정되는 것을 보며 윤서도 뭐라고 한마디 하고 싶었지만 갈비뼈가 너무 아파 그냥 입을 다물었다.

「얘, 윤서야, 기모노는 맘에 드니?」

「너…… 너무 예뻐요.」

「맘에 든다니 다행이로구나.」

윤서의 대답에 류미코는 미소를 지었다.

「어머니도 기모노 새로 맞추셨어요?」

「난 쿄우가 결혼할 때 입었던 기모노를 그대로 입을까 하는데.」

「하나 맞추시지.」

「난 기모노가 너무 많아. 이젠 넣어둘 데도 없다.」

유리카는 류미코의 말을 들으며 입을 가리고 웃었다.

시아버지와 사이가 좋아진 이후 시어머니인 류미코는 일체 사치를 하지 않고 있었다. 윤서는 모르고 있었지만 그녀가 입고 있는 기모노는 몇 천 만원을 호가하는 최고급품이었다. 윤서는 주인이 내다주는 조리를 신고 가방까지 갖춰 들었다. 그녀가 거울을 쳐다보자 연한 분홍 바탕에 벚꽃과 봄의 풍경이 금실로 수놓

아진, 눈이 번쩍 뜨이게 아름다운 기모노를 입은 자신의 모습이 보였다.

「도련님이 보면 너무 좋아하겠어요.」

유리카는 윤서의 옆으로 다가와 거울 안에 비친 그녀의 모습을 같이 쳐다보았다.

「어머니, 너무너무 예쁘죠?」

「그렇구나. 잘 어울려.」

류미코도 인자한 미소를 지으며 윤서를 보았다.

「생각보다 소화를 잘해서 다행이네. 기모노가 처음이라 입고 있는 게 좀 힘들겠지만 이것도 다 통과의례니까 조금만 참거라.」

「너무 감사드립니다. 제 생전에 이렇게 화려한 기모노를 입게 될 줄 몰랐어요.」

윤서는 진심을 담아 류미코에게 감사의 마음을 전했다. 류미코는 윤서의 손을 꼭 잡았다.

「너는 참 솔직한 아이로구나. 하긴 그러니 히가시가 반했겠지만.」

「그러게요. 도련님이 여자 하나는 잘 만났어요.」

유리카도 옆에서 류미코의 말에 맞장구를 쳤다.

홀로 방에 있던 료이치는 수화기를 들어 어딘가로 전화를 걸었다. 신호가 가는 소리가 나고 이윽고 전화기 저편의 누군가가 전화를 받았다.

[네, 보은사입니다.]

"큰스님…… 부탁…… 합니다."

료이치는 더듬거리는 한국어로 용건을 말했다.

[누구시라고 전해드릴까요?]

"유타카 료이치라고…… 전해주세요."

[잠깐만 기다리세요.]

몇 시간처럼 느껴지는 몇 분이 지난 뒤 전화기 저편에서 일본어가 흘러나왔다.

[여보세요.]

「유리?」

[이젠 선운입니다. 웬일이세요.]

「내일 히가시가 결혼을 하네.」

선운은 대꾸가 없었다. 잠시 둘 사이에 침묵이 흐르고 선운이 나직하게 한숨을 쉬는 소리가 들려왔다.

[알고 있어요. 그 애가 한 달 전에 결혼할 아가씨와 함께 찾아왔어요.]

「오지 않을 셈인가?」

료이치의 말에 선운은 작은 소리로 웃었다.

[히가시가 결혼식에 오라고 했는데…… 나는 아시다시피 사찰을 비울 수가 없어요.]

「그렇지만…….」

[이미 속세와 인연을 끊은 지 오래입니다. 그리고 그 아이에게는 이제 류미코가 있잖아요. 이번 결혼식 준비를 류미코가 하고 있다고 하더군요.]

「이야기를 들은 겐가?」

[네, 류미코에게 고맙다고 전해주세요.]

그녀의 말에 료이치는 한숨을 내쉬었다. 그녀에게 마지막으로 편지를 받은 후 그도 근 20년 만에 그녀의 목소리를 듣는 것이었다.

「미안하네. 내가 자네의 인생을…… 망쳐 놓았어.」

[후회하지 않아요. 내가 비록 당신에게 스쳐 가는 여자였을지라도 나는…… 당신을 만나고 히가시를 가져서 행복했어요.]

「유리…….」

[히가시와 윤서에게도 축하한다고 전해주세요.]

「그래도…… 내 장례식에는 와줄 거지?」

그의 떨리는 목소리에 전화기 저편에서는 잠시 침묵이 흘렀다.

[얼마나…… 남았나요?]

「모르겠어. 길어야 한 달…….」

[당신은…….]

선운의 목소리에 물기가 배어들었다.

[료이치, 나와의 약속을 지켜줘서 고마웠어요.]

「난 단지…… 애들을 다 살리고 싶었을 뿐이야. 그리고 당신 말이 옳았어. 몇 백 년을 이어오던 살육의 참극이 내 대에서 끝나게 되어서 얼마나 기쁜지 몰라.」

[우리는…… 모두 어리석은 인생을 살았어요. 당신도 나도 류미코도……. 다음 생에서는 부디 우리 셋, 좋은 인연으로 다시 만나기를 기도할게요.]

「……고마워.」

[결혼식 잘 치르세요.]

「몸 건강히 잘 지내.」

전화를 끊은 료이치는 햇살이 내리쬐는 창가로 천천히 발길을 옮겼다. 정원의 평화로운 풍경을 조용히 쳐다보는 그의 얼굴에는 어떤 후회도 슬픔의 표정도 보이지 않았다.

아침 일찍 본가로 와서 결혼식을 위해 가문의 문장이 들어간 검은색 하오리(마고자 모양의 윗옷)와 나가기(유카타 모양의 겉옷), 나카타(주름이 있는 하의)를 입은 히가시는 방 안에 서서 열린 창문 밖으로 피로연 준비가 한창인 정원을 내다보는 중이었다. 키가 크고 어깨가 넓은 그가 기모노를 갖춰 입은 모습은 생각보다 늠름하고 보기가 좋았다. 문을 떼어낸 본가의 방들뿐만 아니라 별채의 방들과 넓은 정원에는 피로연을 위한 식탁들이 세팅되어 있었고 케이터링을 맡은 트럭들이 도착해 음식 준비에 한창 열을 올리고 있었다.

방문이 열리는 소리가 들리고 하쿠오가 가문의 문장이 들어간 기모노를 갖춰 입은 료이치와 함께 방 안으로 들어섰다. 히가시는 몸을 돌려 아버지를 마주보고 섰다. 기모노를 입은 히가시를 쳐다보는 료이치는 감개무량한 얼굴이었다.

「기분은 좀 어떠냐.」

「좋습니다.」

「내가 죽기 전에 네가 결혼하는 모습을 보는구나.」

료이치는 장성한 아들을 힘껏 껴안았다. 료이치의 갑작스러운 행동에 히가시는 놀랐지만 이내 아버지의 깡마른 등을 살며시 껴안았다.

「잘 살아라, 아들아. 너희 엄마와 나처럼 어리석게 인생을 낭비하지 말고.」

「감사…… 드립니다. 아버지.」

히가시의 말에 료이치의 눈에 물기가 배었다. 한참을 그러고 있던 그는 이내 몸을 떼어내고 헛기침을 했다.

「좀 있다가 신사로 출발해야지?」

「네, 큰어머니랑 형수님, 윤서가 곧 집에 도착한답니다.」

「그래. 그럼 조금 이따 보자.」

료이치는 웃는 얼굴로 히가시의 어깨를 토닥여 주고 방에서 나갔다. 그런 료이치와 히가시를 흐뭇한 얼굴로 쳐다보던 하쿠오도 료이치를 따라 조용히 방에서 나갔다.

"예쁘네."

신사로 출발하기 위해 윤서가 탄 차 문을 연 히가시는 잔뜩 치장을 하고 기모노를 입은 윤서를 보며 깜짝 놀랐다. 윤서는 마치 일본 전통 인형처럼 우아하고 아름다운 모습이었다.

"가발이 너무 무거워서 목이 떨어져 나갈 것 같아요."

그녀의 투덜거림에 히가시는 너털웃음을 웃으며 뒷자리에 올라탔다. 이내 차는 신사를 향해 출발했다.

"이제 신사로 가서 결혼식을 올리는 건가요?"

"응, 일단은 일가친척들이랑 신사에 가서 전통 방식에 따라 혼례를 올리고 집으로 다시 와서 피로연을 할 거야."

"한국이랑은 결혼하는 방식이 많이 달라요."

"그렇지, 한국처럼 예식장 가서 식 보고 밥 먹고 끝이 아니라, 보통은 식을 올리고 피로연을 따로 길게 하니까."

"으, 빨리 식이 끝났으면 좋겠다."

"긴장 안 돼?"

"너무 정신이 없어요."

"난 좀 긴장되는데."

히가시는 윤서의 손을 꼭 잡았다. 그는 그녀의 귀에 대고 나직한 목소리로 속삭였다.

"오늘 밤이 기대돼."

그의 말에 윤서의 얼굴이 새빨갛게 달아올랐다.

"뭘 새삼스럽게……."

"이제 넌 완전히 내 거잖아. 이날을 얼마나 기다려 왔는데."

그는 윤서의 손을 잡은 손에 힘을 줬다.

"사랑해."

그의 느닷없는 고백에 윤서는 쑥스러워하며 고개를 돌렸다.

그들의 결혼을 축복하듯 구름 한 점 없는 파란 하늘이 창밖으로 펼쳐졌다.

신사에서 내린 히가시와 가족들은 혼례를 올리기 위해 본전으로 향했다. 본전으로 가기 전 서약서를 쓴 두 사람은 신사의 신관을 따라 식을 올릴 본전 쪽으로 가족들과 함께 발길을 옮겼다. 따뜻하고 부드러운 봄의 미풍이 두 사람을 포근히 감싸고 내리쬐는 햇빛이 사람들의 어깨를 환하게 비추었다. 신사의 경내에 있는 벚꽃 나무에서는 꽃들이 활짝 피어 바람에 따라 화려하게 춤을 추며 두 사람이 가는 길에 꽃잎을 뿌려주었고, 바닥에는 하얀 카펫처럼 꽃잎이 아름답게 깔려 있었다. 긴장을 하지 않았던 윤서였지만 본전이 가까워지자 그녀는 침을 꿀꺽 삼켰다.

이윽고 본당에 도착한 윤서와 히가시 그리고 가족들은 전통적인 예법에 따라 결혼식을 진행하는 신관의 지시로 서약서를 읽고 엄숙하게 자리를 지켰다. 식의 마지막에 신관은 술잔에 술을 따라 가족들에게 건넸고 히가시와 윤서를 포함한 가족들이 한 잔을 돌려가며 술을 차례대로 마셨다. 식을 마치고 나온 윤서와 히가시는 신사의 앞에서 기념 촬영을 했다. 온갖 포즈로 히가시와의 다정한 장면을 연출하던 윤서는 목이 아파 그에게 귓속말을 했다.

"머리랑 목이 너무 아파요."

"조금만 참아, 곧 가발을 벗을 수 있을 거야."

윤서는 이를 악물고 애써 웃는 얼굴을 해보였다.

히가시와 윤서의 촬영 장면을 지켜보던 아끼코의 눈에 눈물이 어렸다. 하쿠오는 감개무량한 얼굴로 그녀의 어깨를 꼭 감싸 안았다.

「울지 마. 좋은 날 왜 울어.」

「도련님이 본가에 처음 왔던 날이 생각이 나서요. 크면서 얼마나 고생을 많이 하셨어요.」

「도련님은 아끼코가 거의 다 키운 거나 마찬가지긴 하지.」

「정말 제 아들이 장가가는 것 같아서 울컥하네요.」

「그동안 고생 많았어.」

아끼코는 손수건을 꺼내 눈가를 닦았다. 둘만의 기념 촬영이 끝나자 곧이어 검은색의 기모노를 차려입은 가족들과의 촬영이 이어졌다. 햇볕이 좋은 따뜻한 봄날의 결혼식에 참석한 가족들을 모두 행복한 미소를 짓고 있었다.

식을 끝내고 집으로 돌아온 윤서와 히가시는 피로연을 위한
복장으로 옷을 갈아입었다. 윤서는 머리와 메이크업도 다시 해야
했기 때문에 시간이 좀 필요했다.

옷을 다 갈아입은 히가시는 윤서가 있는 방으로 들어갔다. 문
이 열리는 소리가 들리자 출장 미용사로부터 머리 손질을 받고
있던 윤서가 거울로 히가시를 쳐다보았다. 그는 몸에 보기 좋게
붙는 슬림한 디자인의 양복을 차려입고 있었다. 녹색이 들어간
넥타이를 맨 그를 본 윤서가 활짝 웃음을 지었다.

"제 드레스에 들어간 색깔이랑 넥타이 색깔이랑 똑같아요."

윤서는 크리스마스 파티 전에 히가시가 사준, 위아래가 녹색
천으로 장식된 하얀 오프숄더 미니 드레스를 입고 있었다.

"큰어머니가 드레스 사주신다고 했는데 싫다고 했다며."

"입지도 않은 새 드레스가 있는데 왜 딴 걸 또 사요. 그리고 오
늘 입고 말 텐데."

"그렇지는 않을 거야. 앞으로 보면 알겠지만 드레스 입을 행사
가 많을 거거든. 그래도 아무튼……."

히가시는 윤서에게 다가와 그녀의 드러난 어깨를 손으로 쓸어
내렸다.

"예뻐."

그의 칭찬에 윤서의 볼이 빨개졌다. 히가시는 그녀에게 고개
를 숙이고 귓속말을 속삭였다.

"예전에 한 말 잊지 않았지?"

"뭐요?"

"그 드레스 내가 벗긴다고……."

"엉큼해 죽겠어요. 진짜."

"이제 와서 뭘 그래."

히가시는 허리를 세우고 윤서를 내려다보며 껄껄거리고 웃었다. 그런 그를 보며 윤서는 살짝 눈을 흘겼다.

히가시와 윤서가 정원으로 나가자 곳곳에 술잔을 들고 서서 이야기하던 사람들이 두 사람을 향해 축복의 말을 건넸다. 피로연의 사회를 맡은 사람은 료였다. 료는 진행을 맡은 업체에서 건네주는 마이크를 받아 손바닥으로 마이크를 두들겼다.

「아아, 오늘처럼 날씨가 좋은 봄날 유타카 히가시 군과 지윤서 양의 결혼을 축하해 주러 오신 분들께 진심으로 감사드립니다. 오늘의 사회를 맡은 저는 유타카 히가시 군의 전 직장 동료인 겐자부로 료입니다.」

료가 인사를 하자 사람들이 박수를 쳤다.

「일단은 여러분의 이름이 놓여 있는 자리에 착석해 주시기 바랍니다. 자리에 앉아 계시면 맛있는 술과 음료수 그리고 기가 막힌 코스식을 맛보실 수 있을 겁니다. 덤으로 신랑과 신부의 노래 솜씨도 감상하실 수 있을 거고요.」

료의 말에 사람들이 왁자하게 웃었다. 피로연장이 내다보이는 본채와 별채의 방 창문들이 열려 있었기 때문에 안에 있는 사람들도 피로연이 진행되는 모습을 모두 볼 수 있었다. 료는 샴페인이 채워진 잔을 손에 들고 멘트를 이어나갔다.

「그럼 모두 앞에 놓인 샴페인잔을 들어주세요.」

사람들이 잔을 들자 료가 서로를 행복한 얼굴로 쳐다보고 있는 히가시와 윤서를 돌아보았다.

「어려운 역경을 이겨내고 마침내 결혼에 골인하게 된 아름다운 신혼부부의 앞날에 축복이 가득하기를 빌며 결혼을 진심으로 축하합니다.」

「축하합니다!」

료의 말에 사람들은 샴페인잔을 높이 들고 함께 구호를 외쳤다. 히가시와 윤서는 잔을 사람들을 향해 들어 보이고 러브 샷으로 샴페인을 단숨에 마셨다. 두 사람이 샴페인을 다 마시자 사람들을 함성을 지르며 박수를 쳤다. 사람들의 박수 속에 행복한 신랑과 신부는 서로를 쳐다보며 환하게 미소를 지었다.

피로연은 오후를 지나 어둑한 저녁 무렵이 될 때까지 계속되었다. 료가 게임과 이벤트 등을 많이 준비했기 때문에 사람들은 매우 즐거워했고, 중간에 히가시와 윤서는 같이 듀엣으로 노래도 불렀다. 둘이 같이 부른 노래는 코부쿠로(コブクロ)의 영원히 함께(永遠にともに)였다. 히가시는 노래를 잘하는 편이었지만 윤서는 음치에 가까웠다. 윤서의 음 이탈에 듣고 있던 사람들은 배를 잡고 웃었다.

피로연의 끝은 댄스파티였다. 일정이 바쁜 사람들은 거의 자리를 뜨고 남아 있는 사람들은 쌍쌍으로 춤을 추거나 다른 사람들과 어울려 춤을 췄다. 윤서는 히가시의 목을 끌어안고 느릿한 선율에 맞춰 발을 옮기며 그의 가슴에 얼굴을 기댔다.

"오늘 고생 많았어."

"오빠도요."

윤서는 환하게 웃으며 히가시를 쳐다보았다. 그는 품 깊숙이 그녀를 끌어안았다. 그를 쳐다보는 그녀의 눈은 기쁨으로 가득 차 반짝이고 있었다.

"나랑 결혼해 줘서 고마워. 오늘을 평생 잊지 못할 거야."

"저도요. 평생 옆에 있을게요."

히가시는 고개를 숙여 윤서에게 부드럽게 입을 맞췄다. 봄의 향기를 가득 머금은 저녁의 공기가 그들을 포근하게 감싸고 있었다.

피로연이 모두 끝나고 히가시와 윤서는 히가시의 아파트로 돌아왔다. 안으로 들어선 윤서는 하이힐을 벗고 소파에 앉아 발을 주물렀다. 한참을 하이힐을 신고 서 있었던 탓에 다리와 발이 너무나도 아팠다. 뒤따라 집에 들어온 히가시는 재킷을 벗어 소파에 올려놓았다. 발을 주무르는 윤서를 본 그는 화장실로 들어갔다. 화장실에서 나오는 그의 손에는 물이 담긴 대야가 들려 있었다. 그는 그녀의 발을 잡아 대야에 담갔다.

"어머, 이렇게 안 해주셔도 되는데."

"오늘 고생해서 특별히 서비스해 주는 거야. 발 아팠겠네."

히가시는 그녀의 발을 천천히 주무르기 시작했다.

"오빠는 안 피곤해요?"

그는 소파에 앉아 있는 그녀를 올려다보았다.

"난 괜찮아. 체력 하나는 끝내주니까."

"그래도……."

"그럼 조금 있다가 안마해 줄 거야?"

"씻고 나서 힘이 남아 있으면요."

"힘이 남아 있어야지. 곯아떨어지면 곤란해."

히가시는 장난스러운 표정으로 낄낄거리며 웃었다. 그의 말에 담긴 뜻을 알아차린 그녀의 얼굴이 순식간에 붉어졌다.

"어쩌면 오늘 같은 날도 그렇게 장난을 쳐요?"

"난 원래 이래. 알면서 왜 그래?"

그는 찬물을 손바닥으로 떠서 그녀의 종아리에 끼얹고 살살 주무르기 시작했다. 그 손길에 윤서의 입에서 나직한 신음 소리가 흘러나오자 그는 손을 멈췄다. 그녀의 얼굴을 올려다보던 그는 그녀의 얼굴 가까이로 자신의 얼굴을 가져갔다. 그의 눈빛 안에서 꿈틀거리는 욕망을 읽어낸 윤서는 얼굴이 상기되는 것 같아 고개를 돌렸다. 그녀의 드러난 맨 어깨를 히가시는 천천히 손으로 쓸어내렸다.

"드디어…… 이 드레스를 내 손으로 벗겨보는군."

그의 나직한 목소리에 그녀의 몸이 살짝 떨려왔다. 그와 같이 산 지도 꽤 됐고 모든 일에 거침이 없는 그녀였지만 이런 부분만큼은 아직도 욕망을 그대로 드러내는 것이 부끄러웠다.

히가시는 몸을 일으켜 자리에서 일어나 그녀의 팔을 살짝 잡아당겼다. 윤서가 그를 따라 몸을 일으키자 그는 그녀의 목덜미에 자신의 입술을 가져다 댔다. 그의 뜨거운 숨결이 드러난 맨 목덜미에 닿자 그녀의 몸이 떨려왔다.

"넌…… 항상 이렇게 부끄러워한단 말이지. 처음도 아니면서. 그래서 널 보면……."

히가시는 그녀의 뒷머리를 부드럽게 쓰다듬다가 슬쩍 뒤로 잡아당겼다. 그녀의 얼굴이 그를 향하자 그는 한참 동안이나 그녀의 작고도 어여쁜 이목구비를 눈으로 음미하듯 쳐다보았다.

"매번…… 미칠 것 같다고."

그는 작은 목소리로 속삭이며 그녀의 입술을 한입에 삼켰다. 그의 욕망에 가득 찬 키스에 윤서는 간신히 서 있었다. 그녀는 눈앞이 아찔해져 그의 어깨를 그러잡고 있는 손에 힘을 줬다.

"같이 가서 목욕하자. 이러고 있는 시간도 아까워."

"우리…… 앞으로 시간은 많아요."

"그렇지 않아. 너랑 같이 있는 시간을 1분 1초도 낭비하기 싫다고. 네 몸을 구석구석 보고 싶어."

그의 손이 드레스 뒤쪽에 있는 지퍼로 옮겨 갔다. 지퍼를 내리고 가슴에 고정되어 있던 밴드의 훅을 풀자 드레스가 아래로 흘러내렸다. 히가시는 밝은 불빛 아래 드러난 그녀의 맨몸을 한참 동안이나 쳐다보았다. 윤서는 부끄러운 마음에 손으로 몸을 가렸다.

"가자."

그가 내민 손을 잡은 윤서는 그의 뒤를 따랐다. 거실의 불을 끈 히가시는 안방에 붙어 있는 욕실의 문을 열고 불을 켰다. 그가 물을 받는 사이 윤서는 욕탕의 가장자리에 걸터앉았다. 히가시가 셔츠를 벗자 날씬하지만 보기 좋은 잔 근육이 붙어 있는 탄탄한 상체가 드러났다. 회사 일이 바빴지만 그는 꾸준히 유도장을 다니며 운동을 게을리하지 않았다.

바지에 손을 가져가던 그는 윤서를 물끄러미 쳐다보다가 그녀의 곁으로 조용히 다가갔다. 그를 올려다본 윤서는 흥분한 탓에 몸을 움찔 떨었다. 욕탕 안의 어스름한 불빛 아래에서 히가시는 섹시한 수컷의 냄새를 풍겼다.

"바지……."

그는 그녀의 손을 자신의 바지춤으로 잡아 당겼다.

"네가 벗겨줘."

"하지만……."

"빨리……."

윤서는 떨리는 손으로 그의 벨트를 풀고 바지의 단추를 풀었다. 손이 떨리는 탓에 자꾸만 헛손질을 하다가 마침내 그의 발목으로 흘러내리는 바지를 보면서 윤서는 침을 꿀꺽 삼켰다. 그는 그녀의 얼굴을 두 손으로 감쌌다.

"이제 넌 완전히 내 꺼야. 누구도 못 건드리게 할 거야."

"예전부터…… 전 오빠 거였어요."

"평생 행복하게 해줄게."

"저도요."

히가시는 윤서의 입술에 자신의 입술을 겹쳤다. 욕탕의 뜨거운 수증기 때문인지 흥분으로 인한 아드레날린 때문인지 그녀의 몸이 점점 뜨거워지고 있었다.

"오늘 밤은……."

히가시의 그녀의 귀에 대고 나직한 목소리로 사랑의 밀어를 속삭였다.

"네 평생 절대로 잊지 못할 밤이 될 거야."

그의 뜨거운 숨결을 귓가에 느끼며 윤서는 눈을 감았다.

신혼여행에서 돌아온 히가시와 윤서는 삼성동에 신접살림을 차렸다. 이미 같이 살고 있던 두 사람이었기 때문에 따로 새로 살 물건은 없었고 윤서는 회사 생활과 수험 준비를 동시에 하느라 정신없는 나날을 보냈다. 히가시 역시도 회사 일로 눈이 돌아갈 만큼 바쁜 생활을 하고 있었다.

료와 인영과 민호는 히가시 없이 블랙잭을 꾸려가느라 바빴다. 료는 매니저 일에 익숙해졌고 인영과 민호는 새로운 칵테일과 안주를 개발했다. 세영은 스타 라이트에 입사해서 신입사원 생활을, 혜선은 준비하고 있던 임용고시에 합격했다. 진우는 '문 플라워'의 음원과 음반이 대박 나서 새롭게 들어오는 작곡 의뢰를 소화하느라 밤낮없이 일하는 중이었다.

어느 토요일 오전, 윤서는 아침 일찍 잠에서 깨어났다. 오늘은 히가시가 모처럼 주말에 약속이 없는 날이었기 때문에 그녀는 그를 위해 정성스러운 아침을 차릴 예정이었다. 히가시는 아직 잠들어 있었다. 윤서는 거실로 나와 커튼을 열었다. 날은 벌써 초여름으로 접어들어 이른 아침 시간이었음에도 불구하고 햇빛이 환하게 거실 안을 비췄다. 윤서는 커피를 내려 부엌 옆의 유리문을 열고 정원으로 나갔다. 겨우내 앙상한 나뭇가지만 있었던 화분에는 그새 파릇한 잎사귀들이 무성하게 자라나 정원을 가득 채웠다. 정원의 벤치에 앉아 멀리 한강을 내다보던 그녀는 안에서 나는 기척에 고개를 돌렸다. 히가시는 어느새 일어나 그녀를 쳐다보며 서 있었다.

"언제 일어났어요? 좀 더 자지."

"일찍 일어나는 게 습관이 돼서 말이지."

그는 맨발로 정원으로 걸어 나와 윤서의 옆에 앉았다.

"날씨가 좋네."

"벌써 여름이 됐어요."

"시간이 참 빨라. 그렇지?"

"네."

윤서는 히가시의 얼굴을 올려다보았다.

"커피 한 잔 드려요?"

"네가 마시던 거 조금만 마실게."

그녀는 들고 있던 머그를 그에게 내밀었다. 커피를 한 모금 마신 그는 윤서의 어깨에 팔을 둘렀다.

"날씨 좋은데 같이 산책이나 할래? 저녁때는 가게에 가보고."

"좋은 생각인데요."

"결혼식 이후로 애들 못 봤잖아. 여기서 가게가 멀지도 않은데 왜 그리 시간이 안 나는지."

"주말까지 골프 약속이네 뭐네 일정이 많았으니까 어쩔 수가 없잖아요."

"주말이라도 너랑 같이 있고 싶은데."

윤서는 그의 얼굴을 부드럽게 쓰다듬었다.

"알고 있어요. 저는 오빠가 건강이 상할까 봐 걱정이에요."

"난 괜찮아."

그는 윤서에게 부드럽게 키스했다.

"모처럼 아무 일도 없는 토요일이라 맛있는 걸 해드리고 싶어요."

"뭐 해줄 건데."

"양식, 한식, 일식 중에 뭐가 좋아요?"

"난 아무거나 상관없어."

"그러지 말고 하나 골라봐요."

"그럼 양식."

"그럼 에그 스크램블에, 토스트랑 베이컨, 샐러드 이렇게 먹을까요?"

"좋네."

"아침 준비할 테니까 조금만 기다려요."

히가시는 자리에서 일어나려는 윤서의 손목을 잡았다. 그 바람에 그녀는 다시 자리에 주저앉았다.

"왜요?"

"내가 할게. 넌 그냥 앉아 있어."

"오빠, 음식 할 줄 알아요?"

"나도 혼자 산 지 10년이 넘었어. 생각보다 음식 잘해."

"그런데 왜 한 번도 안 했어요?"

"네가 해주는 게 좋았거든. 그리고 네가 날 위해서 음식을 해주는 모습을 보는 게 좋았어."

히가시는 윤서의 약간 길어진 머리카락을 부드럽게 귀 뒤로 쓸어 넘겼다. 윤서는 눈을 감고 그의 손길을 즐겼다.

"너랑 이렇게 있으니까 너무 좋다."

"매일 같이 있잖아요."

"이렇게 여유 있는 시간을 같이 보낸 건 신혼여행 이후로 처음이잖아."

"바쁜데 어쩔 수 없잖아요. 불평할 수 있는 문제도 아니고."

"너는……."

히가시는 그녀의 입술에 자신의 입술을 가져다 댔다. 그녀의 입술은 달콤한 사탕처럼 그의 입술 아래서 녹아내렸다.

"너는 내 전부야."

그의 진심이 담긴 말에 윤서는 미소를 지었다.

"산책하고 가게 가기 전에 나랑 어디 좀 잠깐 들를래?"

"어디요?"

"가보면 알아."

그는 그녀를 향해 활짝 웃어 보였다. 윤서는 알 듯 말 듯한 얼굴로 히가시를 보며 고개를 갸우뚱거렸다.

윤서가 히가시와 차를 타고 도착한 곳은 청담동의 한 보석 가게였다. 고급스러운 대리석으로 치장된 가게의 문을 열고 들어서자 그곳에 있던 직원이 히가시를 보고 공손하게 인사를 했다.

"어서 오세요."

"안녕하세요. 사장님 계시죠?"

직원은 웃음 띤 얼굴에 상냥한 목소리로 그의 질문에 대답을 했다.

"사장님은 잠깐 공방에 가셨어요. 곧 오실 거예요."

"얼마나 기다려야 되나요?"

"한 20분쯤 기다리시면 될 거예요."

"알겠습니다."

그는 어리벙벙한 얼굴로 가게를 둘러보고 있는 윤서를 돌아보았다.

"여긴 왜 온 거예요?"

"보석 가게에 보석을 사러 오지, 왜 왔겠어."

"네?"

"너 반지밖에 안 해줬잖아. 그래도 거기에 맞춰서 목걸이랑 귀걸이도 해줘야지."

"어! 안 해주셔도 되는데. 예물은 큰어머니가 이미 해주셨어요."

"알아. 그런데 그거 사파이어랑 루비, 에메랄드, 진주 같은 유색 보석 세트 아니었어?"

"맞아요. 그건 어떻게 아셨어요?"

"형수님도 똑같은 걸 받았거든. 너 다이아몬드 목걸이랑 귀걸이는 없잖아."

"지금 있는 걸로도 너무 과해요."

"기다려 봐. 넌 가방이고 옷이고 아무것도 안 사잖아. 그리고 앞으로 보석을 해야 할 일도 많다고. 그러니까 아무 말 말고 받아."

두 사람의 대화를 듣고 있던 직원은 상냥한 표정으로 질문을 했다.

"기다리시는 동안 커피라도 드시겠어요?"

"네, 주세요."

"사모님은 뭐 드시겠어요?"

윤서는 사모님이라는 호칭이 어색해 얼굴을 살짝 붉혔다.

"저도 커피요."

"그럼 잠시만 기다리세요."

직원이 커피를 준비하러 간 사이 히가시는 윤서의 손을 붙잡고 유리 장식장 안에 디스플레이가 되어 있는 반지와 목걸이, 귀걸이 등을 구경했다.

"이거 이쁘네."

"와, 그런데 가격이 장난 아니네요."

히가시가 가리키는, 꽃봉오리 모양으로 작은 다이아몬드들이 가득 세팅되어 있는 반지의 가격을 보던 윤서는 식겁한 표정이 되었다.

"보석이 원래 비싸지 뭐."

"저 가격이면 서울 변두리에 전셋집 하나는 얻을 수 있는데. 저 사주시는 목걸이랑 귀걸이도 저만큼 비싼 거예요?"

"아마도, 내가 주문한 건 네 반지 디자인과 세트야."

"아……."

"혹시라도 맘에 안 들면 이야기해, 디자인은 바꾸면 되니까."

"아니에요."

그때 직원이 커피 두 잔을 올린 쟁반을 들고 나왔다. 그녀는 탁자에 커피를 내려놓고 윤서와 히가시의 곁으로 다가왔다.

"맘에 드는 디자인이 있으세요?"

"그냥 구경하는 중이에요."

"좋으시겠어요. 사장님이 주문하신 귀걸이랑 목걸이가 저희 매장에서 제일 비싼 물건인데."

"네?"

직원의 말에 윤서의 눈이 커졌다.

"좋은 다이아몬드를 찾으시느라고 저희 사장님이 고생 좀 하셨어요."

"오빠."

윤서가 놀란 얼굴로 히가시를 쳐다보자 그가 쑥스러운 표정으로 그녀를 보며 웃었다.

"왜."

"아니……."

"차 대신 주는 선물이야. 잘 하고 다녀."

"그렇지만……."

그때 가게의 문이 열리고 보석 가게 사장인 듯한 젊은 남자가 매장 안으로 가방을 들고 들어왔다. 그는 히가시를 보고 반갑게 인사를 건넸다.

"벌써 오셨네요."

"잘 지내셨죠?"

히가시가 손을 내밀자 사장은 유쾌한 표정으로 그의 손을 맞잡았다.

"방금 세팅을 끝낸 물건을 가져왔어요. 이거 세공하느라고 힘들었어요."

"고생 많이 하셨어요."

"이쪽이 사모님이신가 보네요."

"네, 이쪽이 제 안사람입니다."

"안녕하세요."

윤서는 그에게 허리를 굽혀 인사했다. 그녀의 인사에 보석 가게 사장은 당황해했다.

"사모님, 그렇게 인사 안 하셔도 돼요."

"그렇지만 처음 뵙는데."

"정말 예의 바르시네요."

보석 가게 사장은 윤서와 히가시를 번갈아 보며 어색한 표정으로 웃음을 지었다.

"그럼 물건 보여드릴게요. 민주 씨, 뒤에 가서 장갑 좀 가져다 주겠어?"

"네."

그는 진열장 뒤로 돌아가 가방에서 커다란 자주색 벨벳 케이스를 꺼냈다. 뚜껑을 열자 찬란하게 빛나는 다이아몬드 목걸이와 귀걸이 세트가 들어 있었다. 윤서는 깜짝 놀란 표정으로 히가시를 쳐다보았다.

"마음에 들어?"

"제 생전 이렇게 예쁜 목걸이랑 귀걸이는 처음 봤어요."

"마음에 들어 하니까 좋네."

직원이 장갑을 가지고 나오자 사장은 히가시와 윤서에게 목걸이와 귀걸이를 들어서 가까이 보여줬다. 다이아몬드는 조명을 받아 눈이 부시게 반짝거렸다.

"최고 등급의 다이아몬드를 찾느라고 시간이 좀 걸렸어요. 마음에 드시나요?"

"좋은데요."

"사모님은 어떠세요?"

"너무 예뻐요."

"사장님이 반지도 저희 집에서 해주셔서 디자인하기는 좀 편했어요. 맘에 드신다니까 좋네요."

"한번 해볼래?"

목걸이를 물끄러미 바라보던 윤서는 고개를 끄덕였다.

"내가 해줄게, 잠깐만 기다려."

목걸이를 받아 든 그는 윤서의 목에 목걸이를 걸어주었다. 플래티늄으로 세팅된 심플하지만 고급스러운 디자인의 다이아몬드 목걸이가 윤서의 목에서 찬란하게 빛이 났다. 거울을 보던 윤서는 너무나도 아름다운 목걸이를 보며 잠시 숨을 멈췄다.

"생각만큼 잘 어울리네."

히가시는 윤서의 뒤에 서서 그녀의 어깨를 잡고 거울에 비친 그녀를 찬찬히 쳐다보았다. 윤서는 갑자기 눈물이 터져 나오려고 해 눈가가 빨개졌다.

"왜."

"너무 고맙고 행복해서요."

"네가 나에게 해준 거에 비하면 이런 건 아무것도 아니야."

히가시는 그녀의 어깨를 살며시 토닥였다. 보석상의 유리문 밖, 거리의 파란 가로수의 녹음이 여름의 햇빛 아래 그 빛을 더해가고 있었다.

에필로그

　본가는 사람들로 북적이고 있었다. 윤서도 유리카와 검은 상
복을 입고 손님들을 접대하느라 정신이 없었다. 료이치는 히가시
가 결혼할 당시 고작 1개월 정도만 더 살 수 있다고 했었지만 그
후로 2년을 더 살고 이 세상을 떠났다. 윤서가 손님들에게 차를
대접하기 위해 쟁반을 들고 복도를 뒤뚱거리며 걸어오자 그 모습
을 본 유리카가 재빨리 걸어와 쟁반을 빼앗았다.
　「어휴, 만삭의 임산부가 어쩌려고 그래. 쉬엄쉬엄해도 시원치
않을 판에.」
　「괜찮아요. 형님.」
　「괜찮기는, 이때쯤엔 가만히 있어도 숨이 차는데, 여긴 괜찮으
니까 방에 가서 좀 쉬고 있어.」
　유리카의 말에 윤서는 걸음을 옮겨 자신의 방으로 향했다. 그

렇지 않아도 그녀는 걸을 때마다 숨이 차서 너무 힘들었다. 그녀는 다다미 위에 이불을 펼치고 그 위에 몸을 기댔다. 배 안의 아기가 오늘따라 더 움직이는 까닭에 골반 뼈가 아파 똑바로 눕지도 못했다.

그때 방문이 열리고 검은 양복을 입은 히가시가 방 안으로 들어왔다. 그는 이부자리 위에 옆으로 누워 있는 윤서를 보고 걱정스러운 얼굴을 했다.

"몸은 좀 괜찮아?"

"괜찮아요. 오늘따라 아기가 더 많이 움직이네요."

"주수가 조금만 더 됐어도 비행기를 못 탈 뻔했잖아."

"기분은 좀 괜찮아요?"

그녀의 말에 히가시의 표정이 어두워졌다.

"이미 알고 있었는데 뭘……."

"그래도요."

"그나마 주무시다가 돌아가셔서 다행이지. 고통스럽지 않게 생을 마감하셔서."

"아기도 보고 돌아가셨으면 좋았을걸."

윤서는 임신 소식을 알렸을 때 전화기 건너편에서 기쁘게 웃던 료이치의 목소리를 떠올렸다. 그는 선물과 용돈을 보내 임신한 며느리를 살뜰하게 챙겨주었다.

"어머니는 아침까지는 좀 괜찮아 보이셨는데."

"원래 강한 양반이라 괜찮으실 거야."

"그렇게 보여도 속은 말이 아니실 거예요. 몸이 좀 괜찮아지면 어머님께 가봐야겠어요."

"그래주면 고맙고."

히가시는 윤서의 손을 꼭 잡았다. 입덧 때문에 한참을 고생했었지만 그녀는 결코 회사 일과 학교 가는 것을 포기하지 않았다. 주변에서는 휴식이 필요하다고 만류를 했지만 윤서는 임신 때문에 다른 일들을 포기하고 싶지 않았다.

"좀 누워 있어. 뭐 필요한 거 있어?"

"괜찮아요. 물이나 한 컵 가져다주세요."

"그래."

히가시는 윤서를 안쓰러운 얼굴로 내려다보다가 물을 가져오기 위해 일어나서 밖으로 나갔다. 윤서는 밀려오는 피로에 눈을 감고 있다가 이내 잠에 빠져들었다.

윤서가 잠에서 깨어 밖으로 나갔을 땐 이미 어두워져 정원에 환하게 불이 밝혀져 있었다. 사람들은 밤샘 준비를 하느라고 손님 접대용 방에서 1인용 상을 앞에 두고 이야기를 나누는 중이었다. 손님들 사이에 어머니와 유리카의 모습이 보이지 않자 윤서는 식당 쪽으로 발길을 옮겼다. 윤서의 짐작대로 식당에는 류미코와 유리카, 아키꼬가 식탁에 앉아 있었다. 류미코는 많이 울었던 듯 눈이 새빨갰다.

「어머니.」

윤서가 류미코의 옆으로 가자 그녀가 고개를 들었다.

「좀 쉬었니? 한참 힘들 때인데.」

「저는 괜찮아요. 어머니는 괜찮으세요?」

윤서의 말에 류미코의 눈에 다시 눈물이 차올랐다. 그녀가 흐느끼기 시작하자 유리카가 그녀를 달랬다.

「어머니, 그만 우세요. 그래도 아버님은 고통 없이 가셨잖아요.」

「그렇지만······.」

「그래도 어머니 덕에 2년이나 더 사신 거예요. 원래는 한 달밖에 못 사신다고 하셨는데 어머니가 얼마나 병간호를 극진히 하셨어요.」

「그 사람 없이 앞으로 어떻게 살아갈지 모르겠구나.」

유리카는 류미코의 어깨를 감싸 안았다.

「저랑 아범이 집으로 들어올게요. 아이들도 있고 그러니까 너무 외로워하지 마세요.」

「히가시 아이가 태어나는 걸 보고 가셨으면 좋았을걸. 뭐가 그렇게도 급했는지······.」

윤서는 류미코의 옆으로 다가가 그녀의 손을 잡았다.

「어머니, 울지 마세요. 그래도 어머니랑 같이 있을 수 있으셔서 아버님은 무척 행복하셨을 거예요.」

「그래, 그랬으면 좋겠다.」

윤서는 어깨를 떨며 울고 있는 류미코를 안쓰러운 눈으로 쳐다보았다. 그때 아끼코가 윤서를 보고 자리에 앉으라는 손짓을 했다.

「다들 손님들 챙기시느라 식사도 제대로 못 하셨을 텐데 얼른 저녁 드세요. 제가 차려올게요.」

아끼꼬는 자리에서 일어나서 부엌으로 나갔다. 세 고부간은 서로를 위로하며 도란도란 이야기를 나누었다.

그날 밤 본가로 누군가가 찾아왔다. 그 사람은 영정 사진이 놓

여 있는 단 앞에서 합장을 하고 한참을 조용히 서 있었다. 쿄우
는 인사를 하기 위해 그 사람의 곁으로 다가갔다. 합장을 끝낸
사람이 뒤로 돌아서자 쿄우는 잠시 그 자리에 얼어붙은 듯 가만
히 서 있었다. 놀란 표정을 짓고 있는 것은 상대방도 마찬가지였
다. 쿄우가 허리를 숙여 인사를 하자 상대방도 쿄우에게 허리를
숙여 정중하게 인사를 했다.

「어떻게 아시고…….」

「히가시가…… 전화를 줬어요.」

「오시느라 고생 많으셨습니다.」

「당연히 와봐야지요. 그리고 료이치가 자신의 장례식에 와달
라고 부탁도 했었고…….」

그녀의 말에 쿄우는 잠시 당황했지만 이내 나직하게 한숨을 내
쉬었다.

「히가시를 부를 테니 잠시만 기다려 주십시오.」

「저는 다시 가보려고 합니다만…….」

「아니, 그러지 마세요. 어머니…… 뵙고 가셨으면 좋겠습니다.」

선운은 망설이는 표정이 되었다. 그러나 이내 작은 목소리로
대답했다.

「알겠습니다.」

「감사합니다.」

쿄우는 히가시에게 전화를 걸었다.

선운은 류미코의 건너편에 조용히 앉아 있었다. 류미코는 자
신의 앞에 앉은 그녀의 낯선 얼굴을 가만히 응시했다. 자신이 기

억하던 곱던 얼굴은 어느새 자신만큼이나 나이가 들어 주름이 가득했다. 파르라니 깎은 머리와 회색 승복을 착잡한 표정으로 말없이 쳐다보던 류미코는 선운의 앞에 놓여 있는 찻잔에 차를 따랐다.

「이게 몇 년 만이지.」

「한 이십년도 더 된 것 같네요.」

「그래. 그렇게나 시간이 흘렀군.」

「네.」

류미코의 표정에는 이제 분노의 흔적은 찾아볼 수 없었다. 그녀의 얼굴에는 선운과 자신의 인생에 대한 연민과 슬픔, 후회와 아쉬움의 감정만이 남아 있을 뿐이었다.

「출가…… 했었던 건가?」

「네.」

「그래, 그러니 내가 자네를 찾을 수가 없었지.」

류미코의 말에 찻잔을 쳐다보고 있던 선운이 고개를 들었다.

「죄송…… 했습니다. 용서를…… 빌고 싶었어요.」

류미코는 깊은 한숨을 쉬었다.

「꼭 자네의 잘못만은 아니야. 나와 료이치, 자네는 그냥…… 악연으로 얽혀 있었던 것뿐이었어. 자네나 나나 그이나…… 그저 자신의 감정에만 매달리다가 평생을 낭비하고 말았지.」

「그래도 제가 저질렀던 짓은…… 용서 받을 수 없는 일이라는 걸 알고 있습니다. 출가하고 난 뒤 저는…… 사람들이 모두 행복하기를 빌었어요. 그래서 날이면 날마다 부처님께 기도를 드렸습니다.」

「그래. 그래도 자네의 기도 덕분이었는지 그이랑의 마지막 2년이 참 행복했었다네. 고마워.」

류미코는 인자한 미소를 지었다. 선운은 평화로워 보이는 그녀의 얼굴을 조용히 바라보았다. 젊은 시절 자신을 찾아와 저주의 말을 내뱉던 류미코의 표독스럽고 악에 받힌 얼굴은 이제 어디에서도 찾아볼 수 없었다.

「행복하셨다니…… 저도 마음이 많이 편해지네요.」

「그래. 그러니 자네도 이제 마음의 짐을 털어버려.」

「감사…… 합니다.」

떨리는 목소리와 함께 선운의 눈가에 눈물이 맺혔다.

「내일 그이를 화장할 걸세. 그러니…… 집에서 자고 내일 화장하는 거 보고 돌아가게.」

「하지만…….」

「그래줬으면 좋겠어. 내 마지막 부탁이니 이 정도는 들어줄 수 있지? 그게 자네와 나의 악연의 끝이야. 그러니…….」

잠시 말이 없던 선운은 결국 고개를 끄덕이며 대답했다.

「알겠…… 습니다.」

「다음 번 생에서는 우리 다 좋은 인연으로 만나세.」

선운의 눈에서 눈물이 흘러내려 턱 아래로 떨어졌다. 그런 선운을 보며 류미코는 인생의 덧없음에 가슴이 아파 아무 말도 할 수가 없었다.

윤서는 욕조 안에 들어가 있었다. 진통이 5분 간격으로 2시간 동안 지속되면 병원으로 오라는 의사의 말에 그녀는 밤늦게부터 시작된 진통의 고통을 조금이라도 줄이기 위해 물을 받아놓은 욕조 안으로 들어가 고통을 참는 중이었다. 잠들어 있는 히가시를 깨우기 싫었기 때문에 그녀는 손님방의 욕실에서 혼자 끙끙거리며 신음을 하고 있었다. 그때 욕실의 문이 열리고 히가시가 잠이 덜 깬 눈으로 안을 들여다보았다.

"왜 그래? 배 아파?"

"진통이 오고 있어요."

"뭐라고?"

그녀의 말에 히가시는 눈을 번쩍 떴다.

"많이 아파?"

"이제 병원에 가야 될 것 같아요."

"깨우지 왜 안 깨웠어."

"어제도 밤늦게 들어왔잖아요."

"정말 왜 그래. 미안하게시리. 잠깐만 있어. 샤워하고 얼른 옷 갈아입을게."

히가시는 황급히 욕실을 빠져 나갔다. 그녀가 시계를 들여다보자 진통이 5분 간격으로 오기 시작한 지 얼추 2시간 가까이 되고 있었다. 윤서는 욕조에서 일어나 몸의 물기를 닦고 벗어 놓은 옷을 주섬주섬 입었다.

"허억! 헉!"

조수석에 앉은 윤서의 신음 소리가 커지자 히가시는 얼굴이 새

하얗게 질려 액셀을 밟았다. 시간이 날 때마다 윤서와 병원에 와서 라마즈 호흡법이네 뭐네를 연습했지만 지금 그의 머릿속에는 아무것도 생각이 나지 않았다. 병원에 도착한 그는 황급히 운전석에서 내려 조수석의 문을 열었다.

"걸을 수 있겠어?"

히가시의 얼굴이 하얗게 질려 있자 진땀을 흘리던 윤서는 이를 악물고 겨우 고개를 끄덕거렸다.

"조심해서 내려. 내가 도와줄게."

윤서는 히가시의 도움으로 겨우 차에서 내렸다. 몇 걸음을 걷던 그녀는 다시 진통이 몰려오자 눈앞이 빙글빙글 돌며 배가 찢어질 듯한 통증에 그 자리에 멈췄다.

"천…… 천천히 가요."

"괜…… 괜찮아? 잠깐만 여기 있어. 사람 불러올게."

히가시는 당황한 얼굴로 바로 앞에 있는 출입문으로 황급히 달려갔다. 윤서는 서 있을 수가 없어 그 자리에 쪼그려 앉았다. 그때 아래쪽으로 따끈한 무언가가 흘러내리기 시작했다.

"어, 어떻게 해. 양…… 양수가 터졌나 봐."

그때 히가시가 의료진과 함께 휠체어를 가지고 문 밖으로 황급히 나오는 모습이 보였다.

히가시의 전화를 받고 병원에 도착한 인영과 료, 민호는 분만실 밖에서 초조한 얼굴로 서 있었다. 새벽부터 걸려온 전화에 료는 깜짝 놀라 민호를 깨워 인영과 함께 그녀의 차를 타고 병원으로 황급하게 달려왔다.

"분만 시간이 꽤 길어지나 본데."

초조함에 손톱을 잘근잘근 씹던 료는 시계를 흘끗 들여다보았다. 그들이 도착했을 때는 이미 히가시와 윤서는 분만실에 들어가고 없었다. 그들이 병원에 도착한 뒤로 족히 한 시간 반은 흘렀다.

"초산이라 시간이 더 걸릴 거야. 아마."

"그런가."

"아마도 그럴걸."

"누나도 남의 일이 아니네. 누나도 곧 결혼하잖아."

료의 말에 인영이 걱정스러운 표정을 지었다.

"난…… 무서워. 애 낳을 수 있을까?"

"남들도 다 낳잖아. 누나도 낳아야지. 나이가 있는데."

"난 잘 모르겠어."

"진우 형이랑 애 이야기 안 해봤어?"

"아직은……."

"속도가 느린 커플이라니까. 안 그러냐?"

료가 하는 말에 민호는 팔짱을 낀 채로 한쪽 눈썹을 올렸다.

"둘이 알아서 하겠지."

"너도 혜선 씨네 인사 다녀왔잖아."

"우리는 아직 멀었어. 둘 다 어린데 뭘."

"빨리 결혼하는 것도 나쁘진 않지."

"너나 잘해, 인마."

료는 눈을 가늘게 만들며 흐흐거리며 웃었다. 그때 분만실의 문이 열리며 파란색 가운을 입은 히가시가 땀에 젖은 얼굴로 나왔다. 일행은 긴장한 표정으로 그에게 달려갔다.

"형!"

"어, 다들 왔구나."

10년은 폭삭 늙어버린 듯한 얼굴로 히가시는 사람들을 보며 웃었다.

"어떻게 됐어?"

"산모랑 아기 둘 다 건강해."

"다행이네!"

그의 말에 세 사람은 안도하며 활짝 웃음을 지었다.

"아들이야, 딸이야?"

"아들이야."

"우와! 히가시 2세네! 형, 축하해!"

료와 민호는 히가시를 꼭 안았다. 감정이 벅차 오른 듯 히가시는 자신의 손을 물끄러미 내려다보았다.

"윤서가 고생 많았네. 오빠도 그렇고."

"나야 뭐……."

"형수님이 힘들었겠어."

"조금 있다가 입원실로 간다니까 가서 만나봐."

히가시가 자신의 손에서 눈을 떼지 못하자 인영은 뭔가가 잘못됐나 싶어 그를 쳐다보았다.

"왜 그래?"

"아까 탯줄을 잘랐는데…… 그 느낌이 아직도 손에 남아 있어. 새 생명이 태어나는 걸 보는 게 이런 기분이라는 걸…… 몰랐었어."

그가 어깨를 가늘게 떨자 료가 그의 어깨를 토닥거렸다.

"이제 형도 진짜 한 가정의 가장이 된 거야. 형의 아이들에게는 형이 겪었던 아픔을 겪지 않게 해주면 되지."

"그래, 그래야지."

히가시는 자신의 얼굴을 손으로 감쌌다. 그런 그를 일행은 뿌듯한 얼굴로 쳐다보았다.

침대에 누워 있는 윤서의 얼굴이 몹시도 지쳐 보였다. 히가시는 그녀의 손을 잡고 그녀의 창백한 얼굴을 천천히 쓸어내렸다. 그의 손길에 그녀는 힘겹게 눈을 떴다.

"괜찮아?"

걱정스러운 그의 표정에 윤서는 힘없이 미소를 지었다.

"괜찮아요."

"고생 많이 했어."

"오빠도요. 애 낳는 동안 옆에 있어줘서 고마웠어요."

"나야, 뭐……."

히가시는 윤서의 손등에 입을 맞췄다.

"윤서야."

"네."

"너무 고마워. 앞으로도 우리……행복하게 살자."

"그래요. 앞으로도 쭉……."

그때 료와 민호와 인영이 꽃다발과 풍선을 사 들고 병실 안으로 들어왔다.

"고생 많았어요!"

"언제 왔어요?"

윤서는 세 사람을 보며 활짝 웃었다.

"오기는 아까 왔어요. 괜찮아요?"

윤서는 고개를 끄덕거렸다. 민호는 히가시의 옆으로 다가가 그의 어깨를 짚었다.

"애는 형수님이 낳았는데 형이 더 힘들어 보이네."

"그러냐?"

민호의 말에 그는 '풋' 하고 웃음을 내뱉었다.

"윤서야, 너무 고생 많았어. 나는 애 낳을 생각만 해도 너무 무서운데."

"닥치면 다 하게 되어 있어요."

인영은 윤서의 손을 꼭 잡았다.

"너무너무 대단해."

"아니에요. 대단하기는요."

인영은 히가시를 쳐다보며 웃음을 지었다.

"애기 보러 가야지. 얼른 가요."

"그래, 가서 보자."

그는 웃으며 병실의 문 쪽으로 걸음을 옮겼다.

간호사가 아기를 안아서 창문 쪽으로 보이자 히가시와 세 사람은 어쩔 줄 몰라 했다. 민호와 료와 인영은 아기 사진을 찍느라 바빴고 히가시는 울컥하는 표정으로 강보에 싸인 빨갛고 쭈글쭈글한 아기를 쳐다보았다.

"눈 찢어진 게 오빠랑 똑같네."

"신생아인데 뭐 저렇게 형을 닮았냐. 한 인상 하겠네."

"어디서 애 잃어버려도 아빠 찾을 걱정은 안 해도 되겠네."

세 사람이 한 마디씩 하는 말을 들으며 히가시는 팔짱을 낀 채로 말이 없었다. 료는 그런 히가시를 옆에서 올려다보았다.

"무슨 생각해? 아기 아빠가 된 게 실감나?"

"아니. 사실 하나도 실감 안 나."

"원래 처음엔 그렇대. 애기랑 형수님한테 잘해줘."

인영의 말에 히가시의 표정이 심각해졌다.

"내가 애 아빠라니……."

"정말 인생은 어디로 흘러갈지 알 수가 없는 거야. 안 그래?"

민호의 말에 히가시는 생각이 많은 얼굴로 한쪽 입술 끝을 올려 웃었다.

"그래, 맞아. 그러니 항상 최선을 다해서 살아야지."

"그럼, 그렇고말고."

그의 말에 세 사람은 다시 고개를 돌려 아기를 뚫어지게 쳐다보았다. 강보에 싸인 아기는 꼬물거리며 입을 벌려 울 준비를 하고 있었다.

〈끝〉

이곳은 봄이 되었습니다. 한국은 날씨가 어떤가요?

몸은 머나먼 미국 땅에서 살면서도 마음속으로는 늘 한국이 그립습니다. 이맘때면 활짝 피어나던 예쁜 개나리와 살구꽃, 벚꽃이 핀 예쁘고 아기자기한 풍경들이 눈에 선하게 밟히곤 합니다.

'Bar, 블랙잭'은 제 인생의 전환점이 된 작품입니다. 한국 땅을 떠나 낯선 미국 생활에서 겪었던 마음의 상처와 아픔들을 히가시와 윤서, 그리고 작품속의 인물들과 울고 웃으며 극복할 수가 있었습니다.

저는 제 소설 안에 단순한 남녀간의 사랑에 대한 이야기가 아닌 인간에 대한 사랑 이야기를 담고 싶었습니다. 불완전하고 상처가 많은 사람들이 만나 아픈 상처를 같이 보듬고 치유해 나가는 이야기들을 쓰기 위해 노력을 했습니다. 소설 속에 나오는 인물들은 하나같이 아픈 과거사를 가지고 있습니다. 사회에서 소외받고 버림받은 그들은 히가시를 중심으로 서로를 만나 가족과 같은 관계를 만들게 됩니다. 윤서와 히가시 역시도 아픈 가족사를 가지고 있죠. 그런 사람들이 서로를 위로해 주며 아픔을 극복하고 성장해 나가는 스토리가 바로 'Bar, 블랙잭'에 담긴 이야기들입니다.

제 글을 통해 많은 분들이 마음의 위안과 즐거움을 얻으셨으면 합니다. 더불어 술을 마시는 기쁨과 음악을 듣는 즐거움도 알아가셨으면 좋겠습니다. (제 블로그에 오시면 '블랙잭' 연재 중에 올려두었던 음악과 칵테일, 술에 대한 이야기도 읽어 보실 수 있습니다.)

독자분들 모두 늘 행복하시길 바랍니다.

앞으로도 또 다른 글로 찾아뵙겠습니다.

버지니아의 한 카페 정원에서

Ladybuck Studio 드림

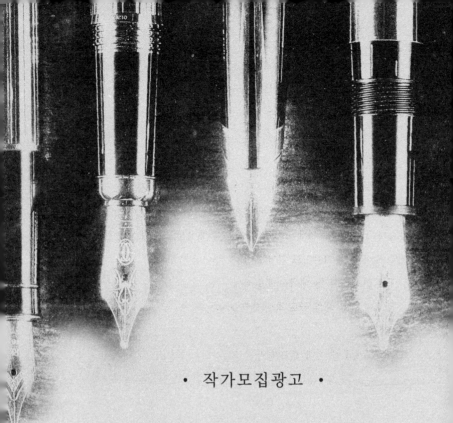